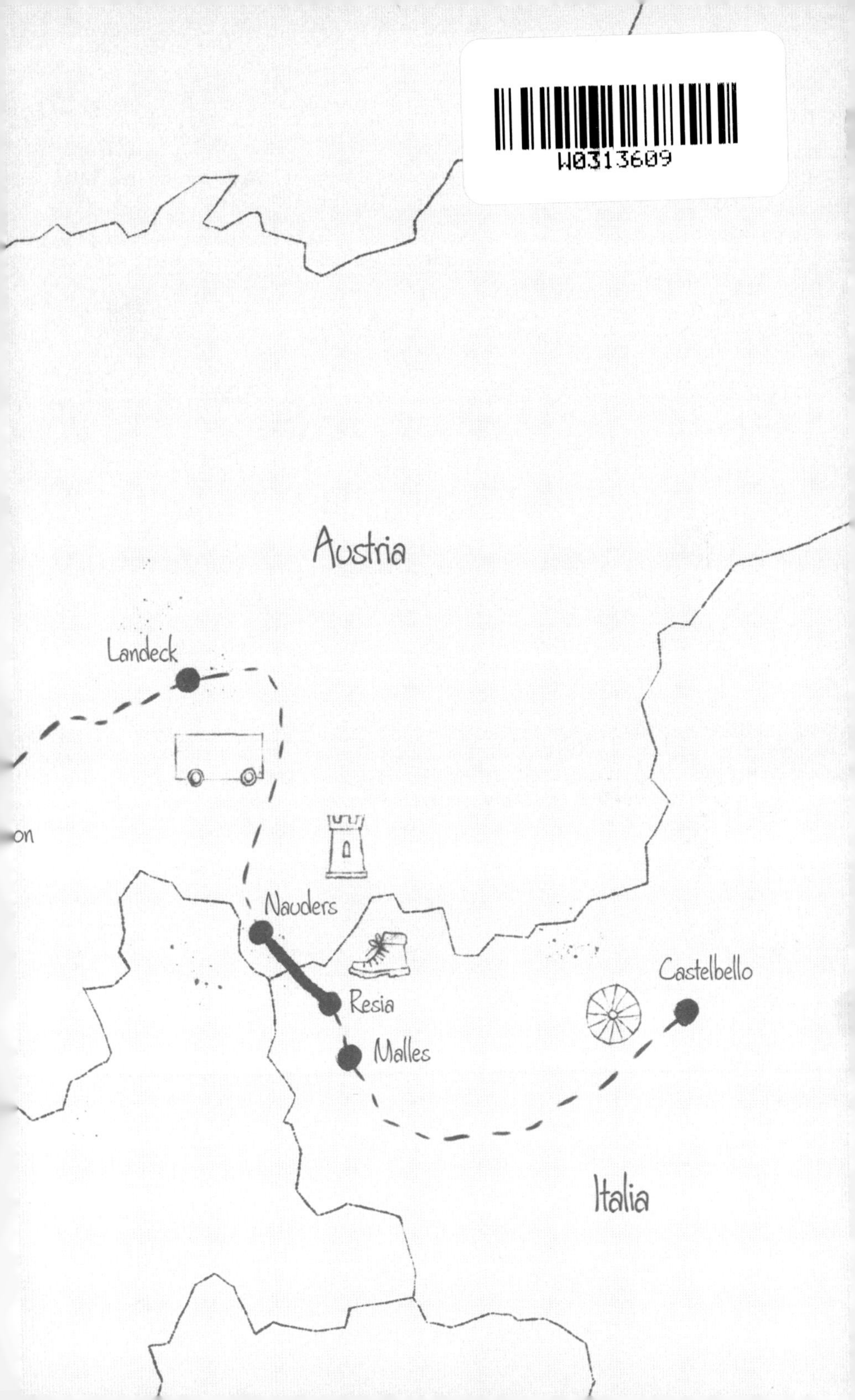
Austria
Landeck
Nauders
Resia
Malles
Castelbello
Italia

NARRATORI MODERNI

ROMINA CASAGRANDE

I BAMBINI DI SVEVIA

Garzanti

Prima edizione: gennaio 2020

Per essere informato sulle novità del Gruppo editoriale Mauri Spagnol visita:
www.illibraio.it

ISBN 978-88-11-60998-8

Printed in Italy

www.garzanti.it

I BAMBINI DI SVEVIA

Essere grandi significa avanzare,
avanzare significa andare lontano,
andare lontano significa ritornare.

LAOZI

PROLOGO

La bambina aveva corso fino a sentire le caviglie bruciare negli scarponi, con il sapore della terra in bocca e la paura che le bagnava le mani. Non si era voltata indietro e aveva preso respiro soltanto quando aveva scorto il ciliegio sulla sommità della collina e aveva trovato lui, il bambino dagli occhi piegati all'ingiù, che la aspettava. Allora il cuore si era disteso, perché non si era sentita più sola, anche se non c'era tempo. Presto sarebbe calata la sera e i contadini li avrebbero contati. Nessuno doveva mancare. Ma quando era con lui aveva l'impressione che il giorno si fermasse, e respirava, a fondo, come se per tutte quelle ore, invece, avesse trattenuto il fiato. Gli si era seduta accanto, sentendosi sciocca perché il cuore le batteva tanto forte mentre lui era così calmo, il bambino dagli occhi all'ingiù che non aveva paura di nulla. Il ciliegio era il loro posto sicuro – non del tutto sicuro, perché niente era sicuro, alla fattoria – e nemmeno tanto segreto, perché la fattoria era un mostro con tanti occhi che vedevano tutto, e orecchie che sentivano anche soltanto quello che stavi pensando. Ma lì sotto, accarezzando con i palmi l'erba umida, anche i tagli bruciavano meno. Il passare del tempo lo misuravano dal colore delle gemme che diventavano foglie e poi frutti, dalla rudezza del legno, e dalle rughe della sua corteccia incisa da solchi che si facevano più profondi sotto il battere della pioggia. Erano i giorni che li separavano da casa.

«Sono così tanti», sussurrò la bambina. Le mancava la voce di sua madre. E le faceva male, perché non la ricordava quasi più. E se non ricordava più la voce, come poteva continuare a parlare con lei, nei pensieri, ora che diventava un fantasma muto che scivolava via, così lontano? E se si fosse scordata anche il colore dei capelli, le sue mani? Le sue carezze calde?

«Torneremo a casa, te lo prometto», le disse lui, lo sguardo concentrato sulle ombre che si muovevano fra i rami.

«Insieme», promise lei. E lo sentiva forte, nel cuore. Niente li avrebbe mai portati lontani. Nessuno li avrebbe divisi.

1.
BUONGIORNO, SIGNORA EDNA

Non conosceva calendario più affidabile del suo giardino, che si trasformava con il passare dei mesi e delle stagioni, pensò Edna gonfiando i polmoni d'orgoglio e profumo di melissa. L'incedere lento e ineluttabile del tempo lo riconosceva dal colore dell'erba, dal modo in cui i rami si vestivano di foglie riparandola dal vigore del sole. Oppure le bastava scovare le orme degli animali selvatici che approfittavano delle sue ombre nella calura estiva e le tane dei piccoli anfibi e dei ricci che si addormentavano nella terra morbida, protetta da un sottile strato di ghiaccio, prima che arrivasse l'inverno.

Aveva scostato le tendine di lato e osservava il prato, i suoi declivi armoniosi incorniciati dalle finestre come la composizione di un pittore. In quella stagione di mezzo, tutto mutava con una rapidità che lasciava senza fiato.

Le ultime rose sbucavano fra i cespugli, punteggiandoli di bianco, e le clematis, con i loro steli rampicanti così tenaci, avevano cominciato a coprire il pergolato di minuscoli fiori rosa. Presto avrebbe dovuto procurarsi del ferro per dare più forza alle radici.

Emil fu il primo a sentire il trillo del campanello che annunciava l'arrivo di Adele, una vicina che conosceva da tanti anni e che passava a trovarla una volta alla settimana. Il pappagallo scosse la grossa testa rossa e se la grattò nervosamente con la zampa rugosa mentre il suono si faceva più vicino e impertinente. Edna invece sorrise nello scorgere la donna sulla bicicletta carica di sacchetti.

«Per fortuna la trovo in casa, signora Edna», ansimò Adele, posando le sporte sopra il tavolo della cucina. «In questi giorni ho perso il senso del tempo. Non pensavo fosse così difficile organizzare un trasloco. Tra carte e uffici... E si figuri se Max, quello sciagurato di un marito, mi dà una mano», disse alzando gli occhi al cielo.

Edna invece sapeva che Adele adorava quell'ometto, tutto parole e bretelle colorate. E conosceva la stima che nutriva nei suoi confronti, anche se lei non l'aveva mai compresa.

«E con mia figlia, impegnata con le prove tutte le sere, e mio nipote Lukas, che non si perde una cena da noi, mi sembra di essere tornata ai miei trent'anni. Glielo avevo detto che Lisa ha ripreso con il teatro, vero?» chiese, soffiando contro il ciuffo che le era rimasto appiccicato alla palpebra.

Era mattina presto, eppure Adele non aveva rinunciato al suo vistoso ombretto "blu con una spolverata di brillantini dorati", come diceva lei, scordando che il blu aveva un'infinità di sfumature molto differenti. Quello era blu oltremare. Adele, però, non era mai precisa con le parole. Edna quasi non ci faceva più caso e a volte lo trovava persino divertente. Anche "trasloco" non andava bene. Si trattava di un "trasferimento", in piena regola. In un altro paese, più vicino alla città, e di cui Adele aveva menzionato il nome due volte soltanto.

Edna si era seduta sulla panca e aspettava pazientemente che le mostrasse il contenuto della spesa. Adele gestiva il negozio di alimentari in paese e, senza che lei glielo avesse chiesto, si era offerta di recapitarle di persona le sporte più ingombranti.

Edna le versò con cura l'infuso alla melissa, poi si fermò a guardarla mentre estraeva dal sacchetto barattoli e contenitori. I tetrapak di succo di mela (due, senza aggiunta di gas), le bottiglie di acqua naturale (tre, di vetro, perché la plastica con il calore rilascia sostanze che fanno venire il cancro – «Stern», numero di gennaio), lo sciroppo alla menta (uno, etichetta verde), l'olio di semi (un recipiente di latta). Come ogni giovedì, come da indicazione e senza strappi alla regola.

«Il pane fresco, così per oggi non deve scomodarsi a passare in negozio», le sorrise Adele ripiegando il nylon. «Per colazione, invece, una fetta di crostata per lei – un mio azzardo, sperando di riuscire a spezzare la monotonia delle sue pagnotte alla segale – e un mango e mezza melagrana per Emil.» Fece sgusciare un pacchettino e la frutta da un secondo sacchetto. «I più freschi, come sempre», disse senza nascondere una punta d'orgoglio. «Ma quanto mangia quel diavolo, io non l'ho mai capito.» Poi tuffò le mani più a fondo. «Queste sono per lui, da parte di mio nipote. Sa che ne va ghiotto.» Lasciò rotolare le noci sul tavolo e le raccolse in un mucchietto.

Era simpatico il nipote di Adele, un ragazzino sveglio. «Ogni volta che vengo in negozio, mi chiede se la volta dopo porterò Emil con me», disse Edna mentre piegava il tovagliolo in due e lo faceva scorrere lentamente sotto il bordo del piattino. La biscottiera era sul tavolo, ad aspettare Adele. Edna non la spostava mai: al centro perfetto del piano, accanto al vasetto di vetro con i fiori di botton d'oro.

Adele bevve in fretta un sorso d'infuso, scottandosi la lingua, e afferrò al volo un biscotto al burro.

«Oggi dimentico ogni cosa!» si schermì tutto a un tratto, battendo il palmo sulla fronte.

Edna fece finta di crederci. Era il loro gioco del giovedì e ormai non la sorprendeva più. Ma le sarebbe dispiaciuto se Adele se ne fosse accorta, e così restava con le labbra piegate in un sorriso che sarebbe suonato finto a chiunque tranne che alla diretta interessata.

La sua copia di «Stern» con la copertina nuova, su cui era impresso un mosaico di foto, scivolò sul tavolo. L'articolo centrale richiamava con un titolo in giallo qualche scandalo o un colpo di scena che non mancava mai di farle perdere un battito.

«Eccolo qui, per la sua collezione!» disse Adele, indicando con un cenno la pesante madia sui cui ripiani erano impilati in colonne ordinate decine e decine di riviste con lo stesso titolo e una stella bianca in alto sulla copertina. «Poi un giorno», sospirò, «mi dirà che se ne fa. Per mia curiosità, ne ha mai gettata una, una sola?»

«L'ho aspettato tutta la settimana», la ringraziò Edna, lasciando la domanda in sospeso e sistemando la rivista sul bordo del tavolo, a rassicurante distanza dalle macchie di infuso pasticciate da Adele. Trovò che la copertina fosse però lievemente sbiadita. Nascosto fra le pagine, sbucava un pieghevole.

Adele si schiarì la voce. «Max mi ha raccomandato di consegnarle questo. Così può dare un'occhiata. Verrò a darle una mano per le valigie, non si preoccupi. Qualche giorno ancora lo abbiamo», sorrise.

Max le aveva già spiegato tutto. Mentre Adele usava le parole come tovaglie troppo larghe o troppo corte che non si stringevano mai agli angoli, Max intabarrava i concetti più semplici sotto strati di stoffe a fiori. Le faceva sempre una gran confusione nella testa. Ma non la ingannava mai del tutto. La chiamavano "casa di riposo". A una prima analisi non sembrava male. Ti assegnavano una stanza con vista sulle montagne, uno spiazzo di terra da coltivare a orto (e i suoi bulbi?). C'erano una piscina (capacità di nuoto prossima allo zero, ma quando lo aveva confidato a Max, lui aveva scrollato il capo rispondendo che erano solo dettagli), una palestra per i massaggi e un cuoco che seguiva la tua dieta, ma che con lei avrebbe avuto poco da fare (sessanta chili tondi, peso ideale per un metro e cinquantasette di altezza – «Stern» di settembre).

A ogni sua obiezione Max aveva scosso la testa, passando al punto successivo e dicendo che non doveva soffermarsi sulle minuzie, cercando sempre il pelo nell'uovo.

Ma se si trattava di una vacanza e poteva fare quello che voleva, perché non le permettevano di portare con sé Emil?

«Lo sa, vero, che è per il suo bene? Ricorda quello che è successo...»

Adele si riferiva alla sua anca che protestava quando le sere si facevano più umide. Oppure a quello stupido episodio, di cui non era ancora convinta. «Sono sicura che qualcuno sia entrato davvero, Adele. Mi mancavano dei soldi dal portafogli...»

«Li aveva nascosti nella busta dietro il quadro.»

(Secondo quadro, parete di destra. Non il quarto, già. Una piccola svista.)

«E quando l'ho trovata nel bagno, chiusa a chiave, e Max ha dovuto sfondare la porta?»

«Quella chiave non l'ha più trovata nessuno», obiettò, mentre cercava di tenere a bada il ricordo, anche se la sensazione di non avere via d'uscita la rammentava bene, e le seccava la gola come in quegli attimi. Per qualche settimana aveva faticato a trovare il sonno, che si riempiva di immagini. Ogni estate, sì, proprio d'estate, quando il sole era più forte e la luce non permetteva alle cose di nascondersi, sprazzi di visioni, frammenti sparsi del passato, prendevano a palpitare. E gli anni che passavano, portando nuovi silenzi, non facevano che ricomporli in una visione più nitida.

Adele non poteva capire. Però aveva ragione su un fatto: si era sentita indifesa, dopo così tanto tempo. Era stato allora che si era convinta. E l'aspetto migliore di quella decisione era che non si trattava di una vera decisione. Semplicemente avevano inserito il suo nome in una lista d'attesa. E lo sanno tutti che in una lista d'attesa si attende e basta, senza decidere nulla. Quando aveva sentito la voce della segretaria all'altro capo del telefono aveva pensato che doveva esserci un errore. Dopo tutti quei mesi.

«Sarà esattamente come stare nella sua casa. Si sentirà soltanto più viziata», sorrise Adele. «Edna», disse dopo aver inspirato a fondo, «non può perdere quest'occasione, lo capisce, vero? Ci sono molte persone che attendono, dopo di lei, e che vorrebbero quel posto. E poi non riuscirei a pensarla qui, tutta sola, quando io e Max ce ne saremo andati.»

«Io ed Emil ce la siamo sempre cavata bene», disse Edna d'impulso, senza accorgersi che il pensiero aveva preso voce. Ed era la sua, di voce. «Non è più accaduto...»

«Signora Edna...»

Edna annuì. Certo, ne avevano già discusso a lungo.

«Adele, ci sarebbe anche la spazzatura», disse, allungando

lo sguardo oltre l'angolo. Per quella mattina avrebbe potuto approfittarne. «Due sacchi. Li ho legati bene. Se li tengo troppo a lungo, qui in giardino, i gatti randagi li aprono e spargono tutto per il prato.»

Adele prese i sacchi, sorrise. E si voltò a salutare Emil.

Il pappagallo era rimasto tutto il tempo sul trespolo all'entrata, indaffarato a pulirsi l'ala con il becco. Faceva sempre così, ogni volta che la vedeva, quasi fosse afflitto da un prurito insopportabile. Adele lo osservava da lontano, con tutta l'aria di chi si stava chiedendo se i pappagalli, al pari dei cani, possono attrarre le pulci.

«Buongiorno, *Warmduscher*!» la salutò una voce metallica camuffata nell'oscurità del corridoio.

«Si dice "arrivederci", Emil. Non glielo ha ancora insegnato, signora Edna?» rise Adele. «Non è educato dare del "pappamolla"!»

«Emil ha una testolina quadrata. È la prima parola che ha imparato e ancora la ricorda.» Edna fece strada a Adele attraverso il giardino, aprendole infine il cancelletto.

Guardò le montagne, giganti burberi di terra e roccia che graffiavano il cielo. Non potevi immaginarti, osservandole da quella prospettiva, quanto fossero vive e brulicanti di vita. E quanto sembrassero minuscoli le case e il fiume, la strada, guardati da lassù. Lei lo sapeva. Ma quasi se l'era dimenticato.

Si voltò verso la sua casa dalle tegole rosse e un po' sconnesse, avvolta in un rassicurante bozzolo di rampicante che pareva un manto, più denso dell'erba. Raddrizzò gli occhiali sul naso, mentre il sole del mattino la abbracciava dolcemente, e richiuse la porta premurandosi di non fare rumore.

2.
TIENIMI CON TE

L'infuso era tiepido, ma il sapore ancora gradevole. Edna ci aggiunse dello zucchero e intinse la punta della crostata.

«E ora puoi finirla di nasconderti», disse rivolta a Emil che piegò il collo di lato. Aveva smesso di tormentarsi la zampa con il becco e le piume gli stavano lisce e compatte sul corpicino finalmente quieto.

«Non capisco perché Adele non ti piaccia. A volte si impiccia troppo e ha il suo carattere, certo. Ma ti porta le noci, la frutta. E non fare l'offeso per Jackie.»

Edna accarezzò la copertina lucida della rivista che aveva riposto accanto al tovagliolo. Le piaceva la grana della carta, il suo profumo, e il modo in cui i titoli e gli articoli si combinavano insieme con le immagini. C'era sempre qualche servizio sulle famiglie reali d'Europa, sulla scappatella di qualche attore o la lotta coraggiosa di quell'attrice contro un male insidioso, il cui decorso veniva descritto nei particolari più minuziosi.

Voltò in fretta le pagine: il primo giro era pura esplorazione. Poi avrebbe avuto una settimana intera per leggere ogni articolo e ritornare su quelli più lunghi.

Le pagine centrali erano dedicate all'ondata di maltempo che imperversava su mezza Europa.

Edna scorse le foto di fattorie con i tetti divelti, fiumi che esondavano coprendo di acque limacciose la campagna. Un'automobile grigia piegata sotto il peso di un albero enorme, del quale si vedevano riaffiorare le impressionanti radici ancora rivestite di terra.

Il respiro si distese un poco prima che lo sguardo scivolasse sul riquadro di lato, dove terminava la pagina e lei stava appoggiando il pollice. A un tratto sentì i polmoni svuotarsi e annaspare come se qualcuno avesse risucchiato tutta l'aria dalla stanza.

C'era qualcosa, in quella foto, che le aveva messo un lungo brivido. In tutto quel grigio, in mezzo a tutti quei colori impastati di terra e fango, il sorriso dell'uomo stonava come un pugno nello stomaco.

La piega degli occhi faceva da contrappunto a quella delle labbra. Erano occhi che restavano sempre un po' tristi, anche quando il loro azzurro si riempiva di luce. La palpebra (sinistra, proprio la sinistra) era tagliata in un'onda spianata fra le rughe, che velava quasi completamente il bulbo. Era stato quel particolare, così unico e di cui conosceva la storia, a spezzarle il fiato.

Ora, mancava soltanto un nome.

Edna appoggiò la punta dell'indice sotto la riga per essere certa di non perdere il segno, nonostante la tentazione di fermarsi sull'immagine le facesse di tanto in tanto spostare lo sguardo. L'accenno di barba confondeva in parte i lineamenti e la pelle sul volto era incisa da rughe profonde quanto solchi d'aratro.

L'uomo era stato travolto da una frana di fango che lo aveva sorpreso all'interno della sua abitazione (l'aveva costruita da solo, lavorando il legno con le sue mani).

Soccorsi. Feriti. Ospedale di Ravensburg. Due bambini. Una famiglia. Il dito di Edna si soffermava su ogni parola, a volte ritornava all'inizio della frase per riprendere una virgola. Oppure era un punto? E poi, il nome che cercava: Jacob.

Jacob Kneip.

Era buffo, perché lei il cognome non lo aveva mai saputo. E si mischiavano, nel petto, la felicità e la paura.

3.
JACOB

Vide nella sua mente l'immagine di un bambino, con gli stessi occhi piegati all'ingiù e la palpebra sinistra tagliata, rossa come una ferita aperta. La sua mano che si tendeva, mentre intorno alla sua corsa il mondo sfumava e le cose, gli alberi coperti di neve, le rocce sul tracciato, perdevano i loro contorni. Come un arco teso cercava di raggiungerla, allungando il braccio sporco verso di lei, che rimaneva a guardarlo. Invece di sporgersi e aiutarlo a salire sul carro che metteva tra loro sempre più metri di fango e vento, lei se ne stava immobile, paralizzata dalla paura.

Edna guardò la fotografia che aveva riposto accanto alla rivista.

L'aveva staccata dalla parete interna dell'anta che chiudeva la vecchia madia dove erano custodite tutte le sue copie di «Stern». Aveva sempre saputo che le sarebbero servite. Proprio come la fotografia che se ne era stata lì, appesa con una puntina, a salutarla ogni giorno mentre lei cambiava e mutavano le stagioni, la strada, il mondo intorno.

«Ti ho trovato, Jacob.» La voce uscì lenta e greve, con la soddisfazione di chi sa di avere sempre avuto ragione e con una nota di compiaciuta sfida. Osservò le pile composte dalle riviste. Ce ne era voluto di tempo, sì. Eppure la polvere non aveva intaccato la fotografia che la guardava dal tavolo. Era l'ocra della carta – sempre che non fossero bastati i vestiti simili, le stesse facce sporche e gli scarponcini – a renderli tutti uguali. Una decina di bambini, lì rigidi, in riga davanti alla facciata della fattoria con volti da piccoli adulti.

Erano arrivati in una terra straniera all'inizio della primavera, dopo lunghi viaggi da paesi diversi che alcuni di loro non avrebbero mai più rivisto. Neppure il sopraggiungere dell'inverno aveva ricondotto a casa i più sfortunati e il loro coraggio non era bastato a vincere la malattia, la fatica, né a cambiare il volere di chi aveva deciso. In tutti quegli sguardi Edna vedeva la declinazione della stessa malinconia. Lei e Jacob erano vicini, uno di fianco all'altra.

Lesse la data sul retro (*1938-1939*) in mezzo agli scarabocchi, poi la voltò e confrontò l'immagine con quella sul giornale. Be', Jacob non era solo cresciuto. Era invecchiato, e parecchio, proprio come lei.

Tuttavia gli anni non avevano potuto nulla contro la sua ferita, se non inasprire la piega della palpebra poco più di quanto ricordasse. «Te l'avevo detto, Jacob, che non sarebbe più guarita.»

Lesse quanto c'era scritto sotto. Le lesioni. Lo avevano portato all'ospedale di Ravensburg insieme a tutti gli altri feriti. Doveva recuperare le forze, certo. E quando ti sono cadute addosso tonnellate di fango e pietre, occorre ben più di una nottata di sonno e qualche pastiglia allo zenzero per rimetterti in sesto, rifletté Edna.

Il giornalista aveva indugiato poi sulla vita dell'uomo, conosciuto per le sue attività in difesa della natura. Scosse la testa. Certo, e cos'altro sarebbe potuto diventare, Jacob, se non un coraggioso difensore dei più deboli?

Edna fece un respiro profondo. Guardò Emil, che la stava osservando immobile, poi chiuse il giornale e raccolse le briciole di crostata.

Le gettò nel lavabo e fece scorrere l'acqua, strofinando la ceramica con la paglietta fino a farla risplendere. Si impegnò a tagliare la melagrana e riempì la ciotola di Emil. Quando tornò da lui, tra le sue piume blu vide due bambini che correvano nel ventre scuro della foresta, con la paura che bloccava le gambe e un pappagallo nascosto in uno zaino.

Allora sostituì l'acqua sporca con della fresca e buttò nella pattumiera i botton d'oro che stavano appassendo. Asciugò le tazze e aprì le finestre per far circolare l'aria, come ogni mattina. Poi uscì in giardino per tagliare dei fiori freschi da mettere nel vasetto. Mentre Emil fischiettava, chiamandola con voce metallica per attirare la sua attenzione, le immagini nella mente di Edna correvano più veloci del suo sguardo che spaziava sulle montagne di fronte.

Arrivavano di seguito, senza logica e frammentate, schegge che si conficcavano nella carne. Sono così, i ricordi: decidono loro quando è il momento di svelarsi, guidano a volte le mani prima che la mente. Il cuore segue o resta ad ascoltare. Le capitava anche in quel momento, mentre sceglieva i fiori senza neppure vederli e li strappava dal terreno con una secca torsione del polso. Nella durezza di quel movimento c'era la traiettoria breve e perfetta che aveva imparato, ripetendola centinaia di volte sempre uguale, su centinaia di penne strappate dalla polpa carnosa.

Alla fattoria le oche andavano spennate prima che la fatica del raccolto richiamasse tutte le braccia a disposizione, anche le sue. Le penne dovevano essere divise per lunghezza e riposte in tre cesti differenti che andavano svuotati in grossi sacchi ogni volta che si riempivano. Il procedimento in apparenza era semplice: si catturava l'oca e ci si sedeva su uno sgabello, stringendola fra le gambe. Poi, si cominciava a strappare le penne, partendo da sotto le ali, sempre all'indietro e senza insistere troppo sullo stesso punto.

Ma le oche, come aveva scoperto in fretta Edna, erano bestie insospettabilmente pesanti e diventavano molto cattive per difendersi dalle sue mani, assestando beccate che la facevano lacrimare.

Gli occhi di Edna non si riempivano di lacrime soltanto per il dolore. Le urla di quegli animali sofferenti e terrorizzati non se le sarebbe più scordate.

Erano «la musica della domenica», dicevano i bambini senza alzare lo sguardo mentre vangavano la terra. Tra loro c'era anche Jacob.

Edna ricordava bene la fattoria dove si erano incontrati.

Da lì, dietro le sue montagne, veniva anche Emil. Da allora era passata un'intera vita, che aveva condiviso con quel grasso pappagallo, imparando a volergli bene dopo il sangue delle beccate iniziali. Jacob, invece, non aveva scelta. Costretto in una stanza di ospedale, aveva anche perso la sua casa. Come aveva perso Emil, tanti anni prima, dopo averlo salvato, accudito. Ed era stata tutta colpa sua se i loro destini a un certo punto si erano scambiati. Perché in quel letto di ospedale ora poteva esserci lei. Jacob, da Ravensburg, non se ne era mai andato.

Nella nicchia, dietro la madia, era appoggiato un bastone di legno scortecciato. Accanto, uno zaino e uno scialle di lana, appesi alla gruccia quasi attendessero soltanto di essere indossati. Si trovavano lì, nell'esatta posizione in cui li aveva lasciati al ritorno dalla fattoria, quando era una bambina di dieci anni. Pronti per riaccompagnarla in un nuovo viaggio, per riportare a casa Jacob.

Mentre guardava i vestiti (mancavano gli scarponcini, certo, perché erano talmente consumati, al ritorno, da non essere rimasta che la suola) e il trasportino di Emil sistemato sotto, con le rotelle perfettamente dritte e rivolte verso la porta, la mente si riempiva di domande che si affastellavano sconclusionate. Si chiedeva quanto contassero le fantasie di due bambini a cui avevano strappato il mondo, nascondendolo dietro i confini dei boschi che cingevano una vecchia fattoria. I loro discorsi fatti di sogni strampalati assediati da una realtà troppo nera, scura come gli incubi che si fanno a mezzanotte.

Quanto contava la promessa che si erano scambiati? Quale forza aveva di sopravvivere al tempo, ai ricordi? Alla lontananza. Una semplice promessa. Forse, lui se ne era dimenticato.

«Buongiorno, *Warmduscher*!»

Edna si voltò verso il trespolo di Emil. Era talmente abituata che la chiamasse in quel modo, imparato dal bambino che lo aveva salvato tanti anni prima, da non farci più caso. Ora, però, le rimestava le viscere.

Era rimasta traccia di loro persino nella memoria di una creatura fragile come Emil.

Quando rientrò, sistemò nel vasetto i boccioli di ortensia e rose che aveva appena raccolto, distanziandoli fra loro perché prendessero la luce. Poi guardò gli appunti appesi alla parete (ferro per ortensie, conservare bulbi per l'autunno), e riprese la rivista alla pagina di Jacob. Piegò la carta, facendo attenzione a non tagliare nessuna parola, e la strappò lungo i bordi seguendo minuziosamente il tracciato, mentre si chiedeva se a Ravensburg fosse finalmente rispuntato il sole.

Alla fattoria, nei momenti in cui la felicità sembrava allontanarsi con la furia di un cavallo imbizzarrito che macina terra e prato sotto gli zoccoli, aveva adoperato tutta la sua forza per non farsi portare via. Si sedeva lontano dagli altri bambini, che avevano preso a guardarla di sottecchi e a parlare di lei di nascosto da quando si era sparsa la voce che era figlia di un'italiana. Non era l'unica, certo. La bambina che dormiva accanto a lei, per esempio, veniva dalla sua stessa valle. Ma il tedesco era la lingua del padre, quella che contava lì, anche se poi era così diversa che faticavano a capirla. Lei lo trovava strano perché non riusciva ad afferrare come la stessa lingua potesse avere tante sfumature differenti. E si era impegnata, per assomigliare a loro. In fondo, anche a casa era suo padre quello che faceva la voce grossa e dettava le regole. Al punto che aveva finito per credere di dovergli assomigliare in tutto. Alla fattoria era più o meno lo stesso. I suoi genitori le avevano detto che sarebbe stata bene. Avrebbe soltanto dovuto seguire padre Gianni in un lungo, bellissimo viaggio attraverso le montagne senza darsi pena del tempo che passava né avere la solita fretta: sarebbe restata lì tutta la primavera, l'estate e l'autunno.

Edna si era fidata, anche quando farlo era diventato difficile, perché sembravano essere scomparsi nel nulla. Allora aveva chinato la testa e combattuto per stare al passo ed essere accettata, dimenticando alla fine di ogni giornata le offese degli altri bambini e le urla del padrone come si dimentica la paura del vuoto quando si cammina con i piedi sull'orlo di un burrone.

Ma quando non aveva abbastanza forza per provarci ancora stringeva forte nel palmo il legnetto di san Cristoforo, una scheggia che aveva scavato dalla statua del santo ai piedi della quale aveva pregato quando, durante il viaggio, avevano fatto sosta in una cappella montana. Padre Gianni le aveva detto che si sarebbe sentita meglio se l'avesse accarezzata. Ma padre Gianni aveva detto molte cose, e non tutte erano vere. Non le aveva detto, per esempio, che sarebbe stato così difficile.

La sveglia alla fattoria veniva data alle quattro di mattina. A Edna toccava badare agli animali. Mungere le mucche e pulire le stalle, però soltanto dopo aver riempito fino all'orlo le mangiatoie dei maiali. Raccogliere il lino e le spighe, lavare le stoviglie, rifare i letti, strofinare i pavimenti e battere i cereali erano lavori faticosi.

Gli uomini e i bambini si occupavano dei campi, le bambine, invece, dei lavori di casa, controllate dalla padrona. Quando la padrona non c'era, la sostituiva la sorella, una donna che sorrideva poco e sembrava sempre essersi alzata con il piede sbagliato.

Alcune bambine erano brave a tessere e lavorare a maglia, lei, invece, si pungeva le dita e ingarbugliava i fili, perdendo il conto dei punti. Non per questo poteva restare con le mani in mano. Oltre a badare agli animali – lei e un altro bambino, Bastian, si occupavano di dieci mucche da latte, quattro cavalli da lavoro, dei polli e delle oche – talvolta aiutava i contadini a costruire i recinti, a raccogliere le patate e scrollare gli alberi da frutto. Ma era più lenta degli altri. E un posto, tutto suo, non lo aveva mai trovato. Le gerarchie però andavano rispettate. Il signore e la signora erano i proprietari della fattoria. Avevano due figli che venivano trattati come i contadini più grandi. A loro era concessa più libertà, ma Edna li vedeva spesso litigare e azzuffarsi, come cani che dovevano trovare il proprio rango nel branco. E se erano troppo deboli per riuscirci, restavano soli – come sarebbe accaduto a lei se non avesse potuto contare sulla protezione di Jacob – e allora sarebbe stato meglio essere un cane davvero. Perché il padrone li curava bene, i suoi cani da caccia. E li rispettava.

Era successo anche al figlio più grande. Era tornato da non ricordava più quale città e la madre aveva cucinato per giorni soltanto per lui dalla felicità di averlo di nuovo alla fattoria. Piatti tanto deliziosi che Edna aveva sentito lo stomaco stringersi per la fame al solo profumo. Ma lui poi aveva fatto la voce grossa con il padrone, a cui non importava che fosse suo figlio e che lo aveva cacciato. Edna lo aveva invidiato perché era uscito, libero, per i campi, sulle spalle lo zaino con cui era arrivato (le era sembrato perfino più pesante).

Loro invece erano sempre fermi lì, anche se fermi non stavano mai. Il destino di Edna sembrava quello di dover correre in continuazione, come un'ape che abbia perso l'orientamento. Correre in fretta, da una parte all'altra, rendersi utile in tutto, dal momento che non era brava in niente.

Nelle settimane di mietitura doveva portare i pasti ai contadini su un piccolo carretto che trascinava a mano. Ogni razione era composta da pane, formaggio, uova e *Retting*, una sorta di pane schiacciato cotto sulla pietra, accompagnati da un bicchiere di mosto. Durante le ore più calde della giornata era costretta a correre per portare le brocche e a moltiplicare il tragitto dalla cucina al campo, fino a quando l'aria davanti agli occhi si riempiva di puntini grigi e la stanchezza la faceva arrancare.

Il signore e la signora – i padroni – mangiavano per i fatti loro, con i figli e la sorella della padrona. I contadini più grandi erano separati dai bambini, che consumavano i pasti in uno stanzino vicino alla *Stube*. La zuppa era versata tutta nello stesso piatto fondo. Ciascun bambino aveva il suo cucchiaio di legno, ma non era facile garantirsi il proprio turno, perché c'era sempre qualcuno più veloce e, in quel caso, non c'erano distinzioni tra maschi e femmine.

La sera dormivano tutti insieme in una sorta di camerata, non riscaldata in inverno e bollente d'estate. Maschi e femmine divisi da una barriera di balle di fieno. Lei era riuscita a ritagliarsi un cantuccio tutto suo, abbastanza distante dal letto di Anja, una bambina della sua età, e a volte si addormentava con la scheggia di san Cristoforo stretta nella mano dopo aver recitato i venti *Proteggimi Signore* che padre Gianni le assegnava le sere in cui viaggiavano insieme. Lui se ne era andato e non poteva più sgridarla se si addormentava nel mentre o biascicava le parole. Ma ci aveva preso l'abitudine e ora le piaceva pensare che quella cantilena fosse destinata a qualcuno che l'avrebbe ascoltata e si sarebbe preso cura di lei.

4.
GIORNO 1
DISTANZA: 1 KM

A due strade, un giorno e un chilometro di distanza, Adele non aveva ancora spalancato del tutto le persiane. Il pensiero delle cose da fare pulsava nella testa e premeva, facendola sentire stanca quasi non avesse chiuso occhio. Con le sue pattine rosa, regalo di Lisa, zigzagava fra montagne di cartoni che la sera prima non c'erano.

Le scritte in pennarello rosso erano di Max. Riconosceva la grafia allungata, il corsivo dritto, soltanto un po' tremolante, e immaginava suo marito imballare e inscatolare oggetti, lo sguardo concentrato e una ruga dritta a tagliargli la fronte a metà, mentre stringeva il pennarello fra le dita tozze. Adele provò tenerezza, mista a una sensazione più scura e fredda, che non riusciva a definire. Per Max il trasloco era una faccenda seria, che si era preso d'impegno. Anche se aveva deciso di iniziare dai suoi modellini, mentre lei si guardava attorno e non riusciva a vedere altro che mobili da svuotare, vestiti da stirare e ripiegare, vecchie cianfrusaglie da scartare. La fatica di sacchi da riempire, scale da salire e scendere fino a consumarsi le ginocchia.

Diede un'ultima occhiata agli scatoloni riposti in pile ordinate: e così, lo stavano facendo davvero.

Posò la moka sul fornello e si avvicinò alla porta finestra uscendo sul terrazzo. Abitavano al primo piano di una delle case nuove, un cubo di cemento troppo tozzo e largo, finito lì per caso a guastare l'armonia del paesaggio. I campi Adele li vedeva soltanto da lontano.

La fissità dei filari regolari, che si spingevano fino ai pendii delle montagne, era spezzata dai tetti delle fattorie, per lo più trasformate in graziose pensioni con piscine già riempite di acqua troppo azzurra per sembrare vera e prati di erba tagliata corta, aiuole curate.

Un camion stava entrando dalla stradina, sollevando nuvole di polvere che finivano a ricoprire le siepi come un velo di fuliggine: Max non ne sarebbe stato contento. Adele sperò non uscisse in quell'istante. Ogni primavera lo mettevano di malumore i lavori dei vicini. Da quando era morta la suocera di Bernie, avevano ristrutturato la casa, trasformando la catapecchia in un grazioso B&B. Doveva ammettere che era davvero un sogno. Le persiane verdi, i muri puliti, intonacati di una tinta color panna. E tutte quelle aiuole.

Adele rientrò, si lasciò cadere sulla sedia. Prima, però, spostò dalla parete il quadretto con un disegno fatto da Lisa alle elementari. Restò a guardarlo da una certa distanza. Così appoggiato sopra la credenza non stava per niente male, constatò con un filo di orgoglio. I muri della cucina erano scrostati agli angoli, lo sportellone del frigorifero non si chiudeva e occorreva una mano di pittura. Forse due. Ma era la cucina in cui Lisa aveva imparato a camminare. I ricordi la rendevano accogliente.

Max la sorprese con un bacio, sceso sulla fronte veloce come una goccia di pioggia, e la travolse nel suo profumo di sapone e pelle appena lavata.

«Già in piedi?» sorrise lui, afferrando la moka e versandosi il caffè nella tazza. Quella sbeccata se l'era tenuta Adele. Era sempre stato così: chi si alzava per primo apparecchiava il tavolo e per un implicito accordo, un riflesso che un tempo doveva essere stato affetto e premura, teneva per sé la tazza sbeccata.

Max indossava le braghe corte, a righe, quelle che di solito portava quando partivano per il mare, e una maglietta blu. Quindi, niente pantaloni lunghi né giaccone di pile. Adele lo trovò strano perché il lavoro alla cooperativa ortofrutticola non seguiva mai le stagioni.

«Mi sento già un uomo diverso, Adele. E Bernie...» Allontanò di colpo le labbra dalla tazza, raggrinzendo il volto in una smorfia di dolore.

Adele si affrettò a versare del latte nel caffè bollente.

«Dicevo», continuò lui, senza farci caso, «Bernie mi ha parlato dell'impianto fotovoltaico.»

Da quando Max e Bernie si parlavano come amici, scambiandosi consigli?

«Dovremmo pensarci anche noi, sai? Detrazioni fiscali del cinquanta per cento, ammortamento del centotrenta e alta efficienza, qualità garantita per almeno trent'anni.»

«Max, non ti sembra di correre?»

Mentre lui scuoteva la testa con assoluta convinzione, lo sguardo di Adele scese sui giornali che suo marito aveva lasciato sulla sedia dalla sera prima. Manuali di bricolage, cataloghi di mobili da giardino, pagode, "costruisci il tuo pollaio fai da te".

«Adele, è da quasi un anno che abbiamo ricevuto in eredità la casa da mia zia. E stiamo ancora qui, tu a portare la spesa in bicicletta alle vecchie, io a congelarmi in quei magazzini come un pescatore di merluzzi in Antartide, a svegliarmi con il buio e a tornare a casa con il buio trecentocinquanta giorni all'anno. È ora di cambiare vita, non credi? Sai quanto guadagnano Bernie e Clara dall'affitto delle stanze?»

Max spalancò la porta finestra. La polvere lo fece tossicchiare, ma non era bastata a spegnere il sorriso orgoglioso con cui stava salutando Clara e Bernie dall'altra parte della siepe. «Ottimo lavoro, ragazzi!»

Poi si voltò verso Adele. «Aspetta di vedere il nostro B&B, Adele!» sussurrò come le stesse confidando un segreto. «Quello di Bernie, al confronto, sembrerà un capanno per gli attrezzi.» Aveva il tono soddisfatto di chi sta intraprendendo la grande impresa e ha già intravisto il finale glorioso.

Adele si sforzò di sorridergli.

«Hai dormito bene?» chiese Max come se si stesse finalmente accorgendo di lei.

Lei annuì. «Ieri mattina sono passata dalla signora Edna.

Un po' mi preoccupa. Il fatto che lei e quel pappagallo siano così legati… Rende tutto più complicato.»

Max fece un gesto con la mano, come a levarsi di torno una mosca o un pensiero sciocco.

«Edna è una donna forte e piena di risorse, ma se non ci fossi tu ad andare a trovarla, in quella casa buia… Lo hai visto il giardino? Con tutti quegli alberi e i rampicanti che infestano i muri! Una bella potata, ci vorrebbe.»

«A lei piace così tanto…»

«Sì, e chissà cosa ci vede. È anziana, ha un'idea del mondo tutta sua. Più antica», disse come se quella parola avesse un sapore sgradevole e incomprensibile. «E poi non le fa bene, alla sua età, stare troppo a contatto con quell'animale. Psittacosi, la "malattia dei pappagalli", sai di che si tratta? È un'infezione terribile. Sembra una normale influenza, poi si trasforma in polmonite, ma c'è un minuscolo batterio che intanto ti lavora nel sangue.»

Adele ripensò al modo in cui Emil si grattava la testa. Max aveva ragione.

«Il veterinario ha una voliera in giardino. Persino Edna si è accorta di quanto sarebbe felice quel pappagallo, lì a volare finalmente con i suoi simili, invece che a bere infusi. A guardare gli uccelli selvatici che attraversano il cielo. E lei lo andrà a trovare ogni volta che ne avrà voglia.»

Adele rifletteva. Da lì riusciva a vedere parte della collezione di Max ancora sullo scaffale dell'entrata. Navi vichinghe.

«Essere empatici non vuol dire farsi travolgere dalle emozioni, Adele. Né accogliere la sofferenza degli altri come fosse nostra. Occorre restare lucidi e mantenere il distacco necessario per fare la cosa giusta. Per fare il bene.» Aveva scandito le ultime parole lentamente, il volto come illuminato da un fascio di luce che faceva brillare l'aria intorno.

Max aveva sentito parlare di empatia a un corso d'aggiornamento per i lavoratori offerto dalla cooperativa. Era stato lì, a quel corso, che aveva scoperto i neuroni specchio. Gli avevano cambiato la vita. Doveva tenerlo a mente, Adele. I neuroni specchio erano la chiave di tutto. Sempre.

«Alla sua età camminare è più difficile. Anche l'operazione più semplice diventa complicata», incalzò Max. «Tu le portavi la spesa. Cosa farebbe, senza macchina, con il primo negozio di alimentari a un chilometro di distanza? Morirebbe di fame, te lo dico io. E poi, Edna è una che ha bisogno di confini confortevoli e rassicuranti, non si sarà mai spostata più in là del suo giardino. Credimi, è una vera fortuna che l'abbiano presa. Le daremo quello che ha sempre cercato: la stabilità di mura protette. Caspita, ce ne è voluto del tempo... Ma alla fine ogni tessera ha trovato il suo posto.» Espirò con forza come se avesse condiviso il tormento dell'attesa.

Doveva essere merito dell'empatia e dei suoi neuroni specchio, pensò Adele. Max inquadrava la realtà come fosse racchiusa con precisione nel cerchio perfetto di un mirino balistico. Quando guardava le cose da un'altra prospettiva, più profonda e distaccata, capiva quanto lui avesse ragione. E non smetteva mai di imparare e di ammirarlo.

5.
IL TRENO

Non sarebbe stato troppo difficile. C'erano il treno, le corriere e persino le funivie. Di stare sospesa per aria però aveva paura. Non riusciva a immaginarsi nel vuoto, senza la terra sotto i piedi. Le restavano le corriere e il treno, che per Adele era la vera rivoluzione della valle. Ma con parsimonia e soltanto quando glielo avesse concesso la sua cartina: i tratti sottolineati, avrebbe dovuto seguirli con l'unico aiuto dei suoi scarponi e delle sue gambe, per quelli contrassegnati invece dal disegno delle ruote si sarebbe potuta concedere qualche mezzo più rapido e agevole. Come nel suo ultimo viaggio, di ritorno dalla fattoria.

La mente di Edna era affollata di pensieri mentre le ruote del trasportino affondavano nella ghiaia umida, inghiottivano fili d'erba e denti di leone nelle virate improvvise per poi perdere un giro. Quanto pesava! L'ultima volta che aveva ficcato Emil nel cestello di plastica era soltanto un cucciolo spennacchiato che pesava la metà, più morto che vivo. Ne era trascorso parecchio, di tempo. A lei stava largo lo scialle di lana che ora le pizzicava le spalle senza neppure coprirle del tutto. Un dettaglio a cui non aveva pensato il giorno in cui aveva preparato i vestiti per la partenza, con quasi ottant'anni di anticipo.

Fece un respiro profondo. L'aria sapeva di legno di melo e portava con sé la dolcezza di nuvole che scorrevano lente, illuminate dal sole che nasceva dietro le creste e le tingeva di rosa. Era una bella giornata. La giornata ideale per mettersi in cammino, disse a sé stessa. Sbucò sulla strada principale, tenendosi stretta al marciapiede.

Sull'asfalto le ruote facevano il chiasso di un vecchio motore a scoppio. Pensò in fretta a una via alternativa. Ma non c'era molto da inventarsi. Doveva raggiungere la stazione dei treni. Si guardò intorno, sperando che il fracasso non avesse svegliato qualcuno. Sarebbe stata una bella seccatura dover incontrare uno dei vicini o farsi vedere così. E se poi le avessero chiesto che ci faceva lì? Una vecchia con un bastone di legno in una mano e un pappagallo in un trasportino per cani, una sacca legata sopra alla meglio.

Superò la serra, con le immense vetrate che occhieggiavano sull'asfalto. E per qualche istante combatté contro la tentazione di sedersi su una delle panchine, quelle di legno scuro, divorato dal sole e dal vento caldo, che spazzava la valle nei primi giorni di marzo, sciogliendo via l'inverno per una tregua che non durava mai a lungo. Un occhio nero, rotondo come una capocchia di spillo, guizzò da una delle strette feritoie del trasportino.

«E così lo stiamo proprio facendo, Emil.»

Controllò che la sacca fosse legata saldamente al tettuccio e si sforzò di ricordare se avesse portato quanto le sarebbe servito, senza dimenticare nulla. Anche se ormai era tardi per tornare indietro. Ricordava di aver allineato sul tavolo i calzini di lana (tre paia) per proteggere i piedi dal freddo e dai calli, le fette di segale avvolte nella carta (sette) contro la fame, la borraccia (nuova), il barattolo di cetrioli e il liquore al mirtillo (contro la stanchezza), la pomata di arnica (per i muscoli indolenziti), le pastiglie di zenzero e menta (per tutto il resto). All'ultimo momento aveva infilato nella sacca anche il cappellino con la visiera. Se lo era dimenticato in giardino Max l'estate passata. Era di un rosso vivace, che non le dispiaceva affatto (strano, c'erano poche cose che le piacevano di lui), e sarebbe andato bene anche così, con quella scritta sul davanti che lei non capiva. I suoi occhi erano troppo consumati per sopportare il logorio del sole che sferza un ghiacciaio.

Andava invece molto fiera dei suoi scarponi (lacci legati in doppio nodo). Perché non si possono attraversare le montagne senza una borraccia di acqua, ma anche se maltratti i tuoi piedi avrai poche possibilità di andare lontano. Aveva impiegato l'intero pomeriggio, ma alla fine era riuscita a riprenderli dalla cantina: gli scarponcini di quando era una donna forte e giovane, con una pazza chioma ramata che le incorniciava il viso pieno di lentiggini. Non erano quelli che indossava a dieci anni, ma l'avevano servita a lungo.

Li aveva provati e le calzavano bene.

Un numero perfetto, notò con ammirazione: fra i tanti che avrebbero potuto definirla, in tutta la sua vita quello delle scarpe era stato il più affidabile. Forse perché sin da bambina aveva avuto piedi nodosi e bitorzoluti come le radici di un nocciolo, ed erano cresciuti sì, fino a un tempo che non ricordava più, ma poi erano rimasti uguali, nel loro numero che non mutava mai.

Il legnetto di san Cristoforo, invece, non aveva dovuto cercarlo. Era custodito nella nicchia accanto alla madia, insieme ai suoi vestiti da viaggio di quando era bambina, alla cartina e al suo bastone.

La scheggia di san Cristoforo, il protettore dei viaggiatori, era rimasta lì per molti anni. Sfiorare i suoi contorni irregolari, lisciati dalla mano frettolosa del tempo, le dava, anche in quell'istante, la certezza di piedi saldi su un cammino che l'avrebbe portata da qualche parte. Tanti anni prima, quel piccolo san Cristoforo aveva attraversato le montagne, visto cieli pieni di nuvole e sentieri coperti dalla neve. Le aveva fatto coraggio nel buio delle foreste e mentre attraversava a piedi nudi torrenti di acque gelide. L'aveva portata al di là delle montagne.

Un sonoro *craaac* interruppe i pensieri. Si voltò verso Emil, cercando il suo occhietto scuro tra le grate. «Oh no, Emil. Questa volta sarà più facile! Incredibilmente più facile.»

Ma era a sé stessa che lo stava dicendo mentre ricacciava il legnetto nel fondo della tasca e appoggiava il suo peso al bastone per affrontare l'ultima salita.

Avvertì l'allungarsi lento e faticoso di ogni vertebra, ossa e cartilagini stridere le une contro le altre come ingranaggi di un meccanismo arrugginito, a cui serviva una generosa pompata di grasso.

L'edificio della stazione sbucava fra le chiome dei meli. Una costruzione rustica e graziosa, tinta di bianco, con gli infissi delle finestre colorati di verde. La grondaia e la tettoia erano di un rosso acceso, su cui spiccava il nome della fermata, scritto in uno stampatello pulito e senza fronzoli: CASTELBELLO.

Edna aveva scelto uno dei primi treni del mattino perché era quasi certa che sarebbe stato poco affollato. Aveva chiari nella mente tutti i passaggi, segnati con cura sulla sua cartina. E soprattutto sapeva che ad attenderla, dall'altra parte, c'era Jacob (che non era a conoscenza del suo viaggio, naturalmente, ma questo al momento era solo un dettaglio).

Non voleva scocciatori con sé, né persone da ringraziare. Tantomeno qualcuno che si preoccupasse per lei o decidesse al suo posto.

Soltanto lei ed Emil, come ai vecchi tempi.

«C'è un cane lì dentro?»

Edna si voltò controvoglia. Sistemò gli occhiali sul naso e fece scivolare una lunga occhiata sulla bambina, che la fissava con aria poco amichevole da sotto un enorme casco rosa con il disegno di un cavallo alato.

Edna gettò un'occhiata intorno, alla ricerca della madre o di chiunque se la sarebbe venuta a riprendere. Lo spiazzo era vuoto. Il treno non era ancora arrivato e il parcheggio era immerso in una quieta desolazione. Soltanto il gabbiotto della biglietteria era movimentato dal gesticolare minaccioso di una donna che sovrastava il bigliettaio con la sua stazza solida. Le venne in mente che potesse essere la madre della bambina.

Appena arrivò il treno, Edna si incamminò lungo la pensilina.

Le porte si chiusero e lei si sistemò sul sedile in fondo, accanto al finestrino. Si assicurò di essere salita sul treno giusto. Uno andava verso sud, l'altro invece viaggiava nella direzione opposta, verso il confine, seguendo il corso del fiume che si incuneava nella valle glaciale stretta fra montagne altissime, coperte di boschi di larici e pini. Vide la linea tracciata sulla parete sopra i finestrini, un lungo serpente di corallo con i bottoncini rossi che indicavano le fermate. Lei doveva arrivare fino all'ultima, quella più a nord. Dopo di che, si sarebbe messa nelle mani di san Cristoforo e avrebbe pregato per il suo aiuto. O, con maggiore probabilità, avrebbe cercato un autobus.

Intanto aveva scelto il vagone con meno sedili, uno spazio libero al centro e il lato che dava sul versante assolato delle Alpi dell'Ötztal, con la loro strana vegetazione, rada e fatta di arbusti, la roccia scoperta dalle sfumature rossastre. Oltre la strada, il castello che dava il nome al paese e più in giù, da qualche parte, il mulino in cui tanti anni prima – quando era tornata dalla fattoria e la guerra si era portata via una seconda volta i suoi sogni, oltre a suo padre – si era rimboccata le maniche. Da lì avevano ricominciato lei e sua madre dopo le bombe, dopo quello che era successo in quel maggio strano. E l'estate con Jacob.

Sui sedili di fronte a lei aveva preso posto la bambina con il casco rosa che stava chiedendo alla madre, seduta accanto, chi fosse la signora con il bastone. Edna puntò lo sguardo oltre il finestrino mentre le rigirava nella testa la stessa domanda. Già, chi era Edna?

6.
QUESTIONE DI PROSPETTIVE

Conosceva la sequenza di tutti i paesi della valle. Poteva elencarla senza sbagliare mentre si perdeva nel verde dei campi.

La madre della bambina con il casco rosa non aveva smesso invece di fissarle lo scialle di lana e gli scarponi quasi fossero un dettaglio che non riusciva a comprendere. «Deve andare molto lontano?» chiese, piegando le labbra in un'espressione che le ricordò il modo in cui la guardava Adele quando lei la rassicurava, senza riuscire a convincerla del tutto, che era in grado di badare a Emil da sola. Già, quasi non ne fosse capace. Un'ondata di orgoglio le gonfiò i polmoni.

«Molto lontano, signora. Emil e io attraverseremo le montagne. Dobbiamo arrivare a Ravensburg.» Tirò su con il naso, mentre appoggiava le mani intorno all'impugnatura del bastone, dritto davanti a lei come la spada di un templare.

«È un viaggio lungo.»

«L'ho già fatto una volta.» Avrebbe dovuto aggiungere che era accaduto molto tempo prima, ma non sarebbe stato differente. Nella sacca custodiva la cartina del viaggio che aveva disegnato durante il ritorno da bambina, annotando con cura tutte le fermate, tutti i mezzi che aveva utilizzato e i sentieri percorsi a piedi. E mentre si sforzava di tenere la matita dritta e di impugnarla bene, la lingua stretta fra le labbra per la fatica, la Edna di allora aveva pensato che non doveva tralasciare neppure un dettaglio perché glielo diceva sempre, Jacob, che aveva la memoria corta. Ma lei gli avrebbe fatto capire quanto si sbagliasse, appena si fossero rivisti. Perché era scaltro, più di lei, e nessuno poteva tenerlo a lungo fermo in un posto. Era forse la fantasia che non le era mai mancata, oppure il senso di colpa, a farle credere che doveva essere così e si sarebbero trovati.

Non era accaduto. E la cartina era stata ripiegata e mai più aperta. Ma era rimasta in attesa. Riposta al sicuro in una nicchia e in un angolo della memoria che ancora, nonostante il tempo e ogni illusione, pulsava come una ferita.

Ora, era arrivato finalmente il momento di levarle un po' di polvere di dosso. Era il tracciato più sicuro, l'unico che conoscesse. E la legava a Jacob perché aveva sempre saputo che sarebbe servita a questo: tornare a riprenderlo. Glielo aveva promesso (anche se allora lui non poteva sentirla), anche quando aveva raggiunto la cima dell'Arlberg durante il viaggio di ritorno e si era persa a guardare le nuvole che correvano trascinate dal vento. Questa volta non poteva deluderlo, perché le era già capitato di non mantenere la parola che gli aveva dato (le conseguenze erano state terribili). Una debolezza di quel genere è ammissibile, due fanno di te una bugiarda. E lei, bugiarda, non lo era mai stata.

La bambina e la madre si erano messe a parlare fra di loro, indicando alberi e paesi oltre il finestrino, e Edna si sentì sollevata all'idea di non dover più rispondere alle loro domande.

Il treno sembrò rallentare davanti alla stazione di Lasa. Diede un'occhiata fuori per distrarre i pensieri. Era tutto molto cambiato. Riusciva a scorgere soltanto la pensilina della stazione e i tetti delle case nuove che si abbarbicavano su per il pendio. Ma lei sapeva che in fondo c'era la polveriera. In alto, circondata dalle nuvole come un presagio. E più in giù una piazza. Una piazza in cui tanti anni prima, agli inizi del maggio strano del 1945, i soldati tedeschi avevano raccolto undici uomini accusati di aver rubato due sacchi di munizioni dalla polveriera. Ricordò il volto di sua madre quando aveva visto i figli e i mariti delle sue amiche, italiane come lei, legati sulla camionetta che sfilava davanti ai loro occhi vuoti.

Ricordò il rumore lontano degli spari. E ricordò cosa aveva pensato in quel momento. Con tutta sé stessa aveva sperato che, ovunque si trovasse, a Jacob non fosse successo nulla di simile. Aveva sperato con ogni fibra del suo corpo che stesse bene, bene nonostante tutto. E che fosse felice.

In paese non si parlava mai dei bambini che se ne erano andati. Erano un segreto che scivolava sulla valle come la pioggia fredda di novembre, con le sue nuvole che coprono il sole mentre si aspetta che il terreno ghiacci.

Soltanto i vecchi ricordavano.

Capitava che a volte alcuni di coloro che erano partiti tornassero con un piccolo guadagno. Di altri non si sapeva più nulla. Edna era quasi sicura che in fondo non gliene importasse un bel niente a nessuno. A nessuno tranne lei, che pensava a Jacob e aveva una coscienza nera e sporca, come il fondo di un barile.

Quando il treno si fermò, venti minuti più tardi, scese e si attardò sulla pensilina, sulla pelle l'aria pungente che soffiava dai canaloni. Guardò il binario tronco e si chiese come fosse possibile che dopo così tanti anni quello fosse ancora il *finis terrae*.

Nessuno, all'infuori di lei, pareva preoccupato. I ciclisti coloravano le pensiline, genitori e bambini si fermavano a comprare succhi energizzanti al bar. Tutti sembravano avere una meta e chiaro il cammino.

Anche la bambina e sua madre trascinavano le biciclette con leggerezza, mentre il sole splendeva sulle ali argentate del cavalluccio disegnato sopra il casco.

Sciocchezze. Non serviva nessun cavalluccio alato, pensò voltandosi verso la stazione, nella mano il suo tesserino ABO +65 nuovo di zecca, che le consentiva l'utilizzo di qualsiasi mezzo pubblico senza dover pagare il biglietto. La brezza le portava profumo di resina e di erba bagnata. Era una splendida giornata. Perfetta per attraversare le montagne.

Era stato Jacob a insegnarle che rimboccarsi le maniche valeva molto più che recitare una cantilena. Era appena arrivata alla fattoria, tanto piena di entusiasmo che le sembrava di volare. Ma faticava ancora a fare amicizia con gli altri e di giorno riusciva a tenere a bada la nostalgia, perché c'era sempre qualcosa da fare, una faccenda da sbrigare, un lavoro che le piegava la schiena, intrappolando i pensieri in pozze di acqua su pavimenti da strigliare. Ma la sera i ricordi mordevano. Anja, la bambina che dormiva accanto a lei, a volte rientrava più tardi. Quando la vedevano tornare, gli altri bambini ridacchiavano, come se sapessero qualcosa che a lei invece sfuggiva. Anja non le parlava, si buttava nel letto, avvolgendosi nella coperta come un bruco nel bozzolo, e non le rispondeva nemmeno quando lei le augurava la buonanotte. Forse era già caduta in un sonno così pesante che non riusciva neppure a sentirla.

Quella sera era da sola. Il fieno la nascondeva dagli altri bambini, ma lei non riusciva a prendere sonno. Così si era inginocchiata e aveva ripetuto le preghiere: si sarebbe portata avanti per la sera dopo. Il pensiero di attenersi con tanta solerzia alle raccomandazioni di padre Gianni la inorgogliva. Forse, senza accorgersene, aveva persino alzato la voce.

«Perché preghi?»

Edna si era voltata di scatto e aveva visto alle sue spalle il bambino con gli occhi scuri, più densi della notte. Per poco non le era preso un colpo. Ma aveva costretto la voce a non seguire il cuore che si agitava, battendo veloce nel petto. Si raccontavano brutte storie sul suo conto. Alcuni dicevano che avesse quasi staccato l'orecchio a morsi a un bambino appena arrivato che gli aveva nascosto gli scarponi per fargli uno scherzo. I bambini più grandi si tenevano alla larga da lui, ma non perché fosse più sporco o rognoso. Edna si era accorta che, anche se parlavano male alle sue spalle, abbassavano sempre un po' lo sguardo quando passava lui o entrava in una stanza.

«Perché lo ha detto padre Gianni.»

«Tu fai tutto quello che ti dicono?»

Lei ci aveva pensato su. «Per fare la cosa giusta e andare in paradiso dagli angeli, come la nonna.»

Jacob era scoppiato a ridere.

«Reciti anche i miei *Padre Nostro*? Intanto io vado a mettere qualcosa sotto i denti.»

«Non si può», lo aveva bloccato con gli occhi spalancati dalla paura. «Se ti trovano che rubi dalla cucina, ti puniscono.»

«Lo sapevo che eri una fatta così.» Jacob aveva scosso la testa senza smettere di sorridere. «Scommetto che hai paura persino dell'acqua, se non è tiepida. A dopo, *Warmduscher.*»

«Ehi, che significa *Warmduscher*?»

Lui era già distante e aveva alzato la voce per farsi sentire da lei nonostante gli altri dormissero. «Quello che ho detto. Che metti i piedini nell'acqua solo se è calduccia, *pappamolla.*»

Edna lo aveva visto scomparire fra le ombre e aveva stretto il legnetto di san Cristoforo. Quella sera aveva pregato anche per lui, perché non lo scoprissero e non venisse punito.

Allora non c'erano le ali di un uccello del paradiso a proteggerli. Emil doveva ancora entrare nelle loro vite.

7.
IL BAR DEI NANETTI LICENZIOSI

Edna ignorò il brusio dell'alveare che si gonfiava alle sue spalle. Quello era il suo turno e niente l'avrebbe portata via di lì.

«Signor...» chiese sforzandosi di mettere a fuoco la targhetta appuntata sulla giacca blu.

«Bernard.»

Come un grosso cane da montagna, pensò. Di quelli con la fiaschetta di grappa attaccata al collare per il salvataggio di chi si perdeva in mezzo ai boschi. E Bernard aveva tutta l'aria di uno che si era perso.

«Io devo prendere un autobus. Non importa quale, non mi interessa il numero, devo soltanto arrivare al confine. E il tesserino non ha niente che non vada. Lo ricontrolli pure», disse, facendolo scivolare con veemenza sotto il lunotto. Proprio non capiva cosa ci fosse da verificare. Mostrarglielo era stata una pessima idea. «Weiss. Edna Weiss.»

Il bigliettaio abbassò gli occhi, si asciugò la fronte con il fazzoletto e ripassò discretamente il tesserino, che rimase fermo tra il lunotto e lo spazio su cui era appoggiata Edna in bilico con tutto il busto.

«Le ripeto, signora Weiss. Potenzialmente con questo tesserino potrebbe attraversare la regione con qualunque mezzo pubblico, come sostiene da circa...» lanciò un'occhiata all'orologio sulla parete, «venti minuti. Ma», disse calcando l'accento sul "ma" ed espirando con forza, «il suo tesserino è scaduto.»

«Non è possibile. È nuovo, non l'ho mai usato», rispose lei, convinta, mentre tendeva il braccio per allungargli il pass, accartocciandosi fino a toccare il vetro con la fronte. Lui lo bloccò con l'agilità di un croupier su un gruzzolo di *fiches*.

«E come ci è arrivata fino a qua?»

«Con il mio tesserino», rispose Edna.

«Lo ha strisciato alla macchinetta sul treno?»

«Quale macchinetta?»

«Immagino che lei non abbia incontrato nessun controllore, signora Weiss.»

«Nessun controllore. Infatti, a proposito, vorrei dirle che occorrerebbe più sorveglianza perché con quello che si sente in giro e...»

«Il pass va rinnovato ogni dodici mesi. Lei non lo usa da almeno sette anni e glielo hanno disabilitato.» Le dita spinsero sul tesserino, che si fermò contro il braccio di Edna, appoggiato di lato. Edna non si mosse di un solo centimetro mentre l'uomo ritraeva la mano, prendendo il respiro. «Lo dico per lei. Le converrebbe, sa? E poi, sette anni sono molti. Non mi dica che non ne ha mai avuto bisogno.»

«Non mi sposto molto da casa, signor...»

«Bernard», fece lui alzando gli occhi sulla fila, sempre più scomposta e accaldata, alle spalle di Edna. «Dovremmo guardare gli stradari e verificare il tragitto. Ma, le ripeto, può comprare un normale biglietto dell'autobus e oltrepassare senza troppi problemi il confine. Da lì, proseguire per la Germania e...»

«Va bene va bene va bene. Mi dica quando parte il prossimo.»

Edna seguì lo sguardo del bigliettaio che si voltava verso il parcheggio.

In quel preciso istante gli sportelloni del bus fermo sullo spiazzo si chiusero con uno sbuffo sordo. Come una vela bianca che portava salvezza, lo videro scomparire dietro la curva in un guizzo di sole sui vetri oscurati.

«Il prossimo partirà tra un'ora.» Il bigliettaio passò il fazzoletto sulle tempie e si asciugò le labbra. «Nel frattempo potrebbe...»

Edna uscì dalla fila, trascinandosi dietro il trasportino, sul quale non aveva mai mollato la presa.

Bernard le aveva riempito la testa di nomi strani, di città e fermate. Ma se pensava di confonderla soltanto perché era una signora sui novant'anni, quel ragazzo si sbagliava. Si sarebbe concessa un caffè macchiato con una spolverata di cacao. E una fetta di torta. Forse quel piccolo contrattempo non era venuto per nuocere.

Attraversò la terrazza del bar, scansando i nanetti da giardino disseminati in ogni angolo.

Quando la cameriera si chinò per posare sul tavolo il vassoio con i dolci e il pane che aveva ordinato per lei e per Emil, lo sguardo si concentrò qualche istante sull'animale impagliato all'altro angolo della sala. Non ebbe il tempo di capire la sensazione che a un tratto l'aveva invasa. Doveva badare a Emil, che richiedeva la sua attenzione, aggrappato con una zampa sulla grata del trasportino, come un carcerato in attesa del rancio. Trovò bizzarro che usassero ancora come arredo quei trofei rivestiti di pelle striminzita e qualche ciuffo di pelo, con gli occhi di vetro. Pensava fossero cose del passato. Una figura macabra che le ricordava la *Stube* da cui era partito il suo viaggio attraverso le montagne, molti anni prima. Era uno spazio buio e pieno di occhi e becchi, rostri e corni, musi di animali che come il cerbiatto la osservavano in silenzio, stringendola al centro di un labirinto. L'odore era sempre lo stesso di ogni *Stube* e le sembrava di sentirlo ancora: il mosto, la carne lasciata ad affumicare.

In quella stanza, dopo che si era riempita la pancia vuota come un tamburo con pane di segale e speck offerti da padre Gianni, le avevano detto che sarebbe dovuta partire. Mentre sfregava la punta della lingua per scovare i semi di cumino incastrati fra i denti, aveva ascoltato le parole del prete senza capire e aveva visto i soldi scivolare nella mano di suo padre. Aveva sollevato lo sguardo su di lui, per scrutare il suo volto nero, sporco di terra e di stanchezza. «Se sarai brava e ti rimboccherai le maniche, il contadino per cui lavorerai ti darà qualche soldo. Questo viaggio sarà un bene per tutti, Edna. Anche per te», le aveva detto senza sorridere. Lei non si era persa d'animo né aveva protestato. Gli aveva creduto, invece. Forse perché con la pancia piena i problemi svaniscono e il mondo sembra un luogo più confortevole. Oppure perché era soltanto una bambina di dieci anni.

«Aspetta il treno?»

Edna sollevò gli occhi, intorpiditi dalle nebbie di un altro tempo che a un tratto si riallontanava con la forza propulsiva di un elastico. La cameriera era inginocchiata e coccolava la testolina di Emil, infilando le dita nelle grate del trasportino.

«Oh no, devo andare verso il confine.»

«Quindi, aspetta il bus. Non avevo mai visto un pappagallo, sa. Viaggia con lei perché non sa a chi lasciarlo? Anch'io porto sempre il mio gatto con me. Anche se a lui non piace che lo si porti via da casa.»

La domanda lasciò Edna in sospeso, le parole congelate in gola.

«Devo riportarlo a un caro amico», disse nel tono vago di chi vuol far credere di avere una storia troppo lunga e poco interessante da raccontare.

«Non può più tenerlo? Era un regalo?»

Edna annuì. Il sorriso della ragazza si piegò in una nota malinconica mentre accarezzava più dolcemente Emil. Edna intanto si sforzava di non fissare il filo di metallo che le passava fra i denti, ma lo sguardo scivolava lì. Anche se non era gentile.

«Credo sia davvero ora che io e questo pigrone ci muoviamo per prendere il nostro bus», disse, facendo per alzarsi.

Avrebbe preso la corriera e oltrepassato il confine. Attraversare le montagne di quei tempi era molto più semplice che in passato quando, da bambina, era stata costretta a camminare per sette giorni, con le caviglie nell'acqua ghiacciata o nella neve, la pelle scottata dal sole e bruciata dal vento.

Fu chiaro anche cosa non le quadrasse nei nanetti da giardino disseminati sulla terrazza, quando la cameriera la salutò dalla soglia, accanto alle chiappe rosee e tornite di uno di loro con i *Lederhosen* calati. La ragazza seguì lei ed Emil con il suo sorriso metallico e la mano alzata fino a quando arrivarono allo spiazzo degli autobus. E Edna si sentì quasi colpevole per non averle raccontato la verità. Avrebbe dovuto dirle che Emil non era stato un regalo e che, in realtà, non le era mai neppure appartenuto. Emil stava tornando a casa. Fece un respiro profondo e si aggiustò gli occhiali. Il loro bus li aspettava sotto la chioma di un ciliegio in mezzo alla ressa.

Era sorprendente quante persone mattiniere avessero deciso di percorrere la valle. I turisti facevano la fila per lasciare gli zaini nel bagagliaio.

Un ragazzo la aiutò a salire i gradini con il trasportino e lei ed Emil furono finalmente all'interno. Dai finestrini filtrava una luce calda che riempiva l'aria di pulviscolo dorato mentre procedeva con la testa bassa, impegnata a trascinarsi dietro quello scatolone di plastica su ruote che – non capiva il perché – cominciava a traballare. Si tolse la sciarpa e la giacca, legandola in vita, e riprese faticosamente ad avanzare lungo il passaggio troppo stretto. Edna non si accorse del chihuahua fino a quando esplose in un latrato a ultrasuoni.

Il trasportino fu scosso da un'onda violenta che le strappò la spalla mentre le zampe di Emil si aggrappavano con un balzo alle grate. Il pappagallo lanciò un urlo che congelò i passeggeri come la deflagrazione di una granata, prima di moltiplicarsi in un'esplosione di schiamazzi e *craaac* da mandare in frantumi i finestrini.

Dopo qualche minuto, l'autista le fece segno di avvicinarsi.

Con la mano ancora stretta sulla maniglia del trasportino, Edna fissò il suo riflesso impresso negli occhiali scuri dell'ometto in divisa. Non aveva mai provato simpatia per le divise. Men che meno per gli uomini che si pettinavano il riporto pensando di nascondere chissà quale segreto.

«Ha un'aquila lì dentro?» L'uomo alzò la voce per farsi sentire sopra il boato.

«Un pappagallo.»

«O riesce a farlo stare zitto o qui non ci può stare.»

Il padrone del cagnolino nel frattempo aveva cambiato sedile, per lasciar spazio a Edna e mettere una certa distanza fra il cane ed Emil.

Ma Emil – Edna lo sapeva bene – aveva la testa dura come un blocco di granito.

L'autista si passò la mano sulla nuca mentre Edna cercava di tenere fermo il trasportino impazzito.

«Signora, abbiamo una comoda stiva per le valigie e i bagagli.»

«Non penserà che...»

L'uomo annuì.

«Emil non è un bagaglio. A costo di perdere il mio posto e andarmene a piedi, signor...»

8.
NEL BOSCO DELLE STREGHE

Bernard e Ottavio. Quei nomi se li sarebbe ricordati, a costo di appuntarseli su un foglio, e alla fine del suo viaggio tutti i conti sarebbero tornati. Si immaginava cosa sarebbe accaduto appena lo avesse raccontato alle signore del bar dove leggeva il giornale ogni mattina. Un tizio che voleva rinchiudere Emil in una stiva, senza aria, con il fracasso delle ruote… Aveva prove a sufficienza per lanciare il boicottaggio di tutte le corriere della valle.

Un passo dopo l'altro, le sembrava che il calpestio dei suoi scarponi scandisse i nomi in sillabe come una marcia a due e a tre tempi. Ber-nard Ot-ta-vio. Copriva il rumore delle automobili e rimbalzava fra le vie strette di un paese di tre case, non lasciando spazio per altro. A volte Edna rallentava e si vedeva di riflesso sulle vetrine dei negozi, con la sua schiena ingobbita e il braccio che teneva il trasportino quasi che lei ed Emil fossero un unico, strano ectoplasma che galleggiava confuso fra le ombre e il riverbero del sole.

Il fiato graffiava i polmoni e a ogni respiro si portava via un po' di forza e un po' di rabbia.

Era una bella giornata. Perfetta per attraversare le montagne.

Tutto quello che doveva fare era seguire il nastro grigio dell'asfalto e le sue curve, tenendosi sulla linea morbida dei prati. Appena sopra la ciclabile, con la sua roccia rossiccia che si stagliava contro i larici abbarbicati sul pendio, il castello fu una sorpresa che Edna non si aspettava.

Alle sue spalle, sull'altura, emergevano dal bosco le pareti bianche e i tetti neri dell'imponente abbazia di Monte

Maria. Somigliava a una fortezza, con i muri altissimi, intervallati da file di finestre strette come feritoie, le guglie nere che in inverno spuntavano sopra il manto della neve, sole a indicarne la presenza, confusa nel candore.

Era curiosa di vedere se il castello fosse ancora adibito a birreria, la stessa che aveva accolto padre Gianni e lei all'inizio del viaggio. Trattenne una risata, pensando a un castello trasformato in una fabbrica di birra e a padre Gianni che si perdeva al suo interno mentre lei attendeva fuori, recitando le cinquanta *Ave Maria* che lui le aveva assegnato. E ci credeva. Credeva che fosse entrato per confortare alcuni fedeli e che sarebbe uscito presto, forse prima dell'ultima preghiera. Credeva a tutto lei, per questo Jacob l'aveva soprannominata così, "pappamolla".

Constatò con una punta di delusione che lo spiazzo dove una volta erano allineati i tavoli era diventato un parcheggio. E che l'odore del malto e del legno aveva ceduto il passo all'olezzo di gomme bruciate. Si fermò più in là, ai piedi di un castagno. Le mura di sasso e la torre squadrata e tozza erano come le ricordava e da quell'angolatura il tempo sembrava non essere trascorso.

Edna si trovò a ripensare al giorno in cui lei e Jacob si erano scambiati la promessa. Allora credevano che Emil fosse un uccello del paradiso dalle proprietà magiche. Jacob non parlava di altro e a lei era venuto normale promettergli che avrebbe fatto di tutto perché nessuno glielo portasse via. Lui si era messo a ridere e le aveva risposto che le promesse sono faccende serie, non roba da pappamolla. Nessuno gli avrebbe tolto Emil, poteva stare tranquilla. Lui, invece, le stava per promettere qualcosa di davvero coraggioso: l'avrebbe condotta lontano dalla fattoria. Sarebbero scappati insieme.

Jacob aveva mantenuto la sua promessa, l'aveva salvata. Lei lo aveva tradito. E si era invece presa qualcosa che gli apparteneva: Emil.

Anche se Jacob non poteva saperlo, la promessa che gli aveva fatto quel giorno per lei non era una "cosa da pappamolla". Conosceva il dolore che si prova a vedersi strappare via la cosa che si ama.

Da quando aveva lasciato la stazione aveva camminato più di un'ora senza quasi fermarsi e la breve sosta non aveva riposato i muscoli indolenziti delle gambe e del braccio che trascinava il trasportino. Emil era diventato più collaborativo e non sbatteva più da una parete all'altra. Sembrava aver trovato un equilibrio e ascoltava in silenzio i rumori del bosco. Ma non per questo camminare portandosi dietro quello scatolone risultava meno faticoso.

Edna si cacciò in bocca una pastiglia allo zenzero per ritrovare le forze.

Il sentiero proseguiva addossato alla montagna che la sovrastava con i suoi quintali di terra, sassi e le migliaia di passi che avevano tentato di violarla. Mani che l'avevano scavata e ingabbiata. Dava un senso di vertigine guardare le cime aprirsi e avvolgere la valle come guardiani. Quante incredibili sfumature di verde esistevano al mondo?

Pensò che, finché avesse avuto fiato, seguire la ciclabile sarebbe stato più gradevole che immettersi nella statale, senza marciapiedi ai lati e percorsa dal traffico. Almeno per un tratto.

Il silenzio di Emil, dopo tutto il fracasso che aveva fatto, le metteva addosso una sensazione strana, un solletico insidioso come le zampe di minuscoli insetti incastrati sotto la pelle.

"Cantare allevia la stanchezza." All'improvviso a Edna sembrava di sentire la voce di padre Gianni che la esortava ed era sorprendente perché non aveva più pensato a lui per così tanti anni che quella le sembrava una vita non più sua.

Era mai esistita quella Edna? Il sudore, il formicolio alle mani e i muscoli della spalla strappati dalla trazione del trasportino, il suo peso che rotolava incespicando nelle vene dell'asfalto, tutto la ancorava saldamente al presente. Eppure la sua mente tornava indietro, come un'onda di risacca dispettosa che si avvicina alla riva per rubarle un ciuffo di sabbia da riportare con sé nelle profondità del mare.

9.
STRUWWELPETER

Edna ed Emil avevano attraversato campi e qualche paese, incontrando soltanto turisti che parlavano molte lingue diverse e sorridevano quando li incrociavano. Soprattutto all'inizio.

Qualcuno più avanti si era fermato a chiedere se le servisse dell'acqua o potesse offrirle del succo di mela. Ma Edna sapeva soltanto che doveva seguire il sentiero fino al lago. Quel tragitto avrebbe dovuto compierlo in corriera, ma le cose erano andate così e ormai non poteva farci più nulla.

Alla fattoria i bambini dicevano che esistevano tre carte matte, una sorta di bonus.

La malattia. Perché quando ti veniva la febbre non ti facevano lavorare, ed era pur sempre meglio che spaccarsi la schiena e svegliarsi quando fuori faceva ancora buio. Anche se Edna sospettava che quelle attenzioni fossero dovute più alla paura del contagio che a compassione.

La pioggia. Perché una volta terminati i lavori al chiuso potevi prenderti del tempo per te, che di solito trascorrevi cucendo oppure intagliando il legno.

E poi c'era lo Struwwelpeter. Era il personaggio di un libro di filastrocche, un bambino tanto sporco, con i capelli e le unghie così lunghi e imbrattati di grasso da somigliare a un istrice. Nessuno ricordava il nome del temerario che aveva iniziato, ma alla fine tutti avevano preso a chiamare così il padrone. Di nascosto, naturalmente. Appena voltava le spalle o quando il lavoro dei campi metteva la giusta distanza. Lo Struwwelpeter poteva tutto: rovinarti i piani, metterti in punizione. Oppure premiarti quando meno te lo aspettavi.

In tutta la sua vita Edna aveva incontrato molti Struwwelpeter, da allora. Di solito, però, erano del genere peggiore. Uno di questi era stato l'uomo in divisa che aveva impedito a lei e a Emil di prendere la corriera.

Ricordare quella figura ora le metteva addosso un'inaspettata voglia di ridere.

Allentò il berretto sulla fronte e si asciugò il sudore. La mano che stringeva il manico del trasportino era segnata da solchi rossi che bruciavano quando toglieva la presa e ci scorreva sopra l'aria, che a lei sembrava torrida e soffocante, intrisa di umidità che si appiccicava alla pelle e appesantiva i polmoni. Le prime gocce le accarezzavano le guance.

Capitava spesso, in quella stagione, che la sera arrivasse con un carico di nuvole nere, appese alle cime come scialli di fumo. E di notte la pioggia si rovesciava sulla valle, riempiendo l'aria dell'odore di muschio e le grondaie, da cui scrosciava come le acque di un torrente.

Avrebbe dovuto ripararsi.

Edna appoggiò la mano sulla vita. Quando sentì sotto i palmi soltanto la stoffa dei pantaloni, si fermò. Controllò ancora. Poi aprì la zip della sacca e rovistò fra sacchetti e bottigliette, gettandoli alla rinfusa. Fino a quando la sacca restò vuota. Allora passò di nuovo al setaccio tutte le cose che aveva sparpagliato sull'erba e le raggruppò per categorie, sforzandosi di ricreare un ordine sommario e rallentare il respiro. Della giacca, però, non c'era traccia. E lei ne avrebbe fatto a meno, non sarebbe stata una disgrazia. Se soltanto – ricordò, visualizzando il volto sorridente di uno dei nanetti con le braghe calate – non avesse riposto nella sua tasca il portafogli all'uscita dal bar. Era certa di averla legata in vita quando era salita sull'autobus. Subito dopo, era scoppiato il pandemonio.

Trascorsi i primi minuti di stordimento, Edna analizzò la situazione e capì che era troppo lontana per tornare indietro, senza garanzie e con il buio che avanzava. Non c'era altro da fare: doveva proseguire. Avrebbe trovato più avanti un telefono e avrebbe chiamato la stazione degli autobus, per spiegare quanto era accaduto.

Per farlo, però, doveva tornare sulla statale e trovare un bar. Naturalmente aveva con sé una piccola scorta, una riserva per le emergenze, nascosta dove nessuno sarebbe arrivato. Ma sarebbe bastata forse per una cena frugale oppure un passaggio in corriera. Raccolse tutta la forza in un respiro e si sedette sull'erba. Quando si rialzò, riprese Emil e il suo cammino, puntando di traverso la boscaglia per raggiungere la strada. La pioggia era una tarantella infuriata e lei camminava con lo scarpone destro più leggero. Nella mano teneva gli ultimi spiccioli che le erano rimasti.

Da ora in poi avrebbe dovuto stringere i denti e valutare con attenzione le priorità, perché c'era sempre qualcosa di cui poter fare a meno e altro, invece, a cui era impossibile rinunciare. A volte, è il destino a decidere per te.

La bambola

Durante il viaggio con padre Gianni, e più tardi alla fattoria, aveva imparato in fretta che la vita è piena di regole e divieti. Lei era stata attenta a rispettarli, nelle minime indicazioni (quelle che riusciva ad afferrare, almeno).

Jacob, invece, sembrava trasgredirli tutti, e passarla liscia.

I ragazzi più grandi gli giravano alla larga. Lo rispettavano, ma nessuno ne parlava volentieri. Di lui si diceva che era tanto povero da essersi dovuto cercare un padrino per la cresima tra gli ubriaconi del bar del suo paese. All'uscita della chiesa, l'uomo, dritto in piedi, gli aveva ordinato di raccogliere i suoi mozziconi di sigaretta. Lei se lo era immaginato così, Jacob. Solo, chino a cercare le cicche tra la sabbia, mentre tutti gli altri bambini facevano festa con i genitori e l'uomo se ne tornava al bar.

La fattoria non somigliava a nessuna di quelle che aveva visto nella valle da dove veniva. Era un edificio basso e lunghissimo, un blocco tagliato nel mezzo in due precise metà. Nella sezione anteriore, con la bella facciata a graticcio e i gerani sui davanzali, erano collocate le stanze dei signori, con la loro famiglia, mentre l'altra era destinata agli animali.

Nel suo paese, invece, le case più povere, come la sua, avevano una piccola stalla buia al piano interrato. Quelle più ricche, fienili e stalle separate dall'abitazione.

Un giorno aveva sentito il signore spiegare con orgoglio ad alcuni contadini che quella era una delle fattorie più antiche della zona, ma si era lamentato del poco spazio. Gli affari, con la vendita del latte, andavano bene e loro si sarebbero presto ingranditi.

Edna era rimasta a pensare, ma proprio non le riusciva di immaginarsi come avrebbe potuto essere più grande e fin dove avrebbe potuto espandersi la fattoria, che a lei pareva già un villaggio. Lì dentro ci sarebbero state la piazza del suo paese, la chiesa e pure la loro casa con il fazzoletto di prato, e tutte le case intorno, aveva calcolato disegnando nella sua mente i confini.

Appena arrivata, quando ancora era sul carretto che la stava portando alla sua destinazione insieme con gli altri bambini, strabuzzò gli occhi dalla meraviglia. Lo sguardo correva dai prati alla fattoria, all'edificio del forno, più piccolo di tutti gli altri, con il tetto nero spiovente, ma grande almeno quattro volte la sua vecchia casa! Chissà quanto pane sfornava... Mentre un contadino spiegava la funzione delle casette di legno coperte di muschio – ricoveri per gli animali e gli attrezzi – soffermandosi sulla casa delle arnie e subito dopo sul mulino a vento, Edna si chiedeva cosa fosse la tozza torre di cemento.

«Elettricità», le aveva detto Bastian, il bambino di Landeck con la voglia sulla guancia. Edna si era voltata e lo aveva guardato con gli occhi spalancati.

«Arriva la corrente», aveva spiegato lui, parlando a bassa voce per non farsi sentire dagli altri. «Il contadino da cui sono stato l'anno scorso ne aveva una simile.»

Edna non gli aveva staccato gli occhi di dosso. Doveva avere la faccia di una che non capiva, perché quello aveva tirato su con il naso e le aveva parlato più lentamente, come se fosse tutto lì il problema, nella sua mente pigra.

«Portano la luce nelle stanze. Si accende con un interruttore. E l'acqua è calda.»

Edna sentiva il cuore pompare speranza. E stupore.

«Vuol dire che lavorerai di più», aveva invece concluso lui in tono secco. Ma lei non gli aveva dato retta. Seguiva già oltre, verso le nuove costruzioni, i contadini che tagliavano assi e portavano travi, chiamandosi l'un l'altro con fischi e grida forti, che lei non capiva. Poco sopra, le mandrie al pascolo: mucche dal manto grigio che dormivano nell'erba, così numerose e grasse da coprirla quasi completamente. Ed era davvero tanta erba! Chilometri di pascoli che facevano a gara con boschi di larici altissimi.

Appena arrivati, a ciascuno erano stati assegnati un abito da lavoro e un materasso, nella parte dell'edificio riservata al fienile, tra l'abitazione e le stalle. Edna aveva fatto di quello spazio – poco più di un metro quadro – la sua casa. Lì teneva tutto ciò che le apparteneva.

Aveva portato con sé poche cose nello zaino, perché le avevano detto che dove sarebbe andata non avrebbe avuto bisogno di nulla, se non di una testa ben attaccata al collo e buona volontà. Ma il necessario sì. Ora stava mostrando il contenuto a Jacob. Con orgoglio, ma non con superbia. Perché padre Gianni le aveva insegnato che la superbia è un peccato mortale. Glielo aveva chiesto Jacob e lei non era riuscita a dirgli di no.

Tra gli oggetti che durante il viaggio aveva infilato in mezzo alle cose importanti (una maglia, un paio di mutandine) c'erano la pigna a forma di scoiattolo, il sassolino di marmo raccolto camminando verso il Passo, la scheggia intagliata dalla statua di legno di san Cristoforo. E poi c'era lei, che aveva messo nello zaino per prima, perché era più necessaria del pane, perfino di un maglione di lana.

«A me non pare granché», le aveva detto Jacob.

Edna era rimasta a guardare la bambola, con il naso e gli occhi pitturati un po' storti, la sua imbottitura di paglia con gli avvallamenti e le bozze, bitorzoluta come la scorza di una patata.

«Secondo me è bellissima.» L'aveva fatta suo fratello e gliela aveva regalata per Natale. E Martin, oltre a essere il più grande, faceva sempre le cose per bene. Lo diceva il papà.

Dopo aver recitato le preghiere della sera, Edna controllava che tutti gli abitanti del suo piccolo mondo fossero al posto che aveva assegnato a ciascuno, agli angoli esatti del materasso e sul pavimento, giusto di un passo. Non li cambiava mai di posizione e loro la ripagavano facendo la guardia durante la notte e salutandola al risveglio, quando lo sguardo si posava sulle sagome familiari, in una carrellata lenta e precisa come un inventario, riconoscendo in ogni profilo il volto di un amico. Allora sentiva che tutto andava bene e veniva pervasa da un senso di quiete che le infondeva la forza di alzarsi e rimettersi al lavoro. Perché il bambino con la voglia sulla guancia aveva ragione: la vita alla fattoria non era semplice come aveva sperato e tutta quella grandezza aveva un prezzo salato. Erano ore massacranti di lavoro. E la luce e l'acqua calda c'erano, sì. Ma non certo per loro. La verità le era piombata dentro, lasciandola più fredda e sola.

Nelle ultime mattine – come se quella consapevolezza non fosse bastata a ingrigire le giornate di lavoro – si era svegliata e aveva intuito che era cambiato qualcosa e che lei aveva un nuovo problema: dove rannicchiava le gambe, il materasso era bagnato e saliva un odore rancido e sgradevole. Anche le mutandine erano umide.

Prima che riuscisse a capire, uno dei bambini venuti da Landeck l'aveva indicata agli altri e si era messo a ridere.

Si era accorta che le succedeva di bagnare il letto quando la notte ripensava al bosco che circondava la fattoria come un anello di nebbia impenetrabile, che nascondeva chissà quali creature. Oppure quando sognava Martin, pallido sul letto, e che non le parlava né le rispondeva, come glielo avevano fatto vedere prima che gli uomini se lo portassero via per ficcarlo, così com'era, dentro una bara.

Una mattina la signora era entrata nella stanza di gran passo, con il volto scuro. Si era diretta proprio verso di lei. L'aveva fatta alzare dal letto, anche se fuori cantava ancora il gufo, e aveva passato una mano sul materasso mentre lei se ne stava in piedi, a congelare. Gli occhi della donna si erano conficcati con violenza nei suoi e l'aveva vista gettare tutte le sue cose a terra. Le dita si erano chiuse sulla sua bambola e se l'erano portata via. Le aveva detto che alla fattoria non avevano tempo da perdere con le bambine, soprattutto quelle di sangue misto e quindi più deboli, tanto fannullone quanto stupide, inutili come vino allungato con l'acqua. Da quella notte aveva dormito su un materasso fatto di paglia.

Ma diventare grande voleva dire anche dimenticare Martin, la sua casa, e tutto quello che c'era al di là delle montagne?

In un moto di ribellione, aveva raccolto la scheggia di legno, il sassolino di marmo e la pigna a forma di scoiattolo che aveva perso alcune delle sue foglie legnose. Non assomigliava più a uno scoiattolo. Ma a lei non importava. Ci aveva impiegato del tempo, ma aveva rimesso ogni cosa al suo solito posto, con cura e precisione, lasciando uno spazio vuoto per la sua bambola. L'esatto spazio che aveva occupato.

Gliel'avevano portata via e faceva male, ma lei era determinata a risistemare il suo piccolo mondo e a rendergli giustizia mentre si chiedeva, costringendosi a non lasciarsi portare via dalla nostalgia, se non l'avrebbe più rivista né le avrebbe più parlato. Proprio come era successo con Martin.

10.
ACQUA

Edna sentiva freddo e la pioggia scendeva fitta, bagnando le braccia scoperte con la violenza di frecce scagliate da ogni direzione.

Si fermò guardandosi attorno per orientarsi in mezzo al bosco, ma non c'erano altro che alberi e ancora alberi. Non riusciva a smuovere il trasportino, che affondava con sempre più ribelle testardaggine nel fango, e, come se non bastasse, pioveva e lei era senza giacca, senza soldi, troppo lontana da casa e distante dalla sua meta centinaia di chilometri, che vedeva dilatarsi e moltiplicarsi davanti a lei come le sagome scure degli alberi in fila.

Il respiro si fece più veloce, a ogni passo il fiato si condensava in veli di nebbia che appannavano gli occhiali. Non riusciva a togliersi la sensazione che ci fossero degli occhi a spiarla dai cespugli.

"Corri, Edna." Una voce, dentro la sua testa, le diceva di scappare. Ma in quale direzione? E perché, poi? "Corri, Edna." La voce era insistente e dolce come quella di un bambino. Jacob era dietro di lei e l'ombra del capanno alle sue spalle. Quel posto le aveva messo i brividi e le aveva tolto il sonno, da bambina. Eppure, era riuscita quasi a dimenticarlo.

Il fragore di un tuono si infranse sulla montagna con la violenza di roccia che franava e andava in frantumi, schizzando schegge di pietra.

"Corri, Edna." Ma Edna adulta, con la schiena curva e i capelli bianchi come lana, voleva fermarsi e guardare dentro a quel capanno. Un capanno, che si nascondeva fra le ombre della sua memoria.

Edna scrollò le spalle. Poteva tornare indietro, e convincersi che tutto si sarebbe risolto con un bagno caldo. Dimenticare persino di aver ritrovato Jacob, leggendo quell'articolo. Se soltanto non fosse passata Adele. Se lei non avesse avuto l'abitudine di collezionare tutte le copie di «Stern» dagli anni Sessanta. Ogni settimana, ogni giovedì, come centinaia di altri giovedì della sua vita.

Ormai era fatta, il meccanismo avviato, e soltanto i pappamolla tornano indietro quando hanno paura. Lo avrebbe potuto fare, certo. A costo di dirsi una bugia, la stessa che si era raccontata in tutti quegli anni.

Si era svegliata una mattina e mentre rileggeva l'articolo, facendo scivolare lentamente il dito per non perdere il segno, aveva guardato la sua vita scorrere all'indietro come le pagine di un calendario girate dal vento. Oppure una mano di carte. Tutto quello che doveva fare, adesso, era leggerle al contrario. Le vedeva già in fila, con le definizioni che si era trovata appiccicata, come etichette sui barattoli di marmellata. Quando era tornata dalla fattoria aveva creduto che tutto si sarebbe sistemato. Non le era mai passato per la mente di raccontare quei mesi a sua madre. Le era bastato poter parlare con Emil mentre si arrovellava per farlo mangiare e rimettere un po' di piume sul corpo spelacchiato, nel terrore di trovarlo stecchito accanto al letto in una mattina d'inverno più fredda del solito. Se avesse dovuto dipingere di un colore i suoi giorni da "figlia", avrebbe dovuto usare il nero. Il nero della guerra che aveva imposto una distanza incolmabile tra lei e Jacob perché il mondo si era spezzato come la superficie ghiacciata di un lago e loro erano zattere che si allontanavano mentre tutto andava in frantumi. A un tratto la guerra aveva sbiadito anche l'orrore della fattoria, perché non c'è niente del passato, per quanto grave, che possa spaventare come il presente. Se ne era accorta quando aveva sentito gli spari, i tuoni della mitraglia che riecheggiavano fra le montagne, i ragazzi partire. E non tornare più. Le madri piangere.

I giorni da "moglie" quasi non li ricordava. Non si era certo sposata per passione, ma a quell'età era sicura che stare soli fosse davvero difficile. Poi aveva capito che un uomo – anche se generoso come Albert – non era la soluzione al vuoto e aveva pensato che diventare madre avrebbe potuto colmare il baratro in cui si sentiva scivolare. I figli non erano arrivati e con il tempo si era convinta che neppure un figlio avrebbe sigillato quel vaso di Pandora.

Ora aveva la possibilità di rimescolare le carte. Questa volta, però, il finale lo avrebbero cambiato insieme. Ed era tutto ciò che aveva sempre voluto. Rivedere Jacob.

Prese un respiro profondo e scelse una direzione.

Nessuno sapeva dove si trovasse. Forse soltanto Adele, a distanza di giorni, l'avrebbe mandata a cercare.

Il suo pensiero corse a Emil e all'improvviso la colpì una consapevolezza nuova e devastante: se le fosse accaduto qualcosa, che ne sarebbe stato di lui? Chiuso nel trasportino che sarebbe diventato la sua gabbia. Oppure libero, in balia di una natura che non conosceva. Emil, convinto che il sole si accendesse con un *clic* e capace di prendere sonno soltanto in notti mai così scure. Le viscere si contrassero all'idea di lui da solo.

Spinse con più forza sulle braccia, ignorando la fitta che le trafiggeva il ventre. Si concentrò sul respiro. Ancora un passo. Un piede davanti all'altro. Emil che la chiamava dicendole "buongiorno", nonostante fosse sera, per sapere se lei c'era ancora. Il pensiero del portafogli e la disperazione di farcela in ogni modo.

Poi avvertì un odore, camuffato dal fango e dall'erba marcescente. Salmastro. E vide la nebbia adagiata su una lama brunita. Era acqua. L'acqua del lago.

11.
ROLAND

Edna trovò singolare che la cappella fosse stata edificata a ridosso della statale che costeggiava il lago, così affacciata sul traffico. Oppure era stata la strada a essere tracciata così a ridosso della cappella? In ogni caso, comunque la si vedesse, alle spalle si trovava il bar. Una costruzione color crema, con lunghi balconi di legno e finestre incorniciate da decorazioni floreali. Le scritte rosse sul muro appena sotto il giardino d'inverno erano chiare: CAFÉ RESTAURANT – APERTO.

Alcune automobili erano parcheggiate di fronte. Più in là, nello spiazzo tra la chiesetta e il bar, sostavano alcune motociclette. Nere con cromature argentate, avevano sedili in pelle ed erano guardate a vista da uomini con giubbotti da cui pendevano lunghe frange. Edna li trovò buffi. Raddrizzò la schiena e si fece largo tra braccia tatuate che reggevano bottiglie di birra, chiedendo gentilmente il permesso, il trasportino che la seguiva docilmente con un Emil stranamente immobile e poco loquace. Gli uomini erano molto più alti di lei e dalla stazza piantata. Le lasciarono un varco senza interrompere le loro chiacchiere.

Uno di loro fumava sigarette dal profumo dolce e invitante. Edna aveva fumato qualche volta in vita sua. Ma questo non era certo il momento per ricominciare. Le mancava ancora il fiato per la lunga camminata.

Chiese una *Sportwasser*, acqua naturale con un goccio di limonata, come pretesto per accedere al telefono. Avrebbe potuto chiamarla anche *Studentwasser*, "l'acqua dello studente", ma il riferimento meno velato al fatto che fosse la bevanda preferita dagli squattrinati non era altrettanto lusinghiero.

La ragazza della reception non le fece domande quando le chiese di aiutarla a trovare il recapito della stazione. E lasciò che riprovasse un numero sufficiente di volte per convincersi che non avrebbe risposto nessun altro se non la voce che, dall'altra parte, le stava elencando tutti gli orari di apertura e la rassicurava infine, con tono freddo ma garbato, che gli uffici avrebbero riaperto il lunedì mattina.

Doveva essere tanto abbattuta, quando aveva posato la cornetta, che la ragazza si era rifiutata di accettare i soldi per la telefonata. E si era persino offerta di aiutarla a cercare il numero dell'ospedale di Ravensburg. Edna aveva pensato che non potevano sommarsi tanti eventi sfortunati in un solo pomeriggio: era il momento giusto per cercare notizie di Jacob. Aveva tremato un po' per l'emozione mentre la ragazza le passava finalmente la cornetta (doveva essere un ospedale davvero grande). Ed era precipitata di dieci metri quando la voce all'altro capo del filo si era rifiutata di fornire informazioni al telefono. A chi, poi? Edna, per Jacob, non era nessuno.

Si tolse il cappellino di fronte allo specchio del bagno e si passò dell'acqua tiepida sul collo. Era sempre la stessa Edna, con le rughe che si allargavano intorno agli occhi come le onde lasciate da un sassolino lanciato di piatto su uno stagno. Lo sguardo chiaro e l'orecchio sinistro lievemente sporgente, quasi avesse voluto spiccare il volo, ma poi non ne avesse trovato la forza. Era sempre lei, ma terribilmente più stanca.

I motociclisti se ne erano andati e ora lo spiazzo era vuoto. Era rimasto soltanto l'ultimo.

Un tizio dal bizzarro taglio di capelli, con una frangia corta sulla fronte sudata e una camminata rigida in pantaloni di pelle tanto aderenti che Edna si chiese con un filo di apprensione se sarebbe riuscito a sedersi in sella alla moto.

Intanto, però, sembrava avere qualche problema con il tappo della sua bottiglia.

Per quanto pigiasse e spingesse, quello restava lì incollato. Eppure doveva averne parecchia di forza, a giudicare dai muscoli tesi sulle braccia come il ripieno di un gigantesco tortellino.

«Vuole dell'acqua?» chiese alzando la voce per farsi sentire sopra il rumore della pioggia e delle automobili. "Si fa così tra pellegrini sulla stessa strada. Ci si aiuta", pensò Edna.

L'uomo sollevò il volto, guardandosi attorno per capire da dove provenisse la voce.

«Anche la mia borraccia si inceppa spesso», insisté. «E quando si incastra il tappo è una vera fatica. Io lo lascio sempre un po' allentato, sa? Be', poco», si corresse, «altrimenti l'acqua esce.» Le capitava di parlare più del dovuto quando l'interlocutore se ne stava rigido, dandole l'impressione di non capire cosa stesse dicendo.

Lui strinse gli occhi per mettere a fuoco, la mano ancora intorno al collo della bottiglia. E la guardò senza sorridere mentre faceva volare il tappo in mezzo alla siepe. Alzò la mano. Un gesto secco e burbero, prima di salire sulla moto e partire.

Edna afferrò il trasportino e si avvicinò alla cappella. Non le piacevano i tizi che non ti sorridono quando incroci lo sguardo. E non avrebbe mai pensato di poterlo dire, ma era così: la maleducazione degli sconosciuti adesso era diventata l'ultimo dei suoi problemi.

Pioveva ancora.

Pensò a casa sua, mentre sfilava dalla tasca il san Cristoforo e il fazzoletto di stoffa. Chissà se la pioggia aveva scavato i buchi nell'erba del suo giardino. Pensava anche a Adele, che di certo le avrebbe lasciato un sacchetto del pane attaccato alla porta d'ingresso, non vedendola passare in negozio.

Si perse nel calcolo degli anni: da quanto si conoscevano lei e Adele? La prima volta che era entrata in casa sua, era una ragazza. L'aveva sorpresa a curiosare in giardino – forse stuzzicata dalle voci sul pappagallo – così aveva aperto la porta e l'aveva fatta entrare. Quel pomeriggio avevano finito un'intera scatola di biscotti al burro. La sera, quando aveva richiuso la confezione vuota, Edna aveva capito che lì dentro sarebbero rimasti intrappolati i loro primi discorsi imbarazzati, le risate inaspettate.

Da lì, era iniziata la loro amicizia. Un legame insolito, tra due donne unite e a volte divise da molti anni di differenza, rispettoso dei confini. In fondo si conoscevano da così tanto e sapevano così poco l'una dell'altra. Quasi che quegli attimi, trascorsi insieme nel profumo di melissa, fossero un campo neutro, una pausa dal resto che arrivava sì, ma solo a volte, e come una eco, che non raccontava mai del passato.

Non aveva mai buttato via quella scatola, perché era importante, anche se Adele forse non la ricordava più. Era diventata la biscottiera che non spostava mai dal centro del tavolo.

«Anche se prega, non smetterà di piovere.»

Edna si voltò verso la voce e restò abbagliata da una luce arancione.

Schermò gli occhi con il palmo e attese di mettere a fuoco.

Era il motociclista di poco prima. Si era tolto il casco e teneva la motocicletta inclinata, le gambe piantate a forcella sull'asfalto.

«Dove deve andare?» chiese lui con voce ruvida.

«Ravensburg.»

«Be', non credo ci arriverà stanotte. Sa già dove dormire?»

«Certo.»

Ci fu una pausa. Nessuno dei due si era mosso.

«Forza, salga.»

«Perché dovrei? Non voglio tirare fuori la solita questione dell'"io non la conosco". Ma... Lei non mi piace, signor...»

«Roland. Le do un motivo: l'ho vista contare gli spiccioli poco fa al bar. Lei è senza un soldo, signora...»

«Weiss. Edna Weiss.»

«Signora Weiss, io posso offrirle un posto dove dormire per stanotte. All'asciutto. Di poche pretese ma pulito. Che fa? Resta qui a pregare?»

Edna ci pensò su.

«È da molto che non salgo su una moto.»

«Lei non mi preoccupa. È quell'affare, piuttosto. Deve portarselo dietro?»

«Senza di lui non mi muovo.»

Roland scese dalla moto, abbassò il cavalletto. E slegò lo zaino dal portapacchi, lasciandolo cadere a terra. «Bene, allora cerchi di essere collaborativa», disse estraendo una corda da una delle sacche appese sopra la ruota.

«Non vorrà mica legarlo alla motocicletta?»

«So cosa faccio. Mi creda.» Roland era già all'opera.

12.
IL PAESE ADDORMENTATO SOTTO LE ACQUE DEL LAGO

Forse Roland aveva una parte di ragione: sapeva cosa stava facendo e lei ed Emil erano arrivati sani e salvi. Ma quello che aveva davanti non era esattamente ciò che si era aspettata.

«Lei vive qui?»

«Sissignora», disse lui, tirando su con il naso e strofinandoci sopra il palmo.

La roulotte era piccola e sgangherata, con larghe chiazze da cui era scivolata via la vernice. L'abitacolo era ancora più claustrofobico di quanto si potesse temere a una prima occhiata dall'esterno.

Roland le aveva fatto strada – così aveva detto in un'espressione che a lei era parsa ironicamente fuori luogo – raccogliendo calzini e magliette, bottiglie vuote a ogni passo e intercalando grugniti a parole biascicate.

«Ed eccoci arrivati.»

Edna notò il vecchio televisore appeso all'angolo, non di quelli piatti come piadine che non riusciva a capire come si reggessero in equilibrio. Ma un vero televisore, come sospettava non ne facessero più. E alcune foto su un ripiano. Troppo distanti perché potesse scorgere cosa ritraevano.

Un fornello faceva da cucina. Formaggio e pane erano lasciati scoperti. L'odore, insospettabilmente, non era sgradevole.

«Ha già cenato?»

«Sono in viaggio, mi tengo leggera», disse sforzandosi di mettere a tacere la pancia che aveva preso a brontolare.

Roland la fissò con sguardo fermo per un istante che a lei parve troppo lungo. Poi si accese una sigaretta.

«Be', io mi preparo qualcosa, altrimenti dalla fame potrei mangiarmi il suo pollo colorato.»

Forse era la sensazione piacevole del calore che invadeva lo stomaco, oppure il fatto di non aver più messo sotto i denti nulla da quando si era fermata quel pomeriggio – e poi la fatica della camminata –, ma i würstel erano di gran lunga i migliori che avesse mangiato da moltissimo tempo. Roland aveva scaldato anche il pane e lo aveva impiastricciato di salse che, se non ci si fermava troppo sull'aspetto generale, erano un tocco azzeccato e davano più sapore alla carne.

L'uomo si tolse il giubbotto e lo lanciò sulla sua parte di panchetta.

«Lo può tenere per stasera. È ancora fradicia.»

Mentre lo indossava e si sentiva stringere dalla rigidità della pelle in una sensazione insolita, Edna pensò con nostalgia alla sua giacca a vento. E al portafogli. Senza soldi non poteva neppure comprarsene una nuova e non aveva portato ricambi perché la sacca doveva restare leggera.

Dalla maglietta a maniche corte di Roland sbucava un tatuaggio. Un teschio con delle ali attaccate alle tempie, fiamme, una scritta che non capiva.

«Le fa paura?»

Edna scosse la testa. «No, però non mi piacciono i teschi e quelle cose là.»

«...sono roba da gentaglia», rise lui.

Lo aveva pensato anche lei, ma aveva dovuto cambiare idea. «Churchill ne aveva uno, sa? Un'ancora qui», disse alzando l'avambraccio.

«Sicura di non confondersi con Braccio di ferro?»

Su quella domanda, la concorrente aveva vinto un doppio bonus al quiz della sera. Non poteva sbagliarsi. «Nient'affatto. E Churchill era un uomo simpatico. Amava i pappagalli.»

«Come quello che tiene in quel trasportino per cani?»

chiese lui storcendo le labbra mentre indicava Emil con un cenno del capo.

Lei annuì. «Uno dei suoi è ancora vivo. Pensi che a centocinque anni non ha perso l'ironia e l'abitudine di strillare la frase che lui gli aveva insegnato: "Al diavolo i nazisti, al diavolo Hitler!".» Edna restò un istante a pensarci. «Oppure lo ha sentito dirla una volta e ha cominciato a ripeterla. Non saprei», aggiunse dubbiosa.

«Davvero se ne va in Germania?»

«Vado a trovare un amico.»

«E pensa di farsi trecento chilometri a piedi?»

Lei ci rifletté su e dondolò il capo. «Alcuni tratti. Ho un piano molto preciso, signor Roland. È tutto su una cartina.»

Poi ripensò a come si erano incontrati.

«Quello di stasera è stato un incidente. Niente più che un'insignificante deviazione rispetto al tracciato», disse, scacciando l'immagine di lei ed Emil che si perdevano in mezzo al bosco.

Roland si era acceso un'altra sigaretta.

«E lei, vive qui da solo?»

Lui annuì. «Da qualche anno. Prima stavo da un amico, ma è importante avere i propri spazi.»

Sullo sfondo, alle spalle di Roland, si sollevava una montagna di vecchi scatoloni. Lì in mezzo non ci sarebbe passato neppure il dito di un piede.

Sul ripiano a fianco, invece, c'erano le fotografie. Edna ora riusciva a vederle nitidamente.

Dopo cena, Roland le mostrò dove avrebbe dormito. Era un letto curato, l'unico angolo della roulotte a preservare un'impressione di ordine. Lui non ci dormiva mai né lo utilizzava e lei si chiese a che servisse, allora.

«Da lì, se le va, può accendere il televisore. È di quelli vecchi, niente trasmissioni o streaming TV. Ho delle videocassette lì dietro, se vuole scegliersi un film.»

Edna rovistò nel mucchio, mentre Roland ripuliva il tavolo e gettava le briciole sul prato. Erano per lo più cartoni animati e film d'animazione. Dalla copertina di uno, nella custodia rossa, distolse in fretta lo sguardo quando capì cosa rappresentasse il groviglio di gambe e schiene nude al centro.

Finalmente trovò il film giusto e si sentì pervadere da una sensazione di improvvisa gioia. La stessa euforia di quando sei in mezzo al mare e con i crampi ai polpacci avvisti uno scoglio.

Amava i film di Julie Andrews (non li sapevano più acconciare caschetti così!) e anche se trovava singolare averlo trovato lì, fra le cose di Roland, un pezzo di vita familiare che le ricordava casa sua proprio quando era tanto lontana, sentiva la felicità solleticarle il cuore come centinaia d'ali di farfalla e invaderla di fiducia. Era sulla strada giusta e tutto sarebbe andato per il meglio perché ogni cosa era possibile. E le piccole sorprese erano lì per testimoniarlo e renderlo evidente.

Uscì sul prato per comunicarlo a Roland, che stava finendo la sua birra, seduto sul predellino.

La pioggia aveva dato una tregua e la vista da laggiù toglieva il fiato. Edna guardò la torre del campanile che sbucava dal lago come un ritaglio incollato dalla fantasia di un bambino sulla superficie sbagliata. Era illuminata da una luce arancione che colorava la nebbia avviluppata intorno.

«È bellissimo», sussurrò.

«Ci pensa, lì sotto c'è un intero paese.»

«Quando passai da queste parti la prima volta, il paese c'era ancora e si parlava della diga. La gente non voleva. Poi sono arrivati i fascisti con gli espropri forzati, la guerra. E infine l'azienda elettrica, che ha vinto su ogni protesta o rifiuto. Se ne sono dovuti andare tutti. Chi emigrare, chi trasferirsi in una baraccopoli. Le loro case sono ancora laggiù.»

«Chissà quanti segreti nascondono.»

Edna guardò il lago e le capitò di pensare ai suoi segreti mentre Roland lanciava lo sguardo su un punto all'orizzonte.

«Non mi piace fermarmi nello stesso posto, ma devo ammettere che questa vista non è niente male.»

Edna non riusciva a immaginarsi che tipo di vita facesse Roland. «Lei vive viaggiando, con la sua moto?»

«Un mio amico diceva che noi siamo dei *Sainte Terrer*, vagabondi che cercano di arrivare alla Terra Santa e che in Terra Santa non giungono mai. Oppure, in un gioco di parole che non so se si fosse inventato o avesse preso in prestito da qualche parte, dei *sans terre*», sorrise con lo sguardo perso in un altro tempo, «dei senza casa, perché la nostra casa è ovunque.»

«Io non ho mai fatto molti viaggi» – c'era stato quello all'andata, con padre Gianni, per arrivare alla fattoria, e quello di ritorno, da sola, contando soltanto sulle proprie forze. – «E amo il mio giardino. Va curato ogni giorno, sa? Occorre molta costanza. Però dev'essere bello poter andare dove si vuole.»

Lui fece un tiro e rigirò a lungo il fumo sul palato. Non sorrideva.

«A ogni partenza c'è qualcosa che lasciamo indietro.»

«Lei, cos'ha lasciato?» chiese Edna, pensando alle fotografie.

«Un figlio.»

«E le manca?» Cominciava a capire il significato delle videocassette per bambini e del letto rifatto che attendeva qualcuno.

«L'assistente sociale dice che sono inaffidabile e che questo non è il posto dove far crescere un bambino», espirò con forza, «e così non lo vedo da moltissimo tempo.»

Edna lanciò uno sguardo al campanile che li osservava muto.

«Be', dovrebbe farlo. Si ricorda dell'amico di cui le parlavo? Non lo vedo da quando eravamo bambini. E le assicuro che si tratta di un bel po' di anni. Di certo molti più di tutti quelli che lei ha vissuto. Non sono neppure sicura che mi riconoscerà.»

«E allora perché ci va?»

«Perché ho un conto in sospeso.»

«Non credo che il passato si possa riaggiustare.»

«Aspetti, le faccio vedere una cosa.»

Edna scomparve nella roulotte. Quando uscì, teneva in mano la carta piegata. La srotolò lentamente, facendo attenzione a non strapparla.

«Lavoravo in una fattoria, da bambina. Molto lontano da casa, perché i miei avevano perso ogni cosa dopo la morte di mio fratello. La grandine aveva distrutto il nostro campo e i pochi risparmi di mio padre non erano bastati a pagare i debiti e a ricominciare da capo. Questa è la carta che ho tracciato durante il viaggio di ritorno. Ora sto tornando lì e ripercorrerò lo stesso tragitto.»

«Ne è sicura? Sarà stato difficile.»

«Ero una bambina di dieci anni, sola, senza soldi né una guida, e non sapevo dove andare. Ma ce l'ho fatta. Ieri mattina è successo qualcosa che mi ha fatto tornare a quel viaggio, ferma nell'esatto punto a cui ero arrivata tanti anni fa, e so che devo riavvolgere il nastro se voglio che tutto ritorni in equilibrio.»

Roland la ascoltava senza parlare. A ogni tiro della sigaretta, lo sguardo si accendeva di luce.

«Chi glielo fa fare. È tornata, no? Si è fatta una vita. E ora ha il suo giardino, la sua casa tranquilla, immagino. Se li è guadagnati.»

Edna fece un respiro profondo. L'aria della notte aveva un'anima dolce.

«La verità, signor Roland, è che da Ravensburg non sono mai tornata davvero.»

Edna e gli altri bambini incontrati a Landeck erano arrivati a Ravensburg dopo sette giorni di cammino attraverso le montagne, di elemosina e bagni nell'acqua gelida. Straccioni con le mani piene di calli e i volti induriti dal tempo, avevano percorso le strade della città in silenzio, sotto un cielo buio come la notte, che sputava acqua e neve.

A Edna non piaceva il modo in cui li guardava la gente ai lati della piazza e le occhiate delle donne che le facevano sentire freddo lungo la schiena, come quando stava per succedere qualcosa di brutto.

Erano stati portati al mercato del bestiame. Li avevano fatti sedere su una lunga panca, in un angolo riparato da un muro di sasso lontano dal centro dello spiazzo. Erano arrivati dei contadini e allora qualcuno dei ragazzi più grandi aveva preso ad andar loro incontro, a mostrare le braccia nude e a offrirsi per il lavoro. L'uomo a cui padre Gianni li aveva consegnati dopo averli salutati a Landeck li osservava dritto in piedi, stretto al suo bastone. Edna non si fidava di lui, perché non raccontava nessuna bella storia la sera. E diventava cattivo quando non ubbidivi. Ma il più coraggioso, un bambino che lì c'era già stato e conosceva le fattorie, di nascosto e attento a non farsi scoprire, aveva tracciato sulla schiena di alcuni dei contadini un segno veloce con un gessetto bianco.

Valutavano l'altezza dei bambini, facevano alzare loro le braccia e tastavano i gomiti, ispezionavano le mani in cerca di calli. Guardavano anche nella bocca, mentre Edna pensava fosse molto bizzarro quel modo di stabilire se avessero fatto buon viaggio.

Il bambino con gli occhi all'ingiù non era arrivato con loro. Edna lo aveva notato perché era venuto da solo e, anche se era più basso e magro di tutti gli altri, era stato il primo a offrirsi. Si chiedeva perché fosse così allegro mentre lo guardava darsi da fare. E cercava di imparare da lui.

A un tratto si era sentita afferrare per le spalle e trascinare all'indietro. Un uomo di Landeck aveva avvicinato uno dei contadini, che alzava il braccio e dondolava il capo come a dire che a lui non interessava. «Non si lasci ingannare. È gracile, ma molto tenace. Può aiutare in casa o badare agli animali», diceva stringendola tanto da farle male.

Il bambino con gli occhi all'ingiù, che contrattava con un signore ben vestito, si era voltato verso di lei. Lo sguardo era sceso sulla giacca dell'uomo che ora le stava guardando le ginocchia, lamentando che erano troppo magre. Il bambino gli aveva visto il segno di gesso sulla schiena e le aveva fatto un cenno con la testa.

Lei aveva strizzato le palpebre, ma non era riuscita a leggere le parole disegnate sulle sue labbra.

Allora si era avvicinato, lasciando il signore ben vestito. E le aveva sussurrato all'orecchio: «Ha la croce. La fattoria non è un buon posto dove andare».

Ma le monete erano rimbalzate nella mano dell'uomo di Landeck e Edna non era riuscita a rispondergli mentre veniva portata via.

Lui era restato a guardarla, fino a quando la strada se l'era portata lontano.

Quando, la mattina dopo, Edna lo aveva trovato alla fattoria, si era chiesta come ci fosse finito.

Soltanto qualche settimana più tardi aveva capito che i racconti degli altri bambini non erano veri. Jacob sapeva bene cosa ci avrebbe trovato. Non era il figlio attaccabrighe di un assassino, né uno sprovveduto oppure uno sciocco, come dicevano. Era venuto alla fattoria perché voleva trovare lei, la bambina che gli aveva sorriso mentre un carretto la trascinava via, sotto un cielo scuro.

13.
GIORNO 2
DISTANZA: 40 KM

A quaranta chilometri di distanza, nella sua casa ancora piena di luci e di rumori, Adele avrebbe gettato volentieri la tovaglia insieme a tutti i piatti nella pattumiera e se ne sarebbe andata a dormire.

«La signora Edna non è passata in negozio, questa mattina», disse Adele, spezzando il pane. Lukas allungò la mano per afferrare quello che restava.

«Una cariatide. Quanti anni ha?» chiese Lisa con la bocca piena di semolino. «Forse schiatta prima che ve ne andiate, così la smetti di preoccuparti.»

«Lisa!» la redarguì Adele.

«Posso tenermi Emil?» scattò Lukas, dimenticandosi per un istante del cellulare. «Che c'è? Che ho detto?» chiese sotto lo sguardo severo di Adele. «Soltanto se schiatta!»

«C'è che non si augurano le cose brutte alle persone», intervenne Max, allungandosi per afferrare la rivista di impianti fotovoltaici che gli aveva prestato Bernie.

Persino Lukas, però, capiva che si stava sforzando di non sorridere. E che se avesse potuto, gli avrebbe dato ragione. "La vecchia", come la chiamavano quando Adele non era nei paraggi, a lui piaceva. Era una in gamba. Ma gli piaceva anche l'idea di farsi vedere dagli amici con Emil sulla spalla al modo dei pirati. Forse, avrebbero smesso di fare caso alla sua altezza e alla spanna che gli mancava per raggiungerli. Nessuno avrebbe più riso di lui.

«Lo ha detto anche la mamma», si giustificò.

«Ma lei scherzava. Vero, Lisa?»

Lisa annuì senza entusiasmo.

Max sospirò soddisfatto, un piede già verso la porta. Ma Adele lo bloccò, afferrandolo per il braccio, e lo investì con un'occhiata in tralice, come ogni volta che occorreva il suo intervento.

«Allora, Lisa», fece lui, scivolando di nuovo sulla sedia. La cantina avrebbe dovuto aspettare. «Come prosegue il corso di teatro?»

Lei dondolò la testa. «Stimolante.»

«State preparando uno spettacolo?» chiese dopo alcuni istanti di silenzio, riempiti dal tintinnio metallico di cucchiai contro la porcellana.

«Qualcosa», rispose Lisa, facendo saettare lo sguardo su Adele e di nuovo su Max.

«Un coro, scenografie... Costumi di scena...»

«Una cosa più minimalista. Due donne e un uomo. Un telo nero.»

Lui dondolò il mento. «Interessante.»

«Sì, più esistenzialista, forse. Sai, nessun costume, nessun vestito...»

Adele e Max alzarono all'unisono lo sguardo dal piatto.

«Ci imbrattiamo il viso con sangue di porco, perché siamo tutti animali sacrificati al sistema. Corpi nudi, liberi da costrizioni, dalle mode... Sai, quelle cose lì.»

Adele avrebbe voluto ribattere, ma fu Max questa volta a bloccarla.

«E lo rappresenterete a teatro?»

«Fra qualche giorno, papà. Qui, in paese, alla sala civica. E poi lo porteremo in giro.»

«L'arte è arte. Non si discute, Lisa.» Max socchiuse gli occhi, piccoli spilli travolti dall'angoscia dietro fondi d'occhiale. «Ma ne sei davvero sicura?»

«Lisa, è un vero peccato che tu non voglia continuare l'attività al negozio», intervenne Adele. Per un istante ebbe l'impressione di essere fuori tempo e fuori tema. Le accadeva spesso, quando si trovavano tutti riuniti, magari per la cena, come quella sera. Ormai, però, era fatta. «Ho lavorato così tanto, per lasciarvi qualcosa.»

La ragazza roteò gli occhi, cerchiati dalla polvere dell'ombretto. «Te l'ho già detto, mamma. Non ci voglio finire nel tuo negozio, a passare la vita a portare la spesa alle vecchie.»

Adele contò i respiri, visualizzando il chakra del plesso solare per ritrovare la calma. E un punto giallo che si spandeva, lentamente, acquistando forza e consumando il nero intorno come un gigantesco sole.

«Max, dille qualcosa.»

«Adele», disse lui cercando la figlia con un'occhiata complice prima di rivolgere alla moglie un sospiro. «Lisa sta solo tentando di dirti che nella vita ci sono passioni e sogni che non si possono tralasciare. Ogni tanto bisogna pur correrlo qualche rischio, no? E poi, quando l'Arte chiama, non si può che assecondarla», concluse rivolgendo a Lisa un sorriso indulgente.

Adele era immobile. «Non è esattamente quello che mi hai detto quando ho lasciato gli studi per aprire il negozio.» Aveva sgobbato sette giorni alla settimana per pagare luce, affitto e spese mentre lui cercava "spazio nel mercato", che voleva dire saltare da un posto all'altro, fino a quando la sua corsa rampante si era fermata, senza gloria, all'ortofrutticola.

«Adele», disse lui addolcendo la voce. «La tua inclinazione è aiutare chi ne ha bisogno. Essere madre, una nonna amorevole, prenderti cura delle persone che ami. Per questo sei così speciale.»

Adele rivide la sua vita scorrere come le immagini veloci di uno spot pubblicitario. Non poteva dare torto a Max. Vide loro due che pitturavano la casa, poco più che due ragazzi che non la smettevano di baciarsi a ogni pausa, sulla scala, in terrazzo. Vide Lisa, con i piedini minuscoli e il volto pieno di lentiggini. Tenerla in grembo, subito dopo il parto, era stata una delle gioie più grandi. Si trovò a pensare, senza sapere esattamente il perché, come mai la signora Edna non avesse avuto figli. Era tutto il giorno che l'aveva nella testa. Era già capitato che non passasse in negozio per alcuni giorni. E poi, in fondo, le aveva da poco portato la spesa del giovedì. Eppure, non si sentiva tranquilla. Forse perché in quel volto fiero rivedeva sua madre, che da quando non c'era più non aveva mai smesso di mancarle. Max aveva proprio ragione. Sapeva che sarebbe riuscita a darsi pace soltanto quando avesse visto Edna su quel delizioso prato della casa di riposo ed Emil al sicuro dietro le reti di una voliera.

Intanto, sarebbe passata a trovarla.

14.
LA GIACCA DI PELLE

Nel sogno Edna era una bambina con le unghie incrostate di terra, ritta in piedi davanti alla porta di legno del vecchio capanno. Voleva aprirla e guardarci dentro, ma le gambe erano bloccate nel marmo. Non c'era nessuno eppure si sentiva tirare per il braccio e una voce, forse la paura che cresceva insieme al ritmo dei suoi battiti, le diceva che avrebbe fatto meglio a tornarsene indietro.

Vide la sua piccola mano aperta a stella, le dita sudate contro il legno scheggiato. Poi sentì la porta slittare via e il buio risucchiarla. Era dentro.

Dalla finestrella in alto filtravano i raggi della luna che schiarivano il fondo del capanno disegnando ombre che si contorcevano, increspandosi come la superficie di un lago. Ma in mezzo agli utensili di ferro, ai forconi e ai vecchi badili, si muoveva qualcosa di vivo. Era un barcollare lento, un dondolio quasi ipnotico che la spingeva a continuare a guardare nonostante torrenti di ghiaccio soffiassero nelle vene al posto del sangue.

Sulle mensole storte, fra i barattoli di latta e le punte di metallo, scorse una sagoma. Era Emil. E lei non sapeva se scoppiare a ridere dalla gioia e correre da lui oppure vergognarsi per aver avuto paura. Ma si fermò.

«Emil», sussurrò. Lui continuava a dondolare, spostando il peso da una zampetta all'altra. Era soltanto un cucciolo. Un animale di pochi grammi, infreddolito e spelacchiato. Sul collo le piume erano sparite e lasciavano scoperte ampie chiazze di pelle rugosa, tesa sopra ossa appuntite. Emil lanciò un grido acuto, frullando le ali, lo sguardo spalancato sulle ombre alle sue spalle che anche lei adesso sentiva respirare, farsi carne e sangue. Diventare una figura da cui Edna sapeva di dover fuggire. Poi Emil cadde, e quando raggiunse il suolo era diventato una grossa oca senza piume, completamente nuda.

Edna aprì gli occhi di soprassalto.

La vernice candida del suo soffitto era lacerata in croste che penzolavano come le squame di un serpente in muta. Il materasso era diventato più basso e non c'era nessun comodino. Né il pulsante dell'abat-jour alla sua destra e – constatò cercando con un piede fuori dalla coperta – anche le sue pattine non erano dove le lasciava sempre, ai piedi del letto, giusto di un passo. Allora ricordò: si era messa in viaggio per raggiungere Jacob.

Sentì infilarsi nelle narici il profumo delle uova insieme a uno sfrigolio familiare, di burro che si scioglieva sul fondo bollente di una pentola.

La prima immagine a svelarsi in contorni nitidi fu quella di Emil, aggrappato alla spalla di Roland che era intento a mescolare il *Kaiserschmarrn*. Notò che nella roulotte entrava una luce chiara e vibrante. La montagna di scatoloni era sparita. I vestiti piegati in una pila nell'angolo.

«Dormito bene?» Roland impiattava marmellata e mestolate di uova, tenendo la padella per il manico, tutto più o meno con una mano sola. Con l'altra si portava la sigaretta alla bocca. «Pensavo di avere un primato. Ma devo ammettere che lei russa che è una meraviglia.» Rise. Era di buonumore e anche lei trovò facile sgusciare dal letto e prepararsi a un nuovo giorno.

«È sicuro che possa tenerlo?»

Erano davanti alla roulotte, il lago alle loro spalle.

Lui annuì. «Le sta bene.»

Edna non ne era certa. Non si era ancora abituata alla rigidità della pelle e i bottoncini argentati, appiccicati sopra, le ricordavano la corazza di un cavaliere. Ma era sempre meglio che non avere nulla. Sapeva che una giacca poteva tornare utile in molte occasioni. Di pelle, poi, non si sarebbe neppure rovinata.

«Quindi è proprio decisa a fare di testa sua? Niente passaggio...»

«La ringrazio, signor Roland. Ma devo seguire la mia cartina.»

Lui respirò a fondo, senza toglierle di dosso i suoi occhi scuri che scavavano quasi volessero metterla alla prova.

«E lei? Che farà?»

Lui si guardò attorno. «Ho ripensato a quello che ci siamo detti la scorsa notte. Credo che mi fermerò per un po'. La roulotte ha bisogno di qualche lavoretto e di essere sistemata. A volte le cose vanno aggiustate.»

Edna annuì, sorridendo alla luce che gli brillava sul volto.

Non si dissero più nulla, ma lui la salutò con la mano alzata. A lungo. Fino a quando Edna non riuscì più a scorgere la sua sagoma, che sembrava quella di un gigante accanto a un giocattolo ammaccato a forma di roulotte.

«Bene, Emil», sospirò, «sembra proprio che stiamo per rimetterci in viaggio.»

Le rive si riempivano di turisti che attendevano i barconi per fare il giro del lago e fotografare il campanile, meno severo sotto la luce del mattino.

Qualcuno aveva chiesto di poter scattare una foto anche a lei e a Emil. Non riusciva a capire perché i ragazzi le sorridessero a quel modo e i motociclisti la salutassero da moto simili a quella di Roland, rallentando quando le passavano davanti e tagliando la fronte con l'indice e il medio uniti, il volto serio nascosto da occhiali scuri.

Mentre avanzava, lo sguardo sugli scarponi che affondavano nel terreno ancora umido, Edna pensò a quanto velocemente potesse mutare l'umore del cielo. Era partita con il sole che le indicava le montagne. E aveva dovuto combattere con i piedi nello stesso fango in cui si era trovato Jacob. Ora il sole era tornato e scaldava abbastanza da farle togliere il giubbotto di Roland. La terra che aveva imbrattato gli scarponi si stava già seccando. E sarebbe presto bastato uno sbuffo per levarsela di dosso come polvere e vederli luccicare di nuovo.

15.
IL BAMBINO CON IL FUCILE GIOCATTOLO

Seduta sulla panchina davanti ai pattìni arenati nella sabbia, con il sole che le scaldava dolcemente le guance e il lago che brillava tutt'intorno, Edna stava ricomponendo l'inventario delle cose su cui poteva contare, mangiando le patatine alla senape che le aveva lasciato Roland insieme ai salatini e ai biscotti. Emil era sulla sua spalla, a sgranchirsi le ali, e cercava di afferrare con il becco l'angolino della fotografia. Edna lo allontanò in fretta. «Scusalo, Jacob», disse rivolta verso il bambino che nell'immagine era in piedi accanto a lei, con una faccia rotonda e la smorfia di un sorriso trattenuto. Lei, invece, sembrava un fantasma spaventato, i capelli come rovi legati insieme da un cordino. «In tutti questi anni Emil non è cambiato per niente. Te l'avevo detto, io, che era una pessima idea prenderlo con noi.»

Edna tossì. Le succedeva con sempre maggiore frequenza, dalla notte prima, e i sussulti la facevano tremare, al punto da temere che il petto si squarciasse.

Era tutta colpa dell'acquazzone.

Infilò Emil nel trasportino. Quella parte di percorso avrebbero dovuto farla a piedi, non poteva essere altrimenti. Anche se la fatica la rallentava. Il piano era diventato una facile salita che ora la stava impegnando in un pendio tutt'a un tratto da perderci il fiato.

Aveva riposto il giubbotto nella sacca, dove aveva ripiegato anche la tuta, ancora umida dal giorno prima. Ma i pantaloncini da trekking corti al ginocchio e la maglietta a maniche corte non bastavano a darle sollievo. Erano soltanto i primi giorni di giugno, eppure a quell'ora il sole picchiava. E lei ed Emil avevano di nuovo finito l'acqua.

Si fermarono a una pensione, che aveva anche un bar-ristorante, perché a Edna era venuto in mente che forse avrebbe potuto trovarci un giornale. Voleva sapere come stesse Jacob e non aveva nessun'altra buona idea per scoprire nuove informazioni.

Contò i soldi che le restavano. E li ricontò. Poi aiutò Emil a salire sulla spalla dopo averlo spruzzato con l'ultimo goccio di acqua rimasto nella borraccia.

«Ti piace, vero? Anch'io mi farei volentieri un bagno.» Immergersi nell'acqua fresca, bagnarsi i capelli restando in ammollo con i piedi che toccavano il fondo melmoso del lago, era una prospettiva allettante. Ma da quando l'aveva sfiorata l'idea del giornale, non riusciva a togliersi di dosso l'ansia di sfogliarlo per trovarci un nome. Intorno a lei, nulla sembrava rispondere a quell'agitazione febbrile. Né il frinire monotono dei grilli. Neppure la brezza che soffiava quieta tra gli aghi degli abeti profumandosi di resina.

Alcune coppie prendevano il sole sul prato davanti alla pensione. Due bambini le corsero incontro per guardare da vicino il pappagallo. Le girarono intorno, saltellando, mentre Edna si sforzava di avanzare. Emil, con le piume ancora bagnate lasciate ad asciugare, si stringeva alla sua spalla. Fu in quell'istante che il più piccolo puntò il fucile giocattolo contro di lui e sparò.

Edna sentì gli artigli che restavano incastrati nella maglia e che subito dopo, con lo scatto della paura, la laceravano per spiccare il volo.

Quando comprese quello che era successo, Emil era già un puntino che si confondeva fra le cime degli alberi.

Il bambino più grande si riparava gli occhi dal sole con il palmo e guardava nella direzione in cui era scappato Emil.

«Wow, è andato da quella parte! Vola alto...» disse puntando il dito mentre la madre li richiamava cacciando un urlo.

Gridò il nome di Emil, voltandosi in tutte le direzioni perché la potesse sentire ovunque si fosse ficcato. Poi, finalmente, lo scorse sulla cima di un pino. Si guardava intorno, girando il collo da una parte e dall'altra per mettere a fuoco qualcosa che lo preoccupava e gli impediva di scendere. Emil non era solo.

Volavano in un piccolo stormo compatto lanciando strilli che riecheggiavano nel cielo, chiamandosi e rispondendosi, mentre Emil se ne stava muto e immobile, sperando forse di rendersi invisibile.

Appena la vide, si gettò a capofitto per raggiungere la sua spalla. Ma i corvi lo inseguirono e lui dovette correggere la traiettoria. Edna si mise a camminare più in fretta, eppure faticava a stargli dietro. Le bruciava il collo a furia di guardare in alto e le girava la testa. Era la paura di perdere Emil, più del dolore, a bloccarle il respiro.

I corvi erano bestie grosse quanto aquile, che volavano agili e cambiavano traiettoria con la rapidità di saette. Avevano accerchiato Emil che arrancava, cercando disperatamente di prendere quota. Ma quelli gli stavano dietro. Edna provò a fare rumore battendo un bastone contro il tronco di un albero. Erano troppo alti e distanti per darle retta o spaventarsi. Uno di loro aveva afferrato la coda di Emil, che vacillò, mentre altri ne arrivavano a rinfoltire lo stormo. Ora lo attaccavano ai lati. Lui annaspava, schizzava avanti e poi rallentava quasi avesse perso le forze. I due gruppi si erano congiunti e non gli davano tregua, sfiancandolo, fino a quando cominciò a tremolare come un aquilone spezzato dal vento, e precipitò nel fitto della foresta.

Anche Edna si sentì scivolare nel vuoto. Non riusciva più a vederlo. I corvi invece volavano in circolo, sopra le cime degli abeti, lanciando urla che squarciavano il silenzio del bosco.

Dopo aver perlustrato la zona in altri due giri di ricognizione, scomparvero nel cielo. A quel punto di Emil non c'era più traccia.

Edna sentiva la disperazione crescere a ogni passo e invaderla con la furia di un'onda che la spingeva contro la terra. Abbandonò dietro di sé il trasportino e si addentrò nel fitto della boscaglia, facendo attenzione a ogni suono, sforzandosi di captare ogni movimento che scuotesse l'ombra proiettata dai rami.

Il bar da cui erano partiti era ormai distante. Si stava inerpicando per il sentiero senza guida, né macchie di colore o versi che la aiutassero a orientarsi.

Non voleva pensare al peggio, ma aveva visto il suo corpicino, strattonato dalla corrente, prima che perdesse quota.

Poteva essere ferito. Di certo disorientato. E lei doveva trovarlo.

Emil non sarebbe sopravvissuto a lungo nella selvaggia libertà delle montagne e non riusciva a scacciare quelle immagini dalla testa. Troppi predatori, troppi pericoli. Mentre lui era convinto che il cibo sbucasse dalle ciotole e l'aria fosse sempre tiepida come d'estate. Anche di notte. Ma non era mai davvero buio, il suo mondo. Mai davvero freddo. Né tanto indifferente.

Edna scrutò fra i cespugli, indecisa se continuare a cercarlo, allontanandosi, o fermarsi a perlustrare quella zona. Non poteva essere tanto lontano dal punto in cui si trovava lei ora. Anche se bastavano due battiti d'ali per coprire una distanza di parecchi metri, i corvi erano ancora un pericolo e se c'era una cosa che Emil aveva imparato a fare in tutti quegli anni di fronte a una minaccia, era rendersi invisibile. Per esempio per evitare le situazioni che non gli piacevano, come le visite di Adele e la sua voce acuta, le dita con le unghie laccate di un rosso sfacciato che si infilavano nella sua gabbia – il suo territorio sicuro – per accarezzarlo.

Era certa che avrebbe preferito l'immobilità sull'appiglio più alto che fosse riuscito a trovare, piuttosto che la fuga. Ma non era detto fosse un bene. Convincere un pappagallo terrorizzato a scendere da un ramo era un'impresa che a volte non riusciva nemmeno ai più esperti. E ci potevano morire, lassù, perché la paura toglie la fame. Sono animali strani, dal metabolismo tanto veloce che dimenticare di nutrirsi li può portare alla morte.

Edna prese come punto di riferimento un boschetto di eriche a ridosso di un lungo tronco caduto di traverso, perché temeva di perdersi. Rovistò fra i cespugli di mirtillo selvatico, fischiò, si graffiò le gambe e le braccia scostando i rami di pino, finché, con la schiena bagnata di sudore e la testa che ronzava, capì di essere ritornata al punto di partenza e che stava camminando in circolo. Senza un obiettivo, le gambe a ogni passo più pesanti.

Le tornò in mente quando alla fattoria avevano messo lei e Jacob a guidare i cavalli che trainavano la pesante trebbiatrice. Il lavoro cominciava all'alba e terminava quando l'ombra proiettata dalla macchina mostruosa si allungava inghiottendo ogni cosa. Avevano ricevuto l'ordine di procedere, tracciando grandi cerchi, senza sosta né deviazioni, fino a quando il campo di grano avesse perso tutto il suo oro. A testa china, Edna seguiva le sue gambe fino a confondere il tempo e la direzione. Allora Jacob le dava uno spintone e le ordinava di riposare mentre lui guidava i cavalli, i muscoli delle braccia e delle spalle tanto tesi che sembrava le vene gli dovessero schizzare dal collo. Per quattordici giorni. Disegnando nell'oro cerchi che sarebbero stati cancellati dalla pioggia.

Una scossa di dolore frantumò il ricordo di Jacob, oscurando all'improvviso la vista.

Tentacoli cosparsi da una miriade di minuscoli aghi si erano avviluppati attorno alle caviglie. Edna sentì il calore diffondersi in tutta la carne e bruciare nel polpaccio. Si accorse di essere finita in una pianta di ortiche.

Estrarre la gamba dalla tagliola di aghi velenosi la fece sussultare con più crudeltà. Si sedette sul bordo del tronco circondato dall'erica e rimboccò i calzini, cercando in fretta una soluzione: la pomata all'arnica sarebbe servita a poco, ma poteva versarci dell'acqua fresca, sperando almeno in un sollievo temporaneo.

Ancorò il bastone a terra e fece leva sull'altro braccio. Riusciva a stare in piedi, ma al primo passo onde di dolore si irradiarono dal polpaccio e la fecero vacillare. Sapeva che il veleno sarebbe fluito nel sangue, disperdendosi fino a quando non sarebbe rimasto che un lieve torpore, come quando ti addormenti con la gamba piegata in una posizione scomoda. Tutto quello che doveva fare era aspettare. Che il dolore passasse. Che Emil riuscisse a escogitare un modo per tornare da lei o per farsi trovare.

Alla fattoria – seguendo i turni dettati dal signore – lei e Jacob avevano l'incarico di guidare la mandria al pascolo. Ed erano sempre giorni speciali, perché regalavano loro del tempo per guardare il cielo, sdraiati sull'erba che faceva il solletico.

A Edna piacevano le mucche. Jacob invece le trovava sciocche e piuttosto inutili. Davano il latte e buona carne, ma per il latte c'erano anche le capre, bestie di gran carattere – non quelle fifone che si lasciavano spaventare anche dai grilli – e per la carne c'era il maiale, più saporito e versatile. Non sprecavi niente del maiale, neppure le orecchie che si davano da masticare ai cani o con cui ci facevi la zuppa.

Di solito stavano attenti al cielo, ascoltando la direzione del vento e scovando le nuvole che correvano più veloci staccandosi dal muro di roccia sbalzato dai crinali.

Quella volta, invece, il temporale li aveva sorpresi con la furia di mille cavalli lanciati al galoppo. Erano cavalli fatti di aria, dalle criniere che scuotevano una corrente fredda e impetuosa, pestandoti con zoccoli che ti colpivano sulla testa, sulle spalle, con la violenza di torrenti di acqua.

Le mucche correvano senza seguire nessuno, ciascuna nella sua testarda direzione, scalciando dalla paura. I muggiti si confondevano fra i tuoni del temporale e il cozzare di corna, il tintinnio selvaggio dei campanacci di ferro. Nella confusione le madri calpestavano i vitelli e alcune cadevano, ruzzolando sull'erba bagnata. Edna non riusciva a vedere nulla. Il cielo era scuro come di notte e la pioggia le rigava la fronte, bruciando sugli occhi.

Nel bagliore di un lampo aveva scorto Jacob allargare le braccia per tenerle insieme e raccoglierle vicino alla capanna. Ma quelle, in preda al terrore, non riconoscevano zampe da mani, la loro voce dispersa dal sibilo del vento. Lei aveva fatto lo stesso, chiudendo gli occhi di fronte a quella marea di corna e muscoli, colli che si contorcevano. Fino a quando si era sentita scaraventare a terra e la schiena spezzarsi sotto il peso di zoccoli che le schiacciavano le vertebre come fuscelli.

Anche Jacob alla fine si era arreso e le aveva fatto segno di ripararsi nella capanna.

Erano rimasti a guardare la mandria che si disperdeva, tremando di freddo dietro il vetro della piccola finestra, contro cui si infrangevano i loro respiri sincopati, che si allargavano in aloni di condensa.

«Jacob, le vedi?»

Lui aveva scosso la testa, il volto duro e pieno di ombre. E Edna aveva sentito il cuore stringersi in un pugno.

«Te l'avevo detto che erano stupide, le tue mucche.» Nonostante la rabbia, Edna non aveva sentito una vera accusa nella sua voce. Jacob era disperato, come lei. Ma non lo dava a vedere.

«E adesso, che facciamo?»

Erano rimasti alla finestra, perché non potevano che attendere, pensando, pieni di paura e di brividi, i vestiti inzuppati di acqua, a cosa sarebbe accaduto. Sciocche o no, le mucche valevano una piccola fortuna che non sarebbero stati in grado di ripagare neppure se avessero lavorato alla fattoria per tutta la loro vita. E poi, c'era una sciagura che non poteva essere evitata o placata con il denaro, che pur non avevano: la rabbia dello Struwwelpeter. Si raccontavano molte storie intorno al signore, agli attrezzi che teneva nel capanno e che non servivano più a falciare i prati. Le lame coperte di ruggine, le punte aguzze. Le corde di canapa. Edna e Jacob le sentivano già stringersi intorno ai polsi, alle caviglie.

A svegliarli non fu il tuono, ma la mano ruvida di un contadino che gli artigliava la spalla.

Avevano scoperto, una volta riportati alla fattoria, che le mucche erano tornate nelle stalle. Mangiavano il fieno, masticandolo e rigirandolo lentamente fra le mascelle. Non c'era traccia, sui loro musi pigri, delle bestie imbizzarrite che li avevano travolti con la furia di tonnellate di carne vibrante sotto i pungoli del terrore.

Edna era stata trascinata in cucina ad aiutare la cuoca, anche se quella notte non aveva chiuso occhio. Di Jacob, invece, non c'era più traccia. Se lo era portato via il signore. Edna li aveva seguiti con lo sguardo, finché aveva potuto. La schiena piccola di lui di fianco all'omone che teneva la giacca di lana anche in estate, con le spalle larghe e la pelle indurita, le mani piene di calli e tagli.

Poi la donna le aveva dato uno scappellotto che l'aveva costretta a concentrarsi sul suo lavoro. Tagliare l'erba cipollina, in segmenti sottili, tutti della stessa lunghezza. Perché la precisione era importante. La precisione era disciplina, le avevano detto. E la disciplina avrebbe fatto di lei un'adulta affidabile.

Per tutto il giorno si erano rincorse le voci sulla sorte toccata a Jacob. C'era chi sosteneva lo avessero mandato via. Chi diceva che nessuno lo avrebbe mai più trovato. E che la primavera seguente il basilico avrebbe avuto sapore di bambino.

Jacob tornò. Era trascorso un giorno. E un'altra notte stava per cedere spazio all'alba.

«Che ti hanno fatto?» aveva sussurrato Edna contro l'ombra che si stagliava di fronte al suo giaciglio. Si era coperta la bocca con la mano mentre guardava Jacob sedersi con un movimento impacciato sulla paglia. Lento, meccanico, come se il suo corpo fosse invecchiato all'improvviso.

«Nulla di grave. Quell'imbecille dello Struwwelpeter mi ha fatto restare in piedi tutto il giorno. E la notte.»

Edna si era raddrizzata, cercando di fiutare, come un animale selvatico, un odore, un particolare che le raccontasse cosa fosse accaduto davvero.

«Dove ti hanno portato? Non ti ha più visto nessuno. Dicevano che eri stato cacciato dalla fattoria.»

Jacob aveva tentennato, come se combattesse contro qualcosa che era sulla punta della lingua, ma non ce la faceva a uscire. «Davanti al suo letto. Sono rimasto in piedi davanti al suo letto, tutta la notte.»

«Ma mentre dormiva, tu...» Edna era certa che Jacob un modo lo avesse trovato per sfuggire al suo controllo. Ma lui non diceva nulla.

Erano vicini e le nuvole, scivolate via dalla luna, avevano liberato per un istante la sua luce azzurrognola che ora si spandeva sul volto del bambino. Edna era rabbrividita.

Aveva avvicinato la mano al volto di Jacob, passando lentamente il dito sul rivolo scarlatto. Lo sguardo fisso sulle dita che si impiastricciavano. Lui non se ne era neppure accorto, ma il sangue scivolava dalle narici come un torrente che gli tagliava il viso in due metà. Edna avrebbe voluto con ogni rimasuglio delle sue forze incollarle di nuovo insieme – prima che il sangue arrivasse alle labbra e lui ne sentisse il sapore – e far tornare tutto come prima. Prima del temporale, prima della fattoria, prima del viaggio attraverso le montagne.

«Va tutto bene, *Warmduscher*», aveva sussurrato lui, strascicando l'ultima parola in un balbettare stanco. Poi aveva appoggiato la fronte contro la sua spalla, e si era addormentato di un sonno tanto profondo, che lei all'inizio aveva temuto fosse morto davvero.

16.
EMIL E GLI ASTRAGALI

Edna si ridestò con il cuore in gola, annaspando come se qualcuno le avesse tenuto la testa sott'acqua.

Non sapeva per quanto tempo si fosse appisolata sotto il sole, ma la gamba non aveva smesso di bruciare. E poi c'era dell'altro, che pungeva la pelle e la rendeva inquieta, anche se non riusciva a mettere a fuoco. Guardò il trasportino aperto, abbandonato poco più in là. Fu allora che le arrivò fulminea l'immagine di Emil che scappava inseguito dai corvi, e il ricordo del suo corpicino che precipitava le tolse il fiato.

Doveva rimettersi in piedi e cercarlo, senza perdere altro tempo. La luce filtrava fra i rami scaldata dalle sfumature del tramonto. Mentre legava la sacca al trasportino e lo raddrizzava, spingendolo fuori dal boschetto di eriche, Edna ascoltava i rumori del bosco, come aveva fatto tante volte da bambina, pervasa da una sensazione di allerta, forse dovuta al ricordo del sogno.

All'inizio non ci fece caso. Poi lo stesso lamento, più lungo. Una voce che gridava aiuto. Era un pianto oppure una risata? Isolò il suono e si voltò in quella direzione.

Sembrava la voce di una donna. Forse di un bambino. E più Edna avanzava, tanto cresceva dentro di lei la sensazione che, di chiunque si trattasse, fosse in pericolo.

Si fermò dove i rami disegnavano una finestra affacciata sulla radura.

Quando mise a fuoco, stringendo gli occhiali sul naso, si portò la mano alla bocca e lasciò cadere il trasportino.

Vide la ragazza agitare convulsamente le braccia nel tentativo di scrollarsi di dosso l'ammasso di piume che le era piombato in testa.

Poi il piumino variopinto precipitò a terra e lei gli corse dietro. Il ragazzo alle loro spalle, alto e sottile come uno spillo, se la rideva senza muovere un dito.

Edna attraversò la barriera intrecciata dai cespugli e, appena Emil la scorse da lontano, le volò incontro e si posò sulla sua spalla, il petto ancora scosso da veloci singulti.

Quella testolina rotonda era la macchia di rosso più bella che avesse mai visto, pensò Edna mentre il cuore prendeva la rincorsa e si convinceva che era tutto finito.

Lo fece scivolare delicatamente in grembo e lo strinse al petto, la testolina di lui nell'incavo della sua spalla, mentre gli accarezzava il dorso. Era come far scorrere le mani sulla seta. L'ala era macchiata da una chiazza di sangue rappreso e la coda sfilacciata. Edna controllò svelta che non ci fossero altri calami spezzati. Ma Emil sembrava soltanto avere una gran fame. Rigirava nel becco un piccolo sasso aguzzo, simile a quello che stringeva nella zampa. Edna si sforzò di ricordare cosa le fosse rimasto. Nella sacca aveva due pacchi di salatini. Non erano forse il cibo più indicato per un pappagallo, ma sembrava che Roland vivesse di quella robaccia. Aveva detto che era molto nutriente e tutto quello di cui Emil aveva bisogno in quel momento era riprendere le forze.

Qualcuno alle sue spalle si schiarì la gola.

«Lo avete trovato voi? Era qui intorno?»

La ragazza la scrutava con la fronte spianata e l'espressione di chi non si aspetta quello che ha di fronte.

«È stato assalito da uno stormo di corvi e l'ho cercato ovunque», continuò Edna in tono riconoscente. Emil le porgeva la guancia e si faceva grattare sotto il becco, socchiudendo gli occhi per il piacere.

«E lei se ne va in giro per i boschi con un pappagallo libero?»

«Sulla spalla come un pirata...» aggiunse l'amico che, a differenza sua, non sembrava per nulla arrabbiato.

Gli occhi della ragazza saettarono su di lui – Edna pensò

che avrebbe potuto incenerirlo – poi si conficcarono nei suoi.

«Guardi, non lo voglio nemmeno sapere che stava facendo. Ma il suo pappagallo si è preso i miei astragali. E sembra che non abbia alcuna voglia di restituirli», disse d'un fiato, le guance scaldate da un rosso acceso.

Edna seguì lo sguardo della ragazza che si spostava su Emil. «Intende il sassolino che ha nel becco?»

«E quello nella zampa. E non sono sassi.»

Edna affilò lo sguardo. «Di che diavoleria sta parlando?»

«Senta, posso riaverli prima che se li ingoi o devo mostrarle una fotografia per spiegarle di cosa si tratta?»

«Mi auguro non sia nulla di velenoso», sbottò Edna senza abbassare lo sguardo, la fronte corrugata. «Forza, Emil», disse poi avvicinandolo a sé e addolcendo la voce mentre lo accarezzava, «ridiamo a questa giovane signora i suoi *arpagali.*»

«Astragali», la corresse lei, dritta in piedi come un gessetto.

Ma nonostante il sorriso di Edna, Emil non aveva ceduto di un solo millimetro. Edna aveva anzi l'impressione che si fosse aggrappato con più forza all'astro-qualcosa. La zampa era una tagliola di unghie e squame, stretta come un pugno.

«Le cose basta chiederle con gentilezza, vero Emil?» Edna lo accarezzò lentamente sul becco, sorridendo sotto lo sguardo infuriato della ragazza. Rovistò nelle tasche, e infine trovò quello che stava cercando. Quando sollevò il gheriglio, sbalzato dal sole come una particola sollevata alla messa, Emil fece cadere gli astro-qualcosa e si avventò per afferrarlo, lasciando alla ragazza il tempo di infilarli in un piccolo sacchetto di canapa.

«Visto? Si chiama "potere della gentilezza".»

«O della fame», la incalzò l'altra. «Io sono Priska e lui è Florian.»

Edna barcollò. Il polpaccio aveva preso di nuovo a pulsare e l'aria intorno si era fatta lattiginosa, come quando guardi attraverso le tendine plasticate della doccia.

«Non sono velenosi, vero?»
«Non si preoccupi, il suo pappagallo non morirà. La sua gamba, invece, non è conciata affatto bene. *Urtica dioica.*»
Lo sguardo di Edna scivolò di colpo sulla pelle arrossata, dove minuscole bolle rigonfie di liquido si moltiplicavano come riso soffiato.
«Ortica», spiegò Priska. «Venga con me.»
Edna esitò.
«Si fidi, non sono mica una strega», la invitò lei con un sorriso malizioso, che sembrava suggerire il contrario.

Priska e Flo avevano allestito un vero accampamento accanto alla piazzola dove era parcheggiato un vecchio van arancione. Fili per appendere i panni erano tesi da un ramo all'altro, insieme a pentole appese ad asciugare. Grosse borse termiche e un macchinario che non aveva mai visto prima, da cui sbucava un groviglio inestricabile di cavi e bulloni, erano stati riposti con cura all'ombra dei pini. Avrebbero potuto contenere provviste per una settimana o più. Nel mezzo dello spiazzo, l'erba era ancora annerita, intrisa delle ceneri di un grande fuoco. Edna ebbe l'impressione che Priska e Flo si trovassero lì già da qualche tempo.

La ragazza la fece entrare nella tenda più spaziosa e le disse di sedersi sul materassino.
Edna respirò il profumo dei ciuffi delle erbe e dei fiori lasciati a seccare, appesi alle corde di canapa che penzolavano lungo tutto il perimetro. Menta, rosa selvatica. Rododendro. Molti li conosceva. Di alcuni sapeva elencare le proprietà di potenti veleni, come l'aconito, un fiore che aveva sempre trovato di una bellezza sorprendente, simile a una spiga di colore viola acceso. Le foglie, invece, erano verde scuro.
«Ci sputi.»
«Come, scusi?»
«Sputi sulla ferita, Edna.»
Le due donne si studiarono per qualche istante.
Lo sguardo di Edna scivolò sul volto lentigginoso di lei,

le trecce crespe raccolte sulla fronte da una fascia a fiori, i pantaloni da corsaro su cui erano mescolati i colori come macchie di sugo, mostarda e crema di zucca su una vecchia tovaglia.

Priska allargò le braccia.

«Servirebbe del succo di aloe oppure della parietaria. Ma non ho né l'uno né l'altra. Dal momento che la sostanza rilasciata dalla pianta è acida, dobbiamo intervenire con una sostanza basica. Come la sua saliva. Preferisce lo faccia io?»

Edna osservò le bolle tanto gonfie da sembrare sul punto di scoppiare.

«Senta, non è colpa mia se lei questa mattina si è svegliata con l'idea di girare per i boschi con il suo pappagallo sulla spalla e di ficcare la gamba in quella povera pianta di ortiche.»

«"Povera"... Non direi.» Edna non era d'accordo.

«Lo sa che non sono aghi ad averle iniettato la sostanza urticante? Ma la peluria di quelle piccole, tenere foglie che hanno cercato coraggiosamente di difendersi dal suo piede che le schiacciava.»

Edna trovava tutta la faccenda piuttosto imbarazzante.

«D'accordo, mi volto», fece la ragazza, intuendo il motivo della sua esitazione. «Dopo starà meglio, vedrà.» Un sorriso di sollievo le scaldava la voce.

Mentre Priska tagliava il lembo di una garza, Edna le chiese cosa fossero gli astragali. Scoprì che si trattava di piccoli ossicini che andavano lanciati sull'erba e in grado di svelare il futuro. Priska sosteneva fossero molto antichi – non i suoi, precisò, ma il metodo – e diffusi tra i popoli pagani della zona alpina, come i discendenti della dea Reitia.

La testa le girava come in un frullatore. Edna cominciava a chiedersi dove fosse finita, quando sbucò Florian ad annunciare la cena, con Emil sulla spalla.

Non avrebbe voluto fermarsi, ma i suoi pensieri erano rivolti alla striscia di oscurità che si stava spandendo nel cielo. Presto si sarebbe spento un altro giorno e anche se Florian l'aveva rassicurata che si trovavano nei pressi di Nauders, una delle prime città oltre il confine austriaco, sapeva che il viaggio era lungo. E lei era tanto stanca che avrebbe potuto addormentarsi in piedi.

«Dove vuole andare con quella gamba? Di notte...»

Per la prima volta da quando si erano incontrate, Edna e Priska si trovavano d'accordo.

17.
LA SCIAMANA

Avevano appena finito di cenare con il seitan (che sembrava una bistecca, ma sfortunatamente non lo era), il prosciutto di soia (che si tagliava a fette, ma del prosciutto aveva purtroppo soltanto il nome), e gli involtini con le verdure (dopo le salse assaggiate nella roulotte di Roland, tutto le sarebbe apparso più insipido).

Priska e Flo avevano poco meno di trent'anni. Ai suoi tempi, la gente della loro età tornava dalla guerra, aveva già messo su famiglia, dimenticato la perdita di un figlio morto e visto raccolti travolti dai capricci del tempo. Come era capitato ai suoi genitori. Sperava che nessuno di quei dolori dovesse mai toccare ai due ragazzi.

«Ma c'è una cosa, che non capisco», continuò Florian, che nel frattempo aveva preso a raccogliere i piatti e le posate per immergerli nell'acqua raccolta in un catino. «Come ha intenzione di attraversare l'Arlberg?»

Priska ascoltava, stringendo le braccia attorno alle ginocchia.

«A piedi.»

«Signora Edna, ma è un passaggio tortuoso», sbottò la ragazza, sciogliendole tutto a un tratto. «Sono più di cinquecento metri di dislivello. Molti chilometri. E dovrà fare attenzione a Emil. Se lì sbuca un passaggio che chiamano il Sentiero delle Aquile, un motivo c'è.»

Edna annuì.

Come poteva spiegare cosa rappresentasse per lei quel viaggio? Aveva riflettuto molto su Jacob, su quello che era accaduto alla fattoria. Alla fine aveva capito che per tornare al punto di partenza, e riavvolgere il nastro, doveva seguire le orme tracciate. Senza deviazioni. A ogni tratto di matita su quella carta disegnata da bambina doveva corrispondere il segno esatto della gomma che lo avrebbe cancellato.

«Non voglio lasciare niente in sospeso. Ho l'età per fare le cose a modo mio, Priska. E, mi creda, dopo tanti anni mi sento finalmente libera.» Le parole erano uscite da sole, componendosi in un pensiero di cui ancora non riusciva ad afferrare pienamente il significato. Ma sentiva che rappresentava una parte importante in tutto il guazzabuglio in cui si era ficcata.

«Lei è...» Florian la guardava con gli occhi spalancati, le pupille che brillavano come cristallo nel riverbero del fuoco. Le labbra si piegarono in un sorriso e la voce si spezzò in una risata. «Lei è completamente pazza, signora Edna.»

Insisté per scattarle una foto, insieme a Emil, e poi spiegò a Edna come scattarne una a lui e a Priska. Emil era volato sulla sua spalla, allargando le grandi ali poco prima che Edna scattasse. Era venuta una fotografia sgranata, con Priska che indietreggiava per la sorpresa e rideva allo stesso tempo.

«Non ci ha raccontato da dove viene Emil!»

Da dove veniva Emil? Le risposte erano due. Ma preferì raccontare la più ovvia.

«È una specie del Sud America. Come sia arrivato in Europa, non saprei.»

«È un animale di cattura, quindi», sussurrò Priska con una nota di tristezza. «Gli mancheranno le sue foreste.»

Edna non ci aveva mai pensato.

«Chissà quale storia avrebbe da raccontare. Tutti ne nascondiamo una, vero Emil?», poi alzò lo sguardo su di lei. «Io e Florian stiamo percorrendo l'antica strada romana. A lui basta il mosaico di una chiesa o un crocefisso medievale per emozionarsi», ridacchiò, «io invece seguo orme più antiche. E alla fine ci ritroviamo negli stessi luoghi, perché è lì che si è accumulata l'energia della terra, a dispetto di qualsiasi nome le si voglia dare. Ci penso spesso, ogni incontro è parte di qualcosa che abbiamo già vissuto e a sua volta farà parte di noi per sempre.»

«E questa notte Priska penserà a quale senso dare al suo incontro con Emil», sorrise Florian. Lavava i piatti nel catino, spazzolando con energia prima di impilarli in file perfette.

«Questo è il nostro contatto con il mondo», sospirò Priska accanto a un generatore, tra bulloni e cavi, le mani sporche di olio. «Florian tiene un blog. Raccoglie le nostre fotografie e risponde ai commenti dei follower. Vendiamo magliette, qualche gadget a chi ci segue. E così», sorrise, «possiamo continuare il nostro viaggio.»

Edna annuì con un ampio cenno del capo per nascondere la verità: non aveva alcuna idea di cosa intendesse la ragazza.

«Immagino che sia molto stanca. Ha mai dormito in una tenda? È il posto migliore per trascorrere la notte. Basta che tenga ben stretto Emil. Per i gufi, sa. Si lanciano richiami che pare di averli attaccati all'orecchio.»

Le avevano lasciato la tenda più piccola, dopo che Florian aveva trascorso una buona mezz'ora a sistemare, spostando scatoloni, libri, plichi di fogli e riempiendola di cuscini e coperte dal profumo di vaniglia.

Attraverso la stoffa velata della tenda, Edna seguiva il fuoco contorcersi e allungarsi, l'erba danzare, mossa dal vento.

Rimuginava ancora sulle parole di Priska, pensando agli astragali. Le sembrava non fossero nulla di particolare, anche se la ragazza le aveva detto che venivano scelti con cura ed erano gli ossicini (articolazione tibio-tarsica di mammiferi come pecore, mucche, ma anche cervi oppure orsi). Non aveva idea di come potesse predire il futuro un ossicino un po' consumato e dalle punte spigolose.

Lei credeva nel destino? In un filo rosso che collega ogni cosa senza che noi ce ne rendiamo conto, prima che quello stesso filo ci accarezzi o ci stringa fino a strozzarci?

Non lo sapeva. Intanto, aveva Emil a cui badare. Si chiese dove avrebbe potuto passare la notte. Scrutò la tenda come avrebbe fatto lui, immaginandosi nella sua piccola mente sempre all'erta nonostante la pigrizia degli anni. Se avesse alzato in verticale il tirante del trasportino, lui avrebbe potuto appollaiarsi sopra. Faceva al caso loro e si compiacque della sua soluzione. Accarezzò Emil sul grosso becco. Lui le prese il dito, con una stretta gentile e appena percettibile. Come una carezza. Edna sapeva che quell'uncino era fatto per sminuzzare noci di cocco e scavare nidi profondi metri nei tronchi degli alberi. Avrebbe potuto reciderle l'indice con la facilità con cui sbriciolava la scorza di una noce. Eppure Emil era delicato quasi avesse nel becco un pezzo di cristallo. E lei si fidava di lui.

Priska le aveva domandato da dove venisse. Edna non aveva idea di cosa facesse uno sciamano, ma chiunque fosse Priska, su una cosa non sbagliava: Emil era una creatura speciale. Forse arrivava dal fuoco, come una fenice, forse da una terra lontana e calda, bagnata dal mare. Forse, come le avevano detto quella notte di tanti anni prima, Emil era sceso dal paradiso.

18.
IL MURO, IL CARRETTO E LA POLVERE DELLA CLESSIDRA

Edna infilò la testa fuori dalla tenda e cercò un dettaglio cui appigliarsi per ricostruire quanto fosse successo e dove si trovasse.

Lo sguardo si fermò sulla sagoma colorata accanto all'albero. A guardare bene, la figurina con i pantaloni da corsaro non era soltanto molto vicina al grosso tronco. Ma lo abbracciava, tanto da confondersi con il legno, le braccia larghe a semicerchio, la guancia schiacciata contro la corteccia. Davvero abbracciava un albero? Priska non poteva vederla perché teneva gli occhi socchiusi. Chissà cosa aveva da sorridere.

Dopo averli riaperti, si lasciò cadere sull'erba e incrociò le gambe, appoggiando mollemente le braccia sulle ginocchia. Fece un respiro profondo e quando si accorse che Edna la stava guardando, la testa scompigliata che sbucava dalla tenda, le fece segno di avvicinarsi con un ampio gesto della mano e un sorriso.

«Dormito bene?»

Edna doveva ammettere che aveva trascorso una notte molto confortevole. Si sentiva riposata e in forze. A preoccuparla erano invece le nuvole nere, ferme dietro le creste, e l'aria che odorava di pioggia.

«Pioverà», disse Priska, quasi le avesse letto nel pensiero. «Il maltempo che ha attraversato il Nord sta scendendo e anche qui ce la vedremo brutta. Gli alberi stamattina mi hanno sussurrato quello che è accaduto lassù. E le assicuro che non c'è da stare tranquilli.»

«Gli alberi le parlano?» E pensare che Adele si preoccupava perché lei parlava con Emil. Emil, se non altro, usava la sua voce per dire "buono" quando voleva un biscotto o per salutarla con un "buongiorno" quando si faceva mattina.

«È tutto collegato, signora Edna. Da fili invisibili. Lo è sempre stato, ma noi abbiamo perso la capacità di ascoltare. Oppure non ne abbiamo più la pazienza. Non trova che si muova tutto troppo velocemente?»

Edna ripensò al suo viaggio. Ai pochi chilometri che aveva guadagnato in tutto quel tempo. E avrebbe voluto pensarla come Priska, ma proprio non le riusciva.

«Dovrò rimettermi in viaggio. Ravensburg è ancora lontana.»

Un pensiero cupo attraversò il volto di Priska, tagliandole la fronte in un solco profondo. «Non può pensare di attraversare le montagne sotto la tempesta. Perché non si ferma qui?»

«Mi piacerebbe molto, ma la gamba è guarita e non vedo l'ora di arrivare.»

Priska le sorrise. «Si goda il viaggio. È la sua vacanza, no?»

Edna ormai ci aveva rinunciato. Erano così, i giovani. Per loro tutto era una vacanza. E dubitava che Priska avrebbe capito.

«Si rilassi, respiri a fondo. Si goda il tepore di questo sole e lo porti dentro di sé. Ne faccia scorta. Guardi, pieghi le gambe così.»

La aiutò a trovare la posizione. A Edna non riusciva di incrociarle come Priska, ma le ripiegò in una postura comoda.

«Chiuda gli occhi. Respiri. Lentamente. Senta il calore della terra. Ora scenderemo nel mondo sotterraneo per ritrovare la fonte delle nostre energie. Ma attenzione, Edna, qualunque cosa ci trovi, non dovrà riportare indietro con sé nulla da questo viaggio.»

Priska inspirava a fondo, gli occhi socchiusi. La cassa toracica si allargava e si contraeva in un movimento ritmato. E Edna cominciò a imitarla, anche se la gola ancora bruciava e la tosse restava in agguato.

«Guardi l'albero che è alle nostre spalle.»

Edna aprì gli occhi.

«Non per davvero», la rimproverò Priska. «Deve soltanto immaginarlo!»

Edna richiuse gli occhi.

«Lo sfiori con la mano – solo nella sua mente – senza fretta. La corteccia umida e porosa, coperta di muschio fresco, le solletica i palmi. Vede un'apertura? Potrebbe essere la tana buia di un animale, una cavità.»

Edna galleggiava in un mare nero, costellato di puntini bianchi e arancioni.

«Si infili dentro e scenda.» La voce di Priska manteneva lo stesso imperioso tono di distacco dell'inizio, ma c'era qualcosa di più serio e oscuro fra le sue pieghe. «Attraverso il tronco, sotto la terra nera. Segua le radici dell'albero che scavano nel suolo, nodose e ricurve. Giù, per tutta la loro lunghezza. Si lasci andare alla vertigine, non abbia paura di scendere, anche se è buio intorno. Si concentri sulle radici dell'albero, Edna.»

Il cuore accelerò i battiti e a un tratto Edna perse la percezione del sole che batteva sulle palpebre socchiuse, persino dell'erba che solleticava le caviglie. Seguiva le radici che si allungavano nella terra, scavando varchi e gallerie a strapiombo in un vuoto nero denso come la notte.

La discesa si fermò bruscamente, e lei sentì il suo corpo penzolare, appeso a una corda troppo corta, che aveva raggiunto il limite.

L'immagine era sgranata. Ma seguendo i battiti, come le stava suggerendo la voce di Priska, sempre più lontana e ovattata, la scena si ricomponeva in un'unità che prendeva lentamente senso.

Si vedeva dall'esterno come una bambina con gli scarponi da montagna ai piedi e un giubbotto di pelle nera troppo grande per lei. Il giubbotto glielo aveva regalato Roland due sere prima. La scena, invece, non aveva niente a che fare con il suo presente, ma la conosceva bene. Perché l'aveva vissuta. E non nella visione, ma nella vita vera.

Aspettava rannicchiata accanto al vecchio muretto, nelle narici l'odore di sasso e calce. Le sudavano le mani dalla paura mentre stringeva le palpebre concentrandosi per guardare lontano nell'oscurità.

Il carretto si era fermato giusto dove le aveva detto Jacob. L'uomo dalla pelle scura era sceso per abbeverare i cavalli alla fonte e altri due lo stavano aiutando a caricare i sacchi con le granaglie e le piume d'oca mentre un quarto aveva le gambe piantate a terra, lo sguardo lanciato nella direzione del bosco.

C'era soltanto il muro a dividerla da loro. Era lì, nella scena, ma come invisibile. Sapeva che avrebbe dovuto esserci anche Jacob, eppure lui non arrivava e lei sentiva il tempo scivolare via come granelli di una clessidra, mentre continuava a chiedersi cosa fosse accaduto e il cuore batteva nelle orecchie, dentro le tempie. E non c'era posto per nessun altro pensiero. Invece lei avrebbe dovuto riflettere e decidersi in fretta.

«Potrebbe trovare un ostacolo», sussurrò la voce di Priska, guidandola verso uno spiraglio di luce. «Una radice, oppure una porta chiusa.»

Edna bambina stava ancora sbirciando oltre il profilo del muro, poi si era lasciata cadere, strofinando la pancia contro la sua superficie ruvida come fanno le lucertole per non essere acchiappate. La paura scorreva lungo la schiena come la carezza di una piuma e la riempiva di brividi. Cosa doveva fare? Se era già accaduto, nel passato, avrebbe dovuto saperlo. Eppure non riusciva a muoversi. Si sentiva in trappola come un cucciolo di capriolo che attende immobile nell'erba, con la volpe sottovento, distante appena un balzo.

«Torni indietro, Edna», sussurrò la voce. Era calda, confortevole come l'aria nelle sere di maggio.

Edna sentì la mano che si posava sopra la sua spalla e spalancò gli occhi. Si trovò il volto di Priska a un soffio dal suo naso.

«Non si preoccupi, capita sempre anche a me», disse la ragazza, alzandosi.

«Tutto qui?» Edna era delusa. Aveva rivisto sé stessa bambina e per un attimo le era sembrato talmente reale da pensare di dover scegliere in quell'istante tra la fattoria e la libertà. Ma dov'era Jacob? Cosa gli era accaduto?

«Occorrono anni, a volte non basta una sola vita, per superare l'ostacolo. Lei cosa ci ha visto?»

«Un muretto di sasso.» I polmoni erano ancora stretti in una morsa e la gola bruciava.

«Io, una porta. Visualizzo sempre la stessa porta.» Priska sospirò. «Dovrebbe lavorarci», proseguì, «quel muretto è la chiave di tutto. Venga», la invitò, allungandole il braccio. «Se davvero vuole mettersi in viaggio, dobbiamo farci venire in mente qualcosa.»

Emil le osservava, appeso a testa in giù a una delle corde come un funambolo. Era buffo, pensò Edna. E pensò anche, mentre lo vedeva volteggiare, sospeso per aria, che soltanto lui sapeva quale fosse la chiave di tutto. La chiave che aveva messo in moto gli eventi.

Erano laggiù da mesi. Alcuni bambini se ne erano già andati – chi era stato pagato per raccogliere le erbe, per esempio – loro invece restavano. Nessuno veniva a riprenderli. Neppure padre Gianni. A nessuno sembrava interessare dove fossero. Per il resto del mondo, loro non esistevano più. E il resto del mondo, per loro, era soltanto un ricordo che tornava di tanto in tanto a fargli visita in sogno. La mattina dopo nessuno aveva voglia di parlare. Uscivano nella nebbia che si alzava dai campi e quella nebbia gli entrava nel cuore, nel cervello, intorpidiva i pensieri e le membra, li faceva sentire stanchi.

Edna si trovava spesso con Bastian e a volte Jacob li sorprendeva a parlare insieme. Allora le labbra gli si tendevano in una riga contrariata e faceva finta di non averla vista, mentre lei sentiva una fitta attraversarle il cuore. Lo incontrava sempre più di rado, perché lui, ora, lavorava al cantiere, alla costruzione delle nuove stalle insieme ai bambini più grandi. Edna, Bastian e Anja, venostana come lei, trascorrevano invece molte ore in casa, a pulire e seccare erbe. Oppure a badare agli animali.

Jacob le mancava. Ma aveva poco tempo per pensare. Ed era una fortuna, perché i pensieri andavano sempre dove volevano loro e attraversavano le montagne per tornare a casa, da sua madre. Ripensava alle sue carezze, alle loro passeggiate nel bosco. Poi il bruciore alle mani, tagliate dall'acqua fredda e dalle setole di saggina, la riportavano lì, sul pavimento, con le ginocchia strofinate contro il legno. E tutto le sembrava più triste e senza speranza mentre nella sua mente teneva il conto dei giorni (quattrocentocinquanta, sessantaquattro domeniche...). Non era così brava, in matematica, da poter tenere il calcolo delle ore. E anche se si sforzava, i numeri si confondevano e proprio non le riusciva di arrivare fino a lì. Sapeva solo che erano molte, moltissime ore. Più di tutti i granelli di una clessidra gigante. Con Anja e Bastian che, non ne conosceva il motivo, si faceva sempre gli affari di tutti, anche delle femmine, Edna non parlava mai di casa. Né di quello che c'era stato prima. Forse perché Anja sembrava sempre troppo triste per darle retta e di Bastian non si fidava.

Facevano quello che dovevano, mentre il tempo li induriva come legno che matura sotto la corteccia. Era il secondo anno che Anja arrivava alla fattoria, il primo, invece, per Bastian, che aveva lavorato da un altro padrone l'estate passata. Stavolta, però, non gli era riuscito di sfuggire all'uomo con la giacca segnata dalla croce.

Quando Edna aveva chiesto ad Anja perché fosse tornata in quel posto, lei le aveva risposto senza guardarla negli occhi, con una voce liscia come l'acqua di un lago e le lentiggini scure sulla pelle arrossata: «Non ho scelto».

Ogni volta che Anja parlava, Edna si sentiva come se la bambina sapesse qualcosa che a lei invece sfuggiva e che avrebbe dovuto capire da sola, perché era semplice. Proprio sotto i suoi occhi.

Con il tempo aveva smesso di fare domande. Aveva quasi smesso persino di pensare alla sua vecchia casa. Cercava di non infastidire i contadini e di ascoltare la padrona. Sapeva che era meglio parlare poco, tenere lo sguardo basso, era diventata più brava a prevedere gli ordini, anche perché ben poco cambiava, laggiù. A volte si chiedeva se la padrona fosse così dura con le femmine perché aveva avuto soltanto figli maschi. Doveva essere come suo padre, che preferiva Martin. Anche se a suo padre doveva dare ragione, a pensarci bene: Martin era speciale, il fratello perfetto, lui sapeva sempre cosa fare. Le ricordava tanto Jacob, ma preferiva non farsi intrappolare dai pensieri.

Era un mulo che lavorava senza alzare gli occhi dalla strada, perché era più facile concentrarsi sulla zolla di terra sotto i piedi che cercare di catturare un orizzonte inafferrabile, che si allontanava a ogni passo. A volte, l'ombra era il posto perfetto in cui nascondersi. Soltanto così, il sole faceva meno male.

Un giorno però, un solo giorno in un intero, lungo anno, ai bambini di Svevia era concesso uscire dalla fattoria e confondersi con i bambini normali. Era il giorno della Cavalcata del sangue di Cristo, il *Blutritt.* E Edna lo aveva atteso con la speranza e la felicità dirompente di poter trascorrere qualche ora insieme con Jacob.

Nella basilica della vicina Weingarten era conservata una reliquia, vanto dei distinti uomini della città e dei contadini che abitavano la campagna circostante. Si diceva che il merito dell'illustre acquisizione fosse da attribuirsi all'imperatore Enrico III, che era sceso in Italia e aveva strappato ai mantovani quella zolla di terra del Golgota impregnata nientemeno che del sangue di Cristo, stillato dalla ferita inferta dalla lancia di Longino.

Il giorno dell'ascensione, migliaia di eleganti cavalieri, divisi in gruppi contrassegnati dagli stendardi delle città, dei villaggi e delle corporazioni di provenienza, scortavano la reliquia retta dal vescovo in una lunga processione che si snodava attraverso le strade di Weingarten fino alla basilica, in mezzo alla musica delle orchestre, dei cori e a migliaia di spettatori.

Ma la festa, la festa che ricordava Edna, era cominciata la notte della vigilia, quando una moltitudine di pellegrini e visitatori era giunta in città, al termine di un viaggio durato giorni, e si era mescolata in una lenta fiaccolata che si arrampicava lungo le pendici del monte Kreuzberg.

Lì in mezzo, tra le fiaccole, il profumo di dolci e l'odore rancido dei pellegrini, gli occhi di Edna non smettevano di bagnarsi di luci, spalancati come quelli di una civetta.

Le mani erano tanto sudate per l'emozione che era quasi grata non le avessero dato da tenere una fiaccola, perché senza alcun dubbio l'avrebbe fatta cadere a terra. Jacob, invece, la reggeva con disinvoltura. Ma si era stancato presto, così aveva consegnato la sua a un altro bambino, ed era sgattaiolato con Edna fuori dalla fila per aggirarsi fra i banchi dei venditori, i mangiafuoco e i giocolieri che improvvisavano spettacoli agli angoli delle strade.

«Jacob, se non ci trovano saranno guai», e lei non voleva finire in punizione. Le bruciavano ancora le nocche per l'acqua gelida con cui aveva dovuto grattare le pentole della signora.

«Si accorgeranno di noi soltanto se continui a guardarti in giro con quell'aria colpevole, neanche fossi una ladra! Vieni.» Per tutta risposta aveva rubato un bretzel da un cesto e se l'era ficcato in bocca sorridendo. Poi l'aveva afferrata per il polso e si erano infilati tra i banchi, fra gonne e stivali, schivando le pozzanghere lasciate dalla pioggia dei giorni precedenti. Fino a quando Jacob aveva visto qualcosa che lei ancora non riusciva a scorgere e si era fermato di colpo.

La mano del bambino aveva allentato la presa, come ipnotizzato, ed era scivolata lentamente dal polso alla sua mano che ora stringeva, trascinando Edna con sé. Lei si era sentita avvampare, mentre lo sguardo correva sul volto di Jacob che invece sembrava non accorgersi di nulla, catturato come per un sortilegio da una bancarella vuota, dietro la ressa.

Quando furono vicini, Edna aveva capito cosa avesse attirato la sua attenzione. Quell'angolo della strada era buio e una nicchia nascondeva parte del banco, che restava avvolto in un silenzio irreale. Abbarbicato su un trespolo, Edna aveva visto l'animale più strano che avesse mai sognato. Era una specie di uccello, ma non somigliava a nessuno di quelli che aveva incontrato nei boschi, neppure lungo il viaggio attraverso le montagne. Aveva un grosso becco ricurvo, il collo scoperto dalle piume come quello di una gallina spennata. Anche la coda era sfilacciata.

Jacob aveva notato dell'altro e doveva essere stato quel dettaglio a gettare nel suo sguardo una luce cupa, che Edna non gli aveva mai visto.

«Ha la zampa legata», aveva sussurrato.

«Così non può volare», aveva aggiunto lei.

«Anche se non ci fosse quella catena, non volerebbe ugualmente. Le ali sono mozzate.»

«Gliele hanno tagliate con le forbici, secondo te?»

Aveva pensato al dolore che doveva aver provato e in quell'istante un brivido le era corso lungo la schiena.

Un'ombra si era allungata sul banco. Tra il riverbero delle fiaccole e le luci delle candele consumate, aveva preso le sembianze di un uomo. Portava baffi lunghi e aveva penetranti occhi neri. Anche la pelle era insolitamente scura. Edna era balzata all'indietro. Doveva essere uno stregone perché nessuno indossava stoffe lucide come seta. A meno che non fosse un imperatore. Ma in quel caso, non se ne sarebbe stato in un angolo della strada, pieno di fango ed escrementi di topo. L'uomo si era avvolto nel mantello, senza smettere di sorriderle.

«Gliele hai tagliate tu, le ali?» aveva chiesto Jacob senza esitazione. Era serio, lo sguardo alto, fisso negli occhi dell'uomo.

«Ragazzo, devi imparare a scegliere le domande giuste», lo aveva rimproverato lui. «Dovresti prima chiedermi quale animale sia», la voce si era abbassata in un tono gentile.

«È un uccello», aveva risposto Jacob seccamente.

«Un uccello del paradiso», lo aveva corretto lui, scandendo le parole lentamente, con voce cupa e profonda come una lunga eco che rimbalzava contro le pareti di un antro. «E può volare, guarda.» Aveva avvicinato la candela all'animale, che non si muoveva. «Quando si alza in volo si libra fino al sole e arrossisce sul capo. Le piume sul dorso sono blu» – la lingua di fuoco aveva seguito il corpo dell'animale, scendendo lentamente – «il colore dell'oceano in cui si tuffa per catturare i pesci degli abissi. Altre», aveva sussurrato piegando il volto, e fermando la candela sulle ali, «sono verde smeraldo, come i boschi in cui ritorna per dormire.»

«A me sembra spennacchiato.»

L'uomo era scoppiato a ridere. «È un uccello del paradiso, come ti ho detto. E porta con sé molte virtù e grandi poteri. Ogni sua piuma può guarire da una malattia, da una disgrazia. Oppure contrastare i capricci della cattiva fortuna. Molti vogliono le sue piume. Alcuni ucciderebbero perfino, pur di possederne anche una soltanto.»

Jacob aveva guardato il povero animale.

«Lo prendiamo.»

Edna si era voltata verso di lui. Era impazzito? Si erano già ficcati in un grosso guaio. Non osava neppure immaginare cosa sarebbe accaduto se non fossero tornati subito alla processione e qualcuno si fosse accorto della loro assenza. E poi, che diavolo voleva farci, Jacob, con un uccello del paradiso? Dove lo avrebbero nascosto?

Ma lui sembrava sapere quello che stava facendo, anche quando aveva sfilato dallo scarpone i pochi soldi che aveva guadagnato alla fattoria. Era come se in quell'animale, dalle grandi ali per volare, ma legato a un piedistallo da cui non poteva muoversi né scappare, avesse visto qualcosa. Forse, somigliava a loro. E doveva aver pensato che, se fosse riuscito ad aiutarlo, ci sarebbe stata una speranza per entrambi.

19.
GIORNO 3
DISTANZA: 50 KM

A cinquanta chilometri di distanza, Adele sbirciava attraverso la finestra di una casa dalle tegole rosse e i muri ricoperti di rampicante, sulla pelle l'angoscia di aver perso qualcosa di importante. Aveva cercato Edna in giardino e poi era tornata alla porta sul retro, chiusa. Aveva suonato il campanello un numero sufficiente di volte per capire cosa volesse dire il silenzio che le tornava come risposta, ma stentava a crederci. Non le era mai capitato di non trovare Edna in casa a quell'ora.

Forse si era attardata al bar a leggere i giornali e lei si stava preoccupando di nulla, come sempre. Doveva essere colpa dei suoi neuroni specchio difettosi.

Controllò il respiro, visualizzò il punto giallo del plesso solare, che si allargava inghiottendo i cattivi pensieri, e sorrise mentre lasciava il sacchetto del pane appeso alla maniglia.

Montò sulla bicicletta e diede un'ultima occhiata alla casa prima di scendere lungo il vialetto. Il buio pesava come una cappa densa e ripensò alle stanze vuote e silenziose. Un particolare, di quella villetta nascosta dal rampicante, l'aveva sempre colpita: non c'era nulla, lì dentro, che raccontasse il passato di Edna. Era come se quell'antro scuro, privo di fotografie e di ricordi, fosse già troppo pieno di lei ed Emil per lasciare spazio a qualcos'altro. Quasi che il tempo, lì dentro, non avesse mai avuto intenzione di scorrere.

20.
IL COSTUME DI PAILLETTES

Edna aveva allineato il necessario: la borraccia (piena, tappo avvitato ma non troppo stretto), il barattolo di marmellata (vuoto, ma il vasetto le sarebbe servito al ritorno), le due paia di calzini (uno aveva dovuto gettarlo – un peccato: si era bucato e lei non aveva ago né filo), il giubbotto di Roland (ogni volta che vedeva il teschio con le fiamme di fuoco che sbucavano dalle tempie, le prendeva un colpo, ma cominciava ad affezionarsi alla pelle che aveva preso la piega delle sue spalle un po' curve e non tirava più sulle scapole).

«Aspetti, forse ho qualcosa per lei», intervenne Priska. «Se dovesse piovere...»

«...ho il mio giubbotto», rispose Edna, senza nascondere una nota d'orgoglio. Non capiva perché Priska lo stesse scrutando con quell'aria pensierosa.

«Non è male, sì...» disse, dondolando la testa. «Ma forse ho qualcosa di più...» non le veniva la parola. «Di più adatto a lei. È così funereo...»

«Deve soltanto resistere all'acqua e al vento. Per ora ha svolto bene il suo lavoro.»

Priska si era inginocchiata davanti a un enorme cesto rettangolare di vimini. Appoggiò le mani sulla stuoia rigida che fungeva da copertura e la scostò con cautela, sollevandola come il coperchio di un forziere. Le mani rovistarono fra stoffe e oggetti che Edna non poteva vedere, ma che la ragazza di tanto in tanto teneva in sospeso all'altezza degli occhi, liberandoli dalla polvere con un gesto veloce.

«Era da molto tempo che non guardavo qua dentro. Sono certa che troveremo qualcosa di adatto a lei. Ci vogliono dei pantaloni comodi.»

Edna sperò che Priska non stesse pensando a quelli che indossava lei.

«I miei sono piuttosto pratici», rifletté la ragazza con voce distante, le braccia immerse nel cesto, «ma il cotone si inzupperebbe. Oppure...»

Edna si era avvicinata, Emil era sulla sua spalla. Osservavano Priska, il suo volto pieno di lentiggini che schizzava da un oggetto all'altro, su una borsa, un vestito. Un fazzoletto.

«Questo poi!» rise. «Non lo ricordavo nemmeno più. Me l'ha regalato mia sorella.» La voce si era increspata, come quando si abbassa per un colpo d'aria. «Ne aveva uno uguale. Sa», disse senza distogliere lo sguardo dal costume a due pezzi con le paillettes dorate, «dovevamo partire insieme. Dopo la mia laurea. Per il Mediterraneo, le isole greche, la Spagna. Ci avevamo impiegato un mese a programmare l'itinerario.»

«È stato un bel viaggio?»

Priska alzò le spalle. «Non siamo mai partite. Io avrei dovuto laurearmi, ma poi...»

Edna tappò il becco di Emil prima che si avventasse sulle paillettes. Priska non se ne era accorta.

«Mancavano gli ultimi due esami e la tesi. Ma non l'ho mai consegnata. È rimasta un mare di fogli neppure rilegati.»

«Davvero? Ha cambiato idea?»

Priska la guardò, come se Edna avesse detto qualcosa di sorprendente.

«Proprio così. Dovevo rinnovare l'anno e sono rimasta davanti alla porta chiusa della segreteria. Senza il coraggio di entrare. Fuori c'era una lunga fila e ho pensato che sarei potuta tornare il giorno dopo. E l'ho fatto. Ma la segreteria apriva più tardi. Così mi sono detta che nel frattempo sarei potuta andare a vedere il van in vendita, parcheggiato di fronte alla strada – un vero affare – oppure aspettare al bar...» Le dita scivolavano sulle paillettes, che sembravano arrivare dal camerino di un'attrice. Priska le sfiorava con le dita colorate di succo di ribes.

Edna ripensava alla sua cartina. Al viaggio segnato in punta di matita e alla stellina che indicava Ravensburg. «E ha finito con il dimenticarsene», ma poi, un giorno, quando non te lo aspetti, capita qualcosa che ti fa ritornare lì. Ed è come se non te ne fossi mai andata. Come se tutto il tempo trascorso da quel preciso istante non contasse più nulla. E tu resti a chiederti cosa sia accaduto nel mentre. Non lo disse, ma era come se i pensieri fluissero nell'aria insieme al profumo della menta selvatica.

Priska annuì. «Con quei soldi ci ho comprato il van. Non credo abbia mai voluto davvero diventare un avvocato. Ma è difficile deludere chi ami, costa più che fare finta di nulla e tradire te stessa. Forse ci ho creduto, all'inizio, e ho provato a nascondere i miei disegni e i libri sui fiori», appallottolò il costume e lo ributtò nel cesto, «però non ha funzionato. Vorrei soltanto che loro avessero capito. Quel viaggio in Spagna è l'unico che non potrò mai più fare. E non sa quanto lo desideri, quante volte ancora ci pensi. Ma per mia sorella ormai sono una specie di strega che vive nei boschi, non credo si fidi più di me», sorrise, gli occhi stretti in mezzelune tristi. Inspirò a fondo. «Lo sa che era davvero orribile quel costume?» disse infine ridendo mentre richiudeva il cesto con un colpo secco di gomito. La tristezza negli occhi di Priska era come un temporale di montagna, che arriva sorprendendoti, ma non resta a lungo, spazzato via dal vento che trascina svelto le nuvole oltre le cime. «Non capisco come potesse piacermi. Lei crede che sia possibile cambiare tanto?» chiese stringendo le palpebre.

Edna pensò al muro di sasso che separava la fattoria e il limitare del bosco dalla strada che portava verso la città. Quando si era sentita divisa in due Edna diverse e aveva dovuto scegliere quale diventare.

«Credo che ognuno di noi abbia dentro di sé infinite potenzialità. A un certo punto, semplicemente, scegliamo. E ogni passo che muoveremo in seguito sarà condizionato da quella scelta, fino a farci dimenticare tutte le varianti che avremmo potuto essere.»

«Già, come aprire una porta. Oppure decidere se tenerla chiusa.»

Edna annuì. E non c'erano scelte giuste oppure sbagliate. C'erano soltanto scelte che si affacciavano su giorni felici e altre che ti facevano sprofondare nel buio. Le restava ancora da capire se da quel buio si potesse mai uscire davvero, senza essere costretti a portarselo dentro per sempre.

Priska abbassò gli occhi, che vagarono per la stanza. Poi si fermarono, tornarono indietro sul fagotto verde che sbucava da dietro lo specchio, e le lentiggini si ricomposero in un sorriso pieno di luce.

«Credo di aver trovato quello che cercavo per lei!»

21.
CIELI NERI

«Le sta benissimo», commentò Flo, massaggiandosi il mento.

Edna allargò le braccia e la mantella cerata la seguì pigramente, spalancandosi come le ali di un pipistrello assonnato. Guardò in basso. Non si vedeva le caviglie e il cappuccio le toccava la montatura degli occhiali. Sospettava che se non li avesse portati, la cappa le avrebbe coperto interamente il viso tanto le stava larga. Era verde scuro come la muffa in un formaggio, e quando si muoveva Edna aveva l'impressione di essersi trasformata in una specie di grosso volatile, senza mani né gambe, né punto vita.

Priska la abbracciò tanto stretta da farle mancare il fiato, la guancia premuta contro la sua come quando l'aveva vista stringersi al tronco dell'albero. Teneva gli occhi socchiusi.

«Le auguro di vedere al di là del muro di pietra, Edna.»

Al momento, però, non aveva nulla di che temere. Il sole era alto sopra la sua testa e le nubi se ne stavano ancora appese intorno alle cime.

La valle cominciava a restringersi e lei ed Emil procedevano spediti verso Nauders, senza avere alcuna idea di dove si trovasse il confine. Aveva addosso il suo giubbotto di pelle nera (perché sulla salute non si scherza: la tosse le dava ancora fastidio e lei sentiva brividi di caldo e poi di freddo appena attraversava l'ombra), i pantaloni da trekking corti alle ginocchia, ma aveva alzato il risvolto dei calzini di lana. Le ferite lasciate dalle ortiche stavano guarendo e Priska aveva applicato una fascia imbevuta nell'aceto che aveva assunto il colore rosso cupo del sangue. Edna trascinava il trasportino, nell'altra mano stringeva il bastone, che batteva il ritmo dei passi.

Si fermò davanti a un negozio di alimentari, dove cominciavano le piste da sci. Era difficile, con quel caldo e il sudore che scendeva lungo le tempie, immaginarsi distese di neve e gente vestita con tute termiche e Moon Boot. Sullo spiazzo del parcheggio era radunata una piccola folla di manifestanti, con maschere da lupo e cartelli.

Edna si sedette su un sasso, dispiegò con cautela la sua cartina all'ombra di un pino e seguì il tracciato con il dito. Da Nauders sarebbe stato più semplice, perché il tratto da St. Anton fino a lì, al ritorno, lo aveva percorso in corriera, quindi era ammesso un qualsiasi mezzo meccanico – a ruote, traino – che però, pensò facendo un profondo respiro, non era sicura di potersi permettere con i pochi spiccioli che le restavano sul fondo dello scarpone.

Un bastone ricoperto di peli si intrufolò fra il naso e la sua preziosa cartina, all'altezza di Landeck e del disegno storto del rettangolo a ruote, che aveva identificato come una corriera. Edna alzò lo sguardo, la fronte corrugata da un profondo fastidio.

L'uomo, invece, le sorrideva. Alle sue spalle altri individui dai volti seri e gli sguardi nascosti dietro lenti a specchio si stringevano ad anfiteatro, masticando gomme.

«E lei, ha voglia di raccontare a chi ci segue la sua storia?» chiese con volto appuntito da picchio, mentre l'asta del microfono scendeva verso il suo mento.

«Ho molta strada da fare. E molta fretta», borbottò Edna spostando la sua cartina a distanza di sicurezza dall'affare.

«Dove sta andando? È un pappagallo, quello nel trasportino?» chiese facendo segno all'operatore di riprenderla. Il riflesso della telecamera la accecò e dovette schermarsi gli occhi con il palmo.

«Siamo in viaggio e non possiamo fermarci a lungo.» Ripiegò il foglio di carta, facendo attenzione che gli angoli combaciassero, e lo infilò nella sacca.

«Vuole lasciarci almeno un commento sulle ultime dichiarazioni dell'associazione dei cacciatori?» insisté lui, inseguendola. «Cosa ne pensa della reintroduzione del lupo nell'arco alpino, così vicino ai centri abitati? Qui ci sono molti turisti. E lei, che viaggia...» – si bloccò per cercare le parole, lo sguardo che la attraversava dalla punta dei capelli alla benda attorno alla caviglia – «...con un giubbotto da motociclista e un trasportino per cani con dentro un pappagallo», disse confrontando le tessere del puzzle in una visione d'insieme che doveva trovare incomprensibilmente bizzarra quanto spassosa. «Non ha paura?»

Edna si voltò. «I lupi sono sempre esistiti, mio caro signore. E per tenerli lontani sono stati allevati i cani da pastore. Arrivederci, con permesso.» Alzò la mano e deviò verso il bosco. Non si guardò più indietro, ma le restò a lungo l'impressione di sguardi che la seguivano fra una risata e un colpo di tosse.

Soltanto quando le orecchie si furono riempite dei rumori della foresta, Edna tirò un sospiro di sollievo. Chi camminava fra gli alberi, pensando di trovarci il silenzio, sbagliava di grosso. Dopo i primi minuti, quando ci si era depurati dal sottofondo del rumore delle strade e della città, i sensi si acuivano e restavano in tensione, come corde pronte a rilevare anche le vibrazioni. Prima era il canto stonato degli uccelli. Che si faceva più armonioso, spezzato in trilli e gorgoglii nascosti dal fruscio dei rami.

Anche i passi avevano un rumore e una propria voce. I passi stanchi, che arrancavano sulla sabbia con il suono di conchiglie trascinate dalle onde lente di risacca. I passi che procedevano dritti verso una meta e macinavano pietre e radici. E poi, i passi appesantiti dai cattivi pensieri, dal dubbio, oppure dalla paura. Erano i più difficili da individuare, perché la forza iniziale poteva ingannare. Ma capitava che inciampassero in un legno, e alla fine scivolavano via, leggeri come la malinconia, spegnendosi nel tremore di uno scricchiolio. Come se non fossero mai esistiti, lasciavano orme confuse che si cancellavano in fretta.

Le sue, invece, erano impronte che segnavano il terreno. Erano i suoi scarponi ben piantati a terra, la punta del bastone che la aiutava ad avanzare. E le ruote del trasportino – constatò Edna con il cuore risucchiato in un'improvvisa discesa in picchiata – avevano preso a ballare in uno stridere di metallo e bulloni che non prometteva nulla di buono.

Cercò il disco perlato della luna e lo trovò pieno e rotondo, anche se ancora sfilacciato dal chiarore della sera. Sarebbe stata la prima notte, dopo tanto tempo, che avrebbe trascorso all'aperto. E, guarda caso, sarebbe stato il plenilunio (accadono sempre eventi bizzarri e terribili quando la luna è al culmine della sua forza). Oppure doveva mancare appena qualche giorno. Priska avrebbe parlato di destino, ma lei non aveva tempo per pensarci: era intenzionata a trovarsi un posto dove dormire. Intanto, ascoltava il fremito che le attraversava la schiena, su fino all'attaccatura dei capelli. E si sforzava di dargli un significato.

Sopra ogni cosa, si chiedeva perché avesse cambiato strada. Per sfuggire alle domande degli uomini con la cinepresa non si era neppure accorta del cammino che aveva preso e dei chilometri in salita, attraverso il bosco. Non era bastato proseguire sempre dritto, né orientarsi con il sole che tramontava, seguendo la sua scia. La verità era che allontanarsi dalla strada principale era stata una pessima idea.

Le ruote del trasportino seguivano ciascuna un ritmo diverso. Una perdeva un giro, l'altra lo recuperava più in fretta, slittando sui cardini. Al suo interno, Emil si aggrappava alle grate, sbatacchiato da una parte e dall'altra.

Si fermarono, senza più fiato né forza nei muscoli. La mano bruciata dai calli, le penne tagliate dalle inferriate.

Non aveva idea di come avrebbero trascorso la notte.

Riprese il trasportino, e chiese alle sue gambe straziate ancora uno sforzo. Altri passi, ciuffi d'erba nera sotto i suoi piedi. Fili invisibili che le entravano nella carne lasciandole in bocca il sapore del ferro.

Si lasciò cadere esausta con la schiena contro il legno della baracca – ringraziando chiunque l'avesse messa sulla strada di quel riparo – e restò a guardare la vastità del campo interrotta dalle casette. Forse servivano per la raccolta del fieno o per gli attrezzi. Poco importava. Era arrivata al limite delle sue forze. Della voglia di continuare.

La luna la guardava, immobile, come un occhio rotondo. Edna non ricordava fosse mai stata così vicina e splendente di luce chiara. Attorno a lei le ombre giocavano con il vento, solleticando la pelle. La riportavano indietro nel tempo, alla notte in cui la luna l'aveva tradita e lei si era sentita come si sentiva ora: senza difese, in balia della vastità del cielo e delle onde di grano che la trascinavano con sé, quasi non avesse più peso né forma.

La mietitura

Le notti di luna piena erano più luminose, alla fattoria. Non c'erano lupi che uscissero dall'oscurità della foresta, anche se a volte le capitava di sentire gli ululati rincorrersi in lontananza mentre si rannicchiava nel suo giaciglio con le ginocchia strette contro il petto. C'era invece un'intera collina che brillava sotto la luce opalescente. Un intero campo da mietere.

Con la fine dell'estate, quando l'aria che soffiava dalle cime portava i primi fiocchi di neve e il buio cominciava a infilarsi più a lungo fra gli alberi e nelle case, si attendeva la prima notte di plenilunio per mietere il *Grummet*, il fieno di secondo taglio.

Allora si usciva nella notte, con lunghe falci su cui si rifletteva la luna, e si lavorava fino all'alba.

Erano gli uomini a mietere. I braccianti stagionali e i figli più vecchi del signore. Quell'anno erano stati precettati anche alcuni dei bambini di Svevia e Jacob era dovuto andare. Per questo Edna aveva fatto salti di gioia quando la signora le aveva detto che occorreva il suo aiuto per portare da bere agli uomini e raccogliere il fieno nei carretti. Ci sarebbe dovuta andare Anja, così precisa e diligente – come non perdeva occasione di rimarcare la signora, prendendola a esempio dopo che lei invece aveva quasi fatto scivolare un piatto o quando era troppo lenta a tagliare le verdure –, ma Anja era a letto con la febbre. La spiegazione non aveva convinto Edna, che aveva visto la bambina la sera prima. Strigliava i muli e non sembrava stare male. Avevano persino scherzato su Mela, un vecchio cavallo imbolsito e infestato dalle mosche che si muoveva solo se gli piazzavi una zolletta di zucchero davanti al muso. E poi avevano ripreso a dividere i fiori di colza (quattro petali, giallo brillante) da quelli di cartamo (fiori giallo-rossastri, foglie spinose), che sarebbero serviti per fare l'olio. Sua madre invece usava il cartamo per estrarne il colore. Lo aveva detto ad Anja, che però non ricordava nulla di simile, al suo paese.

Quel pomeriggio, prima che potesse chiederle dell'amica, la signora aveva lasciato la stanza, raccomandandole di non combinare guai. E le aveva fatto capire, scoccandole un'ultima occhiata, che non era il caso di fare domande.

Qualche ora più tardi, Edna aveva guardato il prato immenso, l'erba che ondeggiava come un mare, mossa dal vento. Lei il mare non lo aveva mai visto, ma se lo immaginava proprio così. E dello stesso, preciso colore, perché di notte tutto virava nel blu. Blu cobalto e zaffiro. Come le lane che sua madre intrecciava, mentre le spiegava la differenza fra le sfumature e quanto fosse importante abituare l'occhio a riconoscerle dando a ciascuna il proprio nome, altrimenti, se non usiamo le parole esatte o non ne abbiamo abbastanza, come possiamo spiegare il mondo oppure quello che sentiamo, che è poi lo stesso? Ma questo era accaduto prima che gli uomini con l'abito nero portassero via Martin nella cassa di legno troppo stretta perché potesse muoversi o rigirarsi come faceva di solito nel sonno. Da quel giorno, sua madre non aveva più toccato la lana. Le pecore erano state vendute per pagare il dottore e il funerale. E i colori erano stati banditi.

Avevano detto che era stata colpa della malattia del sangue che gli aveva tolto le forze, giorno dopo giorno, fino a quando non era stato più in grado nemmeno di camminare ed era lei a portargli i grilli che acchiappava come le aveva insegnato. Le piaceva vederlo sorridere quando guizzavano via dalle mani che si schiudevano e sembrava ancora il suo Martin.

Ma Edna aveva capito che suo padre non era d'accordo con il dottore e aveva un'idea sua. Era diventato più duro con lei, le rivolgeva poco la parola, la sgridava quando chiedeva a sua madre di elencarle i colori nella sua lingua e provava a ripeterli con lei, ridendo della "r" che si inceppava sempre sul palato. Allora lui diventava come il cielo prima del temporale. Un cielo che voleva punirla, cacciarla via insieme al diluvio come una cosa sporca, forse perché pensava che la Morte avesse scelto male e si fosse presa il figlio sbagliato.

Edna guardava i declivi della collina, riempiendosi del profumo di terra bagnata, di vedovina, croco. Non aveva mai visto nulla di più bello.

«Resta con me», le aveva sussurrato Jacob. Ma lei non poteva stargli attaccata ai pantaloni. Riempiva le caraffe con orgoglio e le portava con la schiena dritta. Tagliava il formaggio in cubetti piccoli e tutti uguali, attenta a tenere ben ferma la lama. Per Jacob, però, ricavava di tanto in tanto un pezzo più grande. Soltanto di poco, perché nessuno se ne accorgesse, tranne lui.

Tutt'intorno, gli uomini alzavano le falci con la forza di muscoli tesi, bagnati di sudore che scivolava sulla loro pelle nuda. Le lame uncinate calavano con colpi secchi – lei non smetteva di ammirarne la precisione – che seguivano lo stesso ritmo, come una musica che si spandeva per la valle.

La sua casa era al di là delle montagne, pensava. Chissà se stavano dormendo, se sarebbero stati orgogliosi di vederla lì, a rendersi utile con il fiocco stretto in vita e il grembiule. Andava molto fiera della sua divisa, con la camicia sotto il gilet a bottoncini e gli scarponi.

Le fitte al ventre, che la fretta di arrivare alla collina le aveva quasi fatto dimenticare, avevano ripreso ad affondare come artigli nel fianco.

Doveva flettersi, stringendo forte la pancia fra le braccia per continuare a camminare. Il dolore era così acuto che si era convinta nelle viscere avesse fatto la tana un ratto, che ora le rosicchiava il ventre con i suoi denti aguzzi e insistenti, come tanti piccoli morsi, aprendosi lentamente un varco per liberarsi.

Dopo aver portato l'ultima caraffa, era sgattaiolata fra gli alberi. Aveva girato dietro la baracca degli attrezzi per non essere vista dagli altri, anche se avrebbe giurato di aver sorpreso Bastian acquattato tra i cespugli, soltanto un istante, prima che i loro sguardi si incrociassero e lui scappasse via nell'erba alta. Si era guardata attorno, interrogandosi sul comportamento insolito dell'amico, e soltanto dopo aver aspettato dell'altro tempo in ascolto dei rumori che circondavano la collina, si era alzata la gonna sopra le ginocchia.

Il calore che sentiva scendere fra le gambe era uno zampillo delicato che si spandeva sulla terra in una piccola pozzanghera di sollievo.

Ma i crampi, dopo la breve tregua, l'avevano aggredita con più crudeltà, irradiandosi dall'inguine.

Si era sistemata la gonna. Pensava a Jacob, alle caraffe da riempire e al fieno da raccogliere con il rastrello. Non si era accorta delle ombre che si staccavano dal bosco.

«Dicono che dormi nel tuo piscio.»

Edna si era voltata e si era trovata di fronte un uomo. D'istinto aveva fatto un passo indietro, con la schiena contro la porta della baracca che scivolava via, nascondendola all'interno.

L'uomo l'aveva seguita, avanzando di un passo.

«È vero che, quando hai paura, ti pisci dentro le mutande?»

C'erano altri uomini con lui. Erano gli stessi braccianti a cui aveva portato il formaggio poco prima. Ridevano. Ma Edna riusciva a sentire soltanto le loro voci. Non c'era luce, nella baracca, rischiarata appena dalla luna a picco che colava polvere azzurrognola dall'unica finestrella.

«Come sua madre», proseguì un'altra voce. «Era di razza debole», disse sputando per terra.

«Vediamo. Sei come tua madre oppure c'è anche del sangue buono, lì sotto?» aveva chiesto uno, punzecchiandole l'orecchio con la punta uncinata della falce. Edna aveva sentito il bruciore della lama che entrava di taglio e il calore del sangue scendere, riempiendo il timpano. Il cuore aveva accelerato i battiti mentre la scena si scomponeva in un velo di gelatina fra i loro passi lenti. E lei che indietreggiava, nell'angolo della baracca.

Si era aggrappata alla scala ed era salita sul solaio, arrampicandosi come un ragno su una catasta di legna.

A ogni allungo delle braccia, sentiva il ventre spezzarsi, dilaniato dal dolore. Ancora un piolo. Un altro. Era quasi in cima, l'odore di legno marcio nelle narici e la polvere che bruciava negli occhi.

Poi era stato come se qualcuno le avesse tolto la terra da sotto i piedi. Si era stretta alla scala che barcollava e con un salto disperato era riuscita ad aggrapparsi alla trave del solaio prima che gli scalini scivolassero via e non ci fosse che aria sotto di lei. E buio. E voci che ridevano.

Aveva mosso le dita. Poi di nuovo. Cercando la posizione migliore per resistere, lì appesa.

Avrebbe voluto gridare di lasciarla in pace. Ma sapeva che se avesse sprecato anche un solo alito di voce, sarebbe scivolata sulle loro falci.

Le gambe penzolavano nel vuoto e per la prima volta odiava i suoi scarponi, così pesanti, che la trascinavano verso il basso. Le voci si frantumavano in risate sguaiate.

«Hai paura, ragazzina? E quando hai paura, cosa fai?»

La lama era entrata nella caviglia come l'artiglio di un gatto arrabbiato. Il bruciore era durato un istante, che l'aveva costretta ad allentare la presa e a scendere un po'. Allora aveva contratto i muscoli fino a non avere più fiato e si era concentrata per convogliare le forze nelle dita che si stringevano al bordo scheggiato della trave.

Aveva pensato alla piuma di Emil che le aveva dato Jacob. L'aveva nascosta nella tasca sotto il grembiule. Bastava pensare a lei, visualizzare i suoi colori, perché la sua magia avesse effetto e la proteggesse? Forse se fosse riuscita a ricordare l'esatta sequenza in cui si trovavano il rosso e il blu, le chiazze di verde – aveva pensato serrando le palpebre (prima il blu, poi il rosso, striature verdi).

Le dita le facevano male e il legno le tagliava la pelle.

Tentava disperatamente di reggersi. Ma quando aveva sentito il sussulto della stoffa che si lacerava sulle cosce, il terrore si era propagato come un'onda che aveva sommerso tutti gli altri pensieri. Si era stretta alla trave, strizzando più forte le palpebre.

«Allora ce l'hai, il sangue buono! Mica solo quello marcio, italiano», avevano riso le voci nascoste nell'ombra.

Edna non sapeva dove fossero né da dove sarebbero arrivate le lame che fendevano l'aria mentre lei oscillava come una forma di speck appesa a seccare.

Il corpo si era irrigidito e a un tratto pesava, tirandola giù, verso le voci, come se non facesse parte di lei, della sua coscienza che si perdeva a ricordare le sfumature delle piume (prima il rosso, poi il blu, striature di giallo, rosso il muso, blu sul dorso, verdi le ali).

Il dolore al ventre era esploso in una scossa che le aveva annebbiato la mente e lei si era sentita a un tratto leggera, proprio come una delle piume di Emil. I capelli strattonati dall'aria, la gonna che si allargava facendo attrito.

E lo schianto a terra.

Edna era rimasta accovacciata nella polvere. Con le palpebre che bruciavano e gli occhi serrati. Oppure erano aperti, ma lei vedeva soltanto buio, intorno.

La porta si era spalancata, come abbattuta da una violenta folata che le era poi scivolata sulla pelle portandole l'umidità della notte e la sua frescura.

Rumore di passi che zittivano le risate, voci che si abbassavano, si contorcevano in sussurri fino a scomparire.

Aveva sentito la lana ruvida di un *Sarner* sfregare sul braccio, una mano afferrarla e rimetterla in piedi. L'aveva portata fuori dalla baracca, sotto la luna. Edna non aveva avuto il coraggio di sollevare il volto, ma sentiva il peso dello sguardo dell'uomo, fermo sul rivolo che le scaldava le cosce nude. La gonna era strappata, il fiocco perduto.

«Da oggi dovrai stare attenta, ragazzina», aveva commentato lui sputando un grumo di catarro. «Ti ho vista, prima. Voi femmine sapete come provocare un maschio. Ve le andate a cercare e poi piangete quando la pancia cresce», aveva detto con voce rauca, sabbia che raschiava su un setaccio. «Non guardare negli occhi i contadini e cammina con umiltà. Ti risparmierai un sacco di guai. Su, alzati.»

Quando lui se ne era andato, Edna aveva alzato lo sguardo per assicurarsi che non ci fossero più gli altri uomini. E aveva trovato Jacob. Fermo, rigido a qualche passo da lei.

Edna sarebbe potuta morire dalla vergogna. Sapeva cosa era accaduto quella notte. Da quel momento in poi, ogni mese avrebbe scontato il peccato di Eva, quello che faceva sanguinare le donne e le rendeva impure.

Jacob la aspettava. Aveva tirato su con il naso, gli occhi bassi. « Sei stata coraggiosa, ma resti sempre una pappamolla. Te l'avevo detto di restare con me.»

Edna non aveva detto nulla. Forse era preoccupazione quell'ombra grigia che gli seccava il volto. Non lo aveva mai visto tanto serio. E lei si sentiva in colpa e sporca: per essersi fatta sorprendere dagli uomini, per il sangue che le scendeva fra le gambe. Poi lui si era strofinato il naso, si era fermato e si era levato la canotta. Ne aveva strappato un lembo, dove non era bagnata di sudore. E lo aveva diviso in due striscioline. Edna lo aveva lasciato fare. Aveva guardato con quanta cura le sue mani callose strizzavano la stoffa e gliela cingevano intorno alle tempie. Jacob aveva appallottolato il secondo lembo di stoffa e glielo aveva appoggiato sul palmo. Si era voltato e lei aveva capito. Si era infilata in fretta il cotone nelle mutandine. Questa volta non era vergogna a scaldarle le guance. Ma gratitudine.

Quando avevano ripreso a camminare, la luna era più bassa e stagliava ombre lunghe. Non erano come quelle proiettate dal sole. Occorreva abituare gli occhi alla notte per vederle fluttuare e muoversi, ciascuna con il proprio rumore. Sì, perché anche le ombre facevano rumore. Proprio come quella di Bastian, che era scivolato via fra l'erba prima che lei avesse potuto chiedergli che ci faceva.

Edna avrebbe voluto raccontarlo a Jacob, ma non le venivano le parole, strette in un nodo di inadeguatezza ed emozioni tanto diverse che si confondevano come i colori della coda di un pavone.

«Credo che tu abbia detto addio a un pezzetto di orecchio», le aveva detto lui con un sorriso di sfida. «E ora, non ti sposerà più nessuno», aveva riso.

«Poco male. Un angolo di pelle in meno da farmi mordere dal becco di Emil.» Edna aveva scrollato le spalle, ripensando a tutte le pizzicate assestate da quella bestiaccia che con lei proprio non andava d'accordo.

Per un attimo le era persino venuto da sorridere. Ma il ricordo delle lame e delle risate dei contadini aveva spento di colpo anche il più sottile sprazzo di gioia, soffocandolo nel buio, come un'eclisse. E proprio come un'eclisse, che rilascia sulla terra la vibrazione malsana di una magia cattiva, Edna aveva cominciato a guardare la fattoria con un sentimento diverso. Prima il suo sguardo era stato annebbiato dal sudore della fatica e delle cose da fare. Ora, invece, scorgeva quello che non aveva mai visto. Capiva cosa volesse dire la croce di gesso che un bambino aveva segnato dietro la giacca del padrone ed era qualcosa di più terribile del lavoro duro che aveva immaginato. Era la solitudine, erano le ombre che scivolavano facendo un rumore che lei poteva sentire, ma che non comprendeva.

A volte, però, le ombre smettevano anche di fare rumore. E allora cadevano in un oblio di domande a cui nessuno aveva il coraggio di dar voce.

22.

GIORNO 4

DISTANZA: 60 KM

A quattro giorni e sessanta chilometri di distanza, Adele combatteva contro folate di vento che scagliavano pioggia e spostavano la bicicletta, facendole perdere l'equilibrio. Ma aveva trascorso l'intera notte a riflettere ed era decisa a entrare, anche a costo di scardinare la porta.

Appoggiò la bicicletta contro il muretto e restò di fronte alla porta a cercare di dare un senso al brandello di plastica che penzolava attaccato alla maniglia, nello stesso nodo in cui lo aveva stretto lei la mattina prima. Si ricordò dei gatti e pensò dovesse essere opera loro. Di Edna, invece, non c'era alcuna traccia. Neppure di Emil, che non rispondeva al suono del campanello né ai suoi richiami.

Con la bocca secca e i palmi percorsi da sottili scariche elettriche, Adele girò verso l'entrata sul retro e, questa volta, lo fece. Cercò la chiave nel vaso delle rose e trovarla le diede un sollievo ingannevole, che svanì in fretta. Si chiese cosa stesse succedendo. Era ormai passato mezzogiorno e a quell'ora Edna non usciva mai di casa. Adele era passata anche al bar e le avevano raccontato di non vederla da giorni.

Il silenzio della casa la avvolse in un buio ovattato.

«Signora Edna?» Aveva un suono strano, la sua voce. Anche se si era sforzata di tenerla ferma, riconobbe nel timbro un fondo di paura che le raggelò il sangue.

Le imposte erano chiuse, ogni cosa al suo posto. In cucina la biscottiera era al centro del tavolo. Ma dal vasetto di vetro pendevano i boccioli d'ortensia, rinsecchiti ai bordi, gli steli immersi in una poltiglia melmosa. Edna non lo avrebbe mai permesso: Adele non ricordava un solo giorno di primavera, d'estate, e persino d'autunno, in cui non avesse trovato fiori freschi e profumati in quella casa.

Accese la luce e lo sguardo cadde sul foglietto. Era ripiegato con cura perché stesse appoggiato in bella vista contro la biscottiera.

Lo raccolse e lo lesse, una parola ogni tre, con gli occhi che scorrevano veloci l'unica riga e scendevano sulla firma.

> Cara Adele, ~~un contrattempo~~ una questione ~~che non possiamo più evitare~~ della massima importanza costringe me ed Emil a partire. Non preoccuparti per noi, staremo bene.
>
> *Edna*

All'improvviso si sentiva pesante e triste. Guardava la cucina, il tavolo a cui aveva mangiato centinaia di biscotti al burro dicendo addio alla dieta, il corridoio con il trespolo vuoto. E sorrise al pensiero che le mancava persino quel pappagallo spennacchiato.

Distese le mani, accarezzando la stoffa dei cuscini e riconoscendoci per la prima volta il profumo di Edna. Erano note di melissa che si mescolavano al profumo del cotone appena lavato.

Le dita si fermarono sul foglio di giornale che spuntava da un quaderno. Era stato ritagliato con cura, ma Adele si chiese perché Edna avesse strappato la pagina della sua copia di «Stern». Raccoglieva ogni numero e lo custodiva "come un manoscritto bizantino", avrebbe detto qualcuno, ma ora non ricordava più chi.

Adele appoggiò il quaderno sul tavolo e sfogliò lentamente la carta ingiallita. Ogni pagina era scarabocchiata di parole dalla mano di un bambino che imparava a scrivere. Le correzioni erano di un colore più scuro e riportavano una grafia ordinata. Gli angoli e i margini erano invece riempiti con disegni dal tracciato tremolante, che raffiguravano un pollo, forse un grasso tacchino. Oppure – pensò Adele sentendo scattare un *clic* – un pappagallo spennacchiato. Ogni pagina, fino all'ultima. In ogni centimetro di spazio. Con una frenesia cieca ed esuberante, senza regole né un obiettivo. Come se quelle mani che si avvicendavano avessero avuto paura del vuoto e lo avessero riempito con una parte di sé. Messaggi che lei non sapeva interpretare.

23.
EDNA, LE ROTELLE AMMUTINATE E L'ARTICOLO DI GIORNALE

Rigirava fra le dita l'astragalo mentre si sforzava di ricordare a memoria il tracciato sulla cartina. Pioveva fitto e non voleva rischiare che si bagnasse, tirandola fuori dallo zaino.

L'astragalo era un regalo di Priska per Emil in cambio di una sua piuma. La ragazza le aveva detto che gli oggetti, soprattutto quelli che arrivano a noi per caso, racchiudono un grande potere. Le aveva perfino insegnato il suo trucco per leggere il futuro. Edna non era sicura che ci avrebbe provato.

Il sole era coperto da strati di nubi che intrappolavano la luce.

Si strinse al suo bastone. Aveva il suo cappellino con la visiera, la mantella di Priska con il cappuccio tirato giù sulla fronte.

Ma l'umidità si era appiccicata alla pelle. La sentiva mischiarsi con il sudore, lungo il collo. I capelli le ricadevano sulle guance, come tentacoli stanchi di meduse trascinate a riva dalla corrente.

Ancora la tosse, e un altro passo, nonostante il filo spinato che bruciava la carne dei polpacci, conficcando i suoi rostri e stillando dolore. La notte passata all'aperto le aveva fatto rimpiangere la tenda di Flo e Priska. Persino la sgangherata roulotte di Roland.

«Buongiorno, *Warmduscher.*»

«Buongiorno a te, Emil», si sforzò di sorridere. Era già mezzogiorno, ma per Emil doveva essere appena l'alba. Non era abituato a quell'oscurità.

Quando vide il castello sbucare oltre la tendina di pioggia con le rocce scure e le torri rotonde che svettavano dalla cima della collina, sentì finalmente l'aria tornare a girare nei polmoni.

Il paese di Nauders era una manciata di case dai tetti spioventi, gettate nella conca dalla mano di un gigante che ci aveva giocato a dadi. Se ne stavano addossate le une alle altre come a tenersi compagnia sotto un cielo che aveva per limite una muraglia di cime imbiancate.

Si chiese se ci fosse ancora il mulino dove l'aveva lasciata la corriera nel suo viaggio di ritorno, anni prima. Si era intrufolata di nascosto e quando il controllore le aveva chiesto il biglietto, la donna con il bambino in braccio si era voltata verso di lei. Si erano guardate per un istante, gli occhi chiari di lei fissi nella profondità della sua disperazione, nera come la sua faccia sporca. Quando li aveva sollevati, aveva sorriso all'uomo, rassicurandolo che la ragazzina era con lei. Lui non ci aveva creduto fino in fondo. Ma la donna aveva pagato il biglietto – cos'altro importava – e così era tornato a farsi i fatti suoi. Da quel momento, una volta superate le montagne dell'Arlberg, il suo cammino le era sembrato in discesa. Protetto dalla valle, che conosceva, verso un orizzonte finalmente più limpido e ampio, come le acque di un fiume che si distendono e abbracciano il mare. Per lei, ora, sarebbe cominciata invece la parte difficile. L'Arlberg la attendeva con i sentieri stretti, i dirupi scoscesi che se ci guardavi dentro sentivi il rumore impetuoso dei torrenti senza riuscire a vederli.

Il mulino era diventato un albergo, con larghe vetrate sulle montagne. E ovunque sbucavano negozi di abbigliamento sportivo che affittavano biciclette o motocicli su quattro ruote.

Tutto sembrava correre più veloce e lei faticava per stare al passo, come se avesse inghiottito un orologio che muoveva le lancette con lentezza straniante, imponendo a ogni muscolo del suo corpo un ritmo diverso che strideva con tutto ciò che la circondava. Era immersa in una bolla, una quiete che forse le era rimasta dalla notte passata sotto il cielo stellato e dalle giornate trascorse nel bosco, in mezzo ai suoi profumi armoniosi, alla luce tenue. Lì, invece, ogni stimolo si imprimeva sui sensi con la violenza di un fulmine e la feriva. Il rumore delle automobili, le risate sguaiate, i clacson delle biciclette. La pioggia che rimbalzava sull'asfalto. Ma non lo trovava terribile. Era una musica che la sorprendeva e che, forse, la spronava, imponendole di essere più reattiva. Più libera. Aveva la sensazione di vivere al doppio della sua velocità. Il doppio di fiato, il doppio di sogni (un obiettivo, ma valeva quanto tutti quelli che aveva finito con il dimenticare negli anni). Il doppio di graffi che pulsavano nella carne, tenendola stretta alla strada, aggrappata a ogni minuto che scorreva, portandosi via una scia di passi e un soffio di polvere.

Pensò a quello che le aveva detto Priska e dovette constatare che in qualche modo aveva ragione: il mondo si muoveva di fretta. E lei non se n'era mai accorta?

Il trasportino si arrestò bloccandole il braccio. Edna si voltò, tirò più forte. Non aveva ancora trovato una strada con asfalto buono.

Tornò indietro, girò attorno allo scatolone di plastica, gli occhi puntati a scandagliare ogni centimetro della strada. Ma non vide nessuna buca.

Il trasportino, invece, pendeva da un lato. Emil la guardò di traverso e per un istante lei ebbe l'impressione che le stesse chiedendo perché ci avesse messo tutto quel tempo ad accorgersene: aveva perso due ruote, una terza si era bloccata. Edna tirò il trasportino e lo trascinò per alcuni metri, ma l'attrito della plastica sull'asfalto la rallentava. Gli spruzzi entravano ed Emil aveva cominciato a starnutire. A continuare così, si sarebbero presi tutti e due una bella polmonite. Stava di nuovo raggiungendo il limite e cominciava a chiedersi perché sarebbe dovuto andare meglio. In fondo era stata lei a cacciarsi in quella situazione. Non aveva certezze, né altro su cui contare.

La temperatura si era abbassata e Edna si strinse nella mantella, senza perdere di vista la strada e cercando di evitare le pozzanghere che si allargavano come crateri mentre tutt'intorno i boschi scendevano a lambire il paese con dita di muschio.

Le restava ancora qualche centesimo nello scarpone.

Si infilò in un bar. Non di quelli con le terrazze dalle balaustre di vetro e i cartelloni con i menù. Un semplice sottoscala dove ordinare una *Sportwasser* e leggere il giornale.

In bagno si asciugò con il diffusore dell'aria calda, mettendoci sotto la testa per scaldarsi e far scivolare via l'acqua dai capelli.

«Se continua così, finiremo per mettere le pinne», sorrise il ragazzo dietro il bancone.

«Sto andando in Germania. Entro sera vorrei arrivare almeno a Landeck.»

Il ragazzo si strinse nelle spalle. «Ha scelto una brutta giornata, mi dispiace», disse lanciando lo sguardo sullo spiazzo oltre la finestra, dove l'acqua ora scendeva in rivoli come il fronte di una cascata. «Deve avere un po' di pazienza. Ho sentito che le corriere sono in ritardo e che la strada verso Bregenz è bloccata. Intanto perché non si gode lo spettacolo?» disse indicando un punto al di là del vetro. Edna seguì il dito, ma la finestra era troppo appannata per vedervi attraverso. Annuì, forzando le labbra in un sorriso stanco.

«Questo lo offriamo noi.» Il ragazzo allungò il braccio con un sorriso timido. Lasciò il piattino con la fetta di *Mohnstrudel* sul tavolo insieme alla *Sportwasser*. «E il giornale che mi ha chiesto.»

Edna diede la cannuccia a Emil, che afferrò il pennacchio fra gli artigli e cominciò a giocarci con il becco.

Poi si spinse a sedere più indietro nella sedia, lisciò la carta, annusandone il profumo di stampa frammisto alla polvere e a una vaga nota di frittura. Non sapeva bene cosa cercare fra le parole e i titoli, ma sperava di trovarci qualche informazione su Jacob.

Saltò le pubblicità e gli annunci, scorse le pagine con maggiore urgenza, sperando d'un tratto che l'inchiostro delle lettere si confondesse per comporre una parola familiare. Ma le pagine non parlavano e lei si sentì sprofondare nel vuoto mentre la sensazione di essersi persa in un mare troppo vasto, e di cui non scorgeva i confini, la portava alla deriva facendola sentire sola come non era mai stata.

In fondo alla cronaca scovò un trafiletto, schiacciato fra altri titoli imponenti che lei quasi non vide. Il cuore prese a battere veloce. Ma soltanto il tempo di abbracciare con lo sguardo lo spazio di sei righe. Sei righe che parlavano della frana, ma si erano dimenticate di Jacob.

Edna bevve un altro sorso d'acqua. Infilò Emil nella carcassa di plastica che era stata il suo trasportino. Strofinò il vetro con il palmo per liberarlo della condensa e strinse le palpebre. Chissà di quale spettacolo parlava il ragazzo, quando le aveva suggerito di guardare oltre la finestra. Pioveva ancora, e con la stessa, ostinata intensità. La gente passava veloce davanti al bar. Qualcuno le sorrideva. Uno striscione blu e arancione sventolava nell'aria grigia e per un attimo Edna temette di trovare all'uscita la troupe che le aveva fatto tutte quelle domande sui lupi. Stava ancora ripensando alla sensazione sgradevole della cinepresa puntata, quando le vide.

Erano parcheggiate con i musi lunghi puntati nella sua direzione come rostri di coccodrilli. Edna guardava le loro carrozzerie bagnate dalla pioggia che rimbalzava sui tettucci neri, la nebbia scivolare ai lati, e si chiedeva, con il cuore in gola, se non fosse per caso tornata indietro nel tempo.

Le macchine d'epoca occupavano quasi l'intero spiazzo e di tanto in tanto un passante curioso si intrufolava tra le file per guardare dentro un finestrino, con la fronte appiccicata al vetro. Accatastati da un lato, decine di pneumatici si alzavano in pile sbilenche. Ruote, gomme consumate, nuove. Più larghe, sottili.

E mentre Edna provava a indovinare quante fossero e a decidere quale logica sottostesse alle pile (in gruppi di dieci, oppure di cinque se larghe), finalmente esplose l'idea che andava cercando per aggiustare il trasportino di Emil. Guardò quello che ne restava, gli angoli dove si erano perse le rotelle. E di nuovo le gomme. A dividerle era lo stesso rapporto che immaginava tra il *Titanic* e il modello in scala che Max teneva come portachiavi (i gusti di Max erano molto discutibili). Ma voleva dire che, laggiù, qualcuno avrebbe potuto aiutarla.

Non tutto era perduto. Fece un respiro profondo, afferrò il manico e trotterellò verso la porta.

Il ragazzo al bancone la salutò, ma Edna non capì cosa le stesse dicendo. Sentì soltanto l'ultima frase, senza però comprenderla davvero.

«Bella scritta», ripeté lui sorridendo, la mano ancora alzata. «La scritta sul cappellino...»

Ma lei era già fuori.

24.
FER

«Mi dispiace, ma non si può fare nulla. Guardi», disse il meccanico indicando gli angoli dove la plastica era stata divorata dall'asfalto. «Forse, se lei non lo avesse ostinatamente trascinato sulla strada in quel modo, qualcosa si sarebbe salvato. Ma così...»

Mentre lui si ripuliva le mani con uno straccio, lo sguardo di Edna scivolò sui capelli lunghi fino alle spalle, la carnagione più scura (non come quando ci si abbronza sotto il sole, lei lo sapeva). E si fermò sul pendaglio legato al collo: una zampetta che somigliava tanto (troppo) a quella del suo Emil.

«Bene, la ringrazio.» Tirò un sospiro, stretto in un sorriso di circostanza, e afferrò il trasportino con insolita arrendevolezza. Aveva commesso un errore a cercare aiuto laggiù. L'uomo non le piaceva e la pelle sfrigolava come ogni volta che le capitava di avvertire una tempesta in arrivo. E non quella che scendeva oltre la tettoia, sconvolgendo le chiome degli alberi e alzando per aria carte e sacchetti. Ma guai, guai seri.

«Aspetti», la fermò lui.

«È un'ara.»

Edna annuì, anche se non era una domanda. L'uomo si era avvicinato a Emil, che lo teneva sotto tiro, piegando indietro il collo.

«E deve essere anche molto anziana», sussurrò, inginocchiandosi.

«Abbastanza», rispose Edna, decisa a non dare confidenza.

«Un'ara della sua età è molto preziosa, signora. Ha un grande valore. Lei è fortunata.»

Si rialzò, infilò lo strofinaccio nella tasca posteriore dei pantaloni e allungò la mano verso di lei. «Fernando. Ma tutti mi chiamano Fer.»

Edna la strinse. Era una presa salda, di quelle che piacevano a lei (non le meduse che ti scivolavano a volte fra le dita), ma Fer aveva il pendaglio. E lei non si fidava.

«Signora Weiss», rispose, il volto tirato.

Lui spianò la fronte, sorridendo come a chiedere se ci fosse dell'altro.

«Edna», si arrese, «Edna Weiss. Be', la ringrazio. Non le faremo perdere altro tempo, siamo in viaggio.»

«Aspetti.» L'uomo si massaggiò il mento tra il pollice e l'indice. «È un viaggio molto lungo?»

«Dobbiamo arrivare in Germania.»

Lui annuì. «Quindi in corriera», stava riflettendo, misurando il danno.

«Fino a Landeck, su per giù.» Edna si schiarì la voce. «Poi, un po' a piedi.»

«Quanto, a piedi?»

«Diciamo… l'Arlberg.»

Lo sguardo di Fer guizzò nel suo «La montagna? Lei attraverserà la montagna a piedi?» Scosse la testa, ridendo.

«Esatto», disse lei, in tono serio. «Ora non le posso spiegare i dettagli. Lo vorrei tanto, mi creda, ma mi pare che abbiamo entrambi una gran fretta.»

Fer alzò le braccia in segno di resa. «Avrà i suoi motivi, mi perdoni. Mai chiedere troppo né impicciarsi negli affari degli altri. Tutti», sorrise, «abbiamo qualcosa che non ci va di raccontare.»

Il pensiero di Edna volò al pendaglio di Fer, che aveva cominciato a guardarsi attorno. «Dunque, voi due dovete attraversare le montagne a piedi…» disse, trascinando le parole, il pensiero concentrato nella ricerca. «Forse ho un'idea.» Girò dietro la pila di pneumatici.

Edna fece il pieno di ossigeno e aspettò. Fer però non tornava. Afferrò il manico del trasportino, calcolando che, se fosse stata abbastanza veloce, si sarebbe risparmiata anche i saluti.

«Eccoci!» trillò una voce esultante vittoria.

Edna si voltò senza fretta. Vide Fer che stringeva sotto il braccio una tavola. Ma, soprattutto, vide le rotelle attaccate agli angoli sul retro.

«Questo fa al caso nostro. È uno skateboard piuttosto vecchio, ma in buone condizioni.»

Edna cominciava a capire e l'idea non le sembrava niente male. «Aggancerà quelle rotelle al mio trasportino?»

Lui scosse la testa. «Nossignora. Noi faremo di meglio. Di molto meglio.»

Fernando trafficava tra viti e barrette di ferro sotto lo sguardo curioso e attento di Emil, che intanto era volato sopra una pila di pneumatici.

Edna sentiva il tempo scorrere via, sciogliersi insieme con la pioggia.

«Eh sì, un gran brutto temporale», commentò Fer. Edna non era preoccupata per la pioggia né per il vento che la spingeva di traverso con la furia di lame scagliate dal cielo. Pensava a Jacob. E a lei.

«Quando ero un bambino, nei pomeriggi di pioggia ci radunavamo tutti nella casa del vecchio, giù al villaggio, e ascoltavamo le sue storie. Nel paese da cui vengo c'è una buona storia per ogni tempo, a dire il vero», rise.

Edna conosceva bene quella sensazione di calore. Quando camminava per i prati, insieme a sua madre, una fonte oppure un fiore, una farfalla senza un'ala, tutto poteva diventare una storia. Sua madre era brava a raccontare. Ma era prima che Martin morisse e la fattoria con i muri che cadevano a pezzi come la pelle di una vecchia lucertola diventasse la loro tomba.

«Da dove viene, lei?»

«Dallo stesso paese da cui arriva il suo Emil. Le dice niente, questo?»

Edna seguì lo sguardo di Fer. La tavola era dipinta con i

colori di una bandiera. Tre bande orizzontali: bianca quella centrale, quelle esterne azzurre con un sole al centro.

«Sud America, Argentina», continuò lui, avvicinandosi al ripiano per prendere il trapano. Edna si chiedeva cosa avesse intenzione di fare.

«Un minuscolo paese in cui vive un popolo orgoglioso che viene dalle pianure e mi ha regalato una buona parte del mio sangue meticcio. Ormai siamo rimasti in pochi. Sopravvissuti alle conquiste spagnole, alle guerre e alle espropriazioni. Laggiù non ci posso più tornare, purtroppo.»

Fer fece partire il trapano, prima che Edna potesse chiedergli cosa glielo impedisse, e lo avvicinò alla base del trasportino.

«Che sta facendo?»

«Non si preoccupi. Lei vuole attraversare l'Arlberg, oppure no?» rispose gridando per farsi sentire sopra il rombo.

Edna si sedette. Le era venuta sete. Prese la borraccia dalla sacca e la svitò, l'occhio puntato sul trapano e sul minuscolo foro che si allargava schizzando schegge di plastica. Gocce di sudore le bagnarono i palmi, bruciando sopra le ferite.

«Ci ha mai fatto caso?» riprese Fer che intanto aveva ficcato le dita nel sacchetto delle viti. «Le storie che si raccontano ai bambini si somigliano tutte e hanno sempre un fondo di verità.» Aveva ripreso a parlare in quel modo strano e seducente, marcando le consonanti che vibravano a lungo come punte di freccia. «Prenda, per esempio, tutta quest'acqua, che pare davvero il diluvio. In un tempo lontanissimo, il Supremo chiamò il Sole e gli disse che la Terra doveva essere pulita con piogge impetuose. Ma il Sole lo supplicò di non farlo, perché sarebbe stata la fine per i suoi figli Rankulche. I popoli che abitavano vicino all'acqua avevano barche su cui galleggiare, e quelli delle montagne erano già al sicuro. Ma che ne sarebbe stato delle pianure?»

«I Rankulche sono il popolo di cui mi parlava?» Edna guardava le statuine di terracotta appoggiate sulle mensole fra barattoli di olio e cacciaviti. Erano dipinte con colori vivaci, i ventri rotondi delle donne e i capelli neri degli uomini.

Fer annuì. «Il Supremo si lasciò convincere. Staccò con le mani un pezzo di pianura e lo sollevò fino al cielo insieme con il popolo che lo abitava. Dopo aver compiuto il loro dovere e aver lavato il mondo, le acque si ritirarono e tutto tornò come prima. Ma mancavano i Rankulche. Il Supremo non aveva alcuna intenzione di restituirli alla Terra, poiché lassù, nel cielo, erano stati utili, illuminando gli altri suoi figli con la loro luce. "Il Supremo non può fare preferenze", disse. Allora il Sole andò da sua moglie, la Terra, che, come una madre buona, aveva la soluzione. Fece tanto cibo. Così in abbondanza che i nandù, gli struzzi, da tanta gioia cominciarono la loro danza. Un ballo così intenso e lungo che la sabbia sollevata dalle loro zampe arrivò al cielo, come una scala, per la quale i Rankulche tornarono alle loro pianure. Quel pezzo di terra nel cielo è la luna, Kuyen. Quella che fa luce nel buio e ci ha salvato. La scala fatta di sabbia è la via Lattea. La danza dello struzzo è il ballo sacro dei Rankulche, e la zampa il nostro simbolo.»

«Quella che porta al collo?» chiese Edna con la rapidità di una molla. «È una zampa di struzzo? Non di pappagallo...»

Fer la strinse nel palmo, sorridendo. «Soltanto un dito. La zampa di un nandù è quattro volte quella del suo Emil. E non si preoccupi, non l'ho ucciso io», rise. «Ecco qua», disse spingendo la tavola.

Edna guardò il trabiccolo. E ancora. «Ne è sicuro?» chiese infine stringendosi gli occhiali sul naso.

Fer aveva fissato il trasportino sulla tavola e Edna non sapeva cosa pensare.

«Ruote più larghe e spesse, ammortizzate. E scocca rinforzata. Lo provi!»

Afferrò il manico controvoglia e le rotelle scivolarono con docilità, seguendo il suo passo, silenziose e disciplinate. Il trasportino sembrava fatto di carta, tanto era leggero. Era più veloce, incredibilmente facile da guidare nella direzione che voleva lei.

«Devo ammettere che non è niente male, signor Fernando», disse senza staccare lo sguardo dallo strano incastro di volumi. Fer sorrideva, le braccia incrociate.

«Faccia ancora qualche giro. Giusto per verificare la stabilità.»

Edna zigzagava sullo spiazzo, tra le file di macchine d'epoca. Si fermò davanti a un modello scuro, che le aveva portato un ricordo, guizzato via in un colpo di coda tanto fulmineo che non era riuscita ad afferrarlo.

«Sono molto belle, vero?» Fer era dietro di lei.

«Sono sue?»

Lui rise. «Purtroppo no. Stanno percorrendo la Bodensee-Klassik, una corsa che attraversa tre paesi, Germania, Austria e Svizzera. Ma questo tempo rallenta anche loro. E qualcuna di queste signore si è messa a fare i capricci.»

«Quindi deve sistemarle...» Edna si era fermata davanti a una berlina nera, con i grandi fari rotondi che la guardavano. Sfiorò la carrozzeria con il palmo.

«Diciamo che ognuna di loro ha la sua voce. Io la ascolto. E capisco se hanno bisogno di olio, di un'aggiustata ai freni...» Alzò le spalle con un respiro profondo. «Non saprei nemmeno dirle perché mi piacciono così tanto. All'inizio mi occupavo di moto. Poi, al ritorno dalla guerra delle Falkland, ne ho trovata una simile in un vecchio garage. Era poco più che un rottame. Apparteneva al padre di un amico. Lui me l'ha chiesto e io l'ho aggiustata. Ho impiegato mesi a cercare i pezzi di ricambio, a lucidare gli stantuffi. Occorre disciplina, costanza. Mentre lavoravo, non pensavo a nient'altro. E forse ho aggiustato anche me stesso, in quel garage.»

Appoggiò la mano sulla curva elegante del parafango. «Ci pensa, passo la vita a occuparmi di loro, ma non potrò mai averne una mia.» Il sorriso si riflesse nel vetro del finestrino, in cui stava guardando anche Edna.

Emil ascoltava dal trasportino.

«Signor Fernando», disse Edna, cercando la pupilla di Emil, «pensi che io ho impiegato il doppio degli anni che lei ha ora sulle spalle a capire che niente, ma proprio niente, ci appartiene.» Che le persone potevano scomparire da un giorno all'altro, inghiottite nel nulla come era accaduto ad Anja. E che tutto poteva cambiare in un istante. L'ombra confortevole del suo giardino, la colazione con il pane alla segale e i giornali al bar, tutto svanito. L'idea che Emil le appartenesse e la paura di perderlo per sempre, quando se n'era volato nel bosco, lontano da lei. Il ricordo di Jacob che lo aveva salvato, e voluto, prima che qualcuno glielo portasse via. «Ma sa cosa le dico», concluse, con il profumo di erbe selvatiche ancora invischiato nella tela cerata della mantella e negli occhi il riverbero delle cime nascoste fra le nebbie, «non si sta affatto male.» Emil era ancora con lei, stavano per raggiungere Jacob. Il mondo cambiava forma continuamente, e lei aveva solo una sacca legata al trasportino. Ma c'era un'intera montagna da scalare, ad aspettarla.

«Pensi che io su un'automobile così non sono mai neppure salita.»

Strinse gli occhiali sul naso. Lo sguardo indugiò a lungo sulla berlina, ripercorrendo le linee morbide della carrozzeria. Quando lo rialzò, trovò ad attenderla il sorriso complice di Fer.

«Ha proprio ragione. Non possediamo nulla. Ma niente ci impedisce di prendere le cose in prestito al momento giusto», disse lui, frugando nelle tasche.

Anja

Anja era diventata un'ombra di cui tutti si erano dimenticati.

Ma non Edna e Jacob, che parlavano di lei prima di addormentarsi, quando Jacob sgattaiolava nel giaciglio di Edna, approfittando del sonno pesante degli altri bambini.

«Alcune notti fa ho sentito un grido», le aveva sussurrato. «Dal granaio. E poi niente.»

Edna si era addormentata con quelle parole nelle orecchie e tanti fantasmi acquattati nel buio. La mattina dopo, in una giornata d'estate che sembrava aver portato via i brutti pensieri insieme con la pioggia delle settimane appena passate, ne aveva parlato con Bastian.

Stavano dando da mangiare ai maiali (tuberi, radici, meglio se con qualche bell'insetto fra le foglie). Ce n'erano di così piccoli che era divertente guardarli sgambettare, con le codine arrotolate e le orecchie troppo grandi che sobbalzavano a ogni inciampo.

«Cos'altro ha sentito Jacob?»

Edna si era voltata verso Bastian, mentre il maialino le guizzava via dalle braccia. Forse non era stato prudente parlare all'amico, perché ora la scrutava per capire cosa gli stesse nascondendo. E non sembrava preoccupato per Anja né desideroso di capire cosa le fosse accaduto. Era immobile, freddo. Pensava soltanto a Jacob.

«Nient'altro. E poi non è stato lui a sentirla gridare. È stato qualcuno dei grandi, ma non mi ha detto chi», aveva aggiunto mentendo.

«Edna, io ci tengo a te. Sei l'unica che qui dentro non mi tratta come se questa voglia fosse il marchio di una strega.»

Edna l'aveva sempre trovata bizzarra, divertente. Ma non mostruosa. Rendeva Bastian riconoscibile fra tutti. Non voleva dire essere speciali, questo?

«Alla fattoria accadono cose molto brutte. Ma è come un gioco: se segui le regole, non ti può succedere nulla. Non devi mai fare di testa tua, capito? Ubbidisci, parla poco. Fa' il tuo lavoro. E andrà tutto bene.»

«Anche Anja faceva il suo lavoro. Era persino più brava di me.» Glielo diceva sempre, la padrona. «Ma a lei è successo qualcosa, vero? Qualcosa di brutto.»

A un tratto aveva la netta impressione che Bastian sapesse molto più di quanto le sue parole stavano dicendo.

«Fa' come ti ho detto, Edna.» Si avvicinava un contadino. Bastian aveva abbassato la voce. «E non dar retta a Jacob. Lui si ficca nei guai e a molti, qui dentro, non è simpatico. Non ci piace dover pagare per chi non sa stare al suo posto.»

Era entrato nel fienile e da quel momento Edna non aveva più parlato di Anja con nessuno. Nemmeno con Jacob.

Ma il pensiero di Anja era tornato a far loro visita qualche settimana più tardi. Allora erano solo voci che pronunciavano il suo nome bisbigliando, portate dal vento sinistro sulle cui ali si diffondevano le notizie alla fattoria. In quel modo sotterraneo, che non riuscivi mai a capire dove fosse la verità, dove l'invenzione della fantasia, l'esagerazione del pettegolezzo.

I bambini si erano riuniti la notte. Si erano seduti in cerchio sul pavimento di legno scheggiato dello stanzone dove erano allineati i loro letti, tra la casa del signore e le stalle degli animali.

Era stato un bambino dal volto lungo e stretto come uscito da una pressa, le labbra gonfie come quelle di una trota, a parlare per ultimo. Ma quello che aveva detto era bastato a far rabbrividire Edna, che non aveva smesso, per tutta la sera, di stringere la sua scheggia di san Cristoforo. «La troveranno nel granaio.»

«E tu come fai a saperlo?» gli aveva chiesto Jacob con voce piatta.

«Ho sentito delle grida provenire da lì. E so che Anja stava lavorando alla macchina per filare il crine che il padrone ha fatto portare di sotto.»

Qualcun altro, invece, aveva detto che forse era scappata. Magari di notte. Forse aveva tentato di attraversare lo stagno, per confondere le tracce in modo che i cani da caccia non potessero seguirla, ed era annegata. L'acqua era profonda e il fondale melmoso. Le alghe forse l'avevano tirata giù.

Oppure ci era riuscita, ce l'aveva fatta.

Era una pessima idea scappare, aveva detto un altro. In un modo o nell'altro ti acciuffavano sempre. In ogni caso, finivi male.

Jacob e Edna si erano lanciati un'occhiata. Non erano seduti vicini, ma le loro teste pensavano all'unisono.

Edna non poteva fare a meno di chiedersi se Anja stesse scappando da qualcosa. Proprio come lei aveva tentato di sfuggire alle falci e agli scherzi osceni dei contadini. Cosa sarebbe accaduto se quella notte non fosse arrivato il padrone? Era buffo, perché ora doveva quasi ringraziare lo Struwwelpeter. E poi c'era Bastian, che se ne era stato zitto, in un angolo, ad ascoltare tutto senza aprire bocca. Chi erano i buoni? Chi i cattivi? Forse c'era un po' di bene e un po' di male in ciascuno di loro. Stavano soltanto cercando di sopravvivere e quando vivere è l'unico scopo, cosa siamo disposti a fare? Cos'erano disposti a fare lei e Jacob?

Tutta la notte, stesa con la faccia rivolta al soffitto, Edna aveva pensato ad Anja. A lei che scappava da qualcosa che le metteva paura, che la costringeva a correre con il sangue che le incendiava la pelle e le tempie, il cuore veloce, spezzato in battiti pesanti come l'aria intorno. I piedi tagliati dalle schegge. Poi la sensazione di volare, di essere a un tratto senza peso né confini. Edna aveva visto il suo corpo cadere nella vasca delle granaglie con un tonfo sordo, in centinaia di minuscoli chicchi che da soli non avevano peso ma che insieme erano tonnellate, una pressa che ti schiacciava i polmoni. E più si muoveva, cercando di tornare in superficie e di respirare, più restava intrappolata. Mentre veniva trascinata sul fondo, in quel mare di grano che si chiudeva sopra di lei, togliendole l'aria e la vita, forse Anja aveva pensato davvero al mare, che nessuno di loro aveva mai visto. A un altro mare, in cui nessuno di loro avrebbe mai bagnato i piedi. Di cui però avevano parlato così tanto, di quanto fosse caldo e profondo, dei mostri che ne abitavano le profondità. Di quel mare, e di quei sogni, alla fattoria restavano soltanto i mostri. E ti azzannavano alle caviglie, trascinandoti giù e intrappolandoti per sempre.

La mattina dopo, Edna si era svegliata presto, mentre tutti ancora dormivano nello stanzone così spoglio da mettere paura. Fuori pioveva. Aveva guardato attraverso il vetro appannato della finestra ed era stato allora che aveva visto gli uomini. Uscivano dal granaio, con i volti duri, le labbra piegate all'ingiù come ferri di cavallo. Erano quattro e trascinavano qualcosa, un sacco, molto pesante.

Il signore non aveva detto una parola, né lei aveva confidato ciò che aveva visto. Ma quel giorno nessuno dei bambini aveva toccato la zuppa di cereali e grano. Forse erano stati gli incubi oppure le parole del bambino-trota, ma Edna si era tappata la bocca ed era uscita di corsa, lo stomaco stretto dai conati.

Prima di addormentarsi, Jacob era andato da lei. Fuori una corrente gelida scuoteva gli alberi e sibilava fra i rami con il rumore di mille sonagli.

Era stato allora, dopo qualche istante di silenzio in cui entrambi avevano guardato la luna, che Jacob lo aveva detto. «Dobbiamo scappare, Edna.»

«È per Anja, vero? Credi anche tu che sia morta…»

«Nessuno lo sa, nemmeno io. Ma tu hai visto gli uomini, io ho sentito le grida.»

Edna aveva ricordato le parole del bambino-trota. «Scappare è pericoloso. E poi…» Aveva pensato a padre Gianni e a suo padre, che le infilava sulle spalle lo zaino il giorno in cui era partita, «abbiamo un contratto. E ci lasceranno andare. Appena avremo finito di mietere il campo e…»

Lui si era voltato e l'aveva guardata dritta negli occhi. «Non ci verrà a prendere proprio nessuno. Quando te lo ficcherai in testa, *Warmduscher*?»

Edna si era sentita a un tratto stupida. La verità era sotto i suoi occhi e lei si era rifiutata di vederla. Era tutto lì, nella vergogna che all'ultimo momento, prima di lasciarla andare, aveva abbassato lo sguardo di suo padre, nella povertà della sua casa, sui soldi nascosti nel fondo della tasca, nella disperazione senza voce di sua madre, che aveva pianto e, quella sera per la prima volta, non per Martin, come aveva creduto, ma per lei.

«Lo faremo insieme?»

«Te lo prometto. Ti porterò via da qui.»

Edna aveva annuito. «Staremo sempre insieme.»

Jacob non le aveva detto più nulla. Ma era rimasto sdraiato accanto a lei. Quella notte si erano addormentati sul fieno, sotto lo sguardo di una luna che li avrebbe riportati sempre alla notte della mietitura. Sapevano che ovunque fossero stati, per quanti anni fossero trascorsi e in qualsiasi angolo della terra si fossero trovati, la luna piena li avrebbe uniti in quel ricordo e nella loro promessa.

Edna, Jacob ed Emil.

Sarebbero sopravvissuti. E non si sarebbero mai separati, qualunque cosa fosse accaduta.

25.

LA FIAT BALILLA

Edna aprì lentamente la sacca. Cercò la foto di Jacob e la tenne nascosta tra la canottiera e i calzini, ma rivolta verso di lei. «Guarda dove ti ho portato, Jacob», sussurrò.

«State comodi lì dietro?» chiese Fer cercandola dallo specchietto retrovisore.

Edna annuì, richiudendo in fretta la sacca. Si era sistemata sui sedili posteriori in modo da potersi tenere accanto il trasportino ed essere certa che Emil non soffrisse il viaggio in auto.

«Questa automobile è davvero bella», esclamò Edna.

«Sono perfettamente d'accordo. E direi anche», disse Fer, guardando nello specchietto per svoltare a destra, «che ho ufficialmente superato il mio record di traversata. Il giro di collaudo si fermava esattamente lì dietro.»

«E come si sente?»

«Dal momento che l'ho aggiustata io, questa signora, spero non ci lasci a piedi e arrivi a Landeck», rise.

«Che modello è?»

«Fiat 508 Balilla. Del 1937, a quattro porte. Innovativa per la sua epoca.»

«Ne ho vista una simile, tanto tempo fa. Era più o meno dello stesso colore. Forse con i parafanghi bordeaux», sussurrò Edna sforzandosi di ricordare mentre al di là del finestrino la strada e il bosco si confondevano in macchie di grigio e di verde lavate dalla pioggia. «Era parcheggiata sotto un pergolato nella fattoria in cui lavoravo. Apparteneva al signore, che ne andava molto fiero. Un mio amico adorava quella macchina.» Soffocò un sorriso, stretto fra la malinconia e l'urgenza di ricordare ogni dettaglio. «Amava i motori in genere», precisò. «E gli aerei. Lo ha sempre affascinato l'idea di volare. "Karl Emil Schäfer"», le parole scivolarono lente, sfiorando il vetro in un'eco di cristallo.

«È il nome del suo amico?»

«Oh no, Karl Emil Schäfer era un asso della prima guerra mondiale. Trenta vittorie aeree con il suo caccia. Di lui si parlava ancora quando eravamo dei bambini. E il mio amico ha pensato a lui quando ha scelto il nome per il suo pappagallo.»

«Pensavo che Emil fosse suo...»

«Più o meno.»

«Nel paese da cui vengo, vivono liberi nella foresta», disse Fer, che sapeva come cambiare discorso ed era abbastanza sensibile da non andare a frugare nelle pieghe più dolorose delle vite altrui. La sua voce le arrivava morbida e rassicurante come le curve che prendeva piano e la cullavano. «Si radunano in stormi di decine e decine di pappagalli così colorati che è una festa vederli volare nel cielo. Subito dopo il periodo delle piogge percorrono chilometri, volando sopra le cime degli alberi, per raggiungere le alte pareti di arenaria. L'argilla serve per depurarsi dai veleni e poi i giovani di stormi diversi si incontrano e formano le nuove coppie. Lo sa che i pappagalli sono tra le creature più fedeli e monogame? Riconoscono il loro compagno tra mille simili e una volta che lo hanno trovato, non si lasciano più. Per tutta la vita.»

"Già, senza tradirsi..." pensò Edna. Un angolino della sua coscienza pulsava mentre lo sguardo si aggrappava alla strada.

«Per noi è più difficile, non trova?» chiese Fer, girando il volante con un'ampia voluta del braccio.

«Intende dire restare fedeli, non tradirsi mai?»

Lui dondolò la testa. «No, più "trovare un compagno per la vita". Penso che se la gente tradisce è perché non ha trovato la metà giusta. Altrimenti, perché dovrebbe?»

«Forse perché, prima di capire cosa ci appartiene, dovremmo comprendere chi siamo noi. E non è per niente facile.»

Pensava alla baracca e alla notte della mietitura. Anche lei, come Fer, aveva sangue misto. E per molti anni non aveva compreso che non era costretta a scegliere da che parte stare. Lei era una somma di tanti frammenti.

Fer annuì.

«Conoscevo una ragazza, al mio paese. Ha fatto molto per me», raccontava con voce lenta. «Sa, da giovane ero un vero scavezzacollo», rise. «Da noi la vita non è facile. Soprattutto se appartieni a una trascurabile minoranza che è stata sempre perseguitata e le ingiustizie le vedi. Quando è morta mia madre mi sono arruolato. E ho fatto altre cose di cui non mi sono pentito, ma che mi hanno allontanato da tutto quello che avevo. Ho un'allergia nei confronti della gente arrogante, soprattutto quando pensa che il potere e i soldi bastino a fare un uomo, non so se mi capisce. Comunque», disse battendo i palmi sul volante, «ora sono qui. Ma, lei mi crederà pazzo se le dico che a quella ragazza ancora ci penso. Mi chiedo se stia bene. Vorrei sapere che le è successo.»

Le automobili avevano acceso i fari che fendevano la nebbia, colorandola di rosso.

«Jacob e io ci siamo persi di vista quando eravamo bambini. Ho passato una vita a chiedermi cosa gli fosse capitato e dove si trovasse. Ma avevo troppa paura per cercarlo davvero.»

«Quindi, mai una telefonata… un biglietto di auguri…»

«Non conoscevo neppure il suo cognome. Poi, un giorno, un'amica mi ha portato un giornale. Come ogni altro giovedì. Ma dentro», disse prendendo un respiro, «ci ho trovato una sua foto. Ed eccoci qui. Io ed Emil, in viaggio.»

«E quando l'ha sentita, dopo così tanto tempo, lui cosa le ha detto?» chiese Fer, guardandola dallo specchietto con le sopracciglia spianate.

«Lui non sa che sto andando a trovarlo», sorrise Edna. «E io non so neppure se sarà in grado di riconoscermi. O di parlarmi. Ma le dico una cosa, Fer. Non avremmo dovuto perdere tutto quel tempo.»

«Dev'essere una bella sensazione», sussurrò Fer. E sembrava stesse parlando alla sua immagine riflessa nello specchietto. «Davvero una bella sensazione.»

«È sicura che la stiano aspettando? Fra poco sarà buio. E se vuole possiamo proseguire.»

«Landeck è perfetto», disse Edna, tirando fuori dalla sacca la cartina. «Emil e io le dobbiamo molto.»

«Le devo qualcosa anch'io», disse Fer con voce calda, assecondando gli sbalzi del motore.

Edna cercò il suo sorriso. Trovò invece la zampa di nandù incorniciata nello specchietto. Non le faceva più paura, pensò godendosi la strada, con le sue curve e i tetti di nuovi paesi nascosti oltre i boschi e le rocce. E mentre si chiedeva quanto fossero alte le cime (l'Arlberg superava i 1800 metri?) e dove andasse a incunearsi il corso del fiume (com'era denso, il verde dei prati, e argenteo il chiarore della luna che pareva fatta di madreperla), si scordò per la prima volta della sua cartina, chiusa e silenziosa al suo fianco.

26.
IL FIENILE

Edna aveva mentito. Quando Fer le aveva chiesto se avesse un posto dove dormire, lei aveva risposto: «Naturalmente. Da mia figlia». Con una tale faccia tosta che persino Emil si era zittito.

Ed ora eccola lì, sul ciglio della strada, nelle orecchie il rumore del fiume, a chiedersi perché scendesse tutta quell'acqua neanche si fossero dimenticati di chiudere i rubinetti dell'inferno.

Era nei pressi di Landeck, questo lo sapeva. Perché c'era sempre un castello, su un'altura, a indicarle un centro abitato. Lei, però, aveva bisogno di un posto dove ripararsi e passare la notte. Lasciò il fiume Inn alle sue spalle e attraversò il ponte di legno, in direzione delle case.

Avrebbe potuto bussare, raccontare la sua storia e chiedere una stanza per la notte?

Oppure sarebbe stato meglio attendere che qualcosa succedesse. Quanti Roland esistevano al mondo, a salvarti con una moto da una notte sotto la pioggia? La risposta più plausibile era: uno soltanto.

Decise che si sarebbe arrangiata, anche se le forze su cui poteva contare erano ormai ridotte. Ricordò quello che le aveva detto Jacob mentre progettavano la fuga. Quando lei gli aveva chiesto come avrebbero fatto a trovare il cibo e di che ripararsi, lui aveva alzato le spalle. "Improvviseremo", le aveva risposto. Ma di improvvisato c'era stata soltanto la febbre che l'aveva bloccata, facendo saltare tutti i piani.

Scelse la fattoria più isolata, indicata da un enorme ciliegio. Le luci erano spente, le persiane socchiuse. Ci girò un po' intorno e quando vide la tettoia, riparata sul retro, si sentì davvero fortunata, come non le capitava da tempo. Erano accatastate della legna e qualche balla di fieno, ma Edna pensò che lo spazio sarebbe bastato.

A pochi passi c'era un piccolo orto recintato, da cui saliva l'aroma dell'erba cipollina e dei tageti, il cui profumo sgarbato era utile per tenere lontani dalla verdura i parassiti. Era come stare nel suo giardino, sospirò. Ma senza un limite alla varietà di odori. E di piante, di forme.

Sfilò la mantella cerata. La lanciò sulla balla di fieno, ma era arduo prendere le misure in quel buio (tre lanci a vuoto). Al quarto lancio gli occhiali le scivolarono dal naso. Non aveva sentito il rumore delle lenti che andavano in frantumi, perciò dovevano essere caduti nel fango. Si inginocchiò e ispezionò la terra a tastoni. Ancora. E di nuovo, allargando il raggio.

«Ciao.» La voce di Emil sembrava una beffa.

«Ciao, Emil. Se non trovo gli occhiali, siamo nei guai.»

Ma degli occhiali non c'era traccia.

Emil invece continuava a salutarla, imitando la sua voce venata di allegria quando, il giovedì, salutava Adele arrivata a portarle la copia di «Stern».

Edna si arrese, espirando con forza come se potesse liberarsi della stanchezza e dei cattivi pensieri insieme all'aria viziata. Li avrebbe cercati la mattina, quando la luce avrebbe reso tutto meno complicato (sveglia presto, ore 6. Ricordare di raccogliere foglie di tarassaco per Emil).

Appoggiò le mani sulla balla di fieno e si tirò con forza sulle braccia. Aghi le entravano nei palmi facendole il solletico. Ma era in cima e si sentiva fiera e orgogliosa quasi avesse scalato una montagna. Infilò la cerata sotto il profilo di una delle travi che sostenevano la tettoia, in modo che la riparasse dalla pioggia che scendeva di traverso, e si sdraiò felice nonostante il pensiero degli occhiali. Era troppo stanca per farsene un cruccio. All'alba. All'alba avrebbe trovato una soluzione.

Distese la schiena e attese che il sollievo arrivasse a sciogliere i muscoli, come faceva da bambina piegando le ginocchia e restando a guardare il cielo su una coperta di fieno.

Ricordava che il profumo dell'erba tagliata all'inizio era rancido. Ma se aspettavi ancora del tempo, all'improvviso non ci facevi più caso. Era come per l'acqua gelida che, a forza di lasciare in ammollo le mani, diventava tiepida. Un po' come per tutte le cose, constatò la Edna del presente. Finisci sempre per abituarti. Persino affezionarti, se serve.

Emil dormiva nel trasportino, con gli occhi chiusi e una zampetta alzata, nascosta sotto il ventre, all'oscuro di tutto. Fuori dal loro riparo, lo scrosciare della pioggia era una cantilena che toglieva il sonno, cullando i pensieri e portandoli alla deriva.

Forse per addormentarsi avrebbe avuto bisogno di una piuma magica. E di un po' di fortuna per arrivare fino in fondo. Quanta sentiva di averne dalla sua parte?

27.
LA TELEFONATA

Non avrebbe saputo dire se a svegliarla fosse stata la carezza umida che aveva sentito sfiorarle il volto oppure lo strillo di Emil. A un certo punto, si era trovata con il muso di un grosso cane piantato in faccia ed Emil che si dimenava come un diavolo forsennato nel trasportino.

Edna conosceva abbastanza bene i cani da averne timore. Soprattutto quando ti sei intrufolata in una proprietà privata e il cucciolo in questione è un enorme maremmano dalla zampa larga quanto la tua faccia.

Restò immobile, respirando piano e cercando di non mostrare segni di agitazione, nonostante la paura le facesse tremare le mani. Dopo qualche minuto il cane uggiolò, agitando la coda in uno scodinzolio curioso, che aveva perso il nervosismo della minaccia, e trotterellò ad annusare qualcosa di più vivace e interessante: il trasportino di Emil.

Allora Edna tentò di distrarlo. Gli lanciò addosso la sacca. Cercò qualche biscotto rimasto nelle tasche e sfuggito a Emil, che intanto strillava come una sirena.

A un tratto sentì sbattere contro gli occhi una violenta luce gialla e trattenne il fiato.

«È proprietà privata. Che state facendo, qui?» tuonò una voce imperiosa. «Devo chiamare la polizia?»

«Le spiego tutto. Ma non chiami la polizia.»

L'uomo abbassò la torcia.

«E lei chi sarebbe?»

Era un vecchio con una barba simile a lana e gli occhi spalancati come quelli di un pesce tirato fuori dall'acqua. Sembrava più sorpreso di lei.

Edna farfugliò qualcosa. Aveva ancora la bocca impastata dal sonno e un dolore alla schiena da farle giurare che non avrebbe più dormito sopra una balla di fieno per il resto della sua più saggia vita. Ma si concentrò per raccontare quello che serviva con il minor numero di parole e giri di pensieri. Linearità. E semplicità. Le doti migliori per tirarsi fuori dai pasticci.

«E vuole andare fino a Ravensburg? A piedi?»

«Non proprio. È complicato.»

«Ha un documento con sé?»

«Ho perso il portafogli. Oppure me l'hanno rubato. Non saprei...» Edna sentiva che la conversazione non stava prendendo una buona piega.

«Quindi non ha neppure del denaro? Oppure ha una carta di credito... Un...»

Edna scrollò il capo.

«Vestiti... Una valigia?» chiese l'uomo, facendo scendere lo sguardo sul suo giubbotto.

«È tutto lì dentro», rispose Edna, indicando la sacca che aveva scaraventato contro il maremmano per cercare di allontanarlo da Emil. «Ho questo giubbotto. Me lo ha regalato Roland.» Ma l'uomo con gli occhi rotondi come un pesce tirato fuori dall'acqua non poteva sapere chi fosse Roland. E lei doveva fare attenzione e scegliere le parole con cura, infilandole nell'ordine giusto. «Un motociclista», spiegò. «Mi ha dato un passaggio con la sua moto perché pioveva e io ero rimasta sulla strada. Così mi ha ospitato nella sua roulotte.»

A quel punto l'uomo avrebbe dovuto capire quanto fosse stata coraggiosa, e che se era in grado di salire su una moto, di certo un po' di sale in zucca lo aveva. Invece lui la guardò con un misto di perplessità e pena.

«Le fanno male gli occhi? Da come strizza le palpebre sembrerebbe che...»

«Mi sono caduti gli occhiali, ma domani mattina li ritroverò.»

L'uomo sospirò. «Signora», disse addolcendo la voce in

un modo che a Edna non piacque per niente, «io devo chiamare la polizia. Lo capisce, vero. Potrebbe essersi persa. Mi sembra in stato confusionale. È bagnata fradicia, senza documenti né un posto dove passare la notte. Si guardi intorno, le pare il tempo ideale per farsi una passeggiata?»

«Io ed Emil stiamo benissimo. E non è una passeggiata», disse sforzandosi di tenere calma la voce. «Siamo in viaggio.»

«Ed Emil chi sarebbe?»

«Il mio pappagallo. È laggiù, nel trasportino.»

«Nel trasportino per cani? Ed è suo?»

«È una storia molto lunga, mi creda. Si annoierebbe a sentirla. Diciamo che, sì, è con me da quando ero una bambina e...»

«Una bambina. Quindi in quel trasportino per cani lei tiene un pappagallo che, così per dire, a occhio supera abbondantemente il mezzo secolo. Sta andando a Ravensburg, da un amico che non sa di lei. Senza soldi né documenti. Un motociclista le ha dato un passaggio. Ha dormito in una roulotte e ha trovato rifugio sotto questa tettoia, perché era troppo stanca per continuare sotto la pioggia. Signora...»

«Weiss.»

«Signora Weiss, lo dico davvero per il suo bene. Sono sicuro che a quest'ora qualcuno la stia cercando. Adesso entra con me, in casa. Si beve una tazza di latte caldo. E sistemiamo la faccenda.»

Seduta sulla sedia della cucina, Edna guardava l'uomo scaldare il latte nel pentolino. Aveva chiuso il maremmano in un'altra stanza ed Emil era tornato a dormire, con sua grande invidia. Avrebbe dato qualunque cosa per chiudere gli occhi e fare finta che non stesse succedendo davvero.

«Era il cane di mia moglie.»

Edna sollevò lo sguardo, ma l'uomo era voltato di spalle e non riuscì a vedergli il viso.

«Me lo ha lasciato in eredità.»

Un morso le serrò la gola. «Mi dispiace molto.»

«Mi diceva sempre che non sopportava più il freddo dell'inverno e che voleva vivere al mare. Ora è in Spagna. Ha un ristorante con il suo nuovo compagno. Mi telefona, ogni tanto. Mi chiede del cane», disse lasciando intendere che se la passava abbastanza bene da non pensare più né a lui né all'inverno.

«È un cane molto bello», furono le prime parole che le vennero in mente.

Jeremias apriva e richiudeva sportelli, alla ricerca di qualcosa. «Non mi sono ancora abituato del tutto.»

«Non vi siete più rivisti?» Edna si stava chiedendo quale fosse il modo meno doloroso di perdere le persone. Quando sapevi che da qualche parte ancora c'erano, anche se non erano più tue, oppure quando ti appartenevano ancora, ma non le avresti più trovate in alcun posto, ingoiate nell'abisso nero della morte?

«Ci ha mai fatto caso? Più teniamo a una cosa e più quella ci sfugge.» Girò il cucchiaio nel pentolino e versò il latte. Edna incrociò brevemente il suo sguardo. In quegli occhi c'era una dignità che le era familiare. Nasceva da un dolore tanto soffocato che soltanto chi ci guardava bene in fondo poteva forse credere di averlo trovato. Sostenere quello sguardo a lungo affievoliva la voglia di parlare. Perché non sarebbero bastate le parole che si dicono di solito.

«Ma ho il mio da fare, quassù. Questa casa è un continuo andirivieni. Di figli, di amici.» Sorrise. «Ci sono le famiglie che ci sono capitate. E poi ci sono quelle che abbiamo scelto. Non so se mi capisce. Lei quale tipo di famiglia ha?»

Edna pensò alla famiglia che le era capitata, a suo padre. E si vide in quell'istante. Emil che dormiva, le sue cose in una sacca. Cosa c'era lì in mezzo di così importante da ritenerla un pezzo di casa? Un articolo di giornale, una scheggia di legno. E una vecchia fotografia.

«Quella che ho scelto», se voleva dire raccogliere tessere stonate in un mosaico forse poco armonioso, tanti pezzi che non c'entravano l'uno con l'altro, ma si erano ritrovati insieme dopo essere stati persi da altri mosaici una volta perfetti. Chi li avrebbe più voluti? Chi sarebbe stato tanto pazzo da pensare che potessero essere assemblati insieme, seppure così diversi? Eppure a lei quell'accozzaglia di piume, ricordi e strampalati progetti dava il calore di una casa.

Lui le sorrise come se condividessero qualcosa. Forse ci stava riuscendo, pensò Edna, la pelle scaldata da una fiamma improvvisa. C'è sempre una chiave. E presto Jeremias avrebbe capito che poteva lasciarla andare senza temere che si perdesse o finisse in un fosso.

«Vedrà che domani mattina tutto si sarà risolto», le disse con lo stesso sorriso serafico. «La riabbraccerà, la sua famiglia, e questa brutta notte sarà soltanto un ricordo. Ho un amico, nella polizia. Una persona molto gentile.»

Edna si lasciò cadere sulla sedia. Jeremias era un brav'uomo. Ma aveva una testa quadrata come un sanpietrino dei portici vecchi.

Passò in rassegna le soluzioni e ciò di cui disponeva. Ma era una conta che la deprimeva e la faceva sentire ancora più stanca.

Voleva mantenere la promessa, andare da Jacob e raccontargli che cosa era successo la notte in cui si erano separati, per dirgli che non era come credeva. Perché il passato, anche quello più lontano, si può aggiustare purché lo si voglia e si adoperi il giusto mastice. Trovarlo era già stato il segno di un miracolo e tutto quello che doveva fare lei era soltanto seguire la scia luminosa di una cometa.

Ora, però, qualcuno stava decidendo la fine di tutto questo.

Il vecchio le sorrise. Era una faccia buona. Non te lo saresti immaginato così, uno Struwwelpeter.

Facendo la conta degli amici, Edna si trovò a pensare di nuovo a Jacob. Chissà se era solo o se aveva qualcuno accanto. Alla loro età, capitava spesso di dover chiudere gli occhi – anziché prendere il telefono – e guardarsi dentro per poter rivedere chi si era amato.

Se Jacob non avesse avuto una famiglia oppure delle persone care, e lei ed Emil fossero stati tutto ciò che gli restava? Di certo erano le uniche tessere sopravvissute al loro passato.

E lei, lei di chi si sarebbe fidata?

La risposta arrivò improvvisa e luminosa come il guizzo di una stella nelle sere di gennaio.

«Jeremias, prima che lei faccia quella telefonata, ho bisogno che parli con una persona. Potrà confermarle ogni cosa.»

Lui versò lentamente dell'altro latte nella tazza, come se non l'avesse quasi sentita, e aggiunse dei biscotti. «Non si dia pena, Edna. Ora deve soltanto aspettare che arrivi domani, pensare a scaldarsi e mettere qualcosa sotto i denti. Ho anche dell'ottima marmellata. O preferisce il miele? I biscotti, invece, sono al burro.»

«Ci hai mai pensato, Anja potrebbe essere stata uccisa proprio mentre tentava di scappare», aveva sussurrato Edna. Non le erano mai piaciute le attese. Eppure si era dovuta abituare ai ritmi della fattoria, ad aspettare che arrivasse qualcuno e la portasse via da lì. Ora che Jacob si era messo in testa di fuggire, era combattuta. Voleva scappare, ma si sentiva bloccata dalla paura.

«Oppure, Anja è morta perché qui ci è rimasta troppo a lungo. Per questo dobbiamo andarcene. È un ottimo piano e se tu la smettessi di fare la piagnucolosa, e mi ascoltassi, saresti d'aiuto a tutti e due.» Jacob l'aveva guardata senza abbassare lo sguardo.

Edna ci aveva trovato una determinazione più salda, che non avrebbe ammesso repliche. Aveva sospirato, scuotendo la testa con fare rassegnato, ma rincuorata dalla forza del suo amico, ed erano tornati a conficcare nel terriccio legnetti e sassolini che dovevano rappresentare tutte le fasi del loro piano. Occorreva la massima concentrazione, aveva raccomandato Jacob, e lei, quanto a memoria e dettagli, sapeva di essere un'ottima spalla.

Quando alla fattoria arrivavano ospiti importanti, Edna aveva il compito di aspettare vicino alla loro carrozza, dando acqua fresca ai cavalli e liberandoli dai tafani perché quelli non li pungessero rendendoli nervosi e più aggressivi. Jacob la prendeva in giro e non poteva dargli torto: era un lavoro molto stupido. Ma quel giorno sarebbe tornato utile a entrambi.

Le sudavano le mani, come ogni volta che stava per accadere qualcosa di importante e lei non si sentiva pronta (zaino, pieno, nascosto sotto il cespuglio di ribes. Scarponi, allacciati ai piedi, doppio nodo, doppia canottiera sotto il maglione).

Sbirciava di tanto in tanto, sperando di trovare la faccia di Jacob oppure la sua mano che si alzava da dietro i filari per farle segno che era ora. Doveva occuparsi lui di Emil, chiuderlo nello zaino, e poi aprire il cancello. Tutto quello che doveva fare lei, invece, era dare la caccia ai tafani. E aspettare.

Quando finalmente il profilo dei cespugli si era mosso (e non era stato il vento, perché non si alzava un soffio di aria e lei si sentiva svenire sotto quell'afa), il cuore era scoppiato come un palloncino e aveva preso a battere tanto forte che le si era seccata la gola.

Jacob era al di là della strada impolverata. Con un grosso zaino scosso alla base da un peso che lei conosceva bene. Le era parso perfino di scorgere la sagoma di un becco.

Edna aveva afferrato per le redini il cavallo, che era avanzato senza fare storie, trascinando docilmente con sé il calesse. Il piano era semplice: scappare con un cavallo avrebbe consentito di mettere molta più distanza tra loro e la fattoria e una volta che se ne fossero accorti, lei e Jacob sarebbero già stati lontani. Anche se, accanto a un gigante simile, Edna si sentiva tutt'altro che invisibile.

Un passo. Un altro. Jacob era più vicino e anche il cancello. Sarebbe bastato balzare sul calesse e lanciare il cavallo al galoppo. Un passo. Ancora. Aveva legato i lacci degli scarponi in un doppio nodo perché non si sciogliesse durante la corsa, nel caso avessero dovuto darsela a gambe, se qualcosa fosse andato storto.

Una fitta aveva annebbiato la vista. I tagli non erano più guariti dalla notte della mietitura. La falce si era portata via la punta dell'orecchio destro, lasciandole un brutto segno sul collo e, a forza di camminarci sopra, le ferite al piede si erano riempite di pus. Inoltre, ogni volta che urinava, il bruciore si irradiava dal basso ventre, ma non lo aveva detto a nessuno, neppure a Jacob.

Si era concentrata sulla strada e aveva fatto un respiro profondo mentre il cuore batteva a un ritmo tre volte più veloce di quello a cui erano costrette le sue gambe.

Aveva visto Jacob annuire con un largo gesto del mento, come a dire che la via era sgombra. E si era sentita libera. Una sensazione così lontana, quasi non la ricordava più. Cosa voleva dire essere liberi? Affrontare il viaggio con Jacob. Tornare a casa. Far guarire i calli e addormentarsi la sera senza la paura che i contadini tornassero a cercarla per prendersi gioco di lei e minacciarla con falci e lame.

Jacob aveva guardato dietro di lei e in quel preciso istante aveva sentito la voce alle sue spalle, che la chiamava.

Si era voltata, aveva ricacciato in gola la bile acida che le saliva dallo stomaco per la paura.

«Cosa ci fai lì? Lascia stare quel cavallo, che non ha nessuna voglia di camminare con questo caldo, e vieni ad aiutarmi», le aveva ordinato la sorella della padrona. E lei aveva ubbidito, piegando la testa e allontanandosi dallo zaino nascosto sotto il cespuglio, dal cancello e dalla strada polverosa.

Mentre rastrellava il fieno per ammucchiarlo, aveva continuato a voltarsi verso Jacob. Aveva visto i suoi capelli, dello stesso colore che ha il miele quando il sole lo fa brillare come ambra. Spiccavano nell'erba alta. Al passaggio dei contadini, Edna aveva trattenuto il fiato. Se lo avessero scoperto, sarebbe stato abbastanza scaltro e veloce da escogitare una scusa? Cosa avrebbe potuto inventarsi?

Intanto affondava il rastrello nel fieno, come se ogni colpo potesse scacciare i cattivi pensieri, sminuzzarli e portarseli via. Quando aveva sollevato il volto, con il cuore che correva come un tamburo in battiti veloci, spezzati dalla paura di cosa avrebbe potuto vedere, aveva dato una sbirciata nella direzione esatta in cui doveva trovarsi. E si era accorta che lui non c'era più.

E non c'era più aria né il sole a scaldarle la pelle e a fare luce. Era stato tutto risucchiato, cancellato di colpo da quel vuoto. Come se il mondo intero fosse scivolato via, lasciandola lì, con in mano quel rastrello a cui ora si aggrappava quasi potesse sorreggerla mentre intorno i campi avevano preso a ondeggiare e a dissolversi in nebbia.

Non vedeva più Jacob, neppure se faceva correre lo sguardo intorno a costo di farsi scoprire dalla contadina. Perché era così forte, il suo pensiero, che non poteva non sentirlo, non vederlo baluginare attraverso i suoi occhi spalancati, riflesso nel pallore del viso, nella rigidità di muscoli tesi che legavano ogni gesto.

La paura di essere scoperta a un tratto era diventata niente a confronto della sensazione di essere stata lasciata sola. Jacob era scappato senza di lei, insieme con Emil?

«Perché hai ancora i calzini e gli scarponi?» le aveva chiesto la donna con sguardo sospettoso. «Non si usano sul fieno.» Edna li aveva tolti in fretta, lacerandosi la pelle dei polpastrelli nello sforzo di sciogliere i nodi stretti, e aveva ripreso a lavorare. Senza Jacob non sarebbe sopravvissuta alla fattoria.

Aveva continuato a rastrellare il fieno. Anche quando la luce si era spenta in un sole rosso che si era inabissato nei campi, annegandoli in ombre lunghe. Aveva continuato a raschiare, con quel rastrello che a stringerlo ora le bruciavano i calli, come fuoco vivo nella carne. Anche dopo che la pioggia le aveva bagnato i capelli, appiccicandoli alla fronte, e l'aveva riempita di brividi. Non si era fermata. Neppure quando aveva sentito la voce della contadina, da qualche parte, strillare qualcosa a cui lei non aveva dato retta.

Bruciavano gli occhi – ogni volta che li alzava dal fieno per cercare Jacob – e i muscoli delle braccia. E doveva stringere i denti per resistere ai morsi della bestia che scavava nel ventre.

Ma cos'altro poteva fare?

Fino a quando aveva sentito una mano afferrare il manico del rastrello e fermarlo.

Bastian la scrutava con occhi freddi. Anche i suoi capelli

erano fradici. E così la maglia, i pantaloni. Doveva alzare la voce per farsi sentire da lei, mentre tutt'intorno a loro gocce, come raffiche di mitraglia, rimbalzavano sulla terra. «Cosa stai facendo, Edna?»

«Che ti importa?»

«È per Jacob, vero? Lo ha fatto...»

Edna aveva sostenuto l'intensità del suo sguardo. Lo sentiva scivolare via, come tutto quello che c'era intorno e non aveva più importanza. Come le colline che si scioglievano in onde di terra.

«Non so dov'è», si era lasciata sfuggire, insieme a un po' di quel fango che sporcava anche la sua pelle. Aveva sentito la sua voce tremare. Ma non aveva pianto.

«Jacob sta scavando la sua fossa, Edna. È uno stupido. Bisogna fare quello che dicono, rispettare le regole e...»

Edna non lo aveva lasciato finire. Il fuoco era tornato a bruciare sotto la pelle e la faceva tremare di rabbia. Era la stessa rabbia, quel dolore, che solo Jacob poteva capire. E che apparteneva a loro. A loro soltanto.

«E tu, tu come sopravvivi?»

Bastian non aveva risposto.

«Sei il loro leccapiedi. Sei come loro.» Il disprezzo era una vena di argento vivo, arginato appena dal dolore che le scavava il ventre.

Bastian l'aveva guardata ancora una volta, a lungo. «Ti accorgerai che avevo ragione. Ma forse sarà troppo tardi.» Si era voltato e se n'era andato, lasciandola di nuovo sola, come uno stelo nel vento.

Quella notte Edna si era ammalata. Era cominciato tutto con un malessere che rallentava i suoi movimenti e le faceva girare il capo. E un dolore come di coltello nelle viscere. Una fiamma che partiva dall'inguine e risaliva fino all'ombelico. Poi erano arrivati i brividi della febbre e il signore aveva ordinato a un contadino di portarla nel capanno, lontana da tutti gli altri.

Mentre il suo corpo, bruciato dal fuoco che divampava dal ventre, galleggiava fra le onde di un lago, Edna si chiedeva cosa stessero facendo a casa sua. E la nostalgia la soffocava più della febbre. Si domandava dove fosse Jacob e sperava che si fosse salvato, anche se aveva bisogno di lui. Stringeva nel palmo la scheggia di san Cristoforo, ma le mancava Emil.

Una notte, aveva sentito qualcosa muoversi accanto a lei e aprirle la mano. Si era voltata e aveva trovato Jacob, che si rannicchiava al suo fianco. Non era certa che fosse davvero lui. Forse era un'allucinazione, oppure un sogno. Le aveva infilato la piuma di Emil fra le dita che aveva stretto con delicatezza, ma in una presa salda, sotto le sue.

«Eri scappato...»

Jacob si era sdraiato sulla schiena, la mano intrecciata nella sua perché non le scivolasse via la piuma.

«Per chi mi hai preso? Mantengo le promesse, *Warmduscher*. Lo faremo insieme.»

«Dov'eri? Ti hanno fatto male?»

«Nessuno si è accorto del nostro piano», aveva sorriso. «Mi hanno solo messo a lavorare. E io ho fatto il bravo mulo.»

Edna avrebbe voluto ridere come lui. Ma non ci riusciva. Gli artigli di una bestia che non aveva mai visto in faccia continuavano a roderla dentro, in graffi lenti, che non si fermavano mai. E poi, c'era un altro sguardo da cui avrebbe voluto mettere in guardia Jacob. Non si fidava più di Bastian.

Jacob non l'aveva lasciata parlare.

«Ma ora devi promettermi che ti rimetterai in forze. Altrimenti, come pensi di poter vedere la sorpresa che ti ho preparato, se continui a poltrire qua dentro?»

Edna era guarita, ma un seme di quel male le era rimasto dentro e aveva attecchito così profondamente da cambiarla per sempre. Forse sarebbe bastato poco perché non accadesse, ma era soltanto una bambina, che si vergognava di dover correre al bagno, che non sapeva nulla del suo corpo perché nessuno glielo aveva spiegato e tutto doveva restare un segreto. Quando aveva avuto male, aveva stretto i denti e se l'era tenuto per sé e non si era potuta lavare né aveva chiesto un dottore, altrimenti chissà cosa le avrebbero tolto per ripagarlo, dal momento che lei non possedeva già niente.

Così era successo.

Non ci sarebbe mai stata nessuna figlia ad attenderla né a offrirle un letto e la sua compagnia. A Fer, quella sera, aveva detto una bugia, che forse non lo era mai stata del tutto, perché nasceva da un dolore autentico, più nascosto. E quasi sopito.

Edna non aveva potuto avere figli, neppure quando, ormai donna, lo aveva desiderato con ogni goccia di quel sangue che aveva smesso di bagnarla al cambio della luna.

Anche se i dottori la riempivano di parole difficili, che lei si appuntava su foglietti bianchi, con gli anni si era convinta che fossero stati i mesi alla fattoria a segnarla per sempre. Lo scorrere del tempo l'aveva ingannata fino a farle credere di esserselo meritato. E così, aveva potuto dimenticare.

28.
GIORNO 5
DISTANZA: 120 KM

«Dove hai detto che doveva andare, tua madre?»

Lukas alzò le spalle, ogni sforzo teso a riempire la bocca con l'ultima, mostruosa forchettata di spaghetti al sugo.

Aveva così tante cose a cui pensare, Adele. Ci mancava soltanto Lisa, che aveva preso a comportarsi come un'adolescente.

Ma un'altra domanda martellava le tempie mentre andava di là a lavare i piatti, portandosi dietro quello pulito di Lisa. Un problema che si era aggiunto come un bonus sorpresa alla questione di sua figlia, di Lukas, della partenza, di Max che non si era visto tutto il giorno eppure era sempre più certa che non andasse al lavoro. Quindi, dove trascorreva tutto il suo tempo?

Aveva a che fare con la signora Weiss. E a un tratto si trovò a pensare a Edna, al senso del biglietto che le aveva lasciato. Forse aveva bisogno del suo aiuto. Ma cosa si era messa in testa di fare?

«Nonna, guarda qua!» Lukas era dietro di lei e le mostrava lo schermo del cellulare, acceso su una fotografia. «Non ti sembra il pappagallo della signora Edna, questo?»

«Lukas, non credo proprio», sghignazzò lei, distogliendo subito lo sguardo e ripassando il piatto con lo strofinaccio.

«A me pare proprio Emil.»

«Ma è sulla spalla di un ragazzo, guarda! Davanti a una tenda hippie», ridacchiò Adele. Non ce la vedeva proprio la signora Weiss a farsi una scampagnata, con i suoi quasi novant'anni, portati egregiamente ma pur sempre alle porte del secolo, e quell'animale spennacchiato, vecchio quanto lei, che saltava per aria soltanto a vedere una mosca. Sorrise dentro di sé.

«Si chiama anche come lui», disse Lukas correndo con lo sguardo sulla didascalia.

Adele sbuffò, sbatté lo strofinaccio nel lavabo e si fece consegnare il telefono. «E questo lo spegniamo, che appena arriva tuo nonno ci facciamo trovare con il pigiama e i denti puliti.»

«Ho undici anni!» protestò Lukas.

«Appunto: filare!»

Il ragazzo le voltò le spalle e uscì dalla cucina scuotendo la testa.

Una dozzina di piatti e tre pentole da lavare in arretrato, sei bicchieri e molte posate dopo, Adele era passata davanti alla cameretta che era stata di Lisa. Lisa bambina, che quasi non ricordava più. Quella notte Lukas si era fermato a dormire da loro, perché Lisa aveva chiamato per dire che sarebbe rincasata tardi dalle prove. E ora lo guardava dormire, i lineamenti del volto rilassati nel sonno. Richiuse la porta, con un senso di calore, di quiete, intrappolato nel petto. Ma che non durò a lungo.

D'un tratto pensò che, nonostante tutta la fatica, gli anni di impegno e di sacrifici, era bastato un nuovo supermercato per portarsi via, in un solo giorno di apertura, metà della clientela. E lei lo aveva visto, il nuovo super magazzino, anche se solo dall'esterno, dalle vetrine, perché entrarci sarebbe stato come tradire sé stessa. Non le era sembrato nulla di speciale. Certo, era immenso come un hangar. E luminoso. E pieno di carrelli, di barattoli e pubblicità. Si sentiva persino uscire la musica quando si aprivano le porte scorrevoli. Ma non c'erano i suoi scaffali di legno o il profumo delle sue gocce al cirmolo. Eppure, la gente usciva sorridente, con i sacchetti dal logo rosso. Come se non capisse la differenza.

Max aveva ragione, sarebbero stati bene, nella nuova casa. Si sarebbero dovuti rimboccare le maniche, come sempre. Ma ce l'avrebbero fatta.

Si vedeva nella nuova cucina, intenta a mescolare frutta in pesanti pentole per farne marmellate. Ci sarebbe stato spazio anche per un orto. E più rifletteva, visualizzando dettagli e particolari a cui non aveva pensato prima, più luminosa le sembrava la stanza. Elettricità scorreva sulla pelle mentre raccoglieva da terra uno dei giornali di Max e cercava di capire se il blu lavanda si sarebbe armonizzato con il panna dei cuscini per il loro nuovo gazebo. Oppure un bel blu che si intonava al verde smeraldo come...

Il pensiero deviò sulle piume dell'uccellaccio della signora Edna e si sentì di nuovo precipitare.

La domanda bonus tornava a bussare. Che diavolo si era messa in testa di fare? Proprio ora, che tutto – o quasi – filava per il verso giusto. Quando tutte le carte, per la prima volta nella sua confusa vita, sembravano ricomporsi finalmente in una mano che aveva un senso.

Abbandonò il giornale accanto alla poltrona e afferrò il quaderno trovato a casa di Edna. Cominciò a sfogliarlo.

Per essere fatti dalla mano di un bambino, doveva ammettere che quei disegni erano parecchio strani. Un volto con la palpebra tagliata, un occhio che schizzava fuori. Sangue. Attrezzi – forse da lavoro, forconi – con le punte insanguinate. Li scorse in fretta, soffermandosi invece su quelli che la facevano sorridere: un bambino, un pappagallo. Cartine che sembravano mappe del tesoro, piene di appunti, numeri. Gli alberi forse indicavano una foresta, la linea orizzontale invece un muro? Un ostacolo? E il rettangolo con quattro cerchi? Uno zaino a terra da cui spuntava un becco.

Poi, sull'ultima pagina, tre nomi:

Jacob
Edna
Emil

Adele sfogliò quello che restava del quaderno: erano ancora parecchie pagine, ma completamente vuote.

Scritte e disegni si interrompevano su quei tre nomi tratteggiati con cura, le asticelle dritte e i profili ricalcati più volte da una mano incerta, ma laboriosa e paziente. Tutto finiva lì.

I pensieri di Adele, invece, avevano preso a correre e inciampare, confondendosi in congetture.

Jacob... Jacob... Il nome le rigirava nella testa. Si alzò di scatto e corse in camera da letto. La sua copia di «Stern» era sul comodino. La prese, la confrontò con il ritaglio che aveva trovato a casa di Edna.

Lo sguardo rimbalzava da una pagina all'altra, senza soluzione di continuità.

Cominciava a chiedersi, per la prima volta, cosa si nascondesse davvero nel passato di Edna. E cominciava a sospettare fosse nascosto dietro a quelle ombre che macchiavano le pagine del quaderno. Ed Emil, quale ruolo aveva?

Il suono del telefono le arrivò così lontano che le parve spuntare da un'altra galassia.

Era ancora lì, a ripensare ai disegni, quando le giunse roca e distante l'ultima voce che avrebbe pensato di sentire alle tre di mattina. Ma l'unica, che avrebbe potuto raccontarle la verità.

29.
IL RAGAZZO DALLE SCARPE DORATE

Edna non aveva chiuso occhio per tutta la notte.

Non era mai stata paziente. E l'attesa era una condizione che le logorava i nervi più che il pensiero di dover affrontare una salita a piedi.

Quando le prime luci del giorno attraversarono il cielo diradando le nubi, lei era già in cucina vestita di tutto punto. Pantaloni corti da trekking (lavati con acqua e sapone di Marsiglia, asciugatura perfetta grazie alla stufa accesa da Jeremias), calzini rimboccati sotto gli scarponi (lucidati, doppio nodo), occhiali (in prestito, stanghette di plastica, ma funzionali), trasportino (su skateboard con disegno di bandiera argentina), giubbotto di pelle (nella sacca, insieme alla cerata). Si sedette sulla sedia e attese. L'orologio indicava le sei, l'ora perfetta per mettersi in cammino. Lei, invece, era bloccata in quella stanza dalle pareti bianche. Espirò con forza, le braccia incrociate mollemente in grembo. Guardò fuori dalla finestra.

L'unico rumore che rompeva il silenzio era il ticchettio dell'orologio appeso alla parete. Ogni secondo era una goccia che si infrangeva su uno specchio piatto, precisa, sempre uguale.

Jeremias poteva essere uscito a dare da mangiare agli animali. Non sentiva neppure l'odore di lana bagnata che si portava dietro il suo cane. Ed Emil era insolitamente tranquillo. Si masticava un'unghia con la punta del becco e, quando passava all'altra zampa, la cercava con il suo occhio nero e profondo, pieno di tutti i mari e di tutte le terre che avevano attraversato i suoi avi. Perché Edna lo aveva letto su

«Stern» (numero di febbraio): l'istinto è la memoria collettiva di tutti gli individui che hanno contribuito al perpetuarsi della specie. Al momento, però, loro avevano un problema e chissà cosa ne avrebbe pensato Emil, se avesse capito che il loro viaggio forse sarebbe finito quella mattina.

La chiacchierata con Adele aveva tranquillizzato Jeremias. Ma, ora, lei aveva un'altra gatta da pelare. Tenendo conto del traffico, Adele a quell'ora doveva essere a metà strada. Sospirò. Non le piaceva sentirsi come una scolara in punizione che attendeva i genitori nell'ufficio del preside.

«Ehi, è lei quella che si è persa e voleva dormire nella legnaia?»

Edna restò a guardare il ragazzo in piedi sulla soglia. Sapeva che non era educato fissare le persone così a lungo. Ma non riusciva a non chiedersi da dove fosse sbucato. Portava delle strane scarpe da ginnastica completamente dorate, una maglia tanto aderente che gli si potevano contare le costole. Aveva capelli lunghi da femmina e sopracciglia così nere che sembravano dipinte, una chitarra appoggiata di traverso sulla schiena (sguardo annebbiato, possibile uso di allucinogeni, rientrato forse da uno di quei raduni dove si facevano cose strane e gli uomini si vestivano da donna, le donne da uomo, nella più immorale confusione di generi e di valori).

«Non mi sono persa...» Trattenne il fiato, perché qualcosa di malato e infetto non potesse toccarla.

Il ragazzo le sorrise. «Lei è la signora amica dei lupi. E lui è Emil! È un piacere conoscervi, sono il figlio di Jeremias.»

«Tuo padre ti ha raccontato un mucchio di cose...»

«Oh nossignora, l'ho vista in TV.»

Edna lo scrutò a fondo senza parlare.

«Il servizio sulla reintroduzione del lupo. Ha dato una gran bella risposta. Gli animalisti la adorano. E guardi qui.» Prese dalla tasca dei pantaloni il telefono (la mattonella aveva molte altre funzioni, le aveva detto Flo, ma in sostanza era un apparecchio telefonico) e accese lo schermo sotto i suoi occhi.

Edna cercava di ricordare, strizzando le palpebre per ripararsi dal fascio di luce.

«Vede?»

Scorrevano sotto di lei le immagini di Emil. Emil sulla spalla di un ragazzo, il lago dietro e lei (tagliata a metà) che li guardava pensierosa. Lei che ripiegava la sua cartina e salutava il giornalista. Lei che trascinava il trasportino senza le rotelle posteriori (non ricordava proprio dove).

«Quindi?» chiese raddrizzando la schiena e guardandolo dritto negli occhi.

«Quindi tutti si chiedono chi sia e dove stia andando. Non lo trova emozionante?»

Cosa intendeva con quel "tutti"? Edna non vedeva nessuno, nella stanza, all'infuori di lei, Emil, e il ragazzo con le scarpe dorate che le sorrideva come se stesse accadendo qualcosa di sorprendente.

Gli lasciò i suoi biscotti al burro. Pensava che a lui sarebbero serviti di più. E quando le chiese se potesse scattarsi una fotografia con Emil, accettò. Ma, con le mani inumidite dall'apprensione, si concentrò per seguire ogni movimento.

«Lei è davvero una donna molto forte», le disse lui con gli occhi pieni di ammirazione. «Forse qualcuno non la capirà. Ma per me ha già vinto. Proprio come c'è scritto sul suo cappellino.»

Edna lo guardò dubbiosa.

Lui lesse la scritta, quella nella lingua che lei non conosceva, scandendo le parole una a una come la cantilena di una formula magica. «Alla fine non importa se vincerai la partita. Tu sei un campione.»

Edna ci pensò su. E sperò che non fosse di cattivo auspicio, perché non le interessava la gloria, ma vincere, se questo voleva dire arrivare a Ravensburg.

Intanto non sapeva neppure cosa sarebbe accaduto quando fosse arrivata Adele. Ci aveva provato, a dirle che non occorreva e che se la sarebbe cavata. Come aveva provato a spiegare a Jeremias che non si era persa. Ma quella mattina nessuno, tranne il ragazzo dalle scarpe dorate, pareva credere in lei.

30.

IL CASTELLO, IL PULLMAN E I TURISTI RUSSI

«E così ci siamo», esordì Adele, congiungendo le mani sul tavolo, negli occhi il sorriso sereno e confidente di chi sa di aver fatto la cosa giusta. A dividerle erano una coppa di fragole con panna e una *Eisschokolade* in cui era infilata una cannuccia con i pennacchi che Edna sapeva sarebbe piaciuta a Emil.

Dopo essersi scusata con l'uomo, Adele l'aveva invitata a salire in macchina. Era la vecchia automobile di Lisa che si era fatta prestare apposta per raggiungerla. A Edna non pareva ci andasse molto d'accordo, perché il motore aveva brontolato. Al terzo giro di chiave – e Adele le aveva garantito che sarebbe stato al terzo – erano partite in una nuvola di fumo. La donna si era data un gran da fare per cercare un posticino tranquillo. Era arrivata fino al centro del paese, aveva girato due volte intorno alla rotatoria sbirciando verso le terrazze dei bar con i tavoli gremiti, le vie affollate come in un giorno di mercato, e alla fine aveva ripercorso la stessa strada in senso inverso e si erano ritrovate quasi al punto di partenza.

La fantasia non era il punto forte di Adele. Edna guardava la scritta dipinta sulla facciata e provava a rammentare i nomi dei ristoranti che conosceva. *Weisses Rössl* (non meno di cinque), *Goldenes Lamm* (quattro). Quello in cui si trovavano doveva essere almeno l'ottavo *Schwarzer Adler* che aveva conosciuto. E non si poteva dire che lei avesse mai viaggiato parecchio.

«Adele, secondo te perché i ristoranti si chiamano tutti

con il nome di un animale? Pensavo all'idea della caccia. Un'aquila è comprensibile. Anche un agnello. Cacciatore, preda. Ma cavallino bianco...» La dieta teutonica era a base soprattutto di carne. I re malati di gotta nel corso dei secoli non si contavano. Quella, però, sembrava una vera fissazione.

«Signora Edna, mi spiega cosa sta succedendo?» Adele parlava con la voce bassa, trattenuta, di chi sta cercando l'intimità delle cose sussurrate. Edna, invece, avrebbe voluto prendere il volo. Era finalmente tornato il sole. Sarebbe stata una giornata calda, splendida per attraversare le montagne.

«Soltanto quello che ti ho raccontato al telefono.»

«Non mi ha mai parlato del suo amico.»

«Mi dispiace, Adele. Era importante per me, non credevo lo potesse essere anche per qualcun altro. E non immaginavo succedesse tutto questo. Come sta Lisa?»

«Lasci perdere Lisa», disse lei con un gesto della mano, come ad allontanare un pensiero dietro le spalle. «Comunque, credo di aver capito», sorrise.

«Davvero?»

«Certo. Per lei è importante e mi creda, io avrei fatto lo stesso. Be', devo dire che ci ha sorpresi», si schermì, «ma ha dimostrato grande coraggio. Quindi, signora Edna», continuò prendendole la mano e tenendola stretta nella sua, «da ora non è più sola. Può contare su di me.»

Edna sentì risuonare un campanello di allarme, ma decise di ignorarlo. «Grazie, Adele. Ci contavo. Ed ero sicura che avresti capito», disse tirando un sospiro di sollievo.

Adele dondolò il capo in un assenso carico di convinzione e buoni propositi.

«Sa che avevo proprio bisogno di staccare e godermi una vacanza? Be', Max non sarà contento. Sa quanto ci tiene a vederla felice nella sua nuova *casa*. Ed è sempre fissato con i tempi, quasi la stanza potesse scappare», fece una risatina di scherno. «In effetti, lo sa che i posti sono molto richiesti e dopo di lei...» si fermò, senza completare a voce il pensiero, scrutò il cielo e poi Edna, rivolgendole uno sguardo dolce e comprensivo. «Ma due giorni potremmo prenderceli, che dice? Non di più, ma due... Perché no?»

Edna non aveva più pensato alla casa di riposo e sentire Adele parlarne era parecchio strano, cozzava contro tutto quel sole e con il verde delle montagne. Con gli autobus che arrivavano e ripartivano, il profumo di crema solare dell'estate.

«Ho pensato a tutto mentre la raggiungevo», continuò Adele. «Arriveremo lì in serata, prenderemo una stanza in un albergo del centro. Intanto potremmo visitare la città, che dice? Chissà quanti ricordi risveglierà in lei passeggiare per quelle vie», il suo sorriso era pieno di un'aria romantica che strideva con l'immagine del cielo plumbeo che Edna aveva davanti agli occhi e della piazza, su cui i contadini contrattavano il prezzo dei bambini insieme a quello del bestiame. «Poi», proseguì Adele, «andremo a trovare il suo amico. Potrebbe presentarmelo, perché no? Io filmerò il vostro incontro così a casa», avrebbe di nuovo dovuto aggiungere "di riposo", «potrà riguardarlo tutte le volte che ne avrà voglia. E mostrarlo a tutti i suoi nuovi amici. Cosa ne pensa?» A quel punto Adele era completamente galvanizzata dai suoi propositi.

Edna fece un respiro profondo e trattenne l'aria nei polmoni fino a quando sentì il cuore accelerare. Espirò con forza mentre costringeva le labbra a seguire l'onda di un sorriso.

«Bene, se siamo d'accordo, io ora andrò a pagare. Lei mi aspetterà qui. E non voglio che si trascini dietro quello scatolone. Ci penserò io. Emil mi vuole bene, non si preoccupi. Dovrebbe imparare ad avere più fiducia negli altri. Mi dia solo qualche istante.»

Edna seguì con lo sguardo Adele che si alzava dalla sedia.

«Adele», la interruppe, «questo viaggio dovrò farlo da sola.»

Adele la guardò senza capire, il sorriso che si spegneva in una linea tremolante di rossetto.

«Non capisco...»

«Riguarda me. Ed Emil.»

Edna la fissava senza alcuna esitazione. La donna si lasciò scivolare contro lo schienale nel tintinnio argenteo dei minuscoli campanelli legati al braccialetto. «Abbiamo la macchina di Lisa e arriveremo entro sera così noi... Cioè, lei...»

«So che è difficile capire. E accettare. Ma so anche che deve essere così. Forse ho aspettato questo viaggio per tutta la vita.» Ora che lo diceva sentiva la verità delle sue parole risuonare nel petto e scaldarla di eccitazione. «Be', sono passati molti anni, ma io mi sento nel pieno delle forze. Ci siamo quasi, io ed Emil siamo praticamente arrivati», disse alzando le sopracciglia in una rapida occhiata che si sollevava sulle imponenti cime di fronte a loro, ancora inviolate dalle rotelle del trasportino. «Poi torneremo a casa e faremo tutto quello che dobbiamo.»

«E come avrebbe intenzione di arrivarci, a Ravensburg?»

La voce di Adele le arrivò inasprita di sarcasmo, solo appena incrinata da una tenue indecisione.

«Esattamente nel modo in cui l'ho lasciata.»

Adele visualizzò il cerchio giallo, rievocò i neuroni specchio, lo spirito saggio di Max e ogni goccia di calma che ancora presumeva di avere ma che stava scivolando via in fretta.

Qualcosa, nel suo tono e dentro il suo sguardo, si indurì. «Lei si rende conto di cosa sta dicendo, Edna?»

Edna annuì.

Allora Adele si voltò verso il trasportino, lo sguardo restò impigliato nell'occhio nero di Emil. Quell'occhio animale, rapace, che la osservava senza parlare, mettendola quasi in soggezione. Chissà cosa legava invece Edna a quella bestia che a lei rispondeva, come fossero in qualche modo collegate, un'appendice dei sensi l'uno dell'altra.

Le tornarono in mente le parole di Max. Non doveva lasciarsi ingannare dalle emozioni, perché essere empatici voleva dire prendere la giusta distanza che ti permette di vedere il bene.

«Non so cosa le stia passando per la testa, ma le ricordo che, se davvero tenesse a quel suo amico, e a Emil», disse assottigliando lo sguardo, e calcando con enfasi sul nome del pappagallo, «si lascerebbe aiutare.»

«Emil sta benissimo», sbottò Edna.

«Lo stava per perdere, Edna. E le pare il modo di farlo viaggiare in un trasportino sopra un... sopra un...»

«Uno skateboard con la bandiera argentina.»

«Esattamente.» Adele inspirò a fondo. «Ha intenzione di mettere a rischio la sua vita e la sicurezza di Emil, facendogli soffrire il caldo, la pioggia e la prigionia, per cosa? Per un'idea ridicola?» disse rivolgendole un sorriso sarcastico.

Edna la guardò senza parlare.

«Mi ascolti», continuò Adele addolcendo la voce e poggiandole la mano sul braccio, «lo vedrà, quel suo amico. Gli porterà Emil e andrà tutto bene. Ma si lasci aiutare. Non può fare sempre di testa sua.»

Edna pensò alle persone che aveva incontrato. Al coraggio che ci vuole nell'aprire un cancello e mettere un piede davanti all'altro. «È la cosa migliore e più importante che abbiamo, Adele: la possibilità di scegliere.»

«Lei ha già scelto, di rivedere il suo amico. E lo raggiungerà. Ma sarà difficile, a modo suo. Non ce la farà, Edna. Deve giudicare le cose sotto una luce più sincera. E obiettiva.»

«Non mi è mai mancata, la sincerità.»

«Il suo giardino», sbottò.

Edna alzò gli occhi. Cosa non andava, nel suo giardino?

«Ha bisogno di qualcuno che dia una bella sistemata, che poti gli alberi e districhi quella giungla. Ma lei non vuole. Si rifiuta.»

«Hanno impiegato molti anni, e molta fatica, quelle piante per crescere», obiettò con forza. «E sono rigogliose. Alcune con il tronco forse storto dalle intemperie e ammetto che qualche cespuglio ha sofferto il freddo dell'inverno e gli attacchi degli insetti... Ma se ne vedono pochi di giardini così.»

Adele scrollò il capo. «Edna, si guardi», sussurrò lentamente, quasi avesse sotto gli occhi una verità indiscutibile. Dolorosa, ma che non si poteva contestare. «Si guardi ora. Però con obiettività.»

Edna si guardò la punta degli scarponi e poi il cielo, le cime bagnate di luce. Guardò Emil, che distolse l'occhio puntato su Adele e si avvicinò a lei, aggrappandosi con gli artigli alla grata. L'aria sottile scivolava sulla pelle, riempiva il respiro di odori, che prima non le sarebbero piaciuti. L'asfalto che sfrigolava sotto il sole, l'esalazione metallica di motori roventi e freni messi a dura prova dalle curve della strada, l'effluvio aggressivo di fiori che lottavano schiacciati dalla calura del mezzogiorno. "Sarà difficile, a modo suo." Creme solari che si mischiavano all'afrore di pelle accaldata. Dopobarba muschiati. Il sentore lontano di erbe aromatiche. Lei faceva parte di tutto questo. Ma era soltanto di passaggio. Forse era quello il senso del viaggiare. Attraversare luoghi, persone, lasciarsi sfiorare dalle cose. E poi? Le sarebbe rimasto qualcosa, dentro, di tutti quegli odori, delle immagini che si imprimevano sulla retina? E i nomi che si era appuntata, i nomi degli Struwwelpeter che aveva incontrato, li ricordava? Non sapeva cosa ci fosse ad attenderla al di là delle montagne. E ormai faticava a rammentare la sensazione di quiete e armonia in cui la avvolgevano le ombre del suo giardino. La percezione di appartenere davvero a un luogo.

"Sarà difficile, a modo suo."

Guardò di nuovo i suoi scarponi lucidi, quasi non fossero stati toccati dalla polvere. La pelle violacea sulla caviglia, dove le pustole si erano sgonfiate lasciando un alone purpureo.

«D'accordo, Adele», sospirò.

«Dice sul serio?» Le labbra di Adele si allungarono in un sorriso che faticava ancora a distendersi.

Edna annuì con un ampio gesto del mento. Raddrizzò gli occhiali e li spinse più a fondo sul naso. Era seria, decisa.

«D'accordo», esultò Adele, cercando di ritrovare la compostezza. «Sapevo che saremmo riuscite a intenderci. Come sempre. Lei, io, Emil.» Poi si toccò la fronte, come avesse dimenticato qualcosa di importante, mentre stringeva la carta dello scontrino. «E il suo amico, certo! Ja...»

«Jacob.»

«Certo, Ja-cob. Dovremo solo ricordarci di mettere in carica il cellulare», cinguettò come volesse imprimerlo nella mente perché non le scappasse. «Il cellulare per le foto», spiegò a Edna che la guardava senza parlare, «e per il video dell'incontro. Ma non si preoccupi. Se non vuole che entri», disse strizzandole l'occhio, «lo sistemeremo in un angolo della camera. Lukas mi ha spiegato tutto sulla modalità automatica. E non ci dimenticheremo di comprare un nuovo trasportino per Emil. Che ne dice di un cestino di vimini?»

Edna socchiuse gli occhi (vimini, tempo di resistenza al becco di Emil, dai tre ai sette minuti), stirò le labbra e annuì.

«Perfetto», sorrise Adele soddisfatta. «Magari prendo qualche succo per il viaggio, che ne dice? Sambuco? Mela? Dubito di trovare il suo tè alla melissa», ridacchiò.

Edna restò a pensarci, senza staccare gli occhi dai suoi. «Melagrana.»

«Davvero, ne è sicura? È insolito per lei...»

«Melagrana», ripeté Edna con la stessa espressione neutra. «Ma se non ce l'hanno», sospirò, «andrà bene anche del succo di mela.»

«Certo, succo di mela», sorrise Adele.

«Adele», la richiamò mentre era già alla porta, «bottiglia di vetro, trentatré centilitri. Tappo di metallo. Niente plastica. E...» abbassò la voce, «...sempre meglio controllare la scadenza.»

Adele annuì. Era tutto chiaro e andava tutto meravigliosamente bene. Tirò un sospiro di sollievo, prima di scomparire in un guizzo di riccioli biondo paglierino, schiacciati sulla nuca dal poggiatesta del sedile, e un'ultima nota di profumo all'ambra.

Edna attese. Raccolse con il cucchiaio l'ultimo boccone di panna zuccherata, che si sciolse lentamente sul palato. Cercò la matita nella sacca e scrisse una frase sul tovagliolo. Poi prese la cannuccia (pennacchio di carta lucida, perfetto per Emil, lei sapeva di cosa aveva bisogno), si alzò con la massima calma. Afferrò il manico del trasportino e filò nella direzione opposta, evitando il cameriere.

«Non so a te, Emil, ma a me è venuta una gran voglia di mettermi in viaggio.» Emil sbatté le ali. Era d'accordo.

Avevano pochi minuti prima che Adele tornasse al tavolo e si accorgesse che era sparita. Certo, avrebbe impiegato del tempo a cercare il succo che le aveva chiesto. Sperava sarebbe bastato, ma doveva pensare in fretta.

Lo sguardo schizzava verso il castello. Sulla strada. Lungo il fiume. Poteva entrare in un ristorante. Nascondersi nel bagno di un albergo. Cosa avrebbe fatto Jacob? "Pensa, Edna. Pensa in fretta." Se fossero stati due bambini che cercavano di scappare? Perché lei, a immaginarsi come una vecchia con un bastone e un trasportino su quattro rotelle, con Adele alle calcagna, faticava a trovare un'idea.

Sentì la spalla bloccarsi contro una montagna molle, che la fece rimbalzare all'indietro. L'uomo si piegò verso di lei e le disse qualcosa in una lingua che non conosceva e con una faccia gentile. Edna alzò la mano, come a dire che andava tutto bene, e proseguì. Ma si fermò di colpo, un istante dopo, facendo fare una piroetta al trasportino.

Isolò la camminata dell'uomo da tutto il resto. Dallo sfondo, dal rumore. E raddrizzò gli occhiali. Lo vedeva avanzare come al rallentatore, cosparso di un'aura luminosa – che luccicava almeno quanto i brillantini di Adele – mentre cominciava a farsi strada un'idea. L'uomo stava salendo sull'autobus. Davanti allo sportellone alzato, l'autista misurava il marciapiede in brevi, lente falcate, assorto nella sua telefonata. Avanti, fino all'albero, il capo ripiegato per cercare intimità mentre ci girava dietro. Doveva trattarsi di una telefonata molto importante.

Edna puntò dritto in quella direzione, attraversando la strada senza quasi badare al traffico. Trascinava Emil al massimo della velocità consentita dalle sue gambe magre e provate dalla camminata del giorno prima.

Si fermò davanti alla corriera, alla distanza di un passo. Si guardò attorno. Raccolse le forze, socchiudendo gli occhi, e afferrò il trasportino per un lato. Si aiutò con il bastone, con il braccio. Roteando la spalla in una torsione azzardata. Edna non era soltanto disperata: quella era semplicemente la sua unica possibilità. Lo stava facendo davvero.

Il trasportino rimbalzò nella stiva e lei lo seguì, piegata

poco elegantemente sulle ginocchia. Si cacciò nel fondo, facendo il pieno di aria e immaginando che qualcuno avesse chiuso le persiane della stanza. Perché a pensare che si stava intrufolando nella stiva di un pullman, e che presto lo sportellone si sarebbe chiuso lasciandola senza aria, sentiva il sudore bagnarle le mani.

«Non preoccuparti, Emil. Siamo insieme», sussurrò cercando il guizzo della sua pupilla.

Sentì un rumore di passi che si avvicinavano. Il *clic* di un telefono e il pavimento sussultare come fosse su un pattìno che galleggiava fra le onde. Avevano caricato altri borsoni e il cielo era diventato ormai un angolo acuto, da cui la luce s'infilava come una lama.

Lo sportellone si chiuse con un tonfo sordo fra il battito di palmi che si sfregavano per il lavoro appena concluso.

Edna chiuse gli occhi. Non c'era nulla di cui avere paura, si disse. Era soltanto una notte un po' più buia e un po' più scomoda. Ma c'era Emil, accanto a lei. Aveva cominciato a lisciarsi le penne. E poi c'era la fotografia di Jacob nella sacca e, presto, un nuovo cielo. Strinse forte la scheggia di san Cristoforo che teneva nella tasca del giubbotto di Roland. Faceva caldo e le vibrazioni delle ruote le arrivavano dritte al cuore. Ma lei era in viaggio. Si stava muovendo. Ed era tutto ciò che contava.

Il buio era un ottimo elemento per immaginare quello che avrebbe visto una volta spalancati gli occhi. Jacob era al suo fianco e le pigiava i palmi sopra le palpebre perché non sbirciasse. Le sue dita calde e scivolose le dicevano che era emozionato almeno quanto lei.

«Sei pronta?» le aveva chiesto. Lei aveva annuito in fretta mentre lui le liberava il volto e la spingeva delicatamente nell'oscurità del capanno. Edna pensava che non fosse tanto minaccioso con le spalle avvolte in quell'abbraccio. Sentiva la sua energia scorrerle accanto.

«Ecco la tua sorpresa», aveva canticchiato.

Ma lei non vedeva niente. Jacob l'aveva accompagnata sotto la finestrella da cui pioveva la calda luce del tramonto. Edna aveva stretto le palpebre e quando aveva capito quello che Jacob cercava di farle vedere, il cuore aveva perso un battito come quando ti lasci cadere su una balla di fieno e la schiena rimbalza su mille aghi che ti fanno il solletico.

L'uccello del paradiso la guardava con le piume rosse sulla fronte e il grande becco nero.

Il respiro e gli occhi di Edna si riempivano ogni volta di meraviglia di fronte ai colori di quella creatura che stonava come un magnifico incantesimo contro le pareti grigie e l'aria tetra dello stanzone. Ma era Emil, lo conosceva bene. Dov'era la sua sorpresa?

«Ha qualcosa da dirti, sai?» aveva detto Jacob con una voce limpida e carica di orgoglio.

L'aveva fatta avvicinare ancora, nonostante la paura dopo l'ultima beccata non le fosse passata. L'uccello del paradiso aveva piegato il collo di lato, per mettere a fuoco. Non si era mosso e con un'espressione del tutto seria e l'occhio spalancato nel suo, aveva aperto il becco.

«Buongiorno.»

Edna era sicura che le sue orecchie la stessero ingannando. Ma Emil aveva ripetuto con voce più chiara, scandendo le parole con precisione.

«Buongiorno, *Warmduscher.*» Continuava a controllarla e a seguire le sue reazioni. Poi si era scrollato le penne, lisciandosi una delle tre che gli erano rimaste attaccate alla coda smilza e logora come un vecchio scopino.

«Una mattina sono entrato nel ricovero delle oche, dove lo abbiamo nascosto», le aveva confidato Jacob con le gote in fiamme, «e ho scoperto che aveva imparato il loro verso. Così ho avuto un'idea e ho provato a insegnargli la nostra lingua. Lui parla, ripete ogni cosa, Edna!»

Lei era rimasta sorpresa perché per la prima volta l'aveva chiamata con il suo nome vero. Jacob, invece, non se ne era neppure accorto.

«Gli insegnerò a contare e a rispondere alle domande. A salutare come un signore», aveva detto con la voce rotta per l'emozione. «E tutti verranno a vederlo e pagheranno moltissimi soldi. "Fate la vostra domanda a Emil, l'uccello del paradiso, signore e signori!" E ci sarà la fila, verranno da ogni città, persino dalla Francia! O dall'Inghilterra. Dalla Russia, che dev'essere ancora più lontana, la terra più lontana di tutte. Guarda», disse tirando fuori un quadernetto da sotto la camicia.

«E questo dove lo hai preso?»

«Non è importante.» Jacob girava le pagine bianche, piene di righe e spazi da completare, i resti di alcuni vecchi disegni agli angoli e che lui aveva cancellato. «Con questo impareremo a scrivere, Edna. Ci servirà appena usciti di qua. Quando scapperemo. Tu, io ed Emil.»

Edna guardava Jacob sfogliare il quaderno, una matita che sbucava da dietro l'orecchio mentre gli occhi si riempivano di luci. Gli aveva mostrato come si tracciavano le lettere che ricordava. Lui l'aveva ascoltata e seguita con attenzione, come se non fosse per niente una pappamolla. Si era sentita importante. Ed era una sensazione grandiosa.

Quando erano usciti dal capanno, avevano nascosto Emil nel ricovero delle oche spennate, poi erano filati in stanza. Un uomo li aveva visti. Ma anche a Jacob non era sfuggito. «È il contadino che ti ha portata in braccio nel capanno quando avevi la febbre, non è vero?»

Edna lo aveva guardato, ma quel volto non le diceva granché. Lei non si ricordava di quei giorni. E aveva domande più urgenti, che le solleticavano la lingua.

«Jacob, come faremo a scappare?»

«Nello stesso modo in cui ho preso il quaderno. E la matita», disse con un sorriso sghembo. Il suo volto era così vicino, pensò Edna. Erano belli i suoi occhi. Le davano forza. Tutto sembrava possibile se restavi a guardarli. Scomparivano persino la fattoria, il bosco. Il buio intorno non lo sentivi più, se ti concentravi bene.

«E tu, come hai fatto a rubare il quaderno e la matita?»

«Come fa Emil a ripetere le nostre parole?» le chiese lui di rimando. Ma sembrava conoscesse già la risposta. Si era avvicinato al suo orecchio. Per un istante le era sembrato che stesse respirando il profumo dei suoi capelli e lei aveva sperato non avessero preso troppo il cattivo odore della stalla. «Con la magia», le aveva sussurrato.

Edna era indecisa se crederci. Cosa ne sapeva lei della magia? Però era vero, le piume di Emil l'avevano già aiutata una volta, a guarire dalla febbre.

Anche se erano soltanto due bambini, Edna e Jacob sapevano che ogni istante di felicità ha un piccolo prezzo da pagare. Loro all'improvviso lo erano parecchio, avevano pensato riflettendosi l'uno nel sorriso dell'altra, due menti che si muovevano all'unisono. E chissà quale conto stava segnando il destino.

Quella sera, però, era stata diversa. Si erano addormentati senza pensieri, le labbra ancora piegate nell'ultimo ricordo felice, e con un sogno, che li avrebbe aspettati anche al risveglio.

31.
TUTTO DA RIFARE

L'aria, nella stiva, sapeva di gomma e panini al formaggio. Edna temeva che a breve la sua riserva di ossigeno si sarebbe esaurita, rimpiazzata invece da insidiosa, pericolosa anidride carbonica che le avrebbe avvelenato il sangue – sintomi: sopore, mal di testa, mancanza di forze, senso di stordimento, narcosi («Stern», numero di dicembre). E poi non riusciva a muoversi né a spostare i borsoni, così rannicchiata, con il peso del corpo che premeva contro la spalla. E tutto quel buio, che era come avere una coperta di lana che pizzicava sugli occhi.

Se c'era una situazione che le metteva i brividi più delle suole dei suoi scarponi sollevati per aria invece che ben piantati a terra, era il buio assoluto, che le bloccava il fiato e la tratteneva mentre la sua mente correva in cerca di dettagli e soluzioni.

Poi la luce invase la stiva con la violenza di una folata che schiaffeggia la faccia.

Le voci si intrecciavano come trame che non riusciva a sbrogliare, attutite quasi le arrivassero attraverso cotone infilato nelle orecchie. Risate, parlate gutturali. E un rumore in sottofondo. Poteva essere il vento che mugghiava in lontananza, scuotendo le fronde. Ma era troppo continuo e regolare. Forse un fiume.

Altre risate, rumore di automobili, voci dure inarcate da suoni aspri. Di gente felice.

Il sole. E, finalmente, ossigeno.

Si guardò attorno. Dov'era finita? Un piazzale, piccoli e panciuti furgoni bianchi parcheggiati con grossi canotti ancorati sopra i tetti. Più in là, davanti al punto ristoro, un vecchio che scaricava pacchi dal suo trabiccolo su tre ruote. Stava guardando verso di lei?

Edna lesse la scritta pitturata in rosso sul muro sopra i garage: COSTRUIAMO RICORDI. Ridacchiò dentro di sé. Non aveva bisogno di altri ricordi – ne aveva già a sufficienza dei suoi –, ma di andarsene in fretta da lì.

Ora, mancava soltanto Emil.

«Lei dev'essere l'ultima!»

Edna si voltò verso la voce trafelata dietro di lei e osservò il ragazzo che le veniva incontro a passo di carica, un sorriso abbronzato sulla T-shirt rossa con la stessa scritta che campeggiava sopra i garage. Doveva avere un'aria tanto spaesata e ancora accaldata dal viaggio in stiva, che quello si bloccò a un passo da lei, pensieroso. Poi le sorrise, come se avesse risolto il suo dubbio, e le parlò nella lingua dei turisti sul pullman con una lieve nota di imbarazzo sul volto.

«Che dice? Non la capisco, ragazzo.»

«Grazie, il russo non è il mio forte...» disse lui, correggendosi al volo nella sua lingua e rivolgendole un sorriso riconoscente. «Lei è del pullman, giusto?»

Edna annuì. In effetti era più o meno scesa da lì.

«Tour dei pirati, sezione famiglie!» esclamò il ragazzo, con lo zelo di chi ci tiene a fare bella figura. «Venga, sono già tutti dentro.»

«No, credo ci sia un errore. Ho qualcosa di molto importante nella stiva e devo riprenderlo», disse voltandosi verso il portellone che, notò con orrore, era chiuso.

«Non si preoccupi», la rincuorò lui, «non le servirà nulla. Da noi ha attrezzatura completa.»

«Lei non capisce, lì dentro...» Le parole le si fermavano in gola a pensare al suo Emil chiuso là sotto al caldo. Dell'autista non c'era più traccia.

«Portafogli?»

«No.»

«Documenti... cellulare?» chiese il ragazzo, mimando il gesto di portarsi un telefono all'orecchio.

Edna scosse la testa. Aveva l'impressione di stare rivivendo una scena già vissuta. E la sensazione non era gradevole.

Lui le si avvicinò, abbassando la voce in tono confidente. «Pillole salvavita... Qualche medicinale...»

«Assolutamente no. Sono in perfetta forma, ragazzo.»

«Certo», si scrollò lui, soddisfatto. «Altrimenti, non si sarebbe potuta iscrivere al tour dei pirati.» Le sorrise afferrandola sotto il braccio e la trascinò verso l'edificio bianco.

Prima che Edna potesse ribattere, avevano già attraversato il corridoio con il pavimento in gomma.

«Vedrà, sarà un'esperienza fantastica. Il fiume non è così ripido in questo tratto. Anche se non c'è mai da scherzare quando si fa rafting. Per questo avrà tutta l'attrezzatura. E... complimenti per il coraggio.»

Spalancò la porta e ci infilò il volto. «Vi ho portato nonna!» annunciò al cospetto di una decina di figure mezzo svestite che si voltarono a guardarli con occhi sgranati, da sotto i caschetti gialli. «Forza, su», la incoraggiò facendole spazio, e spingendola verso il centro dello spogliatoio, «partenza in dieci minuti.»

Edna si sistemò gli occhiali, schiarendosi la voce. Alzò la mano in segno di saluto, stirando le labbra in un sorriso. Dieci mani si sollevarono in una risposta titubante, fra le risate trattenute dei bambini.

Alla panca con la rastrelliera, il ragazzo le mostrò soddisfatto il caschetto, la cerata, il giubbotto salvagente e le raccomandò di stringerlo bene in vita e sulle spalle, elencandole altre regole che dovevano essere molto importanti, dal tono in cui le enunciava, ma che lei non ascoltò.

Edna era stata abbastanza convincente. Aveva annuito, guardandolo dritto negli occhi – solo chi mente distoglie lo sguardo: valeva anche per fingere di non mentire – e alla fine, quando quello se ne fu andato, salutandola con una pacca di incoraggiamento sulla spalla, Edna tirò un sospiro di sollievo.

Si levò il giubbotto salvagente, la cerata e il caschetto: tutto in perfetto ordine inverso. Si voltò verso le dieci facce mute e incollate come fari dei turisti russi, salutandoli con un rapido «arrivederci, con permesso», e trotterellò verso il corridoio da cui era arrivata, tesa soltanto a guadagnarsi in fretta l'uscita e a riprendersi Emil.

Ma lo spiazzo, dove prima aveva parcheggiato il pullman, ora era vuoto.

«Emil!» Non riusciva a ripetere altro, il respiro affannato, le gambe molli. Tutt'intorno a quel nome, più urgente di qualsiasi altro pensiero, si estendeva un deserto di gelo e di buio. Se non fosse stato per quello Struwwelpeter in maglietta rossa...

"Pensa Edna, pensa in fretta. Jacob, giuro che te lo riporto, Emil."

L'uomo che scaricava barattoli riprese a lavorare con il volto abbassato appena Edna si accorse che lui la stava guardando. Edna, invece, lo studiò a lungo. Grembiule blu, cappello di paglia, barba grigia e ispida, scarponi pesanti, sporchi di fango. Era uno di cui ci si poteva fidare per un consiglio.

«Scusi, ha visto passare un pullman? Sa dov'è andato?»

L'uomo aggrottò le sopracciglia. «Lei è quella che è scesa dalla stiva insieme ai borsoni?»

Edna superò gli scalini e si avvicinò di gran passo. Ci mancava solo che l'uomo urlasse in piazza, spiattellando gli affari suoi.

«In quella stiva c'è qualcosa di molto importante. Devo recuperarlo.» I barattoli erano di miele. Anche l'uomo aveva profumo di miele.

«Be', se non è qui ad attendere, forse li sta raggiungendo a valle. Quale tour avete prenotato?»

Edna ripensò a quanto gli aveva detto il ragazzo. «Tour dei pirati, sezione famiglia.»

L'uomo dondolò il capo. «Non dura più di un'ora, forse due. A volte però fa delle tappe. Comunque, il pullman è appena passato e se fa in fretta può provare a raggiungerlo. Oppure chieda ai ragazzi.»

«Sono a piedi...» E non aveva alcuna intenzione di parlare di nuovo con lo Struwwelpeter.

«È qui sola? Pensavo, visto che ha prenotato il tour famiglia...»

«Siamo io ed Emil, il mio pappagallo, che è rimasto nella stiva. È lui che devo riprendere.»

L'uomo fece un respiro profondo, la mano sul fianco. Annuì.

Forse era riuscita a convincerlo, pensò Edna mentre la speranza cominciava a riscaldarle finalmente il cuore.

«Davvero lei vuole fare rafting con il suo pappagallo?»

Edna sospirò. «Devo soltanto riprenderlo. Io non faccio rafting. E nemmeno lui.» Sulla strada erano ancora impresse le tracce delle ruote del pullman e della curva che si era portata via Emil.

«È la mia famiglia», sussurrò.

L'uomo la guardò dritta negli occhi.

«Non ci ho capito granché, signora. Ma se vuole, e per lei è così importante, possiamo provarci con il mio furgoncino.»

«Dice sul serio?»

Lui si levò il cappello di paglia e se lo portò al petto.

«Se si stringe un po' e non teme la velocità...» Le sorrise, mentre le spalancava lo sportellone cigolante del trabiccolo.

32.
L'APICOLTORE

«E così lei va a Ravensburg?» gridò il vecchio per farsi sentire sopra il rumore del motore e dell'aria che entrava dai finestrini.

Edna annuì. Erano pigiati in una scatola rovente che traballava tanto da farle venire le vertigini. Non riusciva a scorgere il pullman dei turisti russi (fiancata verde, banda bianca, fiore arancione, banda bianca, fiancata verde, fiore arancione). Molti li stavano superando, sfrecciando sulla corsia opposta. Si somigliavano nelle dimensioni, per i colori e i finestrini oscurati, ma nessuno era quello che stava cercando e di cui aveva un disperato bisogno.

«Può accelerare?»

«Signora, non siamo in Germania, dove si può viaggiare in autostrada senza limiti. Qui i limiti ci sono, eccome.»

A Edna però non quadrava.

«Lei è sicuro che troveremo il pullman a valle, vero?»

Lui tese le braccia, stringendo le mani sul volante, e alzò le spalle. «Probabile, signora. Molto probabile. Ma non c'è mai niente di sicuro.» Si voltò verso di lei, con un sorriso che gli arrivava agli occhi, stretti in mezzelune nere, piene di luce.

«Beato lei che ha voglia di ridere», gridò Edna con il vento che le schiaffeggiava i capelli.

«Mi scusi, ma alla nostra età si impara a non prendersi troppo sul serio.»

Il pensiero di Emil chiuso nella stiva, senza aria, al buio, solo, le stringeva lo stomaco in un groviglio. Altroché sdrammatizzare.

«Produce lei il miele?» chiese, indicando i barattoli legati nel vano aperto dietro l'abitacolo.

Il vecchio annuì. «Ho una famiglia giovane, ma promette bene. Sono tutte vispe e hanno una gran voglia di lavorare. Il miele poi lo vendo ai negozi di souvenir o nei bar.»

A Edna non suonò strano che avesse detto «famiglia» invece di «colonia», perché qualcosa ne capiva. Le tornò in mente quando lei e Anja dovevano controllare le arnie, rischiando le punture velenose dei pungiglioni. Allora era l'amica a farle coraggio. Per un istante si chiese che fine avessero fatto i bambini di Svevia. Che fine avesse fatto Anja e se davvero fosse soffocata, cadendo nel vascone delle granaglie. E Bastian? Non era la prima volta che si domandava cosa gli fosse accaduto "dopo". Già, perché a un certo punto qualcosa l'aveva divisa da loro. Forse la linea di un muro di sassi sbrecciati, il muretto che aveva rivisto quando Priska aveva fatto quella... "magia". Il muretto dietro il quale Edna bambina era ancora accucciata, sperando di riuscire a nascondersi.

Doveva qualcosa a Bastian? Oppure era stato lui a toglierle una parte di lei?

«Sarà un ottimo miele», disse spezzando il filo dei pensieri e facendo scivolare lo sguardo sui campi fioriti intorno.

«La precedente famiglia è stata uccisa dal freddo. Un duro colpo. Pensi che non mi era mai capitato negli ultimi cinquant'anni. Ma è stato un freddo eccezionale. Chi lo avrebbe mai pensato.»

«Mi dispiace molto.» Edna vide per un istante l'immagine di centinaia di api morte, con i piccoli corpi ripiegati su sé stessi e le fragili antenne incurvate. «Ora però le arnie sono piene di forza e può ricominciare.» Sorrise.

«Le cose vanno così», disse lui alzando le spalle. «Qualcuno sostiene che la vita si misuri in base ai risultati che hai ottenuto. Io credo piuttosto che sia tutto un fluire, un divenire, come in un grande alveare, dove vita e morte sono soltanto facce della stessa medaglia. Non trova? Prenda per esempio la regina. Oggi c'è. Tra due settimane magari la famiglia ha deciso di sostituirla, per il bene di tutti. Tutto sommato è un pensiero rassicurante: dove finisce qualcosa, inizia il nuovo, e quello che sembra crudele, a volte è fatto a fin di bene. Conta soltanto una cosa, signora Edna, non fermarsi. E mi pare che lei abbia imparato bene la lezione.» La voce si ruppe in una risata calda.

«E vedrà che lo troveremo, il suo Emil. Ma che ci fa in giro con un pappagallo?»

«Stiamo andando a trovare un amico. Jacob Kneip.» Era la prima volta che pronunciava il suo nome per intero e trovò che le desse forza poterlo fare. Era concreto. Era vero. Come l'aria che sapeva di benzina.

«Sa che il nome non mi è nuovo», disse lui strizzando le palpebre come a riacciuffare un ricordo. «Jacob... Kneip...»

«Ne hanno parlato i giornali. È stato per il maltempo e l'incidente...»

«Sì, ora che me lo dice... Ma c'è anche dell'altro. Proprio ieri...» disse in tono vago, concentrato a ricordare.

Edna si stava chiedendo che diavolo potesse sapere Isaak, quando una fiancata verde con banda bianca scivolò dietro il profilo dell'uomo, sovrastando il trabiccolo. Una meravigliosa muraglia che terminava con un fiore arancione.

«È lui, signor Isaak, il nostro pullman!»

«Perfetto, che le dicevo?»

«Acceleri!»

«Siamo al limite, signora Edna!»

«I fari, accenda i fari!»

«Non funzionano.»

Edna si voltò di scatto e incrociò il suo sguardo colpevole. «Be', uno...» si scusò lui.

«Schiacci quell'acceleratore, Isaak! Vuole che lo faccia io?»

«È un lavoro da uomini, Edna! Questo bolide ha ancora delle cartucce in canna», disse lui con lo sguardo fermo sulla strada e la punta della lingua stretta fra le labbra.

Edna vide la sua gamba stendersi sull'acceleratore con decisione e per un istante la sentì anche lei la spinta che li portava in avanti, ma come una carezza. Appena uno sbuffo. Non lo schiaffo che ci voleva per raggiungere quel maledetto affare.

L'automobile che avevano davanti, e che li separava dal pullman, lo superò con agilità. Ora, Edna poteva vederne la parte posteriore.

«Emil è lì sotto», gridò indicando il pullman. «Nella stiva.»

Abbassò completamente il finestrino e si sporse. Un muro d'aria la strattonò all'indietro e per poco non si portò via i suoi occhiali.

«Che fa?» urlò la voce di Isaak, lontana, ma mossa da una sincera preoccupazione. «Non ha uno scialle, una maglia? Mica può sventolarsi come una bandiera per attirare la loro attenzione!»

Quando Edna rientrò, aveva ciuffi di capelli scombinati come una medusa.

«È tutto nella sacca, legata sopra il trasportino di Emil.» E c'era anche la sua cartina, lì dentro, ricordò avvampando. E le pastiglie allo zenzero.

«Guardi sotto il sedile.» Isaak era concentrato sulla guida, un proiettile teso in avanti quasi potesse, ingobbendosi in una posa aerodinamica, dare più velocità al trabiccolo.

Edna ubbidì. Sentì la stoffa sfiorarle le dita, la afferrò e restò qualche istante a tentare di ricomporre l'immagine dello striscione.

«Una donna... in bikini...» commentò, cercando di dare un senso a quello che vedeva. La ragazza si portava alle labbra un cucchiaino di miele e lo leccava, ammiccando. Un'altra a fianco le lanciava uno sguardo malizioso. Indossava un *Dirndl* molto corto e decisamente sotto taglia. Il cucchiaino di miele era forse l'ultimo dettaglio a saltare all'occhio.

«Mai sentito parlare di marketing, signora Edna?» Il trabiccolo sembrava aver trovato davvero la spinta e tremava tutto. Tremava il pavimento sotto i piedi, tremavano la plastica del cruscotto e le portiere. Anche la voce di Isaak seguiva le vibrazioni che risalivano dal volante lungo le braccia lasciate scoperte dal rimbocco della camicia a quadri. «Prima regola: essere sempre aggiornati. Secondo: farsi conoscere. Terzo: comunicare in modo semplice, ma efficace. Quarto: distinguersi dagli altri!» esclamò con orgoglio. «Lo sventoli, forza.»

Stavano affiancando il pullman. Anche i capelli di Isaak ora erano strapazzati dall'aria. E faticava a tenere aperti gli occhi che bruciavano. «Lo faccia, Edna. Per il suo Emil», gridò stringendosi più forte al volante.

Edna cacciò un braccio fuori dal finestrino e si aggrappò ai lembi dello striscione. Ma quello si aprì nel vento, portandosela dietro come la corda di un palloncino.

«Ce la fa?»

«Acceleri, Isaak.»

La gamba di Isaak schiacciò sull'acceleratore a tavoletta, approfittando della discesa.

Il pullman era gigantesco, Edna non riusciva neppure a vederli i finestrini.

Poi, finalmente, l'autista si voltò. Restò a fissarli con volto serio da sotto gli occhiali scuri.

Isaak tirò fuori il braccio e lo sbatté con foga, mentre l'altra mano schiacciava sul clacson strozzato che lanciava starnazzi come un'oca rauca.

L'uomo, incorniciato nel finestrino fumé, si sollevò lentamente gli occhiali, guardandoli da sopra in giù, e strinse le palpebre per essere certo che quanto stava vedendo fosse vero.

Isaak e Edna scoppiarono a ridere, abbracciandosi e sventolando con più foga braccia e striscione.

Ce l'avevano fatta. Emil era salvo.

33.
IL BARATTOLO DI MIELE

«Lei lo sa che ora dovrei denunciarla alla polizia?»

Edna e Isaak erano in piedi davanti all'autista. Isaak con aria colpevole, Edna scrutando le sue intenzioni con volto fiero. Mai abbassare lo sguardo davanti a uno Struwwelpeter, anche se non puoi sapere se avrà un premio oppure un castigo per te. Era da non capirci niente, ma si chiamava carta matta proprio perché era inutile perdere la ragione a cercarci un senso.

«Prendete il trasportino», sospirò infine l'uomo, sistemandosi le stanghette degli occhiali dietro l'orecchio, «e buona fortuna.»

Montarono sul trabiccolo, dopo che Isaak ebbe lasciato all'autista un barattolo di miele e il suo biglietto pubblicitario.

Diede un barattolo anche a Edna, quando si lasciarono (perfetto come regalo per Adele). E qualche volantino con le pin-up che le sarebbe stato grato se avesse diffuso lungo il viaggio. Edna aveva nascosto in fretta i cartoncini nella sacca. Aveva invece gradito il miele, di castagno, il preferito suo e di Adele.

Isaak si era offerto di accompagnarla fino all'imboccatura del sentiero di St. Anton. Conosceva i gestori di un barristorante nelle vicinanze e sarebbe stata una buona occasione per «espandere gli affari», così aveva detto.

Osservando il cielo, sgombro dalle nuvole, Edna si era sentita piena di quell'azzurro e di voglia di piantare i suoi scarponi a terra per riprendere finalmente il cammino.

Emil invece era in vena di chiacchierare. Per tutto il tempo del viaggio con Isaak se ne era restato muto e immobile come un animale impagliato. Ma quando erano rimasti soli, lui e Edna, aveva fatto sentire la sua voce, all'inizio un po' roca, ma che era diventata forte e squillante appena si era scaldata con i soliti vocalizzi della mattina.

«Ce la siamo vista brutta, uccellaccio spennacchiato.»

Mentre il trasportino scivolava sulla ghiaia bianca che ricopriva un tratto di sentiero largo e accogliente, Edna ripensava a Jacob e a un tratto le tornò in mente che non aveva più chiesto a Isaak cosa sapesse di lui. Quando si voltò, alla ricerca del vecchio, di lui non era rimasta che una nuvola di polvere sollevata da un trabiccolo rosso fiammante, sempre più piccolo all'orizzonte.

Incrociò lo sguardo di Emil e pensò che quella volta un bel «pappamolla» se lo era proprio meritato.

Il torrente Rosella scorreva alla loro sinistra, carico di acqua impetuosa, e tutt'intorno le montagne li accoglievano in un abbraccio che aveva il profumo di piante acquatiche e muschio. Non c'era nulla che non andasse, sospirò Edna. Lei ed Emil erano di nuovo insieme, l'aria era tiepida e la avvolgeva nel profumo dei fiori. Ovunque corresse lo sguardo, si fermava estasiato sulle foglie larghe di splendida acetosa, che sbucavano dalle rive umide, inframmezzate da alti steli viola di camenerio e garofano di montagna. E poi centaura perenne, geranio selvatico, i suoi botton d'oro. Dall'acqua affioravano grossi massi ricoperti da una morbida velatura di muschio, su cui si infrangeva l'acqua che scendeva a valle e che schizzava spuma bianca esplodendo in un rumore assordante, ma che le teneva compagnia.

La ghiaia ora si era fatta più rada. Ciuffi d'erba e ciottoli appuntiti come schegge di selce sbucavano dal terreno, disegnando una linea lunga che tagliava in due il sentiero. Il trasportino procedeva agilmente, tenendo il passo. Edna si guardava attorno. Agrifoglio, una farfalla dalle ali marroni bordate di giallo. Ancora una curva e la voce rissosa del torrente.

Di tanto in tanto scorgeva una panchina e il tabernacolo

di legno che serviva da stazione alla via crucis. Resisteva alla tentazione di sedersi, perché sapeva che rialzarsi poi sarebbe stato più difficile.

Sperava che il trasportino di Emil fosse più resistente delle pietre nascoste sotto il manto di foglie e delle radici che riaffioravano dalla terra come artigli. A volte la sorprendevano, così aguzze che temeva potessero tagliare le ruote. E doveva tirare e faticare per mantenere in equilibrio quell'affare. Più salivano, più forte si faceva la vertigine che spremeva sulle mani una patina vischiosa di sudore. Nei tratti dove il cammino non era assicurato dalle corde di protezione, la paura di scivolare, di travolgere Emil o di perderlo per una mossa azzardata, strizzava i muscoli, irrigidendoli fino a farli bruciare. Non aveva più tempo né forze per ricordare i nomi dei fiori. Pensava soltanto ad avanzare, anche di un passo, un solo passo che bastava a incidere tagli nella carne da bagnarle gli occhi.

Cosa aveva detto Adele? Avrebbe messo a repentaglio la riuscita del viaggio e, per il suo egoismo, si era trascinata dietro Emil, esponendolo agli agguati rapaci dei corvi, alle insidie di boschi sconosciuti, al caldo, all'immobilità in una gabbia troppo stretta per lui, alla possibilità di scappare e perdersi.

Non era riuscita a mantenere la promessa che aveva fatto a Jacob. Aveva tradito persino Adele, in un certo senso, lasciandola lì e scappando mentre lei cercava soltanto di aiutarla e di fare qualcosa di buono, comprandole il succo che le aveva chiesto sapendo di ingannarla.

A un tratto pensava a lei. A cosa stesse facendo. Alla sua espressione quando avesse scoperto che se ne era andata da sola. Si ripromise che al ritorno si sarebbe scusata, le avrebbe detto che aveva apprezzato quanto aveva fatto, ma che era una questione soltanto sua. Non era una vacanza. Non si trattava di una gita. Anche se avrebbe desiderato lo fosse.

Sarebbe riuscito ad accettarlo, Adele?

Si sedette sulle rocce muschiose ammassate in una piccola radura tra i pini, le spalle rivolte al torrente. Aveva bisogno delle sue pastiglie allo zenzero.

Sciolse la sacca dal trasportino e rovistò con zelo al suo interno.

Jacob, Adele. E il suo Emil. Riusciva a prendersi cura delle cose che amava? Ad amare, senza tradire?

E se poi cominciassimo a somigliare proprio a ciò che più temiamo?

E se tutto quel viaggio fosse stato soltanto frutto del suo egoismo, dell'incapacità di chiedere aiuto e di farsi aiutare?

L'aria adesso era più fredda, scendeva dalle cime rocciose portandole qualche brivido, e sospettava che su quel versante della montagna il sole battesse poco anche d'estate. Tutto quello che le restava da fare era rimettersi in marcia.

Si fermò dopo le prime curve. Il sudore le bagnava la fronte, i capelli. Scendeva in rigagnoli lungo la schiena, il cuore accelerato in battiti di metallo. Si aggrappò alla corteccia ruvida di un tronco e si concentrò sul respiro. Ma la strada era soltanto salita, polvere e buche, sassi, radici in cui inciampavano. Scalini di pietra, di legno, di radici.

Le acque del torrente le avevano fatto compagnia per un tratto. Poi aveva sentito il loro ruggito attenuarsi, in un'eco sempre più vaga e distante, fino a uno scrosciare in sottofondo che le ricordava la danza argentea delle gocce di pioggia sul vetro delle finestre.

Il silenzio era arrivato di sorpresa e l'aveva avvolta con il respiro morbido di radure bucate da felci e fiori così colorati da illudersi di essere ancora nel suo giardino, ad attendere Adele con la copia di «Stern» per lei, come ogni giovedì.

Dopo la brutta avventura con i corvi, si guardava bene dal liberare Emil. Sapeva che era stanco come lei e che le sue fragili ossa bucate, vecchie al pari delle sue, avevano bisogno di sgranchirsi e riposare dalle sollecitazioni a cui lo sottoponeva l'andatura sconnessa delle ruote che si inceppavano nei sassi.

Sull'ultimo, che l'aveva fatta inciampare, Edna si fermò. Lo raccolse e, come le aveva insegnato Priska, levò con il palmo la polvere rossa. Restò a guardare la superficie ruvida, costellata di venature e angoli acuti. Non riusciva a leggerci però nessun messaggio né un consiglio.

Il sentiero era tanto stretto, in alcuni tratti, che il trasportino ci passava appena. E lei faticava a tenerlo in equilibrio. Le radici nodose e le pietre che affioravano dalla terra lo facevano oscillare pericolosamente sullo strapiombo. Allora doveva tenere lo sguardo fermo, dritto davanti a sé. E ancorarsi saldamente al bastone per trovare la spinta. Una delle rotelle aveva cominciato a muoversi più lentamente. Si chiese se fosse una buona idea abbandonarlo sul sentiero, ma lasciare Emil scoperto voleva dire esporlo alla curiosità dei corvi o, peggio, dei rapaci e sperare che un rumore improvviso non lo facesse scappare dalla sua spalla. E poi Jacob sarebbe stato felice di riaverlo e di sapere che lei lo aveva conservato per tutto quel tempo.

Edna era stanca. Si vedeva al centro di un bosco che non finiva mai, lungo un sentiero che saliva sempre più in alto. Non sapeva dove né quando si sarebbero esaurite le sue forze. Oppure se la disperazione se la sarebbe portata via prima di arrivare in fondo.

Continuava a ripetersi che la cima poteva essere dietro quella curva. Oppure al di là dello spuntone di roccia.

Emil la chiamava. Lei gli rispondeva. Nel mentre pensava a Jacob, alla fattoria. Ai suoi genitori, che si erano conosciuti quando la madre era solo una ragazza rimasta orfana, figlia di un operaio italiano arrivato al seguito di una colonna di camion, uomini e macchinari per riaggiustare la strada. Lui, invece, era un uomo già vecchio, senza più moglie e con un figlio maschio da allevare. Edna si era chiesta spesso cosa li avesse fatti incontrare e li avesse uniti. Erano così diversi e scombinati, soli, su quella collina fuori dal villaggio e lontana dalle lingue della gente di paese. Persino nell'altezza, nel colore della pelle e dei capelli, erano differenti. E quel miscuglio di tratti opposti e disarmonici le era rimasto dentro. Era l'eredità che le avevano lasciato. Poi erano venuti gli anni in cui erano arrivati i fascisti e Edna non aveva più potuto parlare la sua lingua. Gli anni in cui sua madre e suo padre avevano cominciato a non parlarsi più, in silenzi pieni di nulla, dopo che lui aveva scaraventato la brocca contro il muro. Era l'unico oggetto che apparteneva a sua madre. Non sapeva da dove venisse. Forse l'aveva davvero ricevuta in dono dalle anguane al fiume, come raccontava. Oppure era arrivata dentro il piccolo baule insieme con lei, che, a ripensarci ora, non era che una ragazzina al tempo in cui si era sposata. Non l'aveva più aggiustata, perché diceva che le cose rotte non tornano più come prima. Edna le aveva creduto. Per molti anni. Così tanti, che si era persino dimenticata come si riaggiustano le ferite sulle gambe. Quando ruzzolava in un prato e le ginocchia si sbucciavano, aveva smesso di medicarle con l'olio di iperico. Aspettava che si formasse una bella crosta spessa, che una mattina cadeva. E lei la ritrovava nel letto. Al suo posto c'era una chiazza di pelle più dura, una specie di callo rosaceo che non se ne andava più via. Né si abbronzava in estate. Era divertente, perché ci potevi anche premere sopra un'unghia e non bruciava, ma era pelle diversa, grinzosa. Che non sentiva più niente, neanche le carezze. Sua madre aveva ragione: quello che è rotto, in fondo non si aggiusta. Avrebbe dovuto ricordarsene anche in quel momento? Tornare indietro, cercare un'altra strada? Sarebbe stato tutto più semplice. E se anche fosse riuscita ad arrivarci, a Ravensburg, era sicura che Jacob sarebbe stato felice di rivederla? «Quello che è rotto non si aggiusta.» Oppure era ancora possibile?

Quando il sentiero sbucò sulla strada asfaltata, Edna riuscì persino a prendere una boccata d'ossigeno mentre si chiedeva che diavolo fosse la sagoma che spuntava dalla terra nera, in cui erano conficcate enormi scope di saggina. Una strega: il volto e gli artigli affioravano dal terreno quasi fosse rimasta lì incastrata. Si ricordò delle leggende che aveva ascoltato da bambina sulle streghe di Stiegenegg, che rapivano i bambini e li nascondevano nelle crepe aspre della roccia. Erano storie che allora le mettevano paura. Fu una sorpresa felice vedere che il mondo non se ne era dimenticato (anche se padre Gianni non ne sarebbe stato per niente contento, perché le riteneva superstizioni da popolani e aveva fatto di tutto per sradicarle dalla sua testa). La strega era finta quanto un soldo di rame, naturalmente, ma Edna ammirò il viso deforme e gigante che somigliava tanto a quello che si era immaginata nelle notti di pioggia, ad ascoltare il vento fra i rami che cullava la voce di Martin – il suo fratellastro, l'unico che l'avesse accolta e fatta sentire a casa – che raccontava, imitando il verso dei gufi e la risata grottesca delle streghe.

La nostalgia, il sapore dolce del fuoco e di cose familiari, svaporarono come rugiada al sole appena Edna sollevò il viso. Il cartello a forma di freccia, azzurro con la punta bianca (fasci dorati, sempre lo stesso simbolo che a lei non diceva niente), indicava il sentiero: non potevano esserci dubbi sulla direzione. Ma era la scala di pietra a farle trattenere il fiato.

Sotto i suoi gradini (altezza dieci centimetri, pietra ruvida e porosa, corrimano di assi di legno, resistente), Edna capì che per proseguire avrebbe dovuto cambiare.

Guardò il trasportino, la scala. Fece un respiro e raccolse le forze e, insieme a esse, ogni goccia che le restava di coraggio, scavando in fondo a sé stessa.

Non c'erano altre soluzioni. Aiutò Emil a salire sulla spalla dopo avergli raccomandato di fare il bravo, infilò la sacca nel trasportino e avanzò. Un occhio sulla scala, uno al cielo e alle sue minacce, sforzandosi di non pensare alle parole di Adele.

A volte il trasportino dondolava pericolosamente, strisciando sulla pietra, ma era necessario.

"So che capirai, Jacob. D'altronde, non era bello neppure quando lo abbiamo trovato."

Il filo spinato si attorcigliava attorno alla coscia. Onde di dolore la portavano via. Allora, a ogni gradino, Edna pensava. E ricordava. La fatica nei campi. La paura. Il capanno. Era sopravvissuta a tutto questo, alla solitudine e alla nostalgia.

Jacob lo aveva sempre saputo: se sei così forte da fare anche soltanto una delle cose che ritenevi impossibili, allora nulla lo sarà più. E lei, sarebbe stata capace di attraversare quella montagna che si allontanava a ogni passo mentre una forza la trascinava all'indietro?

Cadde. Si rialzò, il gomito che bruciava.

Dopo tanto tempo, Edna sentiva di nuovo il vuoto doloroso della solitudine avvilupparla e trascinarla sul fondo.

Quella notte si addormentò sulla veranda di legno scuro di una minuscola cappella in pietra. Era apparsa alla sommità della salita, subito dopo l'ultimo gradino. Era molto antica, dal tetto spiovente, ricoperto di tegole di legno grigio. A Edna non piacevano i quadri degli ex voto e l'aria cupa che soffiava all'interno. Ma era talmente stanca da non farci troppo caso.

Edna prese dalla sacca la fotografia di Jacob e la adagiò sulla panca all'angolo della balaustra, facendo attenzione che stesse bene in equilibrio, senza piegare gli angoli oppure il bordo. La scheggia di legno, invece, era appoggiata sulla pietra. Accanto alla sua cartina. Ma giusto di un passo, a formare un preciso angolo retto.

Sul retro del foglio c'erano ancora gli scarabocchi di Jacob e le sue correzioni. Lei, il suo nome almeno, lo sapeva scrivere. E così si era trovata a spiegare a Jacob il senso delle maiuscole e il modo in cui la matita intrappolava i suoni.

Lui si era impegnato così tanto da riuscire a scrivere non soltanto il proprio nome, ma anche quello di ogni cosa gli capitasse sotto il naso. Scoppiavano a ridere quando le consonanti si confondevano. E nascondevano i fogli prima che un altro bambino potesse sorprenderli.

Era il loro segreto. Perché tutti, aveva detto Jacob, hanno un segreto. Non sapeva, però, che quello che nascondeva lei era terribile.

Il capanno

Edna aveva accesso al ricovero delle oche spennate, un angolo di fattoria da cui tutti si tenevano alla larga. E Jacob, che parlava in continuazione di Emil e non faceva che fantasticare sulla loro vita fuori da lì, le aveva affidato un compito: avrebbe dovuto badare a lui e assicurarsi che avesse cibo e acqua fresca, ogni giorno.

Soltanto di rado Jacob riusciva a intrufolarsi nel ricovero. Allora lo prendeva con sé e lo portava al capanno, dove lo faceva esercitare nel volo e gli insegnava piccoli trucchi che sarebbero serviti al suo proposito di fare di Emil una vera attrazione.

Da qualche giorno, però, Jacob non aveva potuto raggiungere il suo Emil, perché gli era accaduto qualcosa di grave che, a ripensarci, le metteva i brividi. Era rientrato dal cantiere accompagnato da un bracciante, che lo aveva lasciato lì, senza dire nulla, e se ne era andato sputando a terra.

Lo avevano abbandonato davanti alle stalle, con la maglietta zuppa di sangue. E il sangue gli colava fra le dita, scendeva dalle mani strette sull'occhio, gocciolando a terra. Jacob premeva, per tamponare quanto riusciva.

«Stavo usando la mola per arrotondare gli angoli di una lastra di ferro al cantiere. È partita una scheggia e credo sia rimasta incastrata qui», aveva detto indicando la palpebra sinistra con un tremito delle dita che la velavano. «Ma non si è presa l'occhio, vero?» L'aveva guardata attraverso le mani insanguinate e le aveva scostate piano mentre lei tratteneva il fiato, la voce seccata dalla paura. «Be', forse era più di una... Dai, di' qualcosa, Edna!»

Edna non riusciva a immaginare la scena senza che un rivolo di ghiaccio le intorpidisse le braccia. Era corsa nello stanzone per cercare nel metro quadro che era la sua casa, qualunque cosa potesse dare sollievo a Jacob. Si guardava attorno, con i pensieri confusi dal vento e la paura che le bagnava i palmi. Il materasso tanto molle da averci impresso la forma del suo corpo rannicchiato, la pigna logora come un torsolo di mela, la scheggia di san Cristoforo, che valeva contro la nostalgia, ma non poteva arrestare il sangue né sigillare le ferite, tantomeno quelle gravi come la palpebra tagliata di Jacob. Alla fine, piena di sconforto, aveva capito che da sola non avrebbe potuto fare nulla per aiutarlo. Aveva ricacciato giù la saliva, si era cavata dagli occhi le due lacrime che le erano rimaste appese alle ciglia e dopo un respiro profondo si era presentata dalla signora. L'aveva convinta a chiamare il dottore. All'inizio la donna aveva alzato le spalle, lamentandosi che bastava la puntura di un'ape o la nostalgia a farli piangere, quei bambini che erano più grattacapi che sollievo. Poi, però, aveva visto Jacob. La palpebra aperta, l'occhio esposto, rotondo come un uovo.

Edna aveva pensato alla sua bambola, al suo sguardo vitreo. Jacob non sorrideva come lei e tutto quel sangue non era affatto il rosso di barbabietola con cui Martin aveva colorato la stoffa. Era tutto vero, reale. Come la sofferenza di Jacob, il suo serrare il pugno, le braccia tese lungo i fianchi, per scaricare il dolore e non lasciarlo esplodere.

Bastian e gli altri bambini si erano stretti a semicerchio. Nessuno parlava, ma Edna leggeva, sulle loro facce dure, nei sorrisi nascosti e appena accennati, l'intimo godimento di chi vede fatta giustizia. "Ben ti sta, Jacob", dicevano i loro sguardi fissi e privi di compassione. Come se il dolore fosse la prova che qualcosa esisteva, una giustizia che, in qualche modo, era più imperscrutabile e assoluta di quella che regolava la vita alla fattoria. Ma in perfetta sintonia con il suo volere: «Se rispetti le regole, arrivi fino alla fine del gioco», le aveva detto Bastian.

E Bastian ora se ne stava lì, in piedi. Edna non riusciva a

penetrare nei suoi pensieri. Era cresciuto, gli si erano allungati i capelli e le braccia erano fasci di muscoli, le guance rosse, era più in carne di loro. Più forte. Jacob, invece, era ferito, insanguinato, un animale percosso e malconcio.

E se Bastian avesse avuto ragione e tutto quello che dovevano fare non fosse stato altro che dimenticare i loro piani e ubbidire? Perché era quello che faceva Bastian. Oppure c'era dell'altro? Una volta lei gli aveva detto che era come i contadini che lavoravano alla fattoria, così freddo e indifferente, duro. Era forse quella somiglianza a tenerlo in vita?

All'arrivo del signore, i bambini si erano sparpagliati, disperdendosi come pulcini. Erano restati soltanto Jacob e Edna. Nel silenzio surreale che li divideva, quasi fossero lontani mille chilometri e non potessero toccarsi, avevano affrontato il verdetto, più uniti che mai.

Il dottore si era preso Jacob per cucirgli la palpebra. Ma Edna non aveva mai visto il padrone tanto serio e di cattivo umore. Era costato parecchio, l'intervento, aveva detto – anche se a lei era parso che tutto si fosse concluso molto in fretta e non avesse adoperato che un ago e un filo –, Jacob avrebbe dovuto lavorare per ripagare il debito.

Erano già trascorsi alcuni giorni, ma Jacob ancora non riusciva ad alzarsi dal letto.

Quel pomeriggio, Edna aveva terminato i lavori in casa e, data la pioggia, le restava del tempo tutto per lei. Non lo aveva trascorso a rammendare. E non le interessava stare con gli altri, perché la tenevano in disparte e di lei si ricordavano soltanto le volte che si svegliava con le mutandine bagnate. Quando faceva finta di addormentarsi nelle notti in cui non le riusciva di prendere sonno per via dei cattivi pensieri o della luna, sentiva le loro risate infilarsi nelle orecchie come un vento dispettoso. I nomignoli che le affibbiavano soltanto a ricordarli, anche adesso che era sola e non doveva stare immobile e fingere di dormire, le avvampavano le guance di vergogna.

L'idea le era venuta per caso, ma l'aveva trovata davvero sensata.

Così si era trovata a sgusciare fino al capanno con Emil nascosto nel cesto delle uova.

I capelli erano fradici perché la pioggia scendeva a secchiate. Eppure le raffiche che sferzavano le guance non le facevano male e lei si divertiva ad ascoltare le gocce d'acqua che scivolavano giù lungo la schiena, sulle labbra, il loro ticchettare fra le foglie. Il bosco, la mattina dopo, sarebbe stato di un verde accecante e i piedi sarebbero affondati nel muschio più profumato e morbido.

L'idea che aveva in mente, e faceva risplendere arcobaleni fra i cespugli, era semplice: avrebbe continuato gli allenamenti con Emil e avrebbe mostrato i risultati a Jacob appena si fosse rimesso in piedi. Sarebbe stata una bella sorpresa per lui.

Ma l'euforia, una volta arrivata al capanno, si era spenta in fretta.

Emil non aveva voglia di collaborare. Sembrava che volare fosse l'ultimo dei suoi desideri da uccello del paradiso. La guardava, appollaiato sulla mensola, seguendo ogni suo movimento con l'occhio a monocolo. Neanche fosse stato una chioccia impaurita.

Appena si avvicinava con un pezzo di mela, quello se lo pigliava alla velocità di un rettile. Ma di volare non ne voleva sapere. E neppure di parlare.

«Questo è il tuo premio, Emil. Una ricompensa. Vuol dire che, prima, devi fare qualcosa di buono.»

Per tutta risposta si era nascosto nel buio.

Edna non capiva cosa ci trovasse Jacob o come riuscisse a smuovere quell'animale più rigido di una marmotta imbalsamata.

«E così è questo, il vostro segreto.»

Edna non aveva fatto in tempo a voltarsi che si era trovata l'uomo a un soffio da lei. Aveva riconosciuto, nella voce ruvida e nei lineamenti goffi, il contadino a cui era stata affidata quando si era ammalata. Di lui, sapeva soltanto che aveva ricevuto l'ordine di portarla lontano dagli altri, per paura del contagio, e di lasciarle ogni mattina acqua e cibo. Non era uno di quelli che si vedevano spesso alla fattoria. Né lo sentivi mai fischiettare, come gli altri. O scambiare due chiacchiere con il padrone. Faceva il suo lavoro, con la testa china e quegli occhi spenti di luce opaca, che non capivi mai se fossero morti per davvero oppure guardassero qualcosa che tu non riuscivi ancora a vedere ma c'era, sospeso a mezz'aria.

«Edna», l'aveva salutata lui, «il riposo ti ha guarita...»

«Sto abbastanza bene, signore», aveva detto, sperando che Emil se ne stesse acquattato sulla mensola, senza fiatare.

«Ti ho vista, sai, sgattaiolare qui con Jacob, qualche volta. E mi sono sempre chiesto cosa combiniate voi due. Da soli qui dentro.»

Edna aveva alzato le spalle. «Ci danno sempre delle cose da fare», aveva mentito. Il cuore le batteva tanto forte che era certa il contadino lo avrebbe sentito.

«Non ti preoccupare, piccola. Tutti cerchiamo di sopravvivere al meglio. E tutti, a volte», aveva scandito le parole più lentamente, girando attorno al fieno, «abbiamo un segreto.» Il volto si era deformato in un sorriso rugoso mentre lo sguardo si spostava su Emil, che aveva allargato le ali per stiracchiarsele e ora se le spulciava, ignaro del pasticcio in cui si erano cacciati. A Edna sembrava ancora più indifeso e tutta quella situazione irreale, come un brutto sogno.

«La prego, non dica niente!»

«Oh, non spetta certo a me fare la spia. Non sono quel tipo di persona, sai», aveva detto lasciandosi cadere sul fieno. A un tratto sembrava così stanco. E vecchio. «E tutti, a volte, ci sentiamo soli. Ti costringe a fare strane cose, la solitudine. Tu, non hai nostalgia di casa?»

La voce dell'uomo si era addolcita. La luce cadeva sul suo sorriso buio, di denti marci. Un volto che metteva paura. Forse si era accorto di come lei lo stava guardando – e se ne era pentita un istante dopo perché non era di un cuore cristiano guardare con superbia e raccapriccio le persone, nemmeno i più umili o gli straccioni, perché era proprio lì che si nascondeva Gesù, glielo diceva sempre padre Gianni. Forse il contadino si era addirittura vergognato di quello che lei aveva visto, perché era come indietreggiato.

«Mi dispiace per la tua bambola. Ho sentito che la signora te l'ha portata via.»

«L'ha vista?» gli aveva chiesto, gonfia di speranza.

Lui aveva scosso la testa. «Però, posso cercarla. Anche se adesso», lo sguardo era scivolato su Emil, «hai lui. E devi tenerlo bene, sai? È una grande responsabilità prendersi cura di qualcuno.»

A un tratto Edna guardava il contadino in modo diverso, quasi condividessero qualcosa, che non riusciva ancora a definire, nascosto fra i solchi del viso e i suoi modi impacciati.

«Anch'io non sono di qua. Vengo da una montagna molto lontana, dove fanno i nidi grossi corvi che nelle sere d'autunno si alzano in volo, tutti insieme, e coprono la luna. Ma alla gente non piacciono. I corvi si nutrono di cadaveri, lo sapevi? Ma anche di tutto ciò che trovano negli orti. Così i contadini, nel paese da cui vengo, gli danno la caccia con grosse reti ed esche nascoste fra i rami. Nella terra nera degli orti infilzano spaventapasseri che fanno paura.» Aveva riso e gli occhi sembravano inseguire figure che si muovevano nell'aria e gli sussurravano la storia che ora stava raccontando a lei. «Ma i corvi sono bestie scaltre. Trovai un nido, quando ero un bambino della tua età. La madre era morta, chissà. E quei piccoli rischiavano di morire di fame. Quanto strillavano. Con i loro becchi sempre aperti che chiedevano cibo. Hai mai visto un uccellino che ha fame? Fa così...» aveva detto, alzando e accorciando il collo in un movimento ritmico e spezzato che l'aveva fatta ridere.

Edna si era seduta accanto a lui, sotto la finestra da cui pioveva la luce. «Io andavo alla ricerca di insetti, larve e vermi, per lo più. Li imbeccavo, come avrebbe fatto la loro madre, tenendo i vermi per un'estremità con la punta delle dita. E quelli ingollavano tutto. Si sarebbero mangiati anche le mie mani.» Rise. «Ma soltanto uno è sopravvissuto. Li ho trovati morti, una mattina.»

Edna aveva trattenuto il fiato.

«Ma il fratellino, il piccolo corvo rimasto solo, era un vero combattente e voleva vivere, a tutti i costi.»

«Ce l'ha fatta?» aveva chiesto, con il cuore stretto dalla pena.

Lui aveva annuito. «Ed è diventato il mio corvo. Mi seguiva da lontano ovunque andassi. Come una gatta. E di notte, come una gatta, se ne volava via per i suoi affari da bestia selvatica. Ma tornava sempre da me, la mattina.»

Edna aveva sentito il petto distendersi per il sollievo. Subito dopo, però, un pensiero l'aveva incupita. «Non potremmo tenere Emil. Se i signori lo scoprono, lo mandano via. E lui ancora non sa volare.» Aveva mandato giù la saliva, ricacciando l'immagine di Emil, solo in mezzo al bosco. Sarebbe morto, senza di loro.

«Non ti preoccupare, piccola», le aveva sorriso l'uomo. E non era più così deforme, la sua bocca. «Anch'io non avrei potuto tenere il mio corvo, sai? Se mio padre lo avesse scoperto, lo avrebbe dato in pasto ai gatti. Ti va di raccontarmi come lo hai trovato? Hai detto che si chiama Emil...»

L'aveva presa sulle sue ginocchia, ma lei quasi non ci aveva fatto caso, perché era concentrata a scegliere le parole giuste. Voleva raccontare dell'uomo vestito da mago e dei fuochi della festa. Del coraggio di Jacob e di quanto era stato audace. Ma cosa poteva raccontare, davvero? Non poteva dire che erano sgattaiolati fuori dalla fila della processione. Neppure che Jacob aveva rubato il bretzel. Oppure che le piume di Emil erano magiche.

Stava ancora parlando e raccontando, concentrandosi per non cadere in nessuna buca di quel sentiero tutto rovi e salita, quando aveva sentito, dietro di lei, il fruscio di pantaloni che si aprivano con uno strappo di bottoni sulla patta. E il contadino che respirava, in affanno come dopo una lunga corsa.

«Non voltarti, piccola», aveva ansimato. «Continua a raccontare.»

Allora lei si era messa d'impegno, per non saltare nessun passaggio e ricordare tutto con ordine. Perché glielo diceva sempre, Jacob, che aveva la memoria più corta della coda mozza di una lepre. Tenere il filo però le costava fatica. Perché l'uomo si muoveva, sotto di lei, e non le riusciva di mantenere ferma la voce. Appena si era accorta che i suoi vestiti inzuppati avevano lasciato su di lui larghe chiazze bagnate, si era spostata in fretta di lato, scusandosi. Ora sentiva freddo, brividi lunghi, che la scuotevano.

«Vieni», le aveva detto lui, afferrandola per la mano. Era callosa, ma calda e rassicurante. Il contadino aveva salvato quel corvo, aveva pensato Edna. E le aveva promesso che non avrebbe raccontato nulla di Emil al signore. Anche lui si sentiva solo, aveva detto, e lei cominciava a credere che potesse capirla davvero.

«Quindi», disse facendola sdraiare accanto a lui, «stai combinando tutto questo per Jacob? Lo fai per piacere a lui.»

Edna aveva tirato su con il naso, guardando il soffitto. Anche l'uomo guardava le travi di legno, una mano distesa lungo il fianco, l'altra sul petto. L'odore di fieno era nauseante e pungente, pizzicava nelle narici. Ma sapeva che si sarebbe abituata e che a breve non si sarebbe più ricordata neppure di quella sensazione, di respiro mozzato quando qualcosa ti afferra alla gola e a te manca l'aria.

«Lui sta tanto male, ora.»

«Già, ho sentito… Una brutta storia.»

«Ma guarirà», aveva aggiunto subito dopo. Non le andava che qualcuno pensasse che Jacob era un debole. O, peggio, che non ce l'avrebbe fatta.

«Oh, certo. E ti troverà ad aspettarlo nel capanno, vero?» le aveva sorriso lui. Usciva un odore sgradevole, dalla sua bocca. Come di formaggio. Ma Edna si costrinse a non arricciare il naso. "Ricorda, Edna. Gesù si nasconde nel cuore di chi meno riusciamo ad amare. Si traveste in corpi deformi e indossa abiti cenciosi. Ti mette alla prova." Le erano tornate in mente le parole di padre Gianni. Ed era di certo un segno se ci pensava proprio in quel momento.

«Io e Jacob dobbiamo addestrare Emil. Lui ripete le parole, sa?» Lo aveva detto d'istinto, forse per farsi perdonare del cattivo pensiero. Ma se ne era pentita un istante dopo. A Jacob non sarebbe piaciuto che svelasse i loro piani.

«Jacob sarà molto contento», aveva detto invece lui, come se non avesse fatto caso alle sue parole, ma stesse ancora immaginando lei e Jacob che si incontravano nel capanno. «Be', sei abbastanza grande. Alla tua età, una ragazzina sa cosa fare per piacere a un uomo. E Jacob lo è. Qui alla fattoria si cresce in fretta.»

Edna era d'accordo. Le pareva trascorso un secolo da quando era arrivata. Ma il contadino non aveva ragione su tutto.

«Io non li posso guardare gli uomini», aveva detto alzando le spalle.

«E questo, chi lo ha detto?»

«Il signore dice che non sta bene.» E il signore diceva anche altre cose che lei non aveva compreso.

«Ti svelo un segreto, Edna. Non puoi fare sempre tutto quello che ti dicono.»

Edna aveva sorriso. Quell'uomo sarebbe piaciuto così tanto a Jacob. Era molto saggio.

«Devi pensare con la tua testa. Ma io posso aiutarti.»

«Davvero?»

«Certo, a piacere a Jacob.»

Edna ci aveva pensato su.

«Sei brava a prenderti cura degli animali della fattoria. Ti ho visto con quei maialini.»

Lei si era sorpresa perché non si era mai accorta che il contadino la stesse guardando.

«Già.» Aveva annuito. «E sai come fanno per farsi le carezze?»

Edna lo aveva guardato con gli occhi spalancati.

«Mamma gatta per pulire i cuccioli quando sono appena nati...» L'uomo si era voltato e le aveva passato la lingua vischiosa sulla guancia. Una lunga scia di saliva che le era entrata fra le ciglia, lasciandole il sapore di formaggio. Edna si era sentita soffocare e aveva passato in fretta la mano sulla scia appiccicosa per levarsela dalla pelle. Il cuore che pompava veloce, stretto nell'orrore del cattivo odore e della bava incastrata fra le labbra e nell'orecchio.

Quando aveva riaperto gli occhi, aveva trovato il contadino che sorrideva. Era scoppiato a ridere. Lei non sapeva cosa ci trovasse di divertente, ma forse era perché le stava insegnando ed era ancora piccola per capire. Così, aveva riso anche lei e il contadino lo aveva apprezzato.

L'aveva abbracciata. Poi, l'abbraccio era diventato più stretto. La stava tenendo sotto di lui e lei non poteva più muoversi.

I pensieri nella mente di Edna si confusero.

«Anche se sono certo che non dovrò insegnarti molto, piccola. Voi lo avete nel sangue. Eccitare un uomo, fargli fare quello che volete.»

Edna aveva sentito le sue mani sfregare fra le gambe, graffiarle come vanghe che scavano nella terra. E poi risalire e premere dove prima c'erano le mutandine che aveva spostato di lato. Lei le aveva strette, ma lui si era arrabbiato molto e si era infilato in mezzo con le cosce, allargandole così tanto le ginocchia da farle male.

Edna aveva gridato ed Emil, sulla mensola avvolta nell'ombra, aveva ripetuto forte il suo urlo. Se ne era stato zitto, per tutto quel tempo. Ora, invece, era nervoso. Muoveva le zampe, tamburellandole. Due passi a destra, tre a sinistra, scuotendo il capo.

Edna si era divincolata con uno strappo, ma si era trovata intrappolata nel morso di una tenaglia. Ogni movimento, ogni sforzo serviva soltanto a farla cadere, sempre più, al centro di una ragnatela che la avviluppava, serrandosi su di lei.

«Non urlare, Edna.» La voce del contadino non era più gentile. Anche il suo volto era cambiato. Edna aveva paura, le si confondevano le idee. Non sapeva più cosa fosse bene e cosa sbagliato. Doveva ricordare le raccomandazioni di padre Gianni, che la facevano sentire cattiva? Ma anche quello che faceva l'uomo non era giusto. Aveva detto che l'avrebbe aiutata, eppure lei sentiva solo bruciarle la pancia e qualcosa che la riempiva come una colata di cemento che la irrigidiva.

«Non vuoi che Emil abbia paura, vero?»

A ogni strillo di Emil, il contadino si agitava di più e la stringeva più forte.

Edna non avrebbe dovuto dirgli il suo nome. Perché i nomi sono importanti, i nomi delle cose. È come capire il loro segreto, quando ne conosci il nome. E ora, il contadino, conosceva il nome dell'uccello del paradiso. E il loro segreto.

Si costrinse a restare ferma e a non gridare, per non spaventare Emil, mentre l'uomo si muoveva tanto, rosso in faccia e sul collo, e respirava forte.

(Una scheggia di san Cristoforo, una pigna consumata, una bambola perduta, quattro passi fino al granaio, mille chicchi di grano, una bambina morta.) Edna serrava le palpebre aggrappandosi più forte ai pensieri. (Otto giorni per arrivare alla fattoria, mille passi per tornare a casa, giallo il fiore di colza, rosso quello di cartamo.)

Aveva sentito l'inguine strapparsi, come pelle lacerata da una lama, e il dolore attraversarle le gambe, su fino al ventre. D'un tratto tutto si era colorato di rosso e non aveva sentito più rumori, né il fiato del contadino, le strilla di Emil (un lago, sette ninfee sulle sue acque. Quante sono le piume di Emil? Tre colori, i riflessi del paradiso, se stai zitta li puoi sentire gli angeli cantare. No, è padre Gianni con la sua canzone. È il coro dei bambini e Bastian che li guarda, ma non dice niente. Non dice mai niente Bastian, ma li osserva, vede tutto, sa tutto. Ogni cosa che accade alla fattoria passa attraverso di lui, attraverso le sue mani. Le mani del contadino che si fanno strada ed entrano come radici che si allungano e si moltiplicano nella mia pancia. Si muovono, come zampe di ragno, come formiche sporche che sporcano tutto. È pieno di formiche. Ci sono soltanto formiche. Prova a contarle Edna. Contale, fino all'ultima.)

Quando il contadino si era staccato da lei, non si era sentita libera. Né più leggera.

«Ti piacerà, con il tempo, piccola. Lo sapremo soltanto tu e io.»

A un tratto si era ricordata di Emil. Si era voltata lentamente, perché sollevare la testa era stato come spostare una giara pesante, piena di acqua, in cui i pensieri galleggiavano come barchette confuse.

Aveva incrociato il suo sguardo e allora le era venuto tanto da piangere.

«Ti prego, non dire a nessuno di Emil», aveva sussurrato.

Il contadino non si era girato. «Abbiamo tutti un segreto, piccola. Te l'ho già detto. Ora ne abbiamo uno anche noi, vero? Io, tu. Ed Emil.»

Altrimenti, aveva aggiunto, avrebbe dovuto raccontare a tutti che quella piccola strega gli aveva fatto un incantesimo. Un maleficio di quelli che praticano le donne, pizzicando gli uomini nella loro virilità e tramutandoli in bestie.

Edna si era sentita il sangue gelare. Aveva provato a ricordarsi ogni punto. Dov'era successo? Quando, la sua voce si era trasformata nel canto di una strega? Cosa aveva fatto al contadino? Si era arrovellata fino a quando i pensieri si erano ingarbugliati in un grosso nodo che lei non riusciva a sbrogliare. Allora, con la testa che girava per la paura, aveva smesso anche di pensare e si era sentita pervadere dal senso di colpa. Un'emozione così cupa e senza soluzione.

Il contadino le si era avvicinato, e l'aveva guardata con quei suoi occhi tanto pieni di nebbia che ci potevi annegare dentro.

«Prendi il tuo Emil e corri via di qua, ora.»

Edna aveva dondolato il mento così forte che per poco non gli sbatteva contro il naso. Si era alzata, con la paglia fra i capelli, le gambe arrossate e il dolore di mille lame che la tagliavano. Aveva preso Emil ed era corsa via, senza guardarsi più indietro.

Appena uscita dal capanno aveva vomitato.

E poi, erano arrivati i sogni cattivi: la paura di soffocare con la saliva, la paura delle ombre che si stringevano attorno al suo letto e quella dei lacci.

A volte sognava di gridare, ma la voce non le usciva.

Quella sera, quando Edna aveva riportato Emil al ricovero delle oche spennate, lo aveva stretto fra le braccia, mentre lui appoggiava la testolina di lato e la nascondeva sotto la sua spalla. Non sembrava l'uccello del paradiso, il prodigio capace di guarire e fare miracoli con le sue penne, ma soltanto un animale impaurito.

Edna pensò addirittura che forse non sarebbe accaduto nulla, di quanto era successo, se non fosse stato per lui. Oppure per la sua idea di fare una sorpresa a Jacob.

«Non essere triste, Emil. Tu non c'entri con i mostri. Se non li puoi cacciare, però possiamo non guardarli più in faccia e scordarli. Che ne dici?» Scordarli, come avrebbe fatto lei.

Anche se erano tornati, molte volte, a fare quelle cose che poi la lasciavano ancora più sola.

Aveva messo in pericolo Emil. Svelato il suo nome, il piano che le aveva affidato Jacob. Tutto si rovinava tra le sue mani. E la solitudine la sentiva dentro come un freddo. Sentiva freddo. Tanto, al cuore.

Non parlava con nessuno del capanno. Soltanto Emil conosceva il suo segreto e aveva visto.

Lei ed Emil, che i mostri, poi, non erano mai riusciti a dimenticarli.

34.
LA CANZONE DI PADRE GIANNI

Dormire all'aria aperta, con un pavimento di pietra per cuscino e una cerata come giaciglio, era cosa che avrebbe lasciato ai poeti e ai romantici.

Edna si sollevò, aggrappandosi con le mani al legno ruvido della balaustra.

Ora, che il sole che sbucava carico d'oro e di porpora e il cammino si liberava dalle ombre della notte per indicarle il compito di un nuovo giorno, avrebbe voluto un paio di gambe nuove.

Lei ed Emil fecero colazione con i biscotti e la marmellata regalati da Jeremias. L'aria fresca metteva addosso una gran fame. Ma anche un velo appiccicoso di umidità che entrava nelle ossa e le ricopriva di ghiaccio.

Due signore, con la fronte stretta in fazzoletti a quadri, pantaloncini corti (aderenti, molto più dei suoi), zaini in tela colorata (con appesa larga conchiglia bianca – un'ostrica?), bastoni da trekking e scarpe (di gomma), si avvicinavano ansando alla cappella.

Quando le chiesero una foto, Edna temette per Emil. Questa volta, però, non dovette restare di guardia. Le passarono il loro cellulare dopo averle dato qualche indicazione e si fecero fotografare sorridenti e vicine, ai piedi della cappella, senza domandare altro.

Mentre le due donne (maglietta giallo fosforescente e maglietta rosso salsa di Roland) esploravano il tabernacolo, lei ed Emil si misero in marcia.

Il sentiero girava attorno alla costruzione e saliva, fra cespugli di pini di Arlen, che davano il nome alla montagna. Spesso i nomi delle montagne si ripetevano (come i nomi dei ristoranti): monte Sole, monte Tramontana, cima Dodici e così via. Ma nessuna si chiamava a quel modo, perché in nessuna cresceva tanto rigogliosa quella particolare varietà di pino, l'*Arl*, alta dai due ai cinque metri e da cui si estraeva un olio essenziale indicato per curare geloni e raffreddamenti.

Edna si fermò. Si asciugò il sudore dalla fronte e riconobbe poco dietro di lei le donne che, invece di superarla, sorrisero e le offrirono aiuto.

Mentre si convinceva che lo faceva esclusivamente per Emil, cominciava a scoprire che condividere il cammino con persone allegre, oltre ad alleviare il peso della fatica, le faceva bene al cuore. Senza contare i benefici del poter riposare le mani.

Avevano dovuto rallentare per seguire il suo passo e Edna non si vergognava di accettare di tanto in tanto un braccio che si tendeva verso di lei o di provare i bastoni da trekking (e poi, lo faceva per Emil).

Si salutarono dove il bosco si apriva in una radura e i cartelli legati a un palo indicavano come frecce segnavento tutte le direzioni che un viandante avrebbe potuto immaginare e mai sognato di inseguire.

Edna strinse Emil alla sua spalla e impugnò il suo bastone.

Davanti a loro si stagliava in tutta la sua fierezza la salita dell'Arlberg.

Fece un respiro profondo. «Ho bisogno di te, Jacob», sussurrò prima di richiudere la fotografia nella sacca. Nella mente aveva ancora il suo sorriso storto e la sua voce.

"Un piede davanti all'altro, non è così difficile, *Warmduscher*."

Si concentrò sul suo respiro, sui suoi passi. Sul rumore delle ruote del trasportino e i loro inciampi. Sulle nuvole che correvano nel cielo e sulle cime degli abeti. Si sforzò di ricordare i nomi dei fiori. Il periodo di semina delle campanule. Se i girasoli avessero bisogno di terra acida oppure ricca di calcare. Pensò a Adele, indaffarata ad aprire il suo negozio mentre si chiedeva, forse, che fine avesse fatto.

E se avesse chiamato la polizia davvero?

A quel pensiero si era fermata. Poi le era tornato in mente che le aveva lasciato il bigliettino perché non si allarmasse.

Edna si bloccò di nuovo.

A meno che non le fosse sfuggito il tovagliolo. Se non ci avesse fatto caso, a quell'ora forse era in preda all'angoscia oppure a chiedere di lei in un ufficio di polizia.

Ma era un pensiero sciocco. Aveva fatto attenzione a infilarlo fra la tazza e il piattino, perché lo trovasse appena fosse tornata al tavolo.

Non si era accorta, in tutto quel pensare, che le colline della brughiera erano scomparse e dal sentiero si scorgevano soltanto le cime degli abeti. La roccia bianca della montagna rifletteva il sole alto sopra la sua testa, che le incendiava le spalle nude.

I pensieri, i ricordi, erano fili di ragno in cui restava invischiata, appiccicati alla pelle come le ciocche che non riusciva a scostare dalla fronte.

Jacob, l'ultima mattina che avevano trascorso insieme, le aveva rispiegato ogni passaggio. Lei aveva annuito, promettendogli che si sarebbe ricordata. E aveva ripassato il piano, mentre sfregava il pavimento. Aveva rivisto nella mente tutto il percorso, elencando a memoria i nomi dei paesi e vedendo i profili delle loro chiese riflessi nell'acqua che stava dando ai maiali. Avrebbero atteso la notte, mentre tutti dormivano. Ma perché tutto riuscisse, spettava a lei compiere la parte più difficile. Jacob si fidava.

Edna strinse la mano sul fianco. La strada ora aveva una pendenza diversa. Gli alberi restavano in bilico, con i tronchi inclinati. E anche le nuvole sembravano scendere verso il prato anziché percorrere il cielo. Oppure era lei, così piegata su sé stessa da non capire più quale fosse l'orizzonte?

Jacob si fidava e lei aveva ripassato le indicazioni. Allora, perché non era riuscita a fare come gli aveva detto?

Si lasciò cadere sulla polvere del sentiero. Si tolse gli occhiali strofinando gli occhi con il braccio.

Emil aveva preso a fischiettare. Allora le tornò in mente quello che le diceva padre Gianni. Ed era così bizzarro e grottesco che si ricordasse di lui su quella stessa salita.

Aveva voluto bene a padre Gianni. Da bambina si era affezionata al suo modo di raccontare le storie dei santi e si era abituata alla sua fissazione per la pulizia. Anche se voleva dire immergersi con l'acqua fin sopra la testa in torrenti ghiacciati. Non aveva mai più provato un freddo simile in tutta la sua vita. E, arrivata alla sua età, poteva affermarlo con ragguardevole certezza.

Padre Gianni. E la sua idea che il canto alleviasse la fatica.

Scacciò un sorriso. Si concentrò per ricordare le parole, Emil che la seguiva fischiando.

Un passo. Un altro ancora. Qualcuno che la aiutava a rialzarsi e lei che proseguiva. Sentiva la musica riempire la mente, come una cassa di risonanza in cui i pensieri non avevano più spazio.

Padre Gianni e i suoi occhiali rotondi, sempre puliti. La pelle mai sudata.

Padre Gianni. E tutte le sue bugie.

Quando vide le acque dello stagno che vibravano mosse dalla brezza, entrò con gli scarponi ancora allacciati ai piedi. Si bagnò il viso e la nuca, sfiorando con i palmi i ciuffi di erba che sbucavano dal fondo limaccioso. Il cielo era più vicino e la felicità era restare con i piedi nel fango ad ascoltare il respiro del vento.

Erano lei ed Emil, finalmente sulla cima.

Edna prese fiato mentre il cuore schizzava impazzito, non più per lo sforzo e il dolore. Ma per la gioia immensa di avercela fatta.

Non c'era padre Gianni. Né l'uomo che li aveva venduti a Landeck. Non c'era suo padre che con la faccia sporca di vergogna l'aveva salutata, ficcandole uno zaino sulla schiena. Non c'erano la fattoria con i suoi inganni e il bruciore sulle nocche, le notti ad ascoltare i gufi e sognare di avere due ali. Non c'era Adele, con il suo bisogno di proteggere e salvare, senza capire che le persone a volte inciampano ma poi si rialzano. Con l'orgoglio di avercela fatta. Non c'erano Struwwelpeter a mettere confini alla strada e divieti che ti facevano girare in tondo come in un labirinto che non ha senso, se non il divertimento di chi lo ha immaginato.

Respirò l'aria sincera che soffiava dai prati e socchiuse gli occhi.

C'erano soltanto lei, Emil. E Jacob.

Ora tutto era possibile.

35.
GIORNO 6
DISTANZA: 138 CHILOMETRI

A centotrentotto chilometri di distanza, Max era ancora seduto sul pavimento di finto rovere, nell'angolo della cucina dell'appartamento al primo piano di uno stabile che somigliava a un cubetto di Lego e che sentiva sempre più di odiare. Soprattutto in quel momento, senza Adele, persa chissà dove. Il dove, a dire il vero, lo conosceva. E aveva a che fare con quella vecchia svitata, la signora Edna Weiss, uno tsunami di grattacapi e cattivi pensieri, che si abbattevano su chiunque incontrasse la sventura di avere a che fare con la sua testa cocciuta.

Soltanto quando sentì la mano formicolare, le dita ancora strette al cellulare che si era appena portato via la voce di Adele, Max capì di essere arrivato al limite.

Guardò le carte affastellate in un mucchio, i conti da pagare. Mica poteva dirlo, a Adele, che si era licenziato dal lavoro già da qualche mese. E che aveva speso tutti i risparmi per i pannelli fotovoltaici. O che aveva parlato con il padrone di casa per annunciargli che a breve avrebbero sospeso l'affitto, mentre lei – indecisa come sempre – aveva chiesto a suo marito tempo e un periodo di assestamento in cui avrebbero tenuto un piede in due scarpe, senza capire che altro tempo, loro, non se lo potevano permettere.

Ma i pannelli erano un affare. Un ottimo affare. Il consiglio migliore che potesse accettare da quello sciocco, borioso di Bernie.

Che ne poteva sapere, Adele, chiusa nel suo negozietto dal profumo di cirmolo? Che ne sapeva la signora Edna? Chi era, lei, per intromettersi così e scombinare i piani? Perché lo sapeva Max, lo sapeva eccome, che quella storia non sarebbe mai finita. Ci sarebbe sempre stata lei, la signora Weiss, a trattenere Adele, come la corda di una zavorra. A ricordarle la madre morta di Alzheimer, che non sarebbe stata in grado di riconoscere un ciuffo di insalata da un mazzo di rose, l'ultimo giorno della sua vita. E se ne era andata così, lasciando a Adele il senso di colpa per non averla saputa aiutare a ricordare, per non essere stata abbastanza da riempire con il suo amore e il ricordo della famiglia, che erano stati un tempo, quella testa vuota e sbrecciata come un vaso vecchio.

E ora, che si era messa in mente di fare? Di salvare Edna, come non era riuscita a fare con sua madre? Di sacrificarsi per lei, magari portandola a casa loro, evitandole l'ospizio, perché non avrebbe sopportato di rivedere nei suoi occhi opachi il riflesso dell'espressione di sua madre, la sua ultima domanda, indifesa, e a cui non aveva saputo dare risposta: «Perché sono qui? Portami a casa, Adele. A casa mia. Non voglio stare rinchiusa in questo posto».

Ma Edna non era sua madre. Non era niente per loro. E lui non avrebbe permesso a nessuno di frapporsi tra sé e la felicità. Aveva sopportato già troppo freddo, al magazzino dell'ortofrutta. E rimproveri, mortificazioni, che gli avevano tagliato l'orgoglio a colpi di mannaia.

Guardò il calendario appeso al muro, quello con la fotografia di lui e Adele – più giovani, con ciuffi vaporosi sulla fronte e spalline delle giacche larghe quanto i loro sorrisi – in luna di miele a Vienna. E poi i quadratini con le settimane del mese, più sotto. Gli restavano ancora due giorni, due giorni soltanto, per trovare Edna e convincerla a tornare a casa, oppure trascinarla con la forza, se fosse stato necessario, prima che la sua pratica alla casa di riposo venisse archiviata. Era già riuscito a spostare il termine – chissà quale disperazione dovevano aver intravisto le suore nei suoi occhi mentre gli dicevano che non potevano fare eccezioni e lui si vedeva davanti i pagamenti dei pannelli da saldare, gli accordi presi con gli operai, le parole date, promesse, il sorriso vittorioso di Bernie e dei colleghi che non avevano mai creduto in lui e a cui aveva voltato festosamente le spalle il giorno che se n'era andato dall'ortofrutta senza guardarsi più indietro.

Ripensò alle ultime parole che aveva detto al telefono a sua moglie: «Devi fermarla. Devi chiamare la polizia. Fallo per il suo bene, Adele. Pensa al *suo* bene».

E non gli riusciva davvero di sentirsi in colpa se il bene che aveva immaginato per la signora Edna, questa volta, sarebbe stato anche il loro.

36.
LA STATUA DI SAN CRISTOFORO E LO SCALATORE ZEN

Il cammino fino a St. Christoph era stato in discesa.

Intorno alla chiesa era sorto un vero paese, incastonato fra le montagne. Edna dovette guardarsi bene intorno per riconoscere nei profili delle case e degli edifici dalle immense vetrate l'ombra di quello che era stato un tempo. La chiesa non era più il centro silenzioso verso il quale convergevano boschi e fattorie sparse. Erano i nuovi alberghi, indicati dai piloni d'acciaio degli impianti di risalita, a richiamare turisti e rumore. Colori.

Edna era in piedi di fronte alla facciata rosa della chiesa, con le mani umide come quelle di una bambina che non aveva il coraggio di entrare. Si fermò a osservare lo stemma della confraternita: uno scudo diviso in tre campi, i due in alto riempiti da un agnello e da una croce dorata, la punta in basso da tre croci rosse, più piccole. Sulla sinistra, nella parete in sasso coperta da un tetto spiovente che digradava fin quasi al terreno, si apriva il passaggio che portava alla cappella.

Sul muro era appesa una targa, in ricordo di un certo Heinrich Fiendelkind, FILANTROPO E SOCCORRITORE DEI BISOGNOSI SULLE MONTAGNE DELL'ARLBERG. 1836. Ma a colpirla come un pugno fu la placca appena sotto. Non lesse le scritte. Si fermò invece sull'immagine. Per un istante Edna si sentì stringere e trascinare via nelle spire di un vortice. La statua, seppur nella freddezza della bidimensionalità di una fotografia in bianco e nero, era esattamente come la ricordava. San Cristoforo, la fronte fasciata da una larga benda, il bastone in mano e un Cristo bambino aggrappato sulla spalla, la sua tunica corta, il lungo mantello strappato.

Rigirò nella mano la scheggia di legno, il manico del trasportino nell'altra, e costrinse le gambe a seguirla lungo la galleria.

Era giorno, ma lì sotto due grandi lanterne appese al soffitto illuminavano il passaggio scuro. Svoltò sulla destra, dove salivano i primi gradini di marmo, chiaro come le pareti, e il soffitto che si apriva a volta. La scala proseguiva per curve strette e ripide. Non poteva proseguire con il trasportino. Decise di lasciarlo sotto la statua di un santo protetta da una grata e salì i gradini con Emil in spalla. Il pappagallo arruffò le penne e puntò la sua vista obliqua sul corridoio. Edna avvertiva la tensione scorrere nelle zampe che si artigliavano alla maglietta. Lei sentiva lo stesso freddo, la stessa ansia bagnarle la schiena.

La porta di vetro era già aperta. Si scostò di lato per lasciar passare un ragazzo, che pareva avere una gran fretta di uscire, e avanzò fino alla statua.

L'aveva intravista subito, appena aveva poggiato lo scarpone sul marmo del pavimento. Era esattamente dove avrebbe dovuto essere, nell'angolo di fondo, al lato dell'arco che segnava l'ingresso nella zona dell'altare, sbarrato ora da un grande televisore appoggiato su un carrello e che stonava, con la sua modernità, in mezzo ad affreschi antichi e cornici dorate.

San Cristoforo era lì, con il mantello dei viandanti e le ginocchia scoperte, inarcate sotto il peso di un giovane Cristo appoggiato sulla spalla, il lungo bastone piantato a terra e inclinato per raccogliere la forza della spinta. Ma non c'era la benda a fasciargli la fronte. Il corpo si torceva in un moto quasi vorticoso e culminava nelle ali del piccolo Cristo nudo che indicava la direzione con il braccio.

Edna stringeva la scheggia nel palmo mentre percorreva con lo sguardo la superficie lucida del legno e si chiedeva, aggiustandosi gli occhiali, perché fosse priva di tagli e di incisioni. Il corpicino del piccolo Cristo era nudo. Non indossava più la sua tunica lunga? I capelli di san Cristoforo cadevano in ricci sui lati del viso mossi da una tempesta che gli incupiva lo sguardo e increspava la barba in onde tortuose. Mancavano la compostezza, il rigore e – notò Edna – a occhio e croce più di qualche centimetro rispetto agli imponenti quattro metri della statua che ricordava lei. Controllò le mani. E i piedi. Era da lì che i bambini di Svevia intagliavano le loro schegge. Quelli del san Cristoforo che si ergeva di fronte a lei erano invece lisci e perfetti.

«Non può stare qui con quel pappagallo.»

Edna si voltò e vide soltanto una confusa nuvola di capelli biondi e un bagliore di lenti rotonde.

Quando mise a fuoco, la donna la stava ancora puntando, senza sorridere, la mano appoggiata sopra il leggio. Indossava un abito elegante, di velluto nero, una giacca dai bottoni dorati. Il televisore, accanto, aveva cominciato a mandare immagini in bianco e nero che si alternavano con video a colori.

«Mi scusi, questa è la statua di san Cristoforo?»

La donna la scrutò con le sopracciglia inarcate e Edna sentì di aver detto qualcosa di molto stupido. Oppure c'era una vaga possibilità che la signora non avesse compreso la sua lingua? Ora che ci ripensava, tornava a sentire una sensazione che si era impressa dentro di lei dai tempi della fattoria, quando aveva capito in fretta che il suo dialetto – la lingua della sua famiglia e del suo paese, un misto di cadenza italiana e tentativi di gutturali tedesche – per gli altri era solo un'accozzaglia di suoni tragicamente incomprensibile e ridicola, mentre a lei quel tedesco di pianura, che scivolava come una musica più dolce ma di cui capiva una parola su tre, costava scappellotti a ogni ordine mancato o non eseguito con prontezza. Nessuno aveva intuito il suo problema, né si era dato pena per trovare una spiegazione a quell'indolenza, che la faceva arrivare sempre ultima e le sgranava gli occhi come un'ottusa a ogni frase che le rivolgevano. La sua lentezza era stata presto attribuita a una presunta, innata pigrizia, da sradicare con risoluta severità. E tanto era bastato. Anche a casa, nel paese di confine da cui veniva, era abituata a sentirsi come quelle coperte fatte di pezze dai colori diversi mentre alle persone che conosceva – la gente come suo padre, che sopravviveva nelle minuscole fattorie abbarbicate sul versante roccioso e sterile della montagna, oppure quelli che arrivavano dalla città, parlando la lingua di sua madre – a tutti, piacevano le tinte unite, decise, senza sbavature. Eppure sua madre glielo aveva detto molte volte: «Non troverai mai due fili di lana dello stesso colore, Edna. Neppure se fossero entrambi arancioni. Ci sarà sempre un po' più di giallo o di rosso». A lei non piaceva essere un filo diverso dagli altri, ma aveva imparato a tenersi lontana dalla luce, a parlare poco, a bassa voce, a non essere mai pienamente riconoscibile.

«È la statua originale?» ripeté lentamente, scandendo le parole.

«Intende quella prima dell'incendio?» rispose l'altra in un tedesco dalla cadenza perfetta.

Edna non ne sapeva nulla dell'incendio né capiva cosa intendesse dire la donna che con aria insofferente si portava le mani agli occhiali, raddrizzando le lenti dai bordi dorati. Ma annuì.

«Quella è andata distrutta», riprese l'altra, girando pagina dal fascicolo.

Edna capì che non avrebbe ottenuto altre spiegazioni dalla donna.

Diede un ultimo sguardo al san Cristoforo e si fece il segno della croce. Poi uscì, trascinando Emil in una lenta, mezza piroetta. Superò la vecchia foresteria, trasformata in un ristorante di lusso in cui entravano signori vestiti tutti uguali, con le giacche rosse e lo stemma della confraternita ricamato sopra il taschino.

Si ricordò il profumo del *Melchermuas*, il miscuglio di latte, burro e farina cotto in padella, di cui si era riempita lo stomaco nel viaggio di tanti anni prima, quando era una bambina che non mangiava un piatto buono da giorni. E per un istante provò lo stesso intenso piacere di allora.

Senza badare al traffico che le scorreva a fianco, Edna ripensava alle informazioni che aveva letto sulla placca prima di riprendere il cammino (incendio, 1956, cappella distrutta, statua bruciata, sostituita). Immaginò le fiamme che salivano tremolanti nel cielo, inghiottendo le bancate, le offerte votive, i quadri, dietro un gigantesco muro di polvere. Conosceva bene il ruggito del fuoco quando divora il legno. E le aveva sempre messo addosso una gran paura, perché le ricordava l'inferno.

Ripensava alla cappella, alle fiamme, alla sua scheggia custodita nella tasca.

Non credeva nei segni, come Priska. Però si chiedeva se fosse stata soltanto la sfortuna a impedirle, in entrambi i suoi viaggi, di riportarla all'origine, al luogo cui apparteneva. In ogni caso, quel pezzo di legno sembrava destinato a restare con lei.

Era tornata sul sentiero, i polmoni rotti dalla stessa tosse che le dava il tormento dalla sera dell'acquazzone. Il cuore pesante e nella testa un cielo di cattivi pensieri.

Qualcuno, però, sembrava passarsela peggio di lei.

Riconobbe il ragazzo che era uscito di fretta dalla cappella di san Cristoforo, dai colori accesi dello zaino. Non aveva fatto molta strada. Seduto con la schiena contro un masso, si massaggiava con vigore la caviglia.

«Tutto bene?»

Il ragazzo sollevò il viso di scatto, facendo scendere il bordo dei pantaloni sopra lo scarpone.

Alzò la mano e le sorrise. «Tutto bene, grazie.»

Si era sollevato da terra, ancorandosi al masso e facendo dolorosamente leva sul braccio.

«Una storta alla caviglia?»

Lui increspò le labbra. «Nulla di grave.»

«Se vuole, ho dell'arnica.» Edna fece per aprire la sacca mentre lo sguardo restava impigliato sulla barba ramata che gli incorniciava il volto. Aveva occhi intagliati nell'acquamarina e la pelle bruciata. Dove si intravedeva il segno dell'abbronzatura lasciato da un'altra maglietta, invece, era di un pallore accecante.

«L'ho vista uscire dalla cappella di san Cristoforo, poco fa.»

Lui annuì. «I luoghi chiusi mi danno un senso di vertigine. Ogni volta che ci provo, mi trovo a scappare con il fiato corto.»

«Era entrato per la statua?» Edna gli passò la crema.

«Per trovare un po' di fresco e di sollievo a questo caldo», disse, armeggiando con il tubetto, ma inutilmente. Edna lo riprese con gentilezza e svitò il tappo (pressione verso il basso e rotazione in senso orario) prima di ripassarglielo aperto.

«Sono in cammino da qualche settimana. Sempre solo», disse con orgoglio, ma come se la solitudine gli fosse costata fatica. «Ho trovato pioggia, vento, ma anche tanto sole. Oggi si muore, dall'afa.» Si massaggiò la caviglia. Poi cambiò espressione. «Quest'arnica è una meraviglia!»

Edna conosceva bene la sensazione. I muscoli rattrappiti venivano invasi dal fuoco e, a quel punto, non sentivi più niente e potevi anche rimetterti a camminare. O a ballare.

Notò gli scarponi puliti e i pantaloni in materiale tecnico, con molte tasche e zip. Le stava ancora contando, quando lui le strinse la mano e si presentò con un nome che fece fatica a comprendere.

«Che nome è?»

«Tibetano, signora. Tenzin vuol dire "protetto dal Dharma". Il secondo nome, invece, "luce della rinascita".»

Edna dondolò il mento in segno di approvazione. Ma era ancora confusa. Che razza di nome era?

Oltretutto il Tibet si trovava in Asia e la sua carnagione, invece, tradiva una provenienza nordica, senza alcun dubbio più vicina alla sua.

Decise che per lei sarebbe stato "Tenzin Lorenzo".

«Anche lei sta seguendo il sentiero dei pellegrini?»

Edna ci pensò su. Sapeva che stava ripercorrendo in senso inverso la stessa strada fatta quando era scappata dalla fattoria. Ma non avrebbe saputo dire se fosse il sentiero di cui parlava il ragazzo. «Sto andando in Germania, a Ravensburg.»

«Con il suo pappagallo? Sempre a piedi?»

«Fino a Langen. Veniamo da St. Anton e siamo felici che la strada sia finalmente in discesa.»

«Vuol dire che è arrivata fino alla cima?» Tenzin Lorenzo si era fermato. «Caspita, è un sacco di salita.» Aveva ripreso a camminare ed era inciampato in un sasso. «Ma dice davvero?» chiese fissandola come se la stesse vedendo per la prima volta. «Aspetti.» Frugò nelle tasche, poi si tolse lo zaino e tirò fuori un oggetto piatto e rettangolare.

«Se non sbaglio sfiora i millenovecento metri ed è il punto più alto di tutti i cammini che portano a Santiago de Compostela», disse pigiando e passando il polpastrello sullo schermo, che restava muto e immobile. «È strano, perché l'ho comprato proprio prima di partire», disse a voce bassa, quasi a sé stesso. «È nuovo. Mi hanno detto che dovrebbe funzionare così...» Insisté, facendo scorrere di nuovo l'indice.

Edna si ricordò del suo tesserino ABO +65. «Conosco la sensazione, signor Tenzin. Quegli affari non funzionano mai. Credo abbiano un timer che li disattiva subito dopo che li hai comprati.»

«A ogni modo», riprese lui, rinfilandolo nello zaino, «Langen è qui, dietro l'angolo. Verso ovest, la mia direzione.» Si ficcò lo zaino sulle spalle con un sorriso soddisfatto e afferrò il manico del trasportino, sotto lo sguardo preoccupato di Emil. «Possiamo farci compagnia, che dice?» disse affrontando con passo sbarazzino il sentiero.

Tenzin Lorenzo aveva già deciso.

Signore e signori, ecco a voi, il prodigio!

«Vedrai, Edna, sarà grandioso.»

Lo sguardo di Jacob si era illuminato di minuscole scintille mentre aiutava il pappagallo spennacchiato e sonnecchiante a salire sulla cassa di legno rovesciata. L'aveva posizionata con precisione al centro del ricovero libero dalle oche uscite sul prato a godersi il sole.

«Ho pensato di aggiungere anche un piccolo spettacolo. Te l'ho detto, gireremo il mondo con Emil, e pagheranno monete d'oro per vederlo. Dove ti piacerebbe andare? Giappone? Forse in America, vero? Sì, deve fare sempre caldo laggiù, credo...»

Edna aveva annuito con convinzione, anche se, a pensarli sopra una cartina, quei nomi le si confondevano come i colori di una biglia.

«Per iniziare potremmo usare i soldi di Anja e...»

«Sai dove li teneva?»

«Credo di sì. Ma li prenderemo solo in prestito, sarà uno scambio di favori», aveva aggiunto sotto lo sguardo severo di lei. «Perché troveremo i suoi genitori e racconteremo quello che è successo.»

A Edna era sembrata una buona idea, in fondo non si trattava di rubare.

«Certo, dovremo darci da fare, con Emil, l'addestramento è impegnativo, ma quando ha fame è più facile convincerlo. Non che lo affameremo, no di certo.» Jacob aveva scrollato con decisione il capo. «Ma lo prenderemo per la gola.»

«Ci ho già provato», aveva sospirato Edna.

«Non con questi. Guarda.» Jacob aveva avvicinato il pugno e quando lo aveva dischiuso, lentamente, lo sguardo di Edna era scivolato sui semi prima di incrociare i suoi occhi vibranti di determinazione.

«Semi di girasole?» aveva chiesto dubbiosa.

«Esatto, proprio così! Stai a vedere.»

Aveva alzato il braccio sinistro e lo aveva tenuto teso all'altezza della spalla. «Emil, vieni!» gli aveva ordinato. Nell'altra mano stringeva i semi.

Edna aveva guardato Emil, che si lisciava una penna, si passava il becco sotto l'ala. E poi si ingobbiva, arruffando le piume con aria preoccupata.

«Emil, vieni!» aveva ripetuto Jacob più forte. Emil si era scrollato, lanciando uno strillo spaventato.

«Forse dovresti avvicinarti, ma senza mettergli paura», gli aveva consigliato Edna. Se Jacob continuava a impartirgli ordini come facevano i contadini con loro, il cuore di Emil sarebbe scoppiato.

Lui l'aveva ascoltata. Aveva allungato la mano sotto il becco, accorciando la distanza tra sé e il pappagallo, ma quello, con una velocità sorprendente, gli aveva sfilato una manciata di semi e, prima che Jacob potesse acchiapparlo, era svolazzato sopra una balla di fieno.

Edna era scoppiata a ridere.

«Sarà così, vedrai», aveva borbottato Jacob, prendendo il quaderno, su cui segnava i progressi. Ma non era bravo con la matita. Si era seduto accanto a Edna e tracciava cerchi e linee tremolanti, calcando più del dovuto.

«Devi essere più leggero», gli aveva suggerito Edna. «Vedi, in questo modo.» Aveva stretto la mano di Jacob nella sua, come faceva Martin con lei. Ma quando aveva sentito Jacob irrigidirsi, si era fermata.

«Scusa.» Aveva trattenuto il respiro. Si era ricordata che a Jacob non piaceva quando qualcuno lo toccava. A volte aveva l'impressione che sotto la pelle gli fossero rimaste incastrate schegge di vetro invisibili. Bruciavano se le sfioravi. Con il tempo, Edna si era convinta che Jacob fosse più sensibile degli altri, in un modo suo, silenzioso, che però lei riusciva a capire.

Ma quella volta lui aveva alzato le spalle. «No, va bene. Se dici che per imparare si deve fare così, puoi farlo», aveva detto senza guardarla negli occhi. Così lei aveva continuato, ma facendo attenzione.

Avevano scritto insieme la prima frase: *Regola n.1. Emil è un pappamolla come Edna. Non urlare i comandi.* Jacob era scoppiato a ridere e Edna si era lasciata travolgere dal suo entusiasmo. Avrebbe tanto voluto credergli e pensare che l'uccello del paradiso li avrebbe salvati. Per ora, a lei non aveva portato che guai.

37.
IL SENTIERO DEI PELLEGRINI

Gli alberi disegnavano ombre che si rincorrevano sul sentiero. Pascoli alpini seguivano i fianchi morbidi della montagna attraversati dal gorgoglio di un ruscello. In fondo, Edna si sentiva a casa. Ma Langen non era dietro l'angolo come le aveva fatto credere Tenzin Lorenzo.

«Ha detto che questa è la via dei pellegrini?»

Il ragazzo annuì. «Le sarà di certo capitato di incontrarne qualcuno sulla strada. Si riconoscono perché hanno appesa una conchiglia di ostrica alla maglia o al bastone.»

«Anche allo zaino?» chiese Edna ricordando le due donne incontrate alla cappella.

«Certamente. È il simbolo che trova dipinto di giallo sui cartelli.»

Edna ricordava. Si era sempre chiesta che diavolo rappresentasse. A lei erano sembrati i raggi di un sole, ci avrebbe scommesso gli scarponi. Per fortuna non lo aveva fatto, pensò sentendosi sollevata come quando si scampa un pericolo.

«Se ci ha fatto mai caso, le arterie principali che attraversano le montagne sorgono su tracciati molto antichi», il ragazzo inciampò, ma riprese in fretta l'equilibrio. «Sono le vie aperte dagli eserciti romani o quelle ancora più antiche del commercio dell'ambra. Erano le stesse che nel medioevo venivano percorse dai pellegrini, un dedalo di strade che congiungono i luoghi della cristianità. Pensi alla via Francigena che taglia l'Europa in linea retta da Roma a Canterbury oppure ai nostri passi. Ci stiamo muovendo su orme antiche di secoli. Si passava di qua per arrivare a Santiago de Compostela, oppure a Roma. Non lo trova di grande ispirazione?»

Edna avrebbe voluto ribattere che lei forse faceva parte di quelle orme antiche – le conosceva troppo bene per sentirne nostalgia, e poi cosa ci trovava la gente a elogiare e ricordare sempre il passato? Quando capitava a lei, ringraziava di non esserci più intrappolata, ma non volle deludere il suo entusiasmo. «Da quanto è in viaggio?»

«Sono partito da poco, in realtà. Ma ho intenzione di arrivare fino in Spagna.»

Tenzin Lorenzo sembrava deciso, un arco teso verso il bersaglio, con lo sguardo acceso dall'ardore e gli scarponi troppo rigidi. Certi dettagli era impossibile non notarli, pensò Edna. Di certo a quel ragazzo non mancava un ottimismo ammirevole. Ma lo stesso non poteva dirsi dell'esperienza. Non ci si mette mai in cammino con scarponi di cuoio nuovi di zecca. A meno che non si abbia intenzione di soffrire le pene dell'inferno.

«Come le è venuta l'idea di seguire le vie dei pellegrini?»

Lui alzò le spalle. «Il motivo per cui si viaggia, suppongo. Voglia di aria nuova.»

Edna notò che aveva un bel sorriso, di quelli che risalgono fino alle pupille e le fanno brillare.

«Era la stessa strada percorsa dai bambini di Svevia. Ne ha mai sentito parlare?»

Dal modo in cui aveva scosso la testa senza aggiungere altro, Edna capì che era trascorso troppo tempo perché il mondo ne avesse memoria. Era una cicatrice che molti avevano voluto dimenticare in fretta perciò, chi, avrebbe dovuto ricordare?

«Si chiamavano così i bambini che partivano per andare a lavorare nelle fattorie al di là dell'Arlberg. Quando si arrivava alla cappella di St. Christoph, che segnava l'inizio della discesa, si intagliava la statua con un coltellino e si conservava nella tasca una scheggia. Serviva contro la nostalgia di casa.»

«La statua che è andata distrutta nell'incendio?»

Edna annuì. Si sentì di nuovo trascinare via, stretta fra i gorghi della corrente.

«Interessante, già.» Poi Tenzin Lorenzo si fermò. «Signora Weiss», sbottò a un tratto, «lei sa come si accende una lanterna volante?»

38.
WALDRAVE

Mentre guardava Emil giocare con Tenzin Lorenzo sull'erba, Edna pensava che fosse davvero un bravo ragazzo, quello che aveva incontrato per caso e aveva trascinato il trasportino al posto suo in lungo e in largo per tutta la giornata. Per un tratto l'aveva presa sotto il suo braccio. Lei all'inizio si era tirata indietro, ma lui le aveva assicurato che così riusciva a camminare meglio, senza avvertire il dolore alla caviglia. Edna si chiedeva perché, allora, continuasse a zoppicare quando lei, invece, si sentiva tanto leggera e le pareva di fare la metà della fatica.

«Non mi ha ancora spiegato la storia delle lanterne volanti. Perché mi ha chiesto se io le sappia accendere?»

«Lo scoprirà», rispose, nascondendo la mano dietro la schiena, con Emil che cercava dove si fosse cacciata, vispo e divertito come non lo vedeva da tempo.

«Non lo avevo mai capito, ma credo che preferisca gli uomini. È stato un bambino a salvarlo e chissà, forse, ricorda qualcosa, nella sua testa matta.» Magari non aveva mai smesso di cercare Jacob. Emil aveva preferito la spalla di Flo a quella di Priska. Non sopportava Adele, che conosceva da sempre. Ma non aveva avuto alcuna esitazione a farsi accarezzare da Fer.

«Dicono che abbiano una grande memoria. Pappagalli e corvi sono intelligenti quanto le scimmie fra i mammiferi.»

«Ma a noi i corvi non piacciono.»

«Deve stare molto attenta, allora. Perché qui ne girano parecchi. Ho comprato un libro, prima di partire. È elencata tutta la fauna dell'arco alpino. Sa che i corvi imperiali hanno un'apertura alare di oltre un metro?»

Edna trovava divertente il suo gesticolare. «Vedo che ci ha pensato bene al suo viaggio, prima di partire. Non ha lasciato nulla al caso.»

Lui alzò le spalle. «Ho avuto parecchio tempo per pensare, ultimamente. E da casa, con internet, street view e tutti i programmi di mappatura satellitare, riesci a vedere persino i segnali stradali agli incroci. Lei, il suo, lo ha programmato da tanto?»

«Più o meno ottant'anni», disse con assoluta serietà, aggiustandosi gli occhiali.

Tenzin Lorenzo la guardava con ammirazione e una domanda che non aveva il coraggio di farle, ma che se ne restava sospesa, fra le labbra e lo sguardo rotondo.

«E pensare che i miei amici mi prendevano in giro...»

«Ma poi», continuò Edna, «c'è sempre qualcosa che finisce per andare come non avevi pensato e ti tocca ricominciare da capo. Che ne dice, ci rimettiamo in marcia?»

Arrivarono alla radura accompagnati dai colori del tramonto.

Edna notò che il «campeggio», di cui le aveva parlato Tenzin Lorenzo, non era esattamente come se lo era immaginato.

Una grande tenda rotonda occupava il centro dello spiazzo, vicino al falò. Altre più piccole pendevano dai tronchi degli alberi, sospese come nidi di uccelli.

Fissate ai rami bassi tremolavano lanterne di vetro illuminate dalle candele. E ovunque c'erano ragazzi che suonavano la chitarra o percuotevano tamburi.

Dovette stringersi con decisione gli occhiali sul naso per distinguere le immagini: coppie che si baciavano e abbracciavano, in grovigli palpitanti. Allora ritraeva all'istante lo sguardo imbarazzato, concentrandosi sul trasportino, sulla rotella che girava più lenta, oppure sul verde particolare di un albero. Quelli invece le sorridevano e la invitavano a sedersi in mezzo a loro con ampi gesti delle braccia.

Tenzin Lorenzo sembrava a suo agio. Salutava con sorriso aperto, quasi conoscesse quelle persone una a una. E tutti ricambiavano con allegria.

Lo abbracciavano, lasciandogli in mano una bottiglia di birra, chiedendogli come fosse andato il viaggio e se avesse incontrato la stessa pioggia che aveva ritardato il loro arrivo da nord.

Edna si sedette in disparte. Si guardava intorno, senza riconoscersi in nulla.

"Jacob, ricordi quando attraversammo noi queste montagne? C'erano soltanto silenzio, il freddo che scendeva dai ghiacciai, la nostalgia di casa e la paura di cose sconosciute che si nascondevano dietro a ogni curva."

A dire il vero, Jacob non era con lei. Perché si erano incontrati alla fattoria. Ma era come se ci fosse sempre stato, notò con una punta di tristezza e il dolore delle cose che ci sono sfuggite, ma che in qualche modo abbiamo trattenuto con noi. Però le era mancato così tanto, di lui. Era rimasto sempre un bambino, nei suoi ricordi. Per questo, quando aveva scoperto la sua fotografia sul giornale, qualcosa dentro di lei si era rifiutato di riconoscere, in quel ritratto sconvolto dal tempo, il suo Jacob. Ma erano state le cicatrici a farglielo ritrovare. Le cicatrici non mentono. Quando hanno inciso la tua pelle, la trasformano in modo tanto radicale e indelebile, che non sarai mai più lo stesso. Pelle, anima, non importava. Laddove c'era una frattura, una crepa, eri tu davanti a un bivio.

Era la palpebra tagliata di Jacob, erano le sue, di cicatrici. Meno visibili, forse, ma non per questo avevano sanguinato di meno.

«Pensieri tristi?»

La ragazza le si era seduta accanto senza che lei se ne fosse accorta, tanto era presa a ricordare.

«Anche a me capita», disse passandole una bottiglia. «Forza, senza complimenti.»

Edna avrebbe voluto rifiutare. Non stava bene accettare

da bere dagli sconosciuti. Ma quella la guardava con l'aria di chi sa molte cose. «La mia ragazza mi ha lasciato. Anche tu sei stata lasciata?»

Che domanda strana. Edna prese la bottiglia. Dalla consistenza con cui si spandeva sulle pareti, il liquido pareva succo. Ne buttò giù un sorso. Lo assaporò, ascoltando la sensazione che lasciava sulle papille. Non era per niente male, si stupì. Diffondeva un gradevole sapore fruttato. Forse più di erbe... Erbe di montagna...

«Sono stata io a lasciarlo», disse prendendone un altro sorso. Scivolava bene. Scendeva nello stomaco, scaldandolo come un fuoco, che pizzicava e pungeva, facendoti sentire più forte. «Ma ora, sto andando a riprendermelo.»

«Brava, così si fa», disse l'altra afferrando la bottiglia che Edna le stava passando. «Vorrei avere lo stesso coraggio.»

«Un piede davanti all'altro. Non è così difficile, ragazza.» Si scambiarono di nuovo la bottiglia. Non era proprio sete, pensò Edna, ma non riusciva a rinunciare alla sensazione di calore, di quiete, che le dava quel succo dal sapore particolare.

«Fosse così semplice...»

Edna sentiva una piacevole vertigine portarla con sé.

E proprio non riusciva a capire perché avesse la barba, la ragazza che ora baciava il tizio che le era di fronte. E braccia muscolose, un collo massiccio. Le venne quasi da ridere. Che cose bizzarre. Due uomini che si baciavano? Doveva avere gli occhiali molto appannati.

«Signora Edna, si diverte? Perché non fa uscire Emil?»

Edna stava ancora guardando i due che si stringevano e si sforzava di definire il confine fra i baffi dell'uno e la barba dell'altro.

E cosa non andasse nei suoi occhiali.

«La ragazza», disse indicando il posto vuoto accanto (dov'era finita?), «quella che era seduta qui fino a un attimo fa, mi ha fatto assaggiare un succo, signor Tenzin. Ottimo. Ma credo di avere qualche problema agli occhiali», disse stropicciando le lenti con il bordo della canottiera.

«Succo... ne è sicura?»

Edna annuì.

«Sapore di erbe, che scalda come la sua arnica?» rise. «Ah, lei deve aver provato il *Killepitsch*, signora Edna. Si vede che è un'intenditrice.» Tenzin Lorenzo alzò il braccio per salutare uno dei due figuri ancora abbracciati.

«Quello è David», disse rispondendo al sorriso. «Mi ha *friendzonato* il mese scorso.»

«*Friendzonato...*» sussurrò Edna, rigirando la parola nella mente alla ricerca di un ricordo.

«Ha detto che siamo solo amici», le spiegò lui.

«Be', mi pare ottimo. Gli amici sono importanti.»

Lui restò un istante in silenzio, quasi volesse dirle qualcosa, ma cercasse il momento. Edna gli sorrise per incoraggiarlo. (Timidezza, Tenzin Lorenzo era un ragazzo timido.)

«Questa», disse infine lui sorridendole e passandole un involucro di carta piegata come un origami, «è la sua lanterna. Deve appenderci un biglietto con il suo desiderio. Noi le faremo volare per Manuel. Ma, visto che lei non lo conosceva, non credo che a Manuel dispiacerà se il suo pensiero non lo riguarda. Ha un sogno, Edna? Oppure qualcuno a cui vorrebbe dedicare un messaggio... Forse le può sembrare infantile, ma noi ci crediamo molto. Se pensa con convinzione a una persona, se immagina dentro di sé il suo desiderio più grande, il vento lo farà arrivare lontano. Esattamente dove vuole lei.»

Le lasciò una penna, un cartoncino appeso a un filo. E la lanterna di carta.

Quando se ne fu andato, Edna li rigirò lentamente fra le dita, senza sapere bene che farne. Sollevò il volto. Incrociò lo sguardo di Emil, dubbioso quanto il suo, pensando che era da molto tempo che non credevano più nella magia. Ed era difficile immaginare che avrebbero cominciato proprio ora.

39.
LE LANTERNE VOLANTI

Avevano fatto partire tutte le lanterne nello stesso momento, dopo averle accese aiutandosi l'uno con l'altro, passandosi accendini, penne, cartoncini, in una gigantesca, scomposta catena. Un tizio con le braccia coperte di disegni, e che per un istante le aveva ricordato il ragazzo con le scarpe dorate (ma lì preferivano camminare scalzi, valli a capire tu), le aveva tenuto la lanterna ferma, afferrandola per i lembi mentre quella si gonfiava, strattonata dall'aria come un gatto scorbutico, che voleva guizzare via dalle mani. Edna era riuscita a riappendere il suo bigliettino, che si era strappato, e aveva acceso la fiammella.

Edna si era trovata a ridere, sperare, faticare insieme agli altri. A quei ragazzi che non conosceva e che tutti insieme, dopo le grida di richiamo, il conto alla rovescia in un'unica, impetuosa voce (stonata), e un *wooow* lungo quanto la scia del vento che le portava in alto, avevano fatto silenzio, lasciando che fosse la notte ad accompagnarle, insieme ai loro pensieri e ai loro desideri. Perché, Edna lo sapeva, le cose più importanti facciamo fatica a dirle.

Lei aveva scritto tre nomi e si chiedeva dove sarebbe arrivata la sua.

«Una volta raggiunta la massima altezza, si spengono e cadono», le sussurrò Tenzin Lorenzo.

Forse qualcuno, vedendole dalla città, avrebbe potuto credere che fossero stelle cadenti.

I volti dei ragazzi erano illuminati dalla loro luce e Edna non distingueva uomini, donne, colore della pelle. Bagnati di oro avevano tutti lo stesso profilo, pensò bevendo un sorso ancora. Forse perché i sogni ci rendono simili. Rise tra sé di quel pensiero. Era troppo stanca per ragionare con lucidità.

Ci pensò Tenzin Lorenzo a trovarle un posto comodo in cui riposare.

Nel tepore confortevole dei sacchi a pelo, adagiati l'uno accanto all'altro sullo spiazzo davanti alla tenda, Edna e il ragazzo guardavano le stelle.

«Signor Tenzin», chiese Edna che si era fatta riempire per la seconda volta la borraccia di quel liquido meraviglioso, «chi era Manuel?»

Il ragazzo si voltò verso di lei. Era sdraiato sul fianco, il braccio ripiegato sotto la testa. «Una persona a cui tutti volevamo molto bene. Ma questo, credo lo abbia capito.»

«Era un suo amico?»

«Un amico speciale.»

Edna si tolse gli occhiali. «Già, lei è molto fissato con questa storia dell'amicizia», rifletté asciugandosi le lenti. David… Manuel… Quella specie di comune che si era data appuntamento fra le montagne… «Cosa gli è successo?»

Tenzin Lorenzo prese dallo zaino il piccolo schermo, che si era finalmente acceso. «Guardi.»

Lo accostò delicatamente al suo volto e attese insieme a lei che le immagini cominciassero a scorrere.

Edna vide una festa di compleanno, ragazzi che si buttavano in piscina, bagnando i teli colorati di spruzzi altissimi. E un parapendio. Manuel che si voltava, il pollice alzato per dire che andava tutto bene, e un sorriso sotto il casco e la maschera enorme. Vide la disarmante fiducia nella vita di chi è ancora giovane, la voglia di correre, senza fermarsi, liberandosi di ogni zavorra. Vide sé stessa. Non come era stata. Ma come si sentiva in un angolo profondo della sua anima, che era diventato sempre più grande e luminoso, da quando era partita. Vide sé stessa, come si sentiva in quell'istante, guardando il cielo sconfinato e pensando alla sua piccola lanterna volante.

«Gli piaceva volare. Amava il parapendio. Si è lanciato decine di volte, proprio da queste montagne.» La voce del ragazzo si era fatta greve e lenta. «È bastata una sola volta, un solo, stupido incidente. Il parapendio è precipitato nel fiume. Di pochi metri, sa. Sarebbe bastato così poco. Un alito di vento. Lui era ancora legato e non ha potuto fare niente. Una bestia del genere, che si gonfia d'acqua, è un mostro che ti trascina negli abissi.»

Tenzin Lorenzo spense l'apparecchio e lo ripose nello zaino. «Sa cosa mi fa davvero arrabbiare? Cosa non riesco a dimenticare? Non ci frequentavamo più da alcune settimane, ma lui mi aveva scritto un messaggio qualche giorno prima dell'incidente. Niente di importante, un semplice saluto. E io avrei voluto, avrei dovuto», si corresse, «dirgli cosa provavo, come mi faceva sentire aver litigato con lui e aver lasciato la nostra casa. Che mi dispiaceva. Oppure comporre un semplice *Ciao*. E invece non l'ho fatto. Sono restato lì, con il cellulare in una mano, il bicchiere di vino nell'altra – le voci della gente intorno, l'allegria della sera in piazza – l'ho spento e l'ho ributtato nella tasca. Pensavo ci fosse tempo. Ma non ne avevamo più. Di notte mi sveglio, lo vedo, seduto ad aspettare la mia risposta, a chiedersi perché, e vorrei prendere in mano quel telefono, dirgli che va tutto bene. Che io ci sono per lui, e che non me ne andrò mai.»

«Sono sicura che lui lo sapesse», sussurrò Edna. Ma non stava dicendo la verità. Le parole, a volte, sono tutto ciò che abbiamo. E se non riusciamo a usarle, quando servono, la loro assenza si trasforma in silenzi che possono scavare dentro, come una cancrena che si porta via la parte migliore di noi. Sono quasi sempre le parole più semplici quelle più difficili da dire. Perché ci costringono a essere sinceri e non permettono nascondigli. Ci fanno uscire lì, in un campo scoperto dove giochiamo nudi e vulnerabili.

«Vuole sapere perché si viaggia, signora Weiss? La verità? Perché stare fermi nello stesso posto a volte diventa insopportabile. Perché speriamo che mentre siamo intenti a scappare, qualcosa succeda e ci sollevi da terra. E ci ostiniamo a cercare di riaggiustare i cocci di quello che è andato distrutto, pensando che dimenticare sia il mastice più potente.»

La guardò dritta negli occhi. «La verità è che Manuel non c'è più. E questo è il luogo più vicino al cielo che io sia riuscito a immaginare.»

Alcune borracce e parecchie riflessioni dopo, Edna si rinfilò senza fretta gli occhiali. Tenzin Lorenzo le aveva raccontato ricordi molto tristi. Ma li sentiva scivolare via con leggerezza, sulle acque di un mare calmo e confortevole, che aveva il meraviglioso, rassicurante sapore di erbe montane. Il vento si infilava fra i rami come un sussurro quieto, che invitava al riposo, alla pace. Forse il male c'era, ma era talmente lontano. Si percepiva in armonia, in equilibrio con un tutto che la teneva nel suo abbraccio. Anche se la terra ondeggiava un po'. E proprio non capiva perché le sue mani si allungassero sotto una lente che le distorceva e rimpicciolissero d'un tratto. Pure il becco di Emil sembrava diverso, più lungo e stretto. Più grande. E cambiava forma! Ma andava tutto bene – si disse, sorridendo – avrebbe controllato "domani". Perché c'era sempre un "domani". Fece un bel respiro per contrastare la vertigine. Aprì di un dito il sacco a pelo, per sgusciare fuori quanto bastava, e appoggiò la borraccia sull'erba, di un passo esatto, perché la potesse ritrovare facilmente. Quel succo era nettare divino. Anche se sospettava fosse quasi finito. Doveva dosarlo con più parsimonia, si ripromise.

Guardò il cestello in cui dormiva Emil. Emil, che era tutto blu, e poi verde come un'insegna luminosa che emetteva bagliori a intermittenza. Com'era che aveva preso a cambiare colore? E poi, era davvero un trasportino vecchio e sgangherato, il suo.

«Ha voglia di ascoltare una storia?» chiese con voce pacata, scaldata da un sorriso appena un po' storto, come gli occhiali appiccicati alla fronte. «Non le prometto che la guarirà dal suo dolore. Ma c'è una cosa che le storie, tutte le storie, possono fare. Lei la ascolti. E poi, mi dirà.»

In una fattoria stretta fra le colline e i boschi di una terra che allora sembrava lontana, due bambini si erano dati appuntamento sotto le fronde di un immenso ciliegio. Era il loro posto sicuro – non del tutto sicuro, nemmeno tanto segreto – e a loro piaceva sdraiarsi con la schiena sull'erba umida a guardare ritagli di cielo fra i rami.

Edna era sdraiata accanto a Jacob. Copiava le sue pose, sforzandosi di piegare bene il braccio sotto la testa, come faceva lui, e si convinceva che era proprio una posizione comoda.

«Sono arrivati i nipoti dei padroni», aveva detto lui a un tratto, senza staccare lo sguardo dalle nuvole.

Edna non aveva visto nessuno entrare alla fattoria. Nessuno di nuovo, almeno. Ma le novità a lei arrivavano sempre un po' in ritardo. Jacob, invece, era il primo a sapere cosa succedesse, come una volpe che insegua ogni traccia.

Il vento era cambiato. Loro erano dovuti tornare al lavoro. E presto Edna li aveva conosciuti, i nipoti. In particolare la bambina, quella con il *Dirndl* rosa e i capelli biondi pettinati in due trecce tanto lucide e ordinate che pareva ci avesse passato sopra una spennellata di glassa. La vedeva portare a spasso le sue bambole e i peluche, che custodiva in un trasportino per cani con le rotelle. Li trattava come se loro potessero ascoltarla e capire. Edna sapeva cosa si provava, e le prendeva una nostalgia furiosa per la sua bambola che l'aveva ascoltata molte volte, prima che la signora gliela portasse via.

Quando la bambina alzava gli occhi su di lei, Edna si piegava tanto sopra il rastrello che le veniva una gobba da gatto arrabbiato. Non le piaceva farsi vedere così, lì a sgobbare. Non sarebbe riuscita a spiegare il motivo, ma in quei momenti desiderava con tutta sé stessa di essere invisibile.

Quando sapeva che i nipoti dei padroni erano nei paraggi, cercava ogni scusa per farsi assegnare le mansioni che l'avrebbero portata più lontana dall'abitazione. Anche se le costavano maggiore fatica o le richiedevano di stare ore sotto il sole estivo, che non era mai gentile.

Si chiedeva anche cosa pensasse di loro Jacob e cosa significasse il suo interesse. Soprattutto nei confronti della bambina, che, a guardarla bene, aveva una faccia lunga e grigia, come se fosse restata rinchiusa in un armadio per moltissimo tempo. E se a lui invece fosse piaciuta? Gli piacevano i musi lunghi? Però doveva ammettere che i vestiti erano davvero graziosi.

Stava correndo attraverso il giardino (scorciatoia, tagliare in diagonale, due curve a destra, vialetto) per dare da mangiare ai maiali, quando si era imbattuta nella bambina. Per poco non ci era andata a sbattere contro, lei e la sua cattiva abitudine di guardare la punta dei piedi invece che la strada... Aveva raddrizzato la schiena, rallentando fin quasi a scomparire nella polvere. Poi, con lo sguardo ancora abbassato per non incrociare quello di lei, tra le bambole sdraiate sopra il cestello aveva intravisto anche la sua!

Era stato un riflesso, rapido e senza cattivi pensieri: aveva allungato il braccio per toccarla, annebbiata da una felicità così improvvisa. Come se fosse un gesto scontato, il più ovvio del mondo. Era la bambola che le aveva regalato Martin. E, caspita, era naturale riabbracciarla e stringerla, dopo tutto quel tempo e la paura di non rivederla mai più.

Ma non aveva afferrato che un pugno di aria. La bambina aveva tirato indietro il cestello e la fissava con occhi duri e freddi come la scheggia di acciaio che aveva tagliato la palpebra di Jacob.

Edna si era sentita ferita e mortificata.

Aveva capito che non era più una cosa sua. La bambola che le aveva regalato suo fratello, fatta dalle sue mani, che ci avevano lavorato per molte notti di dicembre e gliela avevano infine consegnata con orgoglio come un regalo prezioso, non le apparteneva più.

Quando era entrata nella stalla, al buio, in mezzo all'odore pungente di letame e fieno, aveva pensato che forse era meglio così, perché altrimenti avrebbe dovuto raccontare alla sua bambola tutto quello che era accaduto da quando si erano lasciate. E lì in mezzo, tra le cose da dire e quelle che non aveva raccontato a nessuno, ce ne erano di terribili, che la facevano star male. Forse, aveva pensato, sarebbe stata meglio con la bambina dalle trecce di glassa, che di pensieri brutti non doveva averne.

Anche a Jacob piaceva. Le sorrideva quando la incontrava e la accompagnava allo stagno.

Fino a quando avevano sentito un urlo provenire dal giardino e si erano tutti precipitati fuori per vedere cosa fosse successo.

La bambina era scoppiata in un pianto da strappare le orecchie. Di fronte a lei, Jacob si massaggiava la nuca imbarazzato, lo sguardo basso. E, in mezzo, il cestello rovesciato nella polvere, tutto ammaccato come un vecchio relitto.

Il più beato era Mela, il cavallo della fattoria, che masticava con lenta soddisfazione un ciuffo di tarassaco.

Jacob si era dato da fare per raddrizzare il cestello e ripulirlo, ma quando aveva fatto per alzare il braccio e rassicurare la bambina, si era trovato con una rotella in mano. E quella era scoppiata a urlare più forte. Tanto forte, che persino il padrone, quando si era avvicinato, aveva dovuto tapparsi le orecchie.

Quella sera, Jacob aveva ordinato a Edna di seguirlo. Non stavano scappando, le aveva detto: occorreva prepararla nei minimi dettagli, la fuga, questa volta.

Ma aveva un'idea. Quel genere di idee che Edna sospettava – sentendo i palmi bagnarsi di sudore – non sarebbero piaciute a Bastian. Tantomeno al padrone.

«Visto, lo sapevo!» aveva esultato lui davanti al mucchio dietro la rimessa. Ci tenevano le cose rotte, da buttare. E lì in mezzo, c'era anche il cestello della bambina dalle trecce di glassa. «I ricchi fanno così: quando una cosa si rompe, mica l'aggiustano, loro. Se ne sbarazzano e ne prendono una nuova di zecca», diceva sforzando sulle braccia per liberarlo dalla ferraglia in cui era sepolto.

«Mela è stato davvero in gamba», aveva continuato Jacob, la voce rotta dalla fatica, mentre tirava, «ci è andato sopra con gli zoccoli», aveva riso. «Lo stavo portando alla stalla, poi ho visto il cestello dimenticato nella sabbia... ma troppo tardi. Peccato. Lui ci era già salito sopra», aveva detto scrollando le spalle.

«Mela è pigro, ma mica cieco. Non le fa queste cose», aveva risposto Edna, afferrando le lamiere che lui le passava per poggiarle a terra in un altro mucchio.

«Se glielo domandi gentilmente, sì.» Jacob le aveva sorriso, mostrandole una zolletta di zucchero che aveva tirato fuori dalla tasca. «È un esercizio molto utile, sai? Come quando gli chiedo di sollevare la zampa per salire sul van.»

Edna aveva scosso la testa in segno di disapprovazione. «Hai rischiato, Jacob!» Le botte del padrone e una punizione. Ma niente bastava a raddrizzargli le idee. La cicatrice non era ancora guarita e la palpebra gli cadeva stanca sopra l'occhio. Chissà se sarebbe mai tornata come prima.

«Ma Emil, ora, ha il suo cestello. Non capisci, Edna?»

Lei era rimasta a guardarlo, senza parlare.

«Dai, è facile! Io ora lo aggiusto – si è solo staccata qualche rotella – ed Emil avrà il suo trasportino. Il trasportino con cui viaggeremo per il mondo!»

A quel punto Edna avrebbe dovuto abbracciare Jacob e dirgli che aveva avuto un'idea davvero grandiosa. Ma non le riusciva. Parlava sempre di Emil, gli importava soltanto di lui. Per colpa di Emil, lei, invece...

«Ehi, che muso triste.» Si era allungato e aveva appoggiato le labbra alla sua guancia, stampandole un bacio. Edna si era sentita avvampare. Un lungo brivido era sceso lungo la spina dorsale, di piacere, perché il contatto era caldo e dolce, ma anche di dolore.

«Che fai?»

«I grandi fanno così...» si era scusato lui arretrando.

"I grandi fanno male", avrebbe voluto gridargli Edna. E lo stava urlando, dentro, mentre sentiva sulla pelle la saliva del contadino e il buio le riempiva il cuore. Perché Jacob non riusciva a sentirlo?

«Si dovrebbe chiedere, prima. Con gentilezza.» E ci si doveva fermare, il contadino avrebbe dovuto fermarsi, quando lei gli aveva detto che non voleva.

Jacob si era massaggiato la nuca imbarazzato. «Cose tipo... "per favore"?»

Edna aveva annuito, un "per favore", per Jacob, poteva forse andare bene.

«Dai, Edna. Pensavo ti facesse piacere, quello che ho fatto. Ho visto che aveva la tua bambola... Le abbiamo dato una lezione.»

«Hai detto che lo hai fatto per Emil.» Le bruciavano gli occhi e i muscoli delle braccia pizzicavano, tesi ancora come corde.

Lui aveva abbassato gli occhi e non aveva detto più niente. Avevano lavorato in silenzio. E in fretta, perché non c'era mai tempo, alla fattoria. E troppi occhi, invece, curiosi di vedere, orecchie di sentire.

«Tu ed Emil siete la cosa più importante per me. E imparerò a chiedere per favore, se ti fa contenta», le aveva sussurrato Jacob prima di lasciarla. Sembrava scosso e il suo dispiacere era sincero, profondo come la piega del collo chino. «Non l'ho mai detto a nessuno...»

Le sue guance erano più rosse? Forse era stata la fatica a scaldarle.

«Ti voglio bene, *Warmduscher*. Anche se a volte sembra che ti manchi qualche rotella.»

Si era voltato e l'aveva lasciata sola davanti all'entrata dello stanzone dei letti.

Sola, però, Edna non si era sentita, quella volta.

Il cuore martellava forte. Premeva nelle tempie, riempiva la gola. E voleva gridare a Jacob quello che provava, tutti i sentimenti che restavano aggrovigliati come steli protetti da spine. La sua rabbia, la sua riconoscenza. L'affetto che li univa e il modo strano in cui la faceva sentire, quasi fosse casa anche se la sua era ormai persa chissà dove.

Come nei suoi incubi, però, la voce non era uscita. Con i pensieri che annegavano in un senso di impotenza, lo aveva visto scomparire fra le ombre del buio. E lei era tornata nel suo letto. Quella sera aveva sistemato le sue cose (una pigna rovinata, una scheggia ammaccata, un sassolino dalla forma bizzarra) agli angoli esatti del suo giaciglio. Accanto a sé, invece, aveva fatto posto per Jacob ed Emil. Un posto nei suoi sogni. Un posto soltanto loro, dove nessuno avrebbe potuto raggiungerli o far loro del male.

40.
RACCONTAMI UNA STORIA

«Ma lei glielo ha detto, vero?» Tenzin Lorenzo si asciugò le labbra con il dorso del braccio e posò di nuovo la borraccia a terra, fra il suo sacco a pelo e quello di Edna. Nel centro esatto che lei aveva evidenziato, stampando l'impronta rotonda del fondo.

«Dirgli cosa?» Era buio. Certo, il sole era calato da un pezzo e faceva notte. Eppure era tutto così scuro, troppo scuro. Cosa stava raccontando a Tenzin Lorenzo? Si stiracchiò per sollevarsi e vide un'altra Edna, che restava sdraiata nel sacco e le sorrideva. Ogni movimento era lento e composto da una miriade di frammenti spezzati, come fotogrammi.

«Che anche lei gli voleva bene. Che anche Jacob era importante per lei», disse lui con un tono d'attesa.

Ora ricordava. «Certo che no», sbottò. «Non sono mai stata una pappamolla, anche se lui era convinto del contrario. Mi creda», sussurrò, schermando il volto con il palmo di taglio, come a svelargli un segreto, «in certe questioni, Jacob, lo era molto più di me.» Era arrossito davvero quella sera, mentre la lasciava davanti all'entrata dello stanzone del dormitorio. Non ne era mai stata così certa come in quell'istante. «Ma non sa quante volte mi sia pentita di non averglielo detto davvero.» Forse, tutto quello che era accaduto dopo non sarebbe successo, se gli avesse raccontato la verità. Lei, Jacob ed Emil sarebbero stati ancora insieme. Come vecchi amici. Oppure qualcosa di più forte, di più saldo nel cuore?

«Sono certo che Jacob lo abbia capito», la rincuorò Tenzin Lorenzo.

«Vede a cosa servono le storie?» gli sorrise lei. «Lo ha capito, ora? Anche il suo Manuel lo sapeva. Sapeva che poteva contare su di lei. Però ha ragione, le cose è meglio dirle. Altrimenti si fanno dei gran danni. Ma non nel suo caso», aggiunse prima che il sorriso di Tenzin Lorenzo si spegnesse in una smorfia malinconica. «Lei non ha sbagliato nulla. Ma poi, mi dica, quale coppia non litiga a volte o non deve affrontare la noia di qualche screzio?»

Le venne in mente, illuminato dal chiarore di un lampo, che Tenzin Lorenzo era un uomo. Ma lo era anche Manuel.

«Scusi, non vorrei parerle indiscreta. Voi due...» Non ebbe il coraggio di terminare la frase.

Lui annuì, con un sorriso acceso.

Edna deglutì. Quindi anche i due che si baciavano non erano un difetto dei suoi occhiali...

Guardò il ragazzo. In effetti, non c'era nulla che non andasse in lui, pensò costringendosi a governare il respiro (inspirare con il naso, espirare con la bocca, ripetere in numero di tre volte). E non c'era nulla che non andasse nei suoi amici, in quelle ragazze e in quei ragazzi così gentili. E forti (quindi non erano malati?).

Sospirò e prese la borraccia di *Killepitsch.*

«Buono, vero?»

«Già.»

«Una squisitezza del genere è illegale», rise Tenzin Lorenzo, che, a guardare bene, ciondolava un po' storto dal sacco a pelo.

Edna lo fissò con gli occhi sbarrati e la borraccia a mezz'aria. «Che vorrebbe dire?»

«Be', quassù succedono cose che non si dovrebbero fare... Lo ha sentito il profumo dolce che c'è qui intorno», disse lui strizzandole l'occhio. «Le pare resina di pino?»

Ora che ci pensava lo aveva sentito anche lei, intorno alle tende, appiccicato ai vestiti della ragazza che le si era seduta a fianco.

«Grazie», disse raddrizzando la schiena e allontanando la borraccia con un lungo, fermo gesto del braccio. «Credo che riposerò un po', ora», disse in tono risoluto.

Non credeva più alle parole di padre Gianni da molto tempo e dubitava persino esistesse davvero un inferno. Ma non aveva voglia di altri guai.

«Dev'essere molto stanca, signora Edna», sbadigliò lui. «A dire il vero, lo sono molto anch'io. Sa, non sono un grande sportivo.»

«Avevo intuito, signor Tenzin», biascicò lei, rigirandosi nel sacco a pelo. «Ma non si preoccupi. È soltanto questione di allenamento. E di perseveranza. A piccoli passi si conquista il mondo.»

«E non ho mai scalato una montagna. Sono più un tipo da città. Uno di quegli esseri noiosi che vivono in qualche minuscolo ufficio, attaccati al computer. La mia finestra è uno schermo di pixel», aggiunse lui sospirando. «Sono buddista soltanto da due settimane. E anche questa attrezzatura è nuova. Mi sono fatto consigliare dal commesso al centro commerciale», disse come se stesse svelando una verità di cui si vergognava, ma che affrontava con coraggio. «Da quando Manuel non c'è più, ho sentito che dovevo cambiare la mia vita.»

Edna si accoccolò nel suo sacco, in cerca della posizione più comoda. Ora, le faceva quasi tenerezza.

«È un'attrezzatura molto valida. Ma la prego», no, di mentire su quel punto non le riusciva, «gli scarponi... più morbidi la prossima volta, eh...»

«Certo, signora Edna. Più morbidi. Ha ragione. Più morbidi», ripeté lui per imprimerselo bene nella memoria.

Si girò dall'altra parte, e pensò a Jacob, alle lanterne. Chissà se dalla sua stanza d'ospedale anche lui vedeva la luna. Forse persino la fiammella della loro lanterna. Poteva seguirla, senza sapere naturalmente quale natura avesse quella luce tremolante che si faceva strada nel buio, dentro la vastità della notte? Anche se riconosceva quanto fosse bizzarra, Edna sorrise all'idea di Jacob con il naso all'insù. Forse ricordava due bambini che si scambiavano una promessa, sussurrando piano perché nessun altro, tranne Emil, potesse udirli.

Non si sentiva triste o pesante. Neppure in colpa per essere stata felice. Sì, perché quella era stata una bella giornata. E, a volte, ci vuole coraggio a essere felici. Lei non lo era stata per molto tempo. Felice. Coraggiosa invece sì.

Perché quello che era accaduto alla fattoria le aveva insegnato a esserlo, quasi potesse scontare, con ogni prova di coraggio dato fuori da lì, tutto quello che non aveva saputo raccogliere in un'unica notte (quella del muretto sotto cui era ancora accovacciata), una sola notte, breve come il guizzo di una lucertola, eppure così decisiva per la vita sua e delle persone a cui voleva bene. Quasi che tutta la sua vita futura, quella vera, che avrebbe dovuto vivere e che invece non aveva avuto, fosse restata al di là del muretto che aveva intravisto di nuovo insieme con Priska e dietro al quale aspettava una bambina.

Aveva imparato che il coraggio non è spiccare un balzo. Ma è fatto di dubbi e di paura.

Quella che le era mancata, invece, era stata la felicità. Vera, che solo si accompagna alla libertà. E libera, lei, non lo era mai stata. Perché poteva essere stata coraggiosa, a tratti persino piuttosto felice, ma mai completamente, mai del tutto libera, se non lo fosse stato anche Jacob. E Jacob era rimasto intrappolato.

Bastava tornare lassù, pensò. Era così semplice, adesso che osservava le cose da quella prospettiva e tutto sembrava distante: il suo paese, la casa ricoperta dal rampicante.

Ogni dettaglio stava ritrovando il giusto posto. Si sentiva piena e quanto ancora mancava, a lei e a Emil, lo stavano raggiungendo di gran corsa. Si sarebbe fatta presto l'alba, e il sole avrebbe di nuovo guidato i suoi passi. Una giornata perfetta per rimettersi in viaggio.

«Signora Edna...»

Era la voce di Tenzin Lorenzo. Soltanto un sussurro. Edna avrebbe potuto fare finta di dormire. Invece rispose.

«Che altro c'è?»

«Era dura la vita alla fattoria?»

Edna sospirò, si rigirò sulla schiena, la faccia rivolta verso le stelle.

«Perché le interessa tanto? Voi giovani siete curiosi del passato. Avete nostalgia di tutto. Di quando eravate bambini, delle fiabe che vi raccontavano prima di dormire, delle canzoni che ascoltavate. E dei film alla TV. Io, alla vostra età, pensavo soltanto al domani. Tutt'al più a sopravvivere alla giornata.»

«Le dovrebbe far piacere ricordare… Io per esempio vorrei non dimenticare mai la voce di Manuel. Per fortuna ho le registrazioni.»

Lei, invece, aveva Emil. Valeva su per giù lo stesso. Fece un profondo respiro.

«Molti le diranno che a quel tempo c'era sempre bisogno di braccia per lavorare i campi. E che i bambini non facevano eccezione: non se la cavavano neppure tanto male, visto che venivano pagati. Sempre meglio che morire di fame, no? E le assicuro che accadeva. Quando non ce n'era abbastanza, ci si arrangiava come si poteva. E le famiglie erano numerose, allora. I macellai, quelli scrupolosi, quando esponevano sul bancone i conigli scuoiati, lasciavano la pelliccia sulle zampe a riprova che non fosse gatto. Credo abbiano più o meno lo stesso sapore. A ogni modo…» disse rabboccando il sacco a pelo e voltandosi verso di lui, «io le dico che se non fosse stato per Jacob, non sarei sopravvissuta. Oppure, chissà, forse mi avrebbero lasciata, prima o poi, quando non sarei più servita», disse, rivedendo il volto del contadino che si affacciava, mentre le faceva segno di avvicinarsi. «Ma non sarei mai stata quella che sono diventata oggi grazie a lui.»

«Quei contadini, il padrone della fattoria…»

«Sa cos'è davvero strano? Non ho più pensato a loro. Forse a volte. Ma ogni giorno che passava, infilandosi tra me e la fattoria, era Jacob che ricordavo sempre più furiosamente.»

«E ora sta tornando da lui.»

«Anche se non so come sarà.»

Tenzin Lorenzo allungò il braccio in cerca del suo.

«Deve andare da Jacob. E dirgli quello che sente per lui.»

Edna rise. «È passato talmente tanto tempo.»

Trovò lo sguardo serio del ragazzo. Lui non rideva più. «Certe cose non cambiano con il tempo. Me lo ha insegnato lei. E io sono sicuro che voi due non abbiate mai smesso di volervi bene.»

Le prese la mano.

«Dica a Jacob tutta la verità – anche quello che non gli ha mai detto prima e non ha mai confidato a nessuno – e vedrà che andrà bene. Ha una grande opportunità, signora Edna.»

Edna gli sorrise, il volto spianato da una luce nuova, simile a gratitudine mischiata appena a una vena di nostalgia. Sentiva dentro un respiro di quiete invadere i polmoni e circondarle il cuore. Forse era quella la felicità vera? Era così che ci si sentiva a essere liberi?

41.
GIORNO 7
DISTANZA: 148 KM

Seduto su una delle poltroncine di velluto blu, in mezzo a decine di altre poltroncine blu, Max si sentiva soffocare.

C'erano delle vie di fuga in quella sala? Perché lui aveva la netta, crudele sensazione che le pareti si stringessero e mancasse l'aria.

Si costringeva a guardare verso il palco, a concentrarsi sui movimenti di Lisa e sulle pose degli attori che provavano la scena e che, fortunatamente, indossavano degli accappatoi! Ma nonostante tutte le precauzioni, lo sguardo cadeva, immancabile, sul cellulare adagiato al fianco, appena in bilico. Lo aveva coperto con un angolo del maglione per resistere alla tentazione e al terzo squillo degli operai, che gli chiedevano informazioni sull'inizio dei lavori, aveva silenziato i toni. Si era tuttavia premurato di lasciare accesa la vibrazione.

Si concentrò su Lukas, che filmava con il cellulare sua madre, il volto orgoglioso, così simile a quello di Lisa. E di Adele. Da suo padre – quello sciagurato teppistello che, dopo dieci anni, si era defilato come un gatto con la rogna – non aveva invece preso neppure un neo, notò con sollievo. Quando undici anni prima Lisa aveva sorpreso lui e Adele in cucina, e aveva annunciato, con lo sguardo pallido e le labbra strette, di essere incinta, era stato lui ad avere bisogno di Adele per non accasciarsi dalla sorpresa e dal dispiacere. Diciassette anni erano davvero un'inezia per decidere della vita. Lisa era solo una bambina. Adele non aveva detto nulla. Lei e Lisa si erano guardate in silenzio, con gli stessi occhi grigi e fieri, quegli occhi che non riuscivi mai a penetrare fino in fondo e sembravano sempre lasciarti fuori dalle cose importanti, quasi non avessero bisogno di te.

«Faremo tutto quello che serve», aveva detto allora Adele, con un coraggio che lo aveva sorpreso e lo aveva fatto sentire insignificante.

Era così, sua moglie. Una roccia, con un cuore di cera. Il gelo delle avversità la induriva, e allora appariva forte e sicura. Ma appena risbucava il sole quel cuore che era stato così forte si scioglieva, quasi avesse esaurito il suo compito, in una pozza di stanchezza e cattivi pensieri che la rendevano triste. Anche se faceva finta di nulla. E con il tempo e l'esperienza, si erano abituati sempre di più a fingere. Fingere forza, fingere gioia, ottimismo e gentilezza. Per nascondere il peso delle distanze, i toni grigi di giornate uguali, in cui annegare tra le responsabilità di una famiglia da mandare avanti e quella sensazione, strisciante sotto la pelle, di qualcosa che era sfuggito di mano, mentre erano distratti. Ma dove? In quale punto la loro vita si era storta, come un ramo inclinato dal vento?

E ora che avevano l'opportunità di un nuovo inizio, che faceva Adele? Aveva paura. Paura di cambiare, di lasciarsi dietro le spalle le cose rotte. E sì, anche Edna-grattacapi.

La vibrazione risalì al cuore come una scossa. Max cercò avidamente il cellulare, che gli schizzò dalla mano, ma lo riprese, premendo con il riflesso di quando aveva vent'anni sul pulsante di ricezione chiamata. Era Adele.

Si defilò dalla sala, chino come fosse atterrato da una trave bassa. E sgattaiolò dietro il primo angolo.

«Adele. L'hai trovata?»

Un lungo sospiro di stanchezza gli accarezzò la guancia.

La voce di Adele era bellissima, pensò. E gli era mancata. Ma era arrivato il momento di essere coraggiosi. E di fare ciò che andava fatto.

42.
IL PAPPAGALLO CHE VALEVA ORO

Prima della partenza i ragazzi avevano insistito per infilarle nella sacca «almeno» – l'avevano supplicata – una bottiglia di *Killepitsch* e «due sacchettini» che contenevano spezie o qualcosa di simile. «Per rilassarsi e ricordarsi di noi quando sarà tornata a casa!» avevano aggiunto sorridendo con i volti beati, così pieni di luce. E lei si era fatta convincere. Più per levarsi di fretta da lì che per gratitudine.

Il sole era già alto e non riusciva a darsi ragione del perché avesse dormito tanto a lungo. Anche Emil si era dimenticato della sveglia. Dalla sera prima sgranocchiava rametti che i ragazzi gli offrivano infilandoli gentilmente fra le sbarre della porticina. Lui li afferrava cautamente con il becco, se li passava poi alla zampa e li rigirava nell'artiglio masticandoli senza fretta, fino a quando erano consumati come stuzzichini. Di quel passo non sarebbero mai arrivati a Ravensburg.

Lei e Tenzin Lorenzo si erano separati nei pressi di Langen.

Edna non aveva voluto che lui la accompagnasse fin dentro alla stazione, perché temeva scoprisse che le mancavano i soldi per comprare il biglietto.

Uno degli uomini con la camicia azzurra e la divisa le aveva detto che con quello che le restava sarebbe forse potuta arrivare a Bregenz, ma le mancava ancora metà della somma.

Edna si era sentita minuscola, sulla casellina di un gioco a pedine: "Pronti, lanciamo i dadi... Salto di due o mi fermo un giorno?". Il "torna indietro" non era ammesso.

L'uomo le aveva suggerito di chiamare un amico, un parente – magari, sua figlia? –, avrebbe potuto telefonare dal suo cellulare.

Edna aveva finto di riflettere e infine lo aveva rassicurato, dicendogli che avrebbe seguito il suo consiglio. Ma appena lei ed Emil erano rimasti soli, il sorriso si era incurvato in una smorfia buia, di preoccupazione e fatica.

Se avesse avuto una figlia da chiamare, ci avrebbe pensato anche da sola (gli Struwwelpeter non brillano mai per acume).

Lei ed Emil camminavano lungo il perimetro del parcheggio degli autobus. Le montagne incorniciavano il paesaggio e, questa volta, le facevano scivolare addosso un terribile senso di oppressione. Anche il dolore alla gamba, che la sera prima le aveva dato tregua, ora stava tornando, più feroce e insistente.

Incastrato fra le doghe di ferro battuto dal sole di una panchina trovò un giornale. Forse del giorno prima, a giudicare dagli angoli consumati e dall'increspatura della carta. Ma era pur sempre un giornale, con articoli, fotografie e, forse, nuove notizie su Jacob. Con il cuore in gola, e senza neppure sedersi, lo aprì e lo scandagliò. Pagina dopo pagina cominciava a chiedersi se fosse una buona idea e se avrebbe più avuto informazioni su Jacob attraverso la carta stampata. In fondo, lui non era un attore né un cantante famoso. Neppure un politico. Era già stato un miracolo trovare la sua fotografia e sapere dove andare a cercarlo.

Lo sguardo scese come una scure sul titolo in basso. Poche righe, ma che le incendiarono il cuore, pompando il sangue neanche fosse tornata bambina. «*Alluvione.*»

Le prime vittime dell'incidente, quelle che erano state ricoverate all'ospedale di Ravensburg, erano già state rilasciate. «*I bambini tornano a casa*», «*miracolo*», «*eccellenza dei soccorsi*», «*medici soddisfatti*».

Scese fino in fondo. «*Condizioni stabili*», «*entro venerdì riabbracceranno tutti le loro famiglie*», «*dimessi*».

Edna si sforzò di raccogliere le informazioni e di trovare una concatenazione logica soddisfacente.

(Respiro con la bocca, espirazione dal naso, ripetere in numero di tre volte.)

Cosa c'era di nuovo?

Ora sapeva che gran parte dei ricoverati era già stata dimessa (e Jacob? Jacob Kneip?). L'articolo non parlava di Jacob né riportava nomi, constatò con una punta di delusione velenosa come una freccia al curaro piantata fra le costole.

Se fosse stato tra i pazienti già rimandati a casa?

Oppure – pensò Edna riprendendo una palettata di coraggio e buoni propositi – era tra quanti, in condizioni stazionarie, lo sarebbero stati a breve. Breve come... venerdì. Il che voleva dire... un giorno. Aveva un giorno soltanto per riprendersi Jacob, portargli Emil, mantenere la promessa, raccontargli la verità su quanto era accaduto. E le mancavano ancora più o meno cento chilometri. Non troppi, a considerare bene. Ma senza denaro né mezzi, la faccenda si complicava. Oltretutto non avrebbe avuto il coraggio, dopo quanto accaduto, di chiamare Adele. E, a ogni modo, il foglietto con il suo numero, custodito insieme agli ultimi spicci, lo aveva dimenticato a casa di Jeremias proprio per la fretta di Adele (tavolino quadrato accanto al telefono, lato destro, ci avrebbe scommesso gli scarponi). L'altro biglietto su cui aveva scritto indirizzo e recapito di Adele e Max era nel portafogli. Quindi: perduto.

Liberò Emil dal trasportino e lo accompagnò sulla spalla. Il suo peso accoccolato al collo le infondeva fiducia, gli artigli nella carne delle spalle, lucidità. Anche se al momento non riusciva a vedere una soluzione.

Si sedette sotto la chioma generosa di un castagno e srotolò la sua cartina. Era da parecchio tempo che non lo faceva più (all'incirca dal viaggio con Fer). Concluse che poteva proseguire a piedi, anche se quello era il tratto che aveva percorso a bordo del carro (cartina: inutile). Era parecchia strada, ma avrebbe potuto farcela.

La sua gamba, però, le diceva il contrario. Il dolore non era più diffuso in tutto il muscolo, ma premeva come un punteruolo, sempre sullo stesso punto. Come una goccia che scava, tenace e insistente.

Non si sedeva volentieri perché sapeva che rialzarsi le sarebbe costato fatica e il dolore si sarebbe propagato con tale ferocia da farle scordare in fretta il sollievo della sosta e le fioche energie recuperate.

Emil era sceso dalla spalla al suo braccio. Lo accostò al volto. Lui la osservava con il monocolo. Era buffo il modo in cui piegava la testa di lato, ruotando il collo di un angolo giro quasi fosse di plastilina.

«Potrei essere gelosa, lo sai? Con me non hai mai giocato.»

Restavano un piccolo mistero, l'uno per l'altra, nonostante avessero condiviso una vita intera. Avevano attraversato insieme giornate di sole, come la sua prima paga al mulino e l'invito del suo primo ragazzo. La primavera che risvegliava il giardino – quando le siepi erano ancora poco più che dei cespugli –, i pomeriggi d'estate che lo incendiavano mentre loro si rinfrescavano l'anima bevendo una limonata, Emil che mordicchiava la sua cannuccia.

E c'erano state anche le giornate buie, quelle in cui non erano riusciti a vedere il sole, anche se era lì, tra le nuvole. Come quando era morta sua madre. Oppure il giorno in cui aveva scoperto il tradimento di suo marito. Aveva pensato che, in fondo, se lo meritava. Perché lei era stata la prima, a non aver mantenuto la parola. Gli aveva voluto bene. Ma non lo aveva amato. Era stata sincera e gli aveva dato conforto e rispetto. Ma non si era mai fidata di lui. E quando se n'era andato, si era voltata a guardare la sua casa, le rose del suo giardino. E aveva richiuso la porta, come se lì non fosse mai passato. E ci fossero stati sempre soltanto lei ed Emil. I suoi ricordi. E non si era sentita più sola di quanto lo fosse stata insieme con lui.

A ogni nuova partenza si era rimboccata le maniche, pensò guardando dentro la sacca. Mettere ordine fra le sue cose era l'antidoto capace di farle tornare il buonumore. Cosa le era rimasto?

La pomata all'arnica l'aveva lasciata a Tenzin Lorenzo. Il liquore al mirtillo se lo era tenuto Roland. Aveva il suo cappellino con la scritta (che portava sfortuna). Due paia di calzini (bucati). Dei salatini (umidi). Un mazzetto di bigliettini con figure lascive (di pessimo gusto). Un barattolo di miele per Adele (che forse non avrebbe più voluto neppure sentire parlare di lei). La vecchia scheggia della statua di un santo (che era andata bruciata). Un ossicino di pecora che serviva (in qualche modo che lei non conosceva) a predire il futuro.

Osservò l'astragalo, ripensando a Priska e al viaggio suo e di Flo. Ma bastò un battito di ali e lo scatto da rettile di un becco nero per sfilarglielo dalle dita.

Emil mordicchiava l'osso, portandoselo al becco con la zampa. Con un saltello scese sull'erba, zampettando come una gallina.

«Emil, torna qui.» Edna non aveva dimenticato la fuga nel bosco, la paura di perderlo. Era ancora tutto lì, nelle sue mani che tremavano. Non riusciva a fermarle. E non le era mai capitato. Di solito funzionava, con una certa approssimazione: il suo cervello mandava un comando e la parte in questione ci rifletteva un poco su, impiegava qualche minuto a decidersi e a mettersi in moto, e poi eseguiva. Il ginocchio si fletteva, le mani si stringevano su un oggetto. Questa volta, però, non le riusciva di fare altro che fissare le sue dita che rullavano a tempo di tip tap.

Emil si stava allontanando senza darle retta, interessato soltanto a nascondersi con il suo tesoro in un angolo dove lei non potesse raggiungerlo.

Edna si arrabbiò, lo sgridò. Urlò. Si alzò in piedi e batté lo scarpone. Gli intimò di tornare, altrimenti...

Infine, con la testa che girava, si arrese. Fece un lungo sospiro.

«Emil, riportalo qui», chiese modulando la voce in una richiesta paziente, anche se avrebbe desiderato spennarlo. Tanto, a che serviva urlare con quella testolina vuota? «Emil, riportalo qui», ripeté in tono fermo, ma deciso. «Per favore.»

Il pappagallo si bloccò. Scrutò il cielo con l'occhio di traverso, quasi stesse riflettendo. Poi descrisse un angolo di centottanta gradi precisi e trottò da lei come un soldato diligente. Si fermò a un passo dai suoi scarponi e la guardò con un lampo negli occhi scuri prima di aprire il becco e lasciare l'astragalo, che cadde a terra in una verticale breve ed esatta.

Emil era ancora dritto, con il petto in fuori e le ali ben aderenti ai fianchi, aspettandosi chissà che (come un barboncino addestrato), quando Edna capì finalmente quello che le era sempre sfuggito. Raccolse in fretta qualche briciola di noce dalla tasca e gliela offrì dal palmo. Lui la sgranocchiò di gusto, con la soddisfazione di chi ha fatto il suo dovere.

Anche se era del tutto probabile l'idea che cominciava a farsi strada, Edna stentava a crederci.

Come riprova, lanciò di nuovo l'astragalo, ma più lontano.

In fondo, pensò, lo faceva anche il cane di Max quando Lukas gli lanciava un legnetto... E se c'era una qualità in cui non aveva mai smesso di credere era l'indubbia intelligenza di Emil a confronto della scatola buia di quel Jack Russell tozzo e basso.

Quando Emil ebbe afferrato l'astragalo con uno scatto del becco, Edna ripeté il comando con l'esatto tono di prima, gentile ma fermo, e facendo attenzione a ordinare le parole nella stessa precisa sequenza, «per favore» compreso.

Emil pareva divertirsi. Ruotò diligentemente su sé stesso, questa volta in un elegante angolo retto. Zampettò verso di lei con la sua scombinata andatura da pollo. E lasciò l'astragalo davanti al suo scarpone, in attesa della ricompensa.

Edna afferrò in fretta la sacca e cercò la fotografia di Jacob.

«Glielo hai insegnato tu, vero?» chiese in un sussurro affannato al bambino che la guardava con il sorriso sghembo. In un angolo della sua mente Jacob scuoteva paziente il capo. «Sei stata tu, *Warmduscher*, a dirmi che bisogna chiedere per favore.» Lo vide con le guance rosse, come lo ricordava la notte in cui avevano recuperato insieme il trasportino e lui aveva voluto baciarla. La notte in cui se n'era andato confondendosi con le ombre, ma lei non si era sentita sola.

"E così, ora, sono io che imparo di nuovo da te", pensò

Edna, la mente attraversata da immagini scombinate dal vento che si ricomponevano al suo improvviso acquietarsi.

A volte aveva l'insensata, folle impressione che quel pazzo mago di Jacob, tenace come una salamandra che sopravvive anche al fuoco, avesse previsto ogni cosa.

Gli occhi piegati all'ingiù, che la sbirciavano dalla fotografia, erano più luminosi e le sembrò di sentire la sua voce da canaglia, mossa dall'emozione mentre le parlava dei suoi progetti davanti al capanno, delle parole che avrebbe insegnato a Emil. Dei paesi che avrebbero visto loro tre insieme, portando per le strade uno spettacolo che nessuno si era mai sognato prima.

«Tu ci hai sempre creduto», sussurrò Edna. Be', non era proprio il giro del mondo, quello in cui si erano imbarcati lei ed Emil. Ma era un buon punto da cui iniziare, ridacchiò fra sé e sé.

Quando sollevò gli occhi infastidita dal frastuono, chiedendosi cosa avessero tutte quelle persone da sghignazzare e fischiare, vide al centro dello spiazzo il suo pappagallo (il suo pappagallo? Becco nero, ciuffo rosso, dorso blu, ali verdi: Emil!) che riportava penne, sassolini, cannucce e carte argentate di caramelle. E una piccola festosa ressa di gente di ogni età che applaudiva ed esultava. Emil era a suo agio. Si raddrizzava, arruffava le penne, gonfiando il petto e muovendosi con sicurezza sotto gli sguardi di ammirazione. Era quasi commovente lo zelo con cui si dava da fare per accontentare tutti. Ma la cosa davvero buffa era quanto accadeva nel mentre: a ogni saltello di Emil, fioccavano monete che tintinnavano nel berretto lasciato sull'erba (oppure era stato Emil a trascinarlo ai piedi del suo pubblico? Perché lei non ricordava di averlo preso dalla sacca che… era rimasta aperta). Il cappellino con la scritta che suonava come una profezia. E che, forse, non portava affatto sfortuna.

Vincitore o no, Emil era già un campione, pensò Edna rinfilando la fotografia nella sacca.

La fotografia

Lei non sapeva neppure come fosse fatta, una macchina fotografica. L'aveva portata con sé il fratello del padrone quando era venuto a trovarlo dalla città insieme alla bambina con le trecce di glassa.

Era diverso dallo Struwwelpeter. Sottile sottile, con due gambe da cavalletta, non toglieva mai il gilet e la camicia, e la sua pelle era più bianca di un panno appena strigliato e messo ad asciugare. Camminava per la fattoria con la testa sempre un po' per aria, la scatola nera che puntava i suoi due occhi di vetro allineati in verticale. E tutto sembrava procurargli un'intensa meraviglia. Poteva restare delle ore a osservare, da dietro la scatola nera, le api che si posavano sui fiori oppure le acque del ruscello, steli d'erba mossi o spighe di grano. Anche i contadini mentre lavoravano.

Poi si chiudeva nella sua stanza piena di libri e non lo vedevi uscire fino all'ora di cena.

Una sera, subito dopo la conta, il padrone aveva ordinato ai bambini di mettersi in fila, con la schiena contro la facciata della fattoria. Molti di loro non avevano mai visto una macchina fotografica. I più coraggiosi si erano accalcati per toccarla e si erano stretti attorno all'uomo che li pregava di fare attenzione e di ubbidire, ma in tono gentile e senza gridare come invece faceva il padrone.

Jacob le si era avvicinato. «Ora ci chiederà di sorridere.»

Edna aveva strabuzzato gli occhi quando aveva sentito l'uomo pronunciare quell'esatta richiesta. Così la scatola nera aveva intrappolato il sorriso da canaglia di Jacob e lo sguardo di lei, impaurito e pieno di sorpresa.

Il fratello del padrone era un uomo strano, ma generoso. Lo aveva sentito parlare con lui dei bambini, di educazione e di istruzione, e scuotere la testa, con il volto pensieroso. Prima di andarsene, aveva regalato a Edna la fotografia. Non avrebbe saputo spiegarsi perché avesse scelto proprio lei. Forse, se l'era soltanto trovata davanti mentre chiudeva la porta della stanza, con il borsone in una mano e il plico di fotografie nell'altra, pronto per ripartire. Quando Edna aveva sollevato lo sguardo dall'immagine, l'uomo non c'era più. Il regalo inaspettato la rendeva orgogliosa e fiera, come se nelle mani stringesse un piccolo tesoro di cui ancora non capiva il senso. Ma, in fondo ai pensieri, avvertiva la sensazione di aver perso qualcosa che se ne era andato via per sempre, insieme a quell'uomo arrivato all'improvviso. Forse, la possibilità di essere felice come la bambina dalle trecce di glassa.

43.
IL MARE FRA LE MONTAGNE

Comprare il biglietto con i soldi appena guadagnati era stata una bella soddisfazione. Anche sedersi su un sedile comodo, dopo tanto tempo, e sentire l'acqua tiepida scorrere dal rubinetto di un bagno vero, le avevano riportato l'improvvisa gioia delle piccole cose dimenticate.

Lei ed Emil scesero a Bregenz nel tardo pomeriggio, confondendosi fra gente che camminava veloce e coppie che si salutavano, valigie che passavano da una mano all'altra nel pulviscolo della stazione.

Era la prima grande città che incontravano sul loro cammino. Con edifici alti da sembrare grattacieli, parchi e viali, strade lastricate di pietra chiara e case dalle facciate a graticcio. Ma la vera sorpresa fu la vastità della superficie dell'acqua in cui si specchiavano il molo e gli stormi di barchette colorate che scivolavano leggere come macchie di acquerello (c'era persino un anfiteatro per ascoltare la musica, con un palco che galleggiava fra le onde, dalle quali sbucavano due mani gigantesche che facevano volteggiare per aria un ventaglio di carte dalle dimensioni altrettanto mostruose!).

Lo chiamavano il mare Svevo, perché nonostante fosse un lago, contenuto da bracci di terra su cui sorgevano porti, centri e boschi di alberi verdissimi che digradavano fino alle rive pianeggianti, non ne vedevi mai la fine e l'orizzonte sfuggiva sempre un po' più lontano del punto fino al quale riusciva ad arrivare lo sguardo.

Edna guardava il lago, la distesa infinita di acqua fresca,

trasparente come diamante, a cui i bambini di Svevia sognavano di arrivare quando, nei pomeriggi d'estate, il sole lasciava sulla pelle segni che erano come frustate. Contemplava i suoi toni d'azzurro, riconoscendo tutte le tonalità delle lane di sua madre. E anche se non era trasparente come diamante, e chissà cosa nascondevano le sue alghe battute dalle chiglie delle barche, lei si sentiva fortunata, piena di quella meraviglia, che si spandeva nel petto lasciandola senza fiato.

Sulle rive l'estate diffondeva la luce chiara di gambe stese al sole, schiene lucide che si tuffavano nell'acqua.

La potevi sentire ovunque la frenesia di lasciarsi il freddo alle spalle. Ma un po' di quel freddo, Edna lo aveva dentro. Erano le sue braccia stanche, le sue vertebre che a volte si bloccavano come ingranaggi arrugginiti e la rallentavano mentre il pensiero era già da Jacob.

Spiegò la sua cartina e ripercorse il tragitto. Quella parte del viaggio avrebbe dovuto compierla in treno oppure su una corriera, perché il carretto che l'aveva portata via da Ravensburg aveva costeggiato il lago di Costanza fino a Langen. Lei, però, aveva di nuovo finito i soldi e non poteva permettersi che il passo affaticato dei suoi scarponi. Infilò la cartina nella sacca, senza badare a non stropicciarne gli angoli. Ormai, a che serviva? Doveva contare soltanto su sé stessa e cercare di arrivare a Ravensburg il prima possibile.

Scese verso la spiaggia per rinfrescarsi la nuca. Una ragazza le aveva scattato una fotografia, chiedendole il nome del pappagallo nel trasportino. Edna aveva faticato a restare in equilibrio e di certo almeno il sorriso doveva essere venuto storto, nello scatto. La ragazza le aveva augurato buona fortuna e lei aveva ringraziato, rifiutando ogni aiuto.

Prima di raggiungere l'acqua, Edna cadde. I sassi entrarono nelle ginocchia, nelle braccia nude, come schegge di una granata. Fu una donna a sollevarla da terra. La bambina lc guardava, poco più in là. Non aveva voluto avvicinarsi, neppure quando la madre le aveva chiesto di guardare dentro la borsa e di cercare i cerotti. Aveva allungato la mano, porgendole la scatola, e l'aveva ritirata in fretta.

Edna non riusciva a biasimarla. Con i vestiti stracciati e sporchi, i capelli appiccicati alle tempie, la pelle arrossata e le mani coperte di pustole, non era certo uno spettacolo di cui andare fieri.

La donna, invece, aveva un sorriso gentile. Le aveva chiesto come si fosse procurata i tagli alle mani e l'aveva lasciata andare soltanto quando Edna le aveva assicurato che sua figlia stava venendo a prenderla.

Durante il viaggio aveva notato che tutti sembravano essere rincuorati da quella semplice affermazione e smettevano di fare domande.

Mentre seguiva – sventolando ancora il braccio – la madre e la bambina che si allontanavano insieme, lo sguardo era sceso sulle loro mani che si avvicinavano per tenersi strette.

Su quel nodo di affetto, di fiducia, una madre e una figlia in controluce, figure minuscole ma unite contro il cielo sfilacciato, Edna aveva sentito la nostalgia salire piano e inondarla di una strana malinconia. Qualcosa le stava sfuggendo, oppure lo aveva già perduto senza che lei se ne fosse accorta, ma in un tempo molto più lontano. Quando era una bambina che non aveva mai compreso perché la madre, che la amava, non l'avesse salutata la mattina in cui era partita per la fattoria.

Si fermò a prendere fiato sotto un gigantesco fungo di cemento, che in realtà era un bar, con tavolini rotondi sotto la corolla rossa a punti bianchi, e sedie colorate intorno, con Emil abbarbicato sulla sua spalla. Poi riprese.

Il suo umore si era fatto più cupo. Anche se intorno i ragazzi ridevano e giocavano a pallone perché era estate, lei non riusciva a tenere a bada i pensieri che la riportavano sempre allo stesso punto.

Nel frattempo attraversava il prato in diagonale per risparmiare strada, senza fare caso a chi le gridava di prestare attenzione e al pallone che le aveva appena sfiorato l'orecchio. Le parole – «vecchia», «svitata» – le erano invece arrivate chiare, dopo. Ma aveva finto di non sentirle.

Quando alzò lo sguardo, tenendolo più a lungo fermo

sull'orizzonte, capì che i suoi problemi più urgenti non avevano a che fare con i ricordi. Tutti i suoi grattacapi, ora, vorticavano nel cielo nero, dove bagliori rossastri salivano dietro i crinali, infuocandoli con un'ultima vampata.

Il pensiero della notte le ghiacciò la pelle.

Contò le monete che le restavano, allargando la mano. E le ricontò, concludendo che lei ed Emil avrebbero condiviso la cena, che dubitava potesse comprendere molto più di un tramezzino. Lo avrebbero gustato lentamente e, nel frattempo, si sarebbe fatta venire una buona idea.

Scelse un tavolino sul fondo, accanto al signore che leggeva il giornale.

L'unico pensiero di Edna era alla notte che stava arrivando e a come l'avrebbe passata. Si guardava intorno per memorizzare la geometria di quello spazio, perché quando fosse calato il buio, non avrebbe avuto altro che la sua memoria a darle consiglio.

Non era forse l'idea più sensata, né la prospettiva migliore, ma poteva scendere alla spiaggia e coricarsi sull'erba. Aveva ancora il giubbotto di Roland, il suo scialle di lana e la sacca. Era una giornata calda, e anche la notte sarebbe stata clemente.

Vele bianche scivolavano sull'acqua in virate lente, qualche piccione beccava le briciole davanti a una panchina affacciata sul molo. Edna osservava le persone camminare di fretta, il telefono nella mano e lo sguardo assente. Legati a fili. Anche chi correva. Con cuffie nelle orecchie, fasce che legavano le stesse mattonelle lampeggianti al braccio.

La ragazza sulla panchina, invece, osservava il lago, avvolta da una quiete quasi innaturale.

Edna, dopo aver studiato attentamente il menù, ordinò dell'acqua naturale e un toast che avrebbe diviso con Emil.

Un uomo, intanto, si era avvicinato sorridendo alla ragazza che guardava il lago. Si era fermato alle sue spalle e le copriva gli occhi da dietro, come a farle una sorpresa.

Componevano una bella immagine, pensò Edna. Il sole che calava in mille guizzi d'oro e di porpora, l'aria tiepida che accarezzava i capelli di lei. Pareva la scena finale di un film. Uno di quelli che le piacevano, con Julie Andrews e le canzoni in sottofondo.

Edna si stava chiedendo il titolo del film che aveva visto insieme con Roland. Si ricordava il caschetto biondo della Andrews e la scenografia con le montagne di cartapesta, ma non il titolo, e non le era mai successo di perdere la memoria su dettagli così importanti. All'angolo dell'occhio, intanto, la scena si scomponeva all'improvviso, esplodendo in una sequenza di gesti nervosi e braccia che gesticolavano.

La ragazza si era alzata di scatto, colpendo l'uomo con la borsetta, e attraversava la strada a passo svelto, con lui dietro a rincorrerla. Che le era preso?

«Era in ritardo.»

Edna si voltò verso la voce. L'uomo con la giacca color malva seguiva con lo sguardo la camminata a ritmo di marcia della ragazza.

«Come, scusi?»

«Lei se l'è presa perché lui è arrivato in ritardo all'appuntamento. Succede sempre così. È sempre questione di tempo», disse arricciando le labbra fini, come intagliate nell'argilla, e ripiegando con cura il giornale.

Edna notò l'orologio. Il lunotto era di cristallo, lucido e trasparente, il profilo dorato come la montatura degli occhiali.

Pensò ai suoi occhiali, che invece erano sempre un po' appannati, e in quell'istante si vide come se il sole si fosse spostato di un passo lasciandola in un cono d'ombra, mentre tutto il resto brillava.

«Come fa a esserne tanto sicuro?»

«Perché è il mio mestiere», fece lui alzando le spalle. «Aggiusto orologi. E si imparano molte cose. Lei per esempio non ne porta. Si vede che non si mette fretta.» Rise. «Oppure, che ha paura di vedere il tempo scorrere via.»

Non aveva mai voluto un orologio, neppure quando Adele l'aveva minacciata di regalargliene uno per Natale. Perché nella sua casetta nascosta dal rampicante non erano ammesse lancette che affettassero il tempo. Per sapere che le giornate passavano, le bastavano i gesti di sempre, sempre gli stessi, sempre nella stessa sequenza. Come i vicoli che percorreva in paese. Dalla lettura del giornale al bar fino alla sera, quando si coricava dopo aver riempito la ciotola di Emil di acqua fresca e lui si appisolava sul trespolo, il tempo aveva i confini sicuri della sua quotidianità. Ed era scandito dal ritmo lento del suo giardino, proprio come ai tempi in cui lei e Jacob scrutavano il passare delle stagioni, interrogando il grande ciliegio della fattoria. Mai dal ticchettio meccanico di un orologio. Come se volesse dimenticarsi del suo scorrere, imponendo a ogni nuovo giorno di essere uguale a quelli appena passati.

«Per colpa del tempo ho perso una persona a cui tenevo molto, credo che da allora mi sia convinta che dovevo imparare e farcela da sola. Sa, come quando si butta un bambino nell'acqua e gli si dice che deve muovere le braccia per stare a galla.»

«Un amico o un amore?» chiese lui con un sorriso candido e perfetto.

«Oh no, eravamo soltanto dei bambini. Però», riprese dopo aver bevuto un sorso, «sono molto brava a orientarmi. Nel mio paese conosco tutti i punti in cui si trova un orologio» – la chiesa, l'insegna della farmacia, la meridiana sulla facciata della casa in centro – «li ricordo bene, sa? Anche il tempo che occorre per arrivare dall'uno all'altro.»

L'uomo si massaggiò il mento, incuriosito. «E quando è in viaggio?»

«Le mie giornate sono come una linea retta. Da una partenza a un arrivo. Mi metto in marcia la mattina quando sorge il sole e al calare mi riposo. Fino al giorno dopo. Partenza. Arrivo.»

«Una linea retta… Curioso. Io invece credo che il mondo si muova in cerchio, come le lancette di un orologio. E il cerchio è la forma assoluta, sa? In tutte le arti. Se ci pensa, Leonardo ha inscritto il suo uomo in una circonferenza, i diapason suonano in frequenze che si possono rappresentare attraverso bellissime curve. L'armonia perfetta sembra essere espressa dal cerchio.»

Edna non era convinta. Pensava che le cose dovessero avere un inizio e una fine. Netti e distinti. Come quando cucini una torta. Allinei gli ingredienti sul tavolo, impasti, inforni, e poi la tiri fuori.

Era quello che stava facendo: tornare da Jacob perché la loro storia doveva finire così. E soltanto così sarebbe finita. Lei, Jacob ed Emil, come se da quella fattoria se ne fossero andati via insieme.

«E che mi dice del suo amico, quello che ha perso?»

«Era un buon amico. Si è preso cura di me.»

Lui annuì. Spense il telefono che aveva preso a squillare e lo ripose con un gesto pacato nella tasca interna della giacca color malva.

«Le è mancato. Avrebbe voluto che la vostra amicizia continuasse a lungo.»

Edna annuì. Anche se non riusciva a immaginarsi lei e Jacob, adulti, a chiacchierare insieme al tavolo di un bar, come ora con l'orologiaio. Nella sua mente lui era rimasto un bambino.

«Quando qualcosa finisce, ci dispiace. Non trova sia una sorta di nostalgia, un desiderio di infinito?»

La luce si rifletteva sul cristallo degli occhiali. L'uomo le sorrideva mentre il lago alle sue spalle si scomponeva in onde argentate. Il suo viso era tanto liscio e perfetto, che Edna dubitava potesse aver mai subito il logorio invadente di un dolore. Le cose brutte non li toccano, i tipi così.

«Lei ha nostalgia di qualcosa?»

«Di mio padre. Il suo è l'unico orologio che non ho mai aggiustato. Ma occorrerebbe troppa fatica per recuperare tutti i pezzi. Sono ormai rari ed è difficile trovarli. Oltretutto non vale granché.»

«Non può essere difficile quanto pensare di riportare un vecchio pappagallo al di là delle montagne dalla persona che lo ha salvato», ridacchiò. A un tratto, trovava tutta quella storia persino divertente. Rivedeva lei ed Emil, come nel fotogramma di un film, minuscoli sopra le cime, e quello scatolone con le rotelle arrugginite che era finito per diventare la casa di entrambi, come il guscio di una tartaruga.

Non era sicura che l'uomo avesse capito. Neppure che la stesse ascoltando. Guardava un punto fra le onde, ma lì in mezzo non c'erano né lei, né Emil. Tantomeno la loro storia.

«Sa che ha continuato a battere i minuti e le ore per un intero anno dopo che era morto mio padre? Forse. Forse sì, è stato il fastidio che ho provato per quel pezzo di ferro che ancora funzionava, mentre lui non c'era più, a farmelo mettere da parte», disse stringendo le palpebre. «Quasi arrogante, non trova? Se gli orologi avessero un'anima, intendo.»

«Secondo me dovrebbe proprio aggiustarlo. Non è stato quell'orologio a portarle via suo padre.» Sarebbe stato come dire che avrebbe dovuto sbarazzarsi di Emil, perché le ricordava Jacob. «Forse voleva semplicemente rammentarle che suo padre non se n'è andato del tutto.» Perché le persone non scomparivano mai completamente. A meno che non fossi tu a volerlo. A volte aveva persino l'impressione che i ricordi contenessero vita quanto il presente che la circondava e fossero quelle sensazioni, portate dalla memoria, a stabilire il colore di fondo assunto dalle giornate.

Lui annuì e restarono insieme a guardare la gente che correva con lo sguardo basso mentre di fianco le increspature del lago si inseguivano senza fine.

Quando lui si alzò, la cameriera stava cominciando a impilare le sedie per ripararle dall'umidità della notte.

«Be', di certo non è stata una perdita di tempo parlare con lei.» Le sorrise prima di andarsene, augurandole buona fortuna e portandosi dietro il sole, mentre Edna restava nel suo angolino all'ombra, con gli occhiali appannati e i piedi congelati negli scarponi.

«Ma si ricordi del cerchio...» le disse voltandosi un'ultima volta, gli occhiali che brillavano come un'aureola e i capelli d'argento, mossi dalla brezza.

Cosa voleva dire, poi?

Edna finì con calma il suo toast, assaporando ogni filamento di formaggio, e diede a Emil la parte senza prosciutto. Aveva imparato, dalle persone incontrate, che ognuna di loro aveva convinzioni e debolezze. A volte faticava a comprenderle appieno. Ma aveva imparato anche quanto a volte sia meglio non cercare una spiegazione a ogni cosa. Tanto prima o poi lo capiamo, il perché. Accade sempre un fatto che ci fa tornare indietro ed è come una risposta. Era lo stesso motivo che aveva spinto Edna a non cercare più gli oggetti perduti: ogni volta che si metteva sulle loro tracce, ne sbucava fuori uno diverso, perduto da più tempo, ma mai quello che le serviva. E così aveva finito per convincersi che le cose accadono quando devono e non serve a nulla darsi troppa pena. In fondo, aveva trovato notizie di Jacob proprio quando era certa che per loro fosse tutto perduto.

Entrò in un parco, respirò il profumo di resina che la accarezzava dandole sollievo. Con la schiena appoggiata contro un grosso tronco, poteva concedersi di guardare il lago da un'altra prospettiva, più sicura.

I rami si ripiegavano con eleganza sull'acqua, in inchini generosi. Era così lontano, il rumore. Le arrivava soltanto il respiro del vento. Ma era vita, tutt'intorno. Le luci che baluginavano sull'altra sponda. E quando il sole si fosse alzato un'altra volta, lei avrebbe ripreso il cammino.

Era il tempo, a mancarle. Aveva un giorno, un solo giorno, per arrivare a Ravensburg.

Chiuse Emil nel trasportino dopo avergli dato la buonanotte. E ripassò il suo inventario.

Decise che lo scialle di lana le avrebbe protetto la schiena e il berretto sarebbe stato il suo cuscino. Si strinse nel giubbotto, pensò che la linea, tremolante all'orizzonte, fosse il loro punto di arrivo per quel giorno.

E poi, arrivò la notte, quella vera, con il suo buio e le sue stelle. Il riverbero della luna sull'acqua. E fu proprio quando stava per addormentarsi, che Emil lanciò lo strillo più acuto e straziante di cui fossero mai stati capaci i suoi piccoli polmoni.

44.
PERDONAMI, JACOB

Edna si voltò di scatto in cerca del trasportino. Era al suo fianco, ma dal tettuccio era sparita la sacca e la mano toccava la parete di plastica, completamente vuota.

Non riusciva a vedere, immersa nel buio.

Fece per alzarsi. Si concentrò. Premette sui gomiti e girò il bacino. Si sforzò per convogliare tutte le forze che le erano rimaste su quella parte che restava muta e insensibile a ogni richiesta. Allora fece un respiro, socchiuse gli occhi e contò fino a tre, rallentando i battiti e sincronizzandoli con il moto lento e sempre uguale delle onde di risacca. Anche Emil, aggrappato alle sbarre, aveva lo sguardo teso.

Quando finalmente riuscì a spostare la gamba e a piegare di lato il ginocchio, Edna capì, con il corpo spezzato da un'esplosione di dolore, che quello che aveva temuto non era più soltanto una possibilità. Si ancorò al braccio, raccogliendo fra le dita, artigliate alla sabbia, granelli che si conficcavano nella pelle. Dal bacino in giù il suo corpo non rispondeva. Era un unico groviglio di spasmi che le toglievano l'aria dai polmoni. A ogni respiro le fitte penetravano più a fondo, mentre lei si sentiva svuotata, la testa che le girava per lo sforzo e la nausea che saliva a riempire la bocca dello stomaco.

Provò di nuovo e ancora, sotto lo sguardo attento di Emil. Fino a quando crollò a terra, il respiro affannato che si riempiva di sabbia. E sabbia si infilava nelle orecchie, fra le labbra. Sabbia le chiudeva gli occhi.

Si scordò della sacca e quasi non si accorse dell'ombra che le scivolava alle spalle.

Era successo. La lama era calata e l'ultima carta le giocava il suo tiro.

Edna non avrebbe più camminato. Non avrebbe portato Emil da Jacob.

La sua strada era finita dove cominciava il mare, su una spiaggia di sassi neri che non avevano nulla di buono da predirle.

Nessun cerchio, la vita era una linea retta con un unico punto di arrivo senza ritorno. Ma era una ben scarna consolazione pensare a quanto fosse corretta la sua visione rispetto a tutti i cerchi perfetti dell'orologiaio dai capelli d'argento.

Nella sua mente si rincorrevano immagini diverse e voci che conosceva ma si confondevano in echi distorti.

Vide il sorriso dell'apicoltore: "È tutto un fluire, Edna. La vita non si valuta da quello che hai ottenuto. È tutto un fluire. Vita, morte. Come in un alveare", ripeteva con voce allegra sopra il rumore del motore e del vento che gli arruffava i capelli per la corsa.

Poi c'era il ragazzo con le scarpe dorate, che le sussurrava all'orecchio, arricciando una ciocca di capelli intorno al dito: "Lei ha già vinto, signora Edna".

Ed era di nuovo notte, ma non faceva paura. Il cielo era bucato da minuscole stelle che tremavano come lanterne che si alzavano, allontanandosi dalla terra. Tenzin Lorenzo era accanto a lei all'ingresso della stazione. La guardava con i suoi occhi intagliati nell'acquamarina e la abbracciava, tenendola stretta. "Ha una grande possibilità. Io non l'ho avuta. Non ci deluda, Edna."

E invece lei lo stava facendo. Li avrebbe delusi tutti. Ma una consapevolezza bruciava sopra tutte le altre.

Edna pensò a Jacob. Con il suo viso da bambino. Non il vecchio della fotografia sulla rivista.

«Perdonami, Jacob», sussurrò quasi lui la potesse sentire.

Si appisolò all'alba. E a svegliarla, al mattino, furono l'odore acre di birra e una mano che le calava sulla faccia.

45.
GIORNO 8
DISTANZA: 236 KM

Max aveva deciso: avrebbe sistemato quella sgradevole situazione a modo suo. Grazie alle ricerche di Lukas, nel cellulare aveva prove a sufficienza dell'instabilità e dell'assoluta inaffidabilità della signora Edna Weiss. Anche Bernie era stato chiaro e ripensava alle sue parole, di enorme sensatezza, ora che sistemava il sedile e raddrizzava lo specchietto che gli incorniciava il volto rabbuiato, lo sguardo fermo: c'erano buone possibilità di avere la polizia dalla loro parte. E di Bernie in quei casi ci si poteva fidare. Sapeva il fatto suo perché aveva trascorso parecchi anni a fare la guardia giurata, il che voleva dire controllare i negozi del paese durante le solitarie notti invernali, un lavoro di responsabilità e coraggio. In situazioni simili, carte come quella firmata dal dottore potevano fare la differenza, aveva detto. E lui la teneva lì accanto, ripiegata con cura sul sedile del passeggero. Lanciò un'occhiata colma di riconoscenza e sollievo al certificato della visita medica fatta subito dopo le «piccole sviste» – come le aveva definite Edna, con la solita irresponsabile leggerezza – dell'estate passata e su cui comparivano le parole magiche in grado da sole di spiegare quell'incontestabile bizzarria.

Demenza senile: ecco di che si trattava invece. Allora erano state soltanto le prime avvisaglie, certo, di una malattia che però adesso l'aveva portata a perdersi chissà dove. Non si sarebbe stupito se l'avesse trovata a girovagare per strada, con addosso quel pappagallo imbalsamato, magari derubata di tutto, come una stracciona.

Ora toccava soltanto a lui attraversare le montagne e impedire a Edna-grattacapi di combinare altri dei suoi guai. Se avesse viaggiato l'intera notte, con un po' di fortuna e qualche caffè, sarebbe arrivato all'alba. Sapeva dalle ultime fotografie sotto l'hashtag #Edna&Emil – che cosa ridicola, la moda di seguire personaggi svitati, ghignò alzando le spalle – che Edna si trovava nei pressi del lago di Costanza: Lindau.

Una volta trovata, non avrebbe fatto come Adele, lui. Non si sarebbe lasciato impietosire né avrebbe perso tempo ad ascoltarla. Alla fine, ne era certo, tutti lo avrebbero ringraziato: Adele, Edna e persino il suo pappagallo spelacchiato che si meritava una bella visita dal veterinario e di finire i suoi giorni in una confortevole voliera. Lontano, come tutti loro, dalla follia e dall'egoismo di quella donna.

Sentì alle sue spalle il rumore di una portiera che si apriva e si voltò di scatto. Lukas era già seduto sul sedile posteriore, le braccia appoggiate in avanti fra i due schienali anteriori. Lo guardava con un sorriso aperto e pieno di eccitazione: «Allora, andiamo a riprendere la signora Edna?».

Max scrollò la testa e sospirò. Dopotutto, Lukas poteva tornargli utile.

«Allacciati le cinture, ragazzo. Sarà un viaggio lungo.»

Lukas scattò all'indietro dopo avergli assestato un cinque.

Il giorno in cui Edna aveva compreso che i sogni sono lame di coltello era una bambina. Ogni volta che scorgeva da lontano l'uomo che conosceva il segreto di Emil e del capanno si guardava attorno come un animale impaurito. Si nascondeva dietro il fianco di una mucca, se era lì a mungere o a strigliare le vacche nella stalla, e smetteva anche di respirare, finché non sentiva più il rumore dei suoi passi. Se invece si trovava nell'orto, correva in cucina e sopportava i rimproveri per essere rientrata con il cesto vuoto e non aver raccolto quello che le era stato chiesto, perfino di passare per una stupida bambina dalla testa di legno che dimenticava tutto, piuttosto che stargli vicino.

Una sera d'agosto, mentre un contadino e i bambini riparavano le recinzioni, era stata mandata a raccogliere i panni stesi al sole. L'uomo l'aveva sorpresa di spalle. Edna aveva sentito il cuore scoppiare nella cassa toracica e i battiti martellare nelle orecchie. Si era stretta al lenzuolo, quasi fosse un velo magico in grado di proteggerla. Le era venuta in mente Anja, il suo modo di avvolgersi nella coperta, l'incavo di un bozzolo d'insetto, per nascondersi dal mondo e cadere in un sonno, da cui nessuno la poteva svegliare.

«Come vanno le cose tra te e Jacob?» le aveva chiesto lui sorridendo. Sembrava un uomo gentile, che aveva soltanto voglia di due chiacchiere. Ma Edna non si sarebbe più lasciata ingannare. Si era ritratta, tenendolo d'occhio con lo sguardo severo, come Emil, quando avvertiva una minaccia.

Non si era accorta neppure di Jacob, che si era fermato vicino a loro con gli attrezzi ancora in mano. Non aveva detto nulla, ma aveva guardato Edna e poi il contadino, a lungo. Quello aveva tirato su con il naso, si era levato il sudore dalla fronte con il dorso del braccio, e se ne era andato.

«Cosa ti ha detto?» le aveva chiesto Jacob una volta soli.

«Niente di importante.»

«Però sei bianca neanche ti avesse toccato un fantasma.»

«Non mi ha toccata proprio nessuno», era sbottata lei, svelando un'aggressività che lo aveva zittito.

Jacob aveva annuito, come se avesse capito e non fossero affari suoi, ma aveva voluto accompagnarla dentro casa, quella volta.

Nel letto, la sera, Edna aveva pensato a cosa fosse restato dei suoi sogni, di tutto quello che aveva sperato di trovare alla fattoria. Poco, nemmeno una bambola. Aveva ancora Jacob, certo. Ma per quanto avrebbero resistito? Per quanto tempo sarebbe riuscita a nascondersi nel suo bozzolo, sottile e fragile come i sogni che sentiva sfilacciarsi e diventare corde che le soffocavano il cuore?

46.
BERT

«Signore! Pensavo di essere sbronzo io, ma lei non ha una bella cera per niente.»

Edna vide dapprima la T-shirt macchiata di grasso, tirata sopra la grossa pancia rotonda. Risalì con lo sguardo sulla barba sfatta e si fermò ai capelli radi sopra la fronte. L'uomo la guardava con due guance pendule ed emanava un fetore da taverna.

«Riesce ad alzarsi, signora?»

Le afferrò il polso e cominciò a tirare. Ma Edna sentì il muscolo tendersi e strapparsi in grappoli di dolore che le incendiarono la gamba.

«Credo si sia rotta qualcosa.»

«Non è così grave, devo soltanto tenerla ferma in questa posizione. Intanto potrebbe aprire il trasportino e liberare il mio pappagallo?»

L'uomo stese un sopracciglio.

«Non ha mangiato e avrà fame. È abituato a fare colazione presto.»

«Sissignora.» Si alzò di scatto. Poi si soffermò a riflettere, lo sguardo sospeso a mezz'aria, che scivolava da Edna a Emil e di rimbalzo sul trasportino.

«Prenda la mia sacca, sopra il trasportino. Dovrebbe esserci ancora qualcosa di commestibile dentro. Anzi», ci ripensò, «la porti pure qui.» Non le veniva da fidarsi.

«Signora, è sicura di aver legato la borsa sopra il trasportino?»

Aveva ragione: la sacca non c'era.

La consapevolezza aveva l'odore salmastro del lago. Certo, anche lei ora ricordava la percezione della plastica liscia del cestello sotto il palmo, la sensazione che mancasse qualcosa (la sua sacca!) e il buio intorno, che pesava sugli occhi e le impediva di vedere.

«Ha guardato bene attorno?»

Lui annuì. «Conteneva oggetti di valore?»

«Certo, lì dentro c'è tutto che quello che mi resta», esclamò Edna, sforzandosi di controllare la voce e di tenerla salda.

«Portafogli?»

«No.»

«Documenti, soldi?»

«No», sbottò Edna, pensando a quanto fossero simili le priorità della gente.

«Gioielli. Regali per i nipotini...»

«Niente di tutto questo!» Pastiglie allo zenzero, una bottiglia di succo prodigioso, una cartina inutile... Ma che ne poteva sapere lui?

«Aspetti qui... A proposito» – si bloccò, accarezzandosi la nuca, – «io sono Bert.» Le sorrise e allungò la mano verso la sua (presa salda, dita callose, buon lavoratore).

Bert filò tra i cespugli, mentre Edna accarezzava Emil sotto il becco, assicurandogli, nonostante anche per lei fosse difficile crederci, che tutto sarebbe andato per il verso giusto. Come avrebbe fatto a rimettersi in piedi conciata così?

Quando Bert tornò, aveva il braccio sollevato in segno di vittoria e la sua sacca che volteggiava per aria.

«Ci scommetterei la testa che sono stati i ratti!» disse lui porgendogliela. «Fanno le tane qui. Con tutti gli avanzi lasciati dai turisti...»

Edna si bloccò. Non la impressionavano i ratti, né i roditori in genere. Si era invece ricordata a un tratto che non era prudente aprire la sacca davanti a Bert, perché se avesse visto il *Killepitsch*, chissà cosa avrebbe pensato. «Illegale», così lo aveva definito Tenzin Lorenzo. Ma lei si era lasciata convincere a portarlo con sé. E, doveva proprio ammetterlo, aveva fatto bene perché moriva dalla voglia di bagnarsi la bocca di quel liquido meraviglioso. Però non davanti a Bert.

«Non penso ci abbiano fatto granché. Non l'hanno bucata», la rassicurò lui. «Be', anche lei avrà fame», le sorrise, «signora... Scusi, come ha detto che si chiama?»

«Non gliel'ho mai detto», bofonchiò lei. «Edna Weiss. E in un modo o nell'altro adesso mi alzerò da qui e arriverò a Ravensburg. Io ed Emil non ci fermeremo proprio ora», disse levandosi la sabbia dagli scarponi.

L'uomo trattenne una risata e si schiarì la voce. «Torno da una festa parecchio strana, glielo assicuro. Ma lei li batte tutti.»

«Che c'è di strano? Mi aiuti ad alzarmi.»

L'uomo le mise un braccio intorno alle spalle e la sollevò con un notevole sforzo delle ginocchia. «E ora?»

«Mi porti più in là, sulla panchina. E qualcosa mi verrà in mente.»

«Lei è davvero Edna Weiss?» chiese come se stentasse a crederci.

Edna lo guardò in tralice. «Direi di sì.»

L'uomo si massaggiò la barba. Guardò verso Emil, con una luce seria negli occhi. «La signora con il pappagallo», disse grattandosi la nuca, il volto spianato da pensieri e congetture, «che deve andare a Ravensburg. A trovare il suo amico... Caspita...»

«Esatto.» Edna si bloccò, per nulla impressionata dallo stupore, misto ad ammirazione, con cui lui la stava ancora fissando. Lo guardò dritto negli occhi. «E lei, come lo sa?»

«Be', sembra che qualcuno abbia fatto un lungo viaggio per raggiungerla. E credo sarà molto felice di incontrarla.» Le sorrise.

47.
UNA NUOVA PARTENZA

Edna aspettava seduta sulla panchina.

Si chiedeva chi fosse la persona che la stava cercando. Bert era filato via appena lei aveva annuito e non aveva neppure potuto domandarglielo. In realtà, prima di acconsentire a incontrarla, ci aveva pensato su, anche se in fretta date le circostanze. E ora si pentiva di quella decisione sconsiderata. Bert aveva aggiunto, gridando per farsi sentire mentre si allontanava di corsa, che c'era poco tempo e una buona probabilità che fosse già ripartita. Dove l'avesse incontrata lui, questa persona, era un altro mistero. E a Edna non piaceva quando le tessere non si incastravano. Quella mattina aveva la sensazione che non soltanto fossero troppo sbagliate per collimare fra loro, ma di avere perso l'unica in grado di completare il quadro.

Qualcuno la stava cercando...

E se Adele non fosse tornata a casa? Se non si fosse dimenticata di lei e avesse tentato di raggiungerla, mettendosi sulle sue tracce?

Oppure Tenzin Lorenzo, che stava proseguendo nella sua direzione. Priska e Flo, con il loro van... Ma perché avrebbero dovuto cercare proprio lei?

Pensò anche agli uomini della televisione e a qualche Struwwelpeter arrabbiato. Di cose poco opportune, ne aveva fatte parecchie, durante il suo viaggio.

Alzò gli occhiali sulla fronte e si stropicciò gli occhi. Non era che l'alba, eppure il sole era già vigoroso e pieno. Copriva il lago di sfumature purpuree. Gli uccelli gareggiavano sui rami a lanciare strilli acuti. Persino gli scoiattoli dalle folte code brune scendevano di tanto in tanto a grandi balzi sull'erba coperta di fiori gialli e viola (tarassaco e campanule) alla ricerca di ghiande.

Più in là, ancora troppo lontane per poterle distinguere, intravide una sagoma sbalzata dal sole e, accanto, una più bassa. Procedevano a passo svelto nella sua direzione. Edna abbassò gli occhiali e li strinse sul naso, poi li tolse di nuovo e li strofinò velocemente con il bordo della canottiera, strizzando gli occhi e schermando la vista dal sole con il palmo. L'immagine si ricompose in un quadro nitido, per confondersi di nuovo al ritmo spezzato dei battiti, della rincorsa furiosa che le aveva mozzato il fiato appena aveva riconosciuto i volti.

Qualche minuto più tardi, seduta sulla stessa panchina, Edna non avrebbe mai pensato di poter essere così felice e al contempo di sentirsi tanto in colpa per aver trattato ingiustamente una persona. Era ancora frastornata.

E non avrebbe mai pensato neppure di dover ammettere che l'ombretto di Adele fosse di un colore meraviglioso. A guardarlo ora, sotto quella luce, brillava come la superficie dell'acqua.

Bert le aveva lasciate sole ed era andato a comprare del pane e dei cornetti. Erano sedute una accanto all'altra, sulla panchina che guardava il lago.

«Come hai fatto a trovarmi?»

«Be'», disse Adele aggiustandosi gli occhiali da sole, «a dire la verità avevo pensato di godermi qualche giorno di vacanza.»

«Tra Bregenz e Lindau? Ravensburg, magari?»

«Perché no?» Si era tolta il cappello di paglia liberando i capelli. Erano rossi come il rame e le sfumature del ribes.

«Nuovo colore.»

«Il biondo era scialbo. Ho pensato: mi prendo questi giorni per me soltanto. E sa cosa le dico, signora Edna? Mi sento rinascere.»

Era vero. Lo sguardo fermo, acceso da una sicurezza di cui non si era mai resa conto prima, Adele sembrava diversa.

«Però non le ho detto tutta la verità. È stato Lukas a trovarla, lo sa? Con il cellulare e uno di quei cosi, quegli hashtag. Dice che sta andando forte sui social. Se digita #Edna&Emil ci trova un mucchio di foto. Ne ha fatti di chilometri, signora Edna», disse con un sorriso malizioso mentre le passava il telefono.

Edna guardò scorrere le immagini, con la pelle in fiamme e il respiro che si assottigliava. Emil sulla spalla di Flo. Lei ed Emil sul sedile della macchina d'epoca. Lei che ballava in mezzo a un campo di tende sospese fra gli alberi davanti a un falò, in stato evidentemente alterato. «Scorri, scorri, Adele», disse con le tempie in fiamme per l'imbarazzo. Non si ricordava la scena. Rammentava invece molto bene la ragazza che le aveva chiesto una foto e come si chiamasse il suo pappagallo prima che lei cadesse a pochi passi dalla riva.

«Florian Brugger ha scritto un articolo su di lei.»

«Flo?»

Adele annuì «Ha un blog di viaggio. Molto seguito.»

«E Bert?»

«Ero sulle sue tracce. Ma, come le dicevo, era anche la mia vacanza.» Sorrise. «Bert è un violinista eccellente. Diplomato al conservatorio, ma troppo indisciplinato. Credo l'abbiano cacciato dall'orchestra perché è sempre in ritardo. Un vero peccato insomma. I geni sono tutti un po' così, no? Sregolatezza, passione…» Sospirò. «L'ho conosciuto ieri notte a una festa. Parecchio strana.» Soffocò una risata, gli occhi abbassati a guardarsi la punta delle scarpe. «Comunque, ora siamo qui. E la sua gamba è conciata davvero male. Dovrei portarla subito al pronto soccorso, lo sa?»

Edna tirò su con il naso, lo sguardo che schizzava verso Emil, fermo su una zampa, in ascolto.

«Trovo sia già migliorata. Mi fa male soltanto se premo qui, per esempio…»

L'occhiataccia dell'amica le seccò le parole in gola. La guardava immobile, con espressione inflessibile e Edna riconobbe in quella propensione a decidere al suo posto, certa di fare del bene, il motivo per cui non era riuscita ad accogliere il suo aiuto quando si erano incontrate sotto il castello di Landeck. Ma fu soltanto il riflesso di un istante.

«Questo tratto potremmo percorrerlo in macchina. Sulla mia cartina non sono disegnati gli scarponi e io ricordo il viaggio sul carretto», disse con la voce sottile, portata via dall'entusiasmo che vibrava fra le sue labbra, ma non su quelle di Adele, che si piegavano in un sorriso mortificato.

«Signora Edna...»

«Lo so, è difficile da comprendere. Ma c'è una logica in tutto questo», disse con la tenacia di un albero che si flette per resistere agli assalti del vento. Non era arrivata fino a lì per arrendersi. Proprio ora che mancava così poco: un po' di fortuna, un po' di forza.

Lo sguardo di Adele si perse nel luccichio del lago. «Sapeva che laggiù, lontano dalle rive, corrono tre confini? Si toccano tre stati. E uno è lì, nel mezzo, con la sua barchetta – come adesso quelle persone sul piroscafo – e mica se ne rende conto di essere tagliato in tre parti e di essere un po' di qua e un po' di là. Ma poi, alla fine, a quale dovrebbe appartenere?»

«Suppongo dipenda da come si veda in quell'istante. Se sta bevendo una buona birra, sarà tedesco. Forse svizzero, se guarda verso quella riva. Magari austriaco, se sta ripensando a casa e si chiede se abbia chiuso bene le imposte.» Ricordava la sensazione che si prova mentre si scala una montagna. Quando stai per arrivare sulla cima, e ogni passo costa la fatica di combattere contro i tuoi limiti. Sei fatto di terra, in quegli attimi. Ma è l'idea di sollevarti e di confonderti con il cielo a muovere le gambe.

«Dice che non è così importante? Ho sempre creduto che avere un'identità precisa fosse di grande aiuto nella vita. Sapere chi essere, cosa volere. E avere una base dalla quale partire. Ho cercato di fare la cosa giusta, ogni volta che mi sono illusa di averla trovata. Per Max è così facile, mentre per me non lo è affatto. Ma mi sono impegnata molto, ho passato i miei anni migliori a combattere per risparmiare a Lisa quello che ho dovuto passare io. E cosa ha fatto? Incinta di Lukas, a diciassette anni. Esattamente l'età a cui io ho avuto lei. Più mi ostino a far andare le cose per il verso giusto e più quelle mi scivolano via dalle mani. Pensi che, qualche sera fa, Lisa mi ha detto che non vuole lavorare al negozio. Odia talmente l'idea, che si rimetterebbe pure a studiare.»

«Lisa?» Lisa che si era fatta bocciare perché sgattaiolava da scuola per andare allo stagno a disegnare. Lisa che passava le estati ad aiutare sua madre, restando ore ad allestire la vetrina.

Adele annuì. «L'espressione, il tono, quando mi diceva che tutto quello in cui ho sempre creduto, quello che ho costruito, non vale niente... avrebbe dovuto vederla. Così dura e fredda, ma anche delusa, quasi si vergognasse di me. E poi c'è Max, con il suo progetto del B&B. Max che non si accorge di nulla e vorrebbe soltanto partire, lasciando tutto alle spalle.» Dondolava le gambe incrociate. Come faceva da ragazzina, quando si sedeva in giardino mentre lei piantava i nuovi bulbi. E restava ad aspettare fino alla sera, chiacchierando di progetti e di quello che le era capitato. Racconti di cui Edna finiva per scordarsi la metà.

«Adele, credo che a volte dovremmo lasciare che anche le persone che amiamo seguano il vento. Che si divertano. Lo senti, come scorre sulla pelle?» Non sapeva da dove le fosse venuta quell'immagine, ma per un istante, mentre restavano a guardare il lago con i capelli accarezzati dal suo respiro dolce, aveva rivisto lei e Priska davanti al falò. «Lisa non si vergogna di sua madre. Lisa ha paura.»

«Oh no, non Lisa», la schernì Adele.

Edna si strinse nel giubbotto. «Durante la seconda guerra mondiale, per sfuggire ai bombardamenti aerei, alcune città tedesche, al di qua del confine – si vedono anche da dove siamo sedute, allineate sull'orizzonte – avevano escogitato una strategia piuttosto curiosa. Di notte le case accendevano tutte le luci, esattamente come avevano ricevuto ordine di fare le città della vicina Svizzera, protette dal loro governo. Vedendo le luci, i piloti credevano di stare sorvolando la zona neutrale, e non bombardavano.»

«Interessante», in realtà Adele non capiva perché glielo

avesse raccontato. Lo si vedeva dal modo in cui i muscoli del viso restavano immobili.

«Sopravvivere costa ogni giorno un notevole sforzo di pianificazione. Ce lo hanno insegnato milioni di anni di evoluzione. Chi mostra paura ha meno probabilità di sopravvivere. E abbiamo imparato tanto bene la lezione, che è tutto un gioco a camuffare quello che siamo e a vedere riflesse negli altri le paure che noi nascondiamo.»

Molte delle persone che aveva incontrato non si erano mostrate subito per come erano. Aveva scambiato Fer per un ladro e Tenzin Lorenzo per un ragazzo viziato che non aveva compreso la differenza tra una palestra di roccia e la montagna vera. Aveva dubitato persino di Bert.

Ma erano state le lenti con cui lei li aveva guardati a ingannarla.

Adele sospirò. «E lei, signora Edna, quante cose mi ha tenuto nascoste?»

Edna pensò alla sua pila di «Stern», alla foto di lei e Jacob che aveva appeso all'anta dell'armadio per così tanti anni. A un capanno in cui non era più entrata, neppure con i ricordi. Anche se aveva sempre avvertito la presenza delle sue ombre che inquinavano qualsiasi cielo, anche il più luminoso. «Le ho tenute nascoste anche a me stessa, Adele.»

Una coppia di cigni scivolava sull'acqua.

«Signora Edna, non prova dolore se non muove troppo la gamba, vero?»

Edna annuì. Non aveva staccato gli occhi da quelli di Adele.

«Credo sia la cosa più assurda che io abbia mai fatto.» Adele prese fiato. Scosse il capo e sorrise. «Quindi, prossima fermata Ravensburg?»

Edna sentì la forza impetuosa della corrente travolgerla dalla punta degli scarponi alla radice dei capelli strapazzati. Poteva finalmente ricominciare a sperare.

Bert le salutò dal molo, quando salirono sulla macchina di Adele.

La chiave girò nel blocchetto d'accensione. L'odore di

carburante e l'eco del motore (appena un rantolo) scossero l'abitacolo.

«Sicura che parta?»

«Tre giri di chiave, ricorda?»

Al terzo, la macchina partì. Adele tirò un sospiro di sollievo e abbassò l'aletta parasole.

Edna era seduta sui sedili posteriori, insieme a Emil.

«E il mio giardino? La pioggia ha scavato le buche?»

«Ecco, a proposito del giardino, non immaginerà mai cos'è successo mentre lei era lontana.»

Una scossa violenta fece sussultare il pavimento. Edna si trovò il trasportino sulle ginocchia ed Emil che gracchiava impaurito.

Adele rimbalzò contro il sedile. «Tutto bene?» chiese cercandola dallo specchietto. Si raddrizzò gli occhiali da sole e girò la chiave. Una volta. Due. Edna contò fino alla terza. Poi ci furono un quarto e un quinto tentativo. Fino a quando Adele sbatté le mani sul volante, facendo suonare il clacson.

«Questa dannata macchina.»

Emil si grattava il becco con la zampa mentre Edna cercava di infilare il viso tra i sedili anteriori per capire cosa stesse succedendo.

Adele, invece, dopo essere uscita sbattendo la portiera, aver fatto il giro dell'auto, avere spalancato sportelli e controllato valvole, si era di nuovo lasciata scivolare contro lo schienale e tratteneva il fiato, lo sguardo coperto dagli occhiali e rivolto al soffitto.

«E ora?» chiese Edna.

All'improvviso Adele avvicinò la borsa e cacciò dentro il braccio. Prese il telefono, cominciando a schiacciare pulsanti e a sfregare lo schermo, passandoci sopra la punta dell'indice.

«Il treno per Ravensburg parte fra venti minuti esatti. Ce la possiamo ancora fare.» Si era messa la borsa a tracolla e aveva spalancato le portiere. «Che ne pensa?»

Afferrò il trasportino con una mano e caricò il braccio di Edna sulla spalla.

Con l'aiuto del bastone Edna riusciva a darsi una discreta spinta e zoppicando avrebbe potuto fare qualche metro anche da sola. Ma Adele non la lasciava.

«La stazione non è lontana, signora Edna.»

«E la macchina?»

«Verrò a prenderla quando lei sarà salita su quel treno.»

Edna non sapeva come dirle che non le era rimasto più nulla.

«Non si preoccupi», disse infilandole una banconota nella tasca del giubbotto di pelle, «me li ridarà con la prossima spesa del giovedì, quando lei avrà incontrato il suo amico e saremo tornate a casa con questo pappagallo che pesa come un tacchino», disse con il sorriso contratto per la fatica.

«Adele, oggi è venerdì?»

La donna ci pensò su, poi alzò gli occhi. «Sì, esatto.»

«Dimetteranno Jacob.»

I loro sguardi si incrociarono, le mani attraversate dal formicolio di sabbia che scivolava tra le dita.

48.
HELMUT

La stazione centrale si trovava sull'isolotto di Lindau (che razza di posto per infilarci una stazione centrale!). Un lungo ponte la congiungeva con la terraferma e un braccio di terra, attraversato dai binari, procedeva dall'estremità opposta della riva verso la costa.

Edna sentì il braccio di Adele stringerla in una presa più salda.

«Quindici minuti, signora Edna. Possiamo farcela.»

Ma lei non era più certa di nulla. Guardava la riva e pensava fosse così lontana nonostante riuscisse a scorgere le prime case.

Stare al passo di Adele era difficile, con una gamba immobile e la lama del bastone che si conficcava a fondo nelle ferite che incendiavano il palmo.

«Venga!»

Edna sentì la mano di Adele stringersi con più forza alla sua e una fiducia inaspettata quanto preziosa invadere i polmoni. Era un soffio caldo che la avvolgeva in un'onda e la spingeva ad andare avanti, a non arrendersi.

Mentre correvano assieme, Edna zoppicando e Adele trascinando il trasportino che oscillava sullo skateboard, Emil appiccicato alle grate con lo sguardo spalancato, le venne da ridere a pensare quanto fossero buffe. Adele si voltò come a chiedersi che le fosse preso e trovò il suo volto contratto, che stava per scoppiare, e non dalla fatica, ma dall'assurda consapevolezza della pazzia che le aveva travolte. Le labbra tremolarono in un sorriso indeciso. Un singhiozzo, fiato trattenuto troppo a lungo. E poi una risata, aperta. Di pancia. Una seconda, subito dopo, che si allineava. Erano due voci che vibravano all'unisono.

Adele si liberò del cappello, infischiandosene quando restò incastrato fra i cespugli, i capelli che guizzavano come fiamme. Edna si aprì il giubbotto per sentire scivolare sul collo l'aria fresca.

Mancava così poco.

Il braccio di terra si interrompeva davanti a un segnale di divieto e al cartello giallo che indicava la deviazione. Il passaggio era sbarrato da alte inferriate. Le pensiline cominciavano al di là, anche se non riuscivano ancora a vederle.

La camionetta della polizia, invece, Edna la vide con chiarezza. Era appostata fra gli alberi (due abeti, quattro tigli, un filare di bossi) e la strada.

Come ogni volta che le capitava di scorgere una divisa, dopo il primo attimo di istintiva antipatia, cominciava a chiedersi se avesse di che temere e a fare la conta dei peccati, neanche si fosse trovata al cospetto di padre Gianni. La conta non era poi lunga. Era sempre stata una cittadina esemplare. Ma ora c'era qualcosa che, come una punta di spillo, le solleticava le piante dei piedi e le ingarbugliava lo stomaco. Guardò Emil, la sacca legata sopra, e un brivido attraversò la schiena risalendo fino all'attaccatura dei capelli.

«Quanto manca, Adele?»

«Abbastanza per metterla su quel treno e vederla partire», ansimò lei.

Edna vide i poliziotti scendere dalla camionetta e, dietro di loro, legati a guinzagli tesi, i cani (pastori di Malinois, agili e veloci – punte di cinquanta chilometri orari – automi pronti a eseguire i comandi, ottimo fiuto).

Si accorse di non essere l'unica a tenere d'occhio i poliziotti e quello che accadeva laggiù, non troppo lontano da loro.

Adele sembrava più nervosa. Lanciava occhiate nella stessa direzione e, anche se non lo avrebbe potuto dire con certezza, a Edna sembrava avesse accelerato il passo. Doveva essere l'effetto della sua cattiva coscienza, pensò Edna. Perché, cosa aveva da temere, Adele, dalla polizia?

Lei invece aveva una bottiglia di *Killepitsch* nella sacca («Tanto buono da essere illegale...», «Si fanno cose, qui, che non si dovrebbero fare...») e un allarme che sarebbe scattato appena i cani si fossero avvicinati anche soltanto per caso. Pregò con tutta sé stessa che Emil fosse sufficientemente stanco dal viaggio, e occupato a reggersi in equilibrio sulle grate del trasportino, da non accorgersi di loro.

Ma quelli avanzavano nella loro direzione.

«Non posso crederci lo abbia fatto davvero», farfugliò Adele.

«Fatto cosa? Fatto chi?»

Adele sembrava non averla neppure sentita.

«Signora Edna, se continua a fissare i poliziotti con quella faccia colpevole, ci fermeranno di certo. Cos'ha da essere tanto tesa?»

«A Emil non piacciono i cani», in fondo non stava mentendo.

«Be', così pare davvero che stiamo scappando.» La voce si spezzò in una risata poco decisa. Anche lo sguardo era serio, forse preoccupato.

«Quanto manca?»

«Qualche minuto, ma il treno potrebbe essere in ritardo», disse Adele mentre la folata d'aria alzata da un treno in corsa le travolgeva sbalzandole di lato.

Allora attraversarono il parco, senza chiedersi se il treno appena partito fosse il loro. E poi di nuovo una curva a destra. Verso il lago. E gli alberghi eleganti, dove smontavano turisti che le seguivano con gli sguardi divertiti. Motociclette nere con le cromature argentate occupavano il piazzale, in equilibrio sui cavalletti come uno stormo di corvi appollaiati. Il profumo di alghe, l'ottone delle porte della stazione. Gli enormi lampadari di ferro appesi al soffitto e il pavimento nero a tessere bianche che si incastravano come una scacchiera.

Il gigantesco orologio appeso alla parete segnava le

15.05, mentre il boato di un treno in partenza scuoteva le vetrate e il cuore.

Seduta sulla panca, inerme come fosse in castigo, Edna si concentrava sui piccoli quadrati bianchi ai suoi piedi. Erano perfetti, tutti uguali a incorniciare una lunga striscia nera. Quanti erano? Qual era il numero perfetto?

Guardò verso l'entrata attirata dal trambusto e li vide aprire i battenti con un gesto coordinato all'unisono ed entrare: due poliziotti, due cani Malinois. No, non era il numero perfetto a cui aveva pensato.

Adele era ancora in fila alla biglietteria. Uno dei poliziotti le si stava avvicinando (proprio verso di lei?). La donna si voltò sorridendole. Se voleva rassicurarla, con quella faccia pallida, non ci era riuscita granché. Mentre Adele contava quante persone mancassero ancora al suo turno, dando (apposta?) le spalle ai poliziotti, Edna si guardò intorno alla ricerca di una soluzione (punto primo: sbarazzarsi delle prove).

Uno dei Malinois, che ispezionava la fila al fianco del suo conduttore, si era fermato. Fiutava una traccia e, proprio mentre Edna cominciava a pregare che riprendesse la sua ispezione, si voltò e puntò il grosso tartufo nero verso di lei. La scossa del guinzaglio teso aveva richiamato l'attenzione del poliziotto che ora la stava fissando.

Edna sentì il sudore bagnarle i palmi. Fece scivolare veloce lo sguardo intorno, inciampando su qualsiasi dettaglio potesse risultare rilevante: porte di vetro, biglietteria, giornali, toilette, valigie, un signore con la valigetta color cammello.

Scattò di nuovo all'indietro: un signore con la valigetta color cammello, valigie, toilette (toilette!).

Afferrò Emil e seguì le indicazioni.

Ma era complicato alternare bastone, trasportino, e caricare il passo. A ogni modo, sarebbe tornata prima che Adele potesse voltarsi e chiedersi dove fosse finita. E il fiato del cane e il passo secco e ritmato, che sentiva montare alle sue spalle, erano una motivazione convincente.

Il seminterrato si schiudeva in un dedalo di corridoi stretti e non riusciva più a scorgere le indicazioni.

«Serve aiuto, signora?»

Edna si voltò nella direzione da cui proveniva la voce rude. Un uomo, piantato a terra con le gambe divaricate, il giubbotto di pelle nera e una barba crespa, brizzolata, si era sollevato gli occhiali a specchio e la fissava con occhi di ghiaccio, per niente amichevoli.

Anche la pettinatura contribuiva all'immagine ruvida di un uomo che si era svegliato la mattina presto e, invece di lavarsi i denti e spruzzarsi il deodorante sotto le ascelle, si era rasato i capelli ai lati con la lama di un coltello. E quel coltello, forse, l'aveva nascosto dentro il bordo degli stivali, pensò Edna in un sussulto di paura. Però, c'era anche qualcosa di familiare, in lui. Qualcosa di indefinito ma allo stesso tempo, al di là di qualsiasi ragionevole considerazione, di rassicurante.

«Cerca il bagno?»

Edna annuì. Ma certo, ecco cosa le ricordava: portava gli stessi pantaloni di pelle stretti e rigidi che indossava Roland, quelli che le facevano mancare il fiato per l'apprensione, perché temeva non sarebbe mai riuscito a sedersi. E aveva anche lo stesso…

«Il giubbotto», disse lui puntandole il dito, «dove lo ha preso?»

«Me lo ha dato un amico, Roland.»

Lo sguardo dell'uomo risalì lentamente e si fermò nei suoi occhi. Ora la stava scrutando come a capire cosa avesse in mente.

«Roland chi?» chiese, la voce increspata da una punta di diffidenza.

«Roland che vive in una roulotte sul lago da cui sbuca il campanile», disse, purché le si levasse da davanti. Non aveva tempo da perdere, lei. «E ora mi perdoni, ma vado di fretta.» Edna non aveva abbassato lo sguardo. Quello di lui era teso e concentrato. Fino a quando si assottigliò in un sorriso aperto e la voce esplose in una risata.

«Rolli! Il nostro amico filosofo. Un grande uomo. Chi è amico di Rolli è anche nostro amico», disse voltandosi e mostrandole la schiena. Il giubbotto riportava lo stesso disegno del suo: un teschio con due fiamme che uscivano dalle tempie (questo sì, era sorprendente!).

«Ma che fine ha fatto? Sa che abbiamo percorso insieme mezza Europa?»

«Sta piuttosto bene. Un po' indaffarato con la roulotte, ma...» Un latrato esploso all'improvviso la fece sussultare. Non era soltanto Emil – che si era artigliato sulla grata in ascolto – ad avere paura dei cani. Anche a lei riportavano alla mente cattivi ricordi.

L'uomo tirò su con il naso, improvvisamente serio. «Oggi ci sono parecchi sbirri in giro... Chissà che cercano...» Si stropicciò il mento, pensieroso, lo sguardo ancora fisso nel suo.

Edna trattenne il fiato.

«Già, parecchi sbirri», annuì di nuovo lui, scrutandola a fondo con le braccia incrociate. «Ha problemi con la giustizia, signora?» disse facendo scivolare su di lei una lunga occhiata da sopra in giù (era parecchio alto: un metro e novantadue, almeno) e abbassando la voce in tono confidente.

A Edna parve le avesse strizzato l'occhio, ma era stato un gesto tanto repentino che poteva esserselo immaginato. Caspita, quanto somigliava a Roland.

Fece un respiro profondo: «Devo sbarazzarmi di una cosa».

L'uomo allungò la mano con la massima serietà. «Helmut», disse stringendo la sua in una presa breve e salda.

«Edna Weiss.» Edna si abbassò per aprire la sacca. Non dovette cercare a lungo. Helmut afferrò con cautela la bottiglia che lei gli stava allungando, la roteò in aria, valutando il contenuto. Grugnì qualcosa. Poi la svitò e ne trangugiò un sorso.

«Ottimo!» esclamò asciugandosi le labbra e appoggiandoci di nuovo il collo della bottiglia.

«Ma che fa? Dia qua.» Edna gliela strappò di mano. «Dobbiamo farla sparire, signor Helmut. È illegale.»

«Ne è sicura?»

«Certo.» Edna si avviò verso il lavandino indicato da Helmut e versò il *Killepitsch*. «Ho un branco di cani che mi alita sul collo.»

«Peccato, era davvero buono. Piuttosto...» disse Helmut arricciando il naso come se pizzicasse. Frugò nella borsa di Edna, troppo impegnata a sbarazzarsi del *Killepitsch* fino all'ultima goccia per dargli retta oppure obiettare. Quando riemerse, teneva tra le mani i pacchettini di spezie.

«Quelle sono erbe di montagna», si schermì lei, lo sguardo concentrato sul flusso che scendeva dalla bottiglia. «Ma hanno un aroma troppo forte per i miei gusti... Può tenerle, se vuole.»

«Direi che queste sì, potrebbero metterla nei guai.»

Il rumore di un treno e un annuncio gracchiato dall'altoparlante li fecero voltare all'unisono.

«Che ha detto?» chiese Edna, corrugando la fronte.

«Treno in partenza...»

«Ha detto Ravensburg?» Edna vide il suo riflesso incorniciato dallo specchio: uno spettro bianco dagli occhi sgranati.

«Non ne sono certo, ma vista l'ora, potrebbero esserci buone probabilità.»

Già, di certo erano già trascorsi venti minuti. Ancora una volta – ancora una volta – era il tempo a vincere. E lei era nel bagno di una stazione, a sbarazzarsi di una bottiglia insieme con un motociclista dal giubbotto come il suo...

Un altro boato di un treno in accelerazione le fece tremare il cuore. Era andato.

«Non arriverò mai.» La voce uscì come un soffio. Edna appoggiò il braccio sulla porta del bagno e si lasciò cadere sulla tazza, senza più forze, la gamba che le faceva male tesa come un pezzo di ferro che non le apparteneva.

«Era il suo treno?»

«Temo di sì. Sto andando a trovare un amico. Ma lo dimetteranno dall'ospedale. E se non arrivo entro questo pomeriggio, non riuscirò a incontrarlo.» Senza contare che, forse, Jacob se ne era già andato da lì. Potevano averlo lasciato andare quella mattina. Oppure giorni prima, insieme agli altri. Era stata una sciocca, fiduciosa come un bambino, a credere nella versione più semplice. E dove lo avrebbe cercato, ora? Il suo viaggio, quasi all'arrivo, non era invece che all'inizio, più confuso di quando aveva ritagliato un angolo di giornale perché fosse la sua stella polare.

«E deve portargli quel...» Helmut si piegò per guardare dentro il trasportino: «...pappagallo?».

«È molto più complicato, signor Helmut. Ma il succo della storia è più o meno questo.»

Helmut si rialzò, riempì i polmoni di ossigeno e allungò il braccio in cerca della sua mano.

«Se deve essere a Ravensburg entro questo pomeriggio, le prometto che sarà così! Non lasciamo mai indietro un fratello. Lei porta il nostro giubbotto, Edna», disse in tono solenne. «Se Roland glielo ha affidato, vuol dire che se lo merita. È una dei nostri. E noi...» Si abbassò gli occhiali a specchio e per un istante Edna si vide seduta su una tazza, gli occhi cerchiati e le pareti del gabinetto che ondeggiavano. «E noi non abbandoniamo mai uno dei nostri. Venga con me, c'è un'altra uscita.»

Helmut la aiutò a rialzarsi, e dopo aver infilato i sacchettini nelle tasche ed essersi caricato la sacca sulle spalle – tutto in una rigida sequenza di cui Edna ammirò la cadenza perfetta – aprì la sua borsa di cuoio, indicandola con un cenno. «Forza.»

«Cosa dovrei farci?»

«Non penserà mica di caricare quella specie di arte astratta sulla moto... Forza, infili il suo pollo nella borsa.»

«Io non...»

«Vuole arrivare a Ravensburg, giusto?»

Edna annuì. «Bene, questa è l'unica possibilità che le resta. E ora, prenda quell'animale e lo ficchi qui dentro. Collabori, Edna.»

All'uscita della stazione, Adele si guardava attorno, chiedendosi dove fosse finita Edna, mentre costringeva i muscoli del viso a comporre l'espressione più noncurante e serena di cui fosse capace. Doveva visualizzare una palla arancione che si spandeva, spandeva... portandosi via il buio. Ma non riusciva a vedere altro che il volto contrito del poliziotto che la inondava di domande. Il poliziotto che – non avrebbe voluto ammetterlo – era certa fosse stato mandato da suo marito a cercare Edna. Altrimenti, perché tutte quelle domande sulla «signora anziana che zoppicava e aveva l'aria spaesata»? Potevano «gentilmente» e solo «così, per un controllo di routine», fornire un documento?

«Non stiamo mica scappando», rise, ma l'uomo restava serio.

Un rombo assordante la costrinse a coprirsi le orecchie con i palmi, ma anche se stringeva e premeva con forza, sentiva i timpani strapparsi.

La motocicletta si era fermata a un passo da loro. Non riusciva a vedere dietro i caschi con la visiera oscurata. Quando il passeggero sul sedile posteriore la sollevò, le parole si seccarono fra le labbra e lei pensò che non sarebbe più riuscita a respirare.

«Adele, sali. Ti racconto più tardi!»

«Signora Edna, stavo proprio spiegando ai signori che noi non...»

Una seconda motocicletta aveva accostato al marciapiede. L'uomo la invitava a salire. «La tua amica ha già deciso. Salta su. Perdonami, bellezza. Ma i cavalli bianchi erano esauriti.»

«Forza, Adele. Fa' come dice.» Dalla borsa, stretta fra Edna e la schiena del centauro, sbucò la testolina di Emil.

L'uomo afferrò il braccio di Adele e la fece sedere in una mezza piroetta e uno strillo di sorpresa, prima di ripartire a tutta velocità.

«Li vede?» gridò Edna. Il casco le stava largo e aveva la sensazione di aver ficcato la testa dentro un nido di vespe che ronzavano a mille.

«Sono dietro di noi. E...» disse Helmut guardando dallo specchietto retrovisore, «non siamo soli. Ma allora gli sbirri le sono affezionati davvero...»

«Che vuole dire?» Edna cercava di voltarsi per controllare la strada che si lasciavano alle spalle. Alle calcagna della banda di Helmut (caspita quanto si somigliavano i motociclisti! Parevano soldati in divise nere) aveva intravisto la camionetta della polizia, ma era la macchina verde (di un tono distante dal giallo, due dal verde bottiglia), subito dietro, ad aver catturato la sua attenzione. Uno strattone la convinse a stringersi contro la schiena di Helmut, lanciato lungo il rettilineo a una velocità che non si era immaginata neppure quando aveva guardato dal televisore in bianco e nero il lancio del primo razzo sulla luna, anche se occorreva dire che l'apparecchio era vecchio davvero e a volte si riempiva di neve. Aggrappata a uno sconosciuto incontrato nella toilette della stazione e tesa come un proiettile attraverso campi e pianure che a lei parevano macchie sbiadite, aveva la sensazione che le si staccassero brandelli di maglia, di pelle e calzoni, strapazzati dal ciclone che le ruggiva contro.

Helmut deviò dalla statale che attraversava la campagna per entrare nel primo paese che avevano incontrato. E tagliò per strade tanto strette che non sarebbe passato neppure il trasportino di Emil. Edna provò una fitta di nostalgia al ricordo dello scatolone su quattro ruote abbandonato nel bagno della stazione e di tutte le strade che lei ed Emil avevano percorso insieme. Lui protetto nel suo scomodo ventre, lei a trascinarlo nella pioggia. Aveva fatto bene il suo lavoro. Non avrebbe mancato di raccontarlo a Jacob.

«Ci stanno dietro.» La voce di Helmut era ferma, decisa.

Edna sapeva che non si riferiva alla moto dell'amico che stava accompagnando Adele né agli altri motociclisti che li scortavano, rombando come una mandria di bufali. Erano "gli sbirri".

E la macchina verde, sempre alle calcagna.

Helmut virò in una curva stretta e poi in un'altra ancora, dietro una fattoria, per una strada sterrata, fino a quando ci furono soltanto alberi e poi di nuovo asfalto.

A Edna mancava il respiro.

«Forse le conviene fermarsi, Helmut! Qualsiasi cosa stiano cercando i poliziotti, noi non abbiamo nulla da nascondere.» Non più, almeno. «Lasci fare a me. Sono brava con le parole.»

«Non credo sia il caso.» Helmut scosse il capo. «Ricorda i sacchettini che mi ha mostrato? Li ho in tasca. E non sono erbe montane.»

«Ma che dice?»

«Chiunque glieli ha dati le vuole bene, Edna. Ma non credo che la polizia capirebbe. Le sue erbette sono parecchio illegali.»

Edna trattenne il fiato. Si era sbarazzata del *Killepitsch* e...

«Non posso crederci. Lei è un irresponsabile, Helmut! Glielo avevo detto che mi stavano addosso. Ora mi crede?»

«Merda!»

Helmut, con lo sguardo ancora fisso sullo specchietto che rifletteva la camionetta sbucata da una curva, aveva appena sintetizzato i suoi pensieri con la stessa efficacia con cui la sua gamba le strillava che un chilometro ancora in balia di quelle sollecitazioni e non avrebbe più camminato per il resto della sua vita. Era abituata al dolore. Fin da piccola aveva dovuto conviverci, imparare a riconoscerlo. Le era stato di conforto, quando si sbucciava un ginocchio o la febbre bruciava la fronte, sapere che c'era un solo dolore più violento e resistente di qualsiasi altro e si nascondeva in cavità così oscure e insidiose dell'anima che nessun dottore sarebbe mai riuscito a scovarlo. Se restava viva nonostante i suoi morsi, la paura delle mani del contadino e delle ombre del capanno che la soffocavano, poteva sopravvivere anche a una sbucciatura e alla febbre.

Tuttavia ora non trovava la stessa forza, trattenuta dal timore di non farcela, che non avrebbe mai ammesso. Mancava così poco. Bastava soltanto crederci e non lasciarsi spostare dal vento.

Si concentrò sulla strada. Ma non le riusciva. Vedeva ogni cosa confondersi e farsi grande e poi minuscola. Balzarle addosso per deviare e correre lontano, scomparendo alle sue spalle.

L'aria la portava via e la faceva sentire altrove. Sotto le acque di un lago, con le onde che si richiudevano sopra di lei. Oppure a testa in giù fra le chiome degli alberi, come quando era una bambina che ancora non aveva conosciuto l'orrore di una fattoria nascosta dai boschi, al di là dei crinali delle montagne. Quando restava appesa e il mondo era sottosopra mentre cielo e terra si scambiavano di posto.

Di fronte a loro, nuvole nere rotolavano all'orizzonte rubandosi l'azzurro. Stavano entrando nel cuore della tempesta e lei aveva paura. Per sé, per Emil. Per Jacob.

«È dura svegliarsi in un giorno grigio. Il diavolo ti tiene chiusi gli occhi», diceva padre Gianni quando l'alba non portava che cieli pesanti di umidità. Ma era stato una notte, e non un giorno, che il diavolo aveva chiuso gli occhi a tutti loro. La notte che non aveva mai voluto ricordare e che ora tornava sulle ali nere di nuvole che promettevano pioggia e un viaggio che non aveva idea di come sarebbe andato a finire. Sentì di nuovo quello stesso formicolio e il pulsare alle tempie. Il sapore della paura. Era tutto come allora.

Quando il diavolo ti chiude gli occhi
La fuga – Parte I

Avevano progettato la fuga nei minimi particolari, rivedendo il piano molte volte (tre schizzi, due cartine). Eppure Edna non riusciva a farsi scivolare via la paura. Era immobile nel letto, le mani sudate e gli occhi spalancati sulla luna rotonda, impigliata fra i rami al di là della finestrella appannata. Ma non la vedeva, la mente piena di altre immagini, di frammenti spezzati.

Le mancava l'aria e soffocava dal caldo come non accadeva neppure in luglio, nello stanzone umido. Appena aveva fatto scuro, tanto da non vederci più nulla, aveva preso i vestiti da sotto il letto e se li era infilati addosso. Più che poteva (alcuni li aveva rubati per lei Jacob). Maglioni (tre, di lana spessa), gonne (due), calzoni (quattro). E si era avvolta nella coperta.

Perché dove stavano andando, non avrebbe potuto portare con sé né bauli né valigie.

Ma non erano i vestiti che la imbottivano, stringendola come una salma, oppure la lana che pizzicava sul collo, a farla sudare quasi fosse a mietere il grano sotto il sole dell'estate che picchiava sulla schiena. Erano invece il pensiero di quello che sarebbe accaduto e la paura di sbagliare.

Lo stanzone era avvolto nel silenzio e nel buio, interrotti dal russare dei bambini e dalle ombre che si staccavano dai muri, danzando come braccia scheletriche al frusciare del vento.

Sentiva l'odore della neve, poco più che una flebile traccia confusa tra il fetore di letame e l'asprezza del fieno. Per acquietare i battiti, si concentrava su quella scia lieve, sottile come un filo di cotone. Seguendola, poteva ricordare il profumo del bosco, il solletico dell'aria fredda sulle guance, persino la sensazione di essere senza peso, quando la terra non fa rumore e il passo sprofonda nel manto innevato, regolare e soffice come doveva essere il suolo lunare. Si sentiva già libera. Poi, però, la traccia era scomparsa, coperta dal puzzo di sterco, che era bastato a riportarla lì, al chiuso, e a ricordarle la distanza tra lei e il bosco, tra il suo letto e la libertà, sottile come una parete. Impenetrabile quanto una foresta di notte.

Allora avvertiva il sudore rigarle il collo e il lenzuolo bagnarsi, stropicciato dalle sue mani.

Non aveva nessun guardiano a farle compagnia né a proteggerla dagli spiriti cattivi. Padre Gianni le aveva assicurato che non esisteva alcuno spirito maligno, né folletto del bosco. Invece le parlava sempre del diavolo, delle tentazioni con cui aveva cercato di sopraffare Gesù e di come lo avesse messo alla prova nel deserto. Edna non era sicura che il diavolo facesse meno paura degli spiritelli della foresta. A ogni modo, era sola. Anche se lo stanzone ondeggiava mosso dai respiri pesanti dei bambini e da qualche parte, dietro le balle di fieno che dividevano la zona delle femmine da quella dei maschi, doveva esserci Jacob.

Il letto di Anja era rimasto vuoto, come un cattivo presagio. Non riusciva a posarci gli occhi senza provare una fitta di nostalgia.

Non c'era nemmeno la sua pigna spoglia, né la scheggia di legno a farle coraggio, perché li aveva chiusi nello zaino che al momento la aspettava, nascosto fra le cataste di legna (angolo destro della legnaia, quattro rami storti, due cippi triangolari) insieme a quello di Jacob. Il cestello di Emil, invece, era al sicuro, più vicino al muretto, perché sarebbe stato troppo ingombrante e pesante da tirarsi dietro correndo. Già, Emil. All'immagine di lui, il pensiero si era frantumato in mille schegge di buio, come vetro colpito da una biglia. E si era sentita precipitare.

Il piano di fuga era stato escogitato da Jacob nei minimi

dettagli. La sera prima lei doveva portare Emil nel capanno abbandonato, dove sarebbero andati a prenderlo all'alba.

Avevano riflettuto a lungo su quel punto. Se Emil fosse restato nel ricovero delle oche, quelle si sarebbero svegliate appena vi avessero messo piede e avrebbero dato l'allarme, piazzandogli la muta di cani e i contadini dritti alle spalle. Di portarlo con loro nello stanzone, non se ne parlava: troppo pericoloso. Non si fidavano di nessuno.

Era stata di Jacob l'idea: Emil avrebbe dormito nel capanno.

Era la scelta più sicura. E non gli riusciva di capire perché Edna avesse messo quel muso e le guance si fossero sbiancate all'improvviso come se avesse infilato i piedi in un catino di acqua gelata.

Perché se ne stesse più tranquillo, gli avrebbero dato doppia razione di cibo – togliendoselo dalle loro bocche, colazione, pranzo e cena, anche se non era mai abbastanza neppure per loro – e la pancia piena, nonostante Emil sembrasse avere sempre fame (e dove la buttava tutta quella roba se poi era sempre spennacchiato?), lo avrebbe reso più pigro e sonnolento. Se avesse gracchiato, come una magia fatta per loro quella notte, a portarsi via la sua voce ci sarebbe stato ancora il vento – lo aveva sentito dire dalle donne che raccoglievano le erbe – un ventaccio che urlava da tre giorni sbuffando neve.

Edna era rimasta in silenzio, chiusa in una bolla di vergogna e mortificazione. Non poteva dirgli che lì dentro succedevano cose terribili e che se avesse lasciato Emil solo nel capanno, lui avrebbe avuto paura. Una paura da gelare il sangue e strapparti la voce anche se avresti voluto gridare forte. Come ne aveva lei.

In quei mesi aveva convinto Jacob a continuare le sue lezioni nel ricovero delle oche (chissà se aveva addestrato pure loro!) mentre lei non aveva potuto tenersi alla larga dal capanno. Il contadino era venuto a cercarla.

Le aveva fatto ancora quelle cose, molte volte. Ma non le era piaciuto come lui le aveva promesso. Il dolore non era mai diventato piacere. La consuetudine non aveva che trasformato la paura in odio. Bruciava, sotto. Anche quando andava al bagno. E i giorni del flusso non bastavano a tenerlo lontano. Diceva che «il sangue si univa al sangue», come se fosse una cosa buona.

Sdraiata immobile nel letto, Edna ripensava allo zaino: quattro fette di pane di segale (per Emil), un barattolo di miele (per non perdere le forze), una borraccia di succo di mele (poco, ma avrebbero trovato torrenti e molta neve). Sospirò. D'inverno era impossibile attraversare il passo. Occorreva allungare di molto la strada, ma non riusciva a visualizzarla. Jacob, invece, era sicuro che il carretto degli ambulanti sarebbe stato la loro salvezza. Li aveva visti alla fattoria e li aveva sentiti parlare mentre stringevano l'accordo: granaglie e latte, in quantità tali da richiedere due giorni di lavoro per assemblarli. Al padrone non piaceva fare affari con gli stranieri, tantomeno se zingari. Ma avevano pagato in contanti e in anticipo, una vera rarità. Jacob conosceva tutti i termini dell'accordo. Sapeva dove, quando. Ed era certo che non sarebbe mai più capitata un'occasione simile. Lui e Edna dovevano soltanto trovarsi all'alba al confine della fattoria segnato dal vecchio muro sbrecciato. Era lì che sarebbe stata lasciata la merce e loro avrebbero trovato il carro: vicino alle mangiatoie per i cervi e alla casetta dove venivano stoccati i recipienti del latte appena riempiti per essere caricati dai carretti diretti verso le latterie della città.

Avevano poco tempo, perché una volta caricato, quello se ne sarebbe andato in fretta, aveva obiettato Edna. E poi, come avrebbero fatto a pagare il viaggio?

Ma Jacob aveva aggiunto anche dell'altro, con il sorriso sbilenco delle sue trovate migliori, quelle che finivano sempre per ficcarli nei guai: «Potremmo sempre balzare su senza farci vedere», aveva detto strizzando l'occhio. «E poi sgusciare via appena ci avranno scoperti. Ma a quel punto, saremo già molto lontani da qua. Oppure...» – aveva respirato piano, abbassando la voce, che si era fatta scura e greve – «potrei avere qualcosa che gli fa gola.»

Jacob aveva dato il segnale. Lo aveva ripetuto due volte:

un colpetto di tosse, silenzio, la tenda della finestra che ondeggiava coprendo la luna e svelandola di nuovo.

Edna aveva fatto un respiro profondo: era il momento.

Aveva scostato la coperta di lato, si era infilata i suoi scarponi (due nodi, perché se avessero dovuto correre…) ed era sgattaiolata verso l'entrata (spigolo del letto, girare attorno al fieno, una fila di letti, camminare rasente il muro, sotto la finestra, accucciata come un gatto, ce la puoi fare, *Warmduscher*).

Aveva trovato Jacob ad aspettarla con un sorriso sbalzato dalla luna, il berretto di lana calato sul capo. Anche lui sembrava ingrassato di tre taglie.

La porta dello stanzone veniva sprangata dall'esterno per la notte, ma da lì (apertura sul lato corto) si accedeva anche al fienile. Si sarebbero arrampicati sul fieno e poi sarebbero scesi attraverso l'apertura sul tetto da cui caricavano le balle appena smistate. Era difficile, per questo Jacob aveva con sé una corda (chissà dove l'aveva presa e come aveva fatto a nasconderla!). Se l'era arrotolata intorno alla spalla, con l'altra mano invece teneva stretta Edna, indicandole dove mettere i piedi.

Ma la luna, che bagnava d'argento le travi del pavimento, si era oscurata all'improvviso. A coprirla non era stata una delle nuvole lattiginose che correvano nel cielo della notte. Ma una sagoma che si stagliava ritta e sbarrava la strada. Era Bastian.

49.
LA STORIA DEL BAMBINO CHE AVEVA RUBATO IL PARADISO

Seduta sulla motocicletta di Helmut, con Emil fra loro, chiuso in una borsa da cui faceva sbucare di tanto in tanto il becco per ritirarlo un istante dopo spaventato dalla corrente, Edna ricordava. Ma era la sensazione di un altro pericolo, più imminente di Bastian, a fermarle il fiato. Era la polizia che li inseguiva. Era la gamba, schiacciata sotto tonnellate di pietra che la premevano contro cocci aguzzi di bottiglie rotte.

«Ora si fa sul serio», disse Helmut, alzando il braccio. «Non si preoccupi. Ci penseranno i ragazzi.»

Ai loro lati, ali nere di motociclette cromate si allargavano in due diagonali perfette. I motociclisti, con lunghe barbe che sbucavano dai caschi, portavano tutti lo stesso giubbotto con il teschio da cui uscivano le fiamme. La salutarono portandosi alla fronte la mano di taglio. Poi Edna li vide rallentare, sparpagliarsi, uno di loro fermarsi all'improvviso in mezzo alla strada, e si spaventò.

«Non si preoccupi, è soltanto un diversivo per farci recuperare tempo», la rassicurò Helmut. Davvero fingeva un guasto? Il motociclista era in piedi, fermo al centro delle due corsie, le mani al cielo. Gli altri gli erano attorno, lasciavano le motociclette parcheggiate a caso, bloccando il passaggio e chiedendo aiuto proprio alla polizia!

Era legale?

Legale o no, dopo la prima esplosione di clacson, rombi di motore e nuvole di fumo che si alzavano alle loro spalle, furono avvolti soltanto dal sibilo del vento. E per la prima volta da quando era salita, Edna riuscì finalmente a prendere fiato, anche se da sotto il casco l'aria sapeva di plastica e gomma bruciata dal sole e l'umidità le bagnava i capelli come una piantina di orchidea intrappolata in una serra.

«Signora Edna, lei mi deve delle spiegazioni.» Adele le veniva incontro a passo di carica. Si era levata il casco e lo stringeva sotto il braccio, i capelli impiastricciati, schiacciati sulla fronte.

«Stiamo andando a Ravensburg. Il signor Helmut e il signor René si sono offerti di darci un passaggio.» Cosa non andava? Adele avrebbe dovuto essere contenta, invece la guardava con un volto bianco e preoccupato da far concorrenza ai tovaglioli sbiaditi del bar. Edna aveva sempre saputo che sarebbe stato meglio non coinvolgerla (scarsa adattabilità).

«Lei non sta bene! Che le dicevo? Dobbiamo andare in ospedale.»

«Ci stiamo andando, Adele.»

La donna sbuffò e scrollò il capo.

«Lei è Edna!» Un bambino le corse incontro. «La signora che sta attraversando le montagne con il suo pappagallo», esclamò sollevandosi il berretto.

Adele sbarrò gli occhi.

«Più o meno, ragazzo. E oggi», disse respirando odore di caffè, di gomme e di benzina, nubi nere che rotolavano all'orizzonte, «è un ottimo giorno per arrivare.» Gli strizzò l'occhio.

Quello corse via eccitato. La indicava ai suoi amici, toccandosi la visiera del berretto, sotto cui un sorriso largo da parte a parte si tuffava in un mare di lentiggini. Era di certo l'ansia di arrivare a ricordarle in quella figurina minuta Jacob.

Adele stava per chiederle spiegazioni. Lei si era abituata che di tanto in tanto qualcuno sbucasse come dal cilindro di un prestigiatore e sapesse del suo viaggio. Ma qualsiasi domanda volesse farle, Adele avrebbe dovuto aspettare, perché era ora di mettere qualcosa sotto i denti e da come guardava il vassoio anche lei stava morendo di fame.

Helmut era tornato con dei panini e alcune bottiglie di birra, e alleggerito di due sacchetti di erbe poco montane. Le aveva strizzato l'occhio e lei aveva capito.

«Ci siamo quasi, Edna. È nervosa?» chiese buttando giù un sorso di birra e accompagnandoli sul retro, lontani dalla gente e con le motociclette a portata di balzo.

«Non sono arrivata fino a qui per avere paura.» Ne aveva, certo. Ma non si sarebbe fermata per qualche cattivo pensiero. Non voleva dire questo, avanzare con coraggio?

Lui dondolò il mento in un ampio e lento assenso, lo sguardo colmo di stima.

«Guardi, questo non è il suo Emil?» René aveva trovato (rubandolo da chissà da quale cestino) un giornale macchiato e stropicciato che le aveva appena spalancato sotto il naso. Edna si avvicinò, regolando gli occhiali. Dalle pagine saliva una puzza come di uova, per niente gradevole. Si sforzò di seguire il dito di René appiccicato a una foto sgranata, l'immagine di una grande ara, simile a Emil. Ma non era lui. Lo avrebbe notato anche un bambino che i colori erano invertiti e si trattava indiscutibilmente di un'altra specie.

«Ah no, mi sbagliavo», si corresse René con una punta di delusione. «Questo è un uc-cel-lo-del-pa-ra-di-so», lesse scandendo le parole in tono solenne. «Ma che razza di animale...» Scrollò le spalle, storcendo le labbra in una smorfia. «A me sembrava un pappagallo...»

«Questo *è* un pappagallo, signor René.» Le toccava sempre spiegare ogni cosa. «Guardi il becco. Lo vede quanto è arcuato? E le ali... quaggiù...» Lì dove cominciava l'articolo: *La leggenda dell'uccello del paradiso. I figli di Jacob Kneip raccontano l'incredibile storia del pappagallo che giocava con le oche.*

Edna leggeva come un treno, ignorando le fitte alla gamba, il traffico, il rombo delle motociclette.

«Dobbiamo andare», disse all'ultima riga, tirando su con

il naso, il cuore accelerato come la moto di Helmut lanciata su un rettilineo. Soltanto che la strada, per Edna, era piena di buche e pozzanghere che la facevano sobbalzare.

I figli di Jacob, l'uccello del paradiso... Jacob a un passo, dietro quelle curve. E la voglia di arrivare da lui, che nell'articolo era soltanto un nome scritto con qualche goccia di inchiostro. Non dicevano nulla dell'ospedale, del suo rilascio... «Rilascio», neanche fosse stato un detenuto in carcere. Edna pensò che era davvero buffo il modo in cui gli eventi si stavano intrecciando per portarla da lui.

«Che dice l'articolo?» chiese Adele strappando il giornale di mano a René.

Lui alzò le spalle. «Parla di un pappagallo... Giusto, signora Edna? Pap-pa-gal-lo?» chiese in cerca della sua approvazione. Ma lei stava già riallacciando la borsa con dentro Emil e impugnando il suo bastone. «Be', di questo pappagallo, trovato a una fiera. E di un bambino che lo ha tenuto nascosto nella fattoria in cui era stato mandato a lavorare. Mi pare fosse riuscito a addestrarlo. Ma forse il senso dell'articolo era un altro...» disse massaggiandosi la nuca, lo sguardo basso a riprendere le frasi evidenziate in grassetto per trovare una risposta.

Chissà come sarebbe stato. Chissà se Jacob l'avrebbe riconosciuta. Se fosse stato ancora arrabbiato. Se l'avrebbe perdonata quando lei gli avesse raccontato la verità.

All'ultima curva che immetteva sulla strada principale, Edna scorse una macchina che conosceva (verde come la pelle squamosa di un ramarro, distante di una tonalità dal giallo, di due dal verde bottiglia) parcheggiata lontana dalle altre e, con le schiene appoggiate contro il cofano e un panino svogliatamente in mano, due figure che le ricordavano casa. Si voltò in cerca di Adele, che si stringeva impaurita a René e non sembrava essersi accorta di nulla.

Sperava di essersi sbagliata, eppure le erano sembrati proprio Max e Lukas. Doveva essere la stanchezza, il dolore che martellava senza darle mai tregua, l'ansia che le giocava brutti scherzi.

Quante probabilità aveva che fossero loro? E che avrebbero dovuto farci, lì?

Stentava a crederci. Però l'aveva vista, la macchina. Ed era quasi certa li avesse seguiti dalla stazione di Lindau. Quante automobili verdi viaggiavano sulle strade del mondo in quel preciso istante? Non "verdi", rifletté Edna correggendosi: verde intenso, coda di ramarro (di un tono distante dal giallo, due dal verde bottiglia).

Non era il caso di perdersi in sottigliezze, pensò scuotendo il capo per levarsi quella sciocchezza di mente. Una sciocchezza che le aveva risvegliato brutti presentimenti, tenaci come il rombo monotono del motore che sentiva soffiare rovente sul collo.

«Helmut.» Picchiettò sul giubbotto di pelle per richiamare la sua attenzione. Attese che si fosse voltato verso di lei e gli parlò a voce forte all'altezza dell'orecchio (con una certa approssimazione dovuta al casco che lo ingabbiava): «È possibile, secondo lei, obbligare qualcuno a fare una cosa che non vuole, per esempio entrare in una casa di riposo? Anche se molto bella, intendiamoci».

«Direi di no, nel modo più assoluto.» Il vento si portava via pezzi di voce e di frasi, che lei cercava di ricombinare. «A meno che», ridacchiò, «non le manchi qualche rotella. Allora si nomina un tutore e lei è bella che fregata. Penserà quello a tutto, alla sua casa, ai suoi figli. Ai cani, se ne ha. O al suo Emil. È successo a un mio amico. Coma irreversibile. La moglie nel frattempo si è venduta tutto: i suoi dischi, il suo divano. La sua moto, pensi! Poi siamo arrivati noi, i suoi amici. Qualcuno aveva letto di come si fa a risvegliare la gente messa come lui. Mi pare fosse su un giornale... "Stern", credo», disse rallentando.

Edna annuì. «Lo conosco bene!»

Ora le fattorie scorrevano ai lati con i loro dettagli curati: i gerani sui balconi, le piscine di gomma gonfiata adagiate sui prati per i bambini. Ma niente di quell'allegria riusciva a sfiorarle il cuore, mentre pensava alla visita dal dottore e alla sua diagnosi. A lei non mancava nessuna rotella, anche se aveva scritto quel commento sul foglio che aveva anche firmato.

«Che ha detto? Conosce il nostro amico?»

«Il periodico!»

«Ah, certo. Comunque, le dicevo. È bastato infilargli nelle orecchie un paio di cuffie con l'ultima registrazione dei Motörhead: 20 novembre 2015, Zenith di Monaco, quarantennale della band e ultimo concerto live del grandissimo Lemmy. Noi c'eravamo. Be', dopo i primi dieci minuti il mio amico ha strizzato una palpebra, poi l'altra, e si è svegliato. Un concerto, un solo ricordo importante in mezzo a mille altri ricordi, ci pensa?»

Edna annuì, ma il suo unico pensiero era alla carta e a cosa avrebbe potuto farci Max. Oltretutto si ricordava di averlo detto al dottore, che lei si fidava di lui e di Adele soltanto e che se le fosse accaduto qualcosa, se il suo cervello le avesse suggerito scelte bizzarre e incomprensibili o avesse messo in pericolo lei ed Emil, allora...

«Ma non si preoccupi», rise Helmut accelerando. «Lei mi sembra una a posto! Chi potrebbe mai dire che ha perso la bussola? Si guardi, Edna: è lanciata a tutta velocità verso il suo obiettivo. Si chiama tenacia. Che ha a che fare con la follia, certo, per la gente a corto di immaginazione. Ma è questione di cuore. E di coraggio. Lei ha la sua visione e lotta per afferrarla. Come i più grandi. Pensi a John Nash – ho visto il film con Russell Crowe qualche tempo fa – ha vinto il Nobel per la matematica, lo sapeva? E poi è bastato che dicesse di essere l'imperatore dell'Antartide, e di decifrare messaggi criptati provenienti dagli extraterrestri, perché tutti lo considerassero un pazzo. Si rende conto? Un premio Nobel...» Schioccò le labbra dondolando il capo contro l'assurdità del mondo.

«Che è successo a questo Nash?»

«È stato internato e gli hanno arrostito il cervello con qualche scarica di elettroshock.» Helmut accelerò ancora. «Fottuta gente senza immaginazione!»

Mentre la campagna la avvolgeva portandola via, pensava

alla verità che avrebbe dovuto raccontargli (sempre che ci fosse arrivata) e alle parole che avrebbe usato per descrivere quella notte. Perché avrebbe dovuto essere brava, sceglierle con cura. Ma era difficile: erano rimaste incastrate a fondo per così tanto tempo che riprenderle ora, pescarle da quali abissi, le sarebbe costato un nuovo dolore.

Bastian
La fuga – Parte II

Bastian era in piedi sulla soglia. La sua figura in controluce metteva paura.

«Bastian, fatti da parte», gli aveva intimato Jacob. La sua voce era ferma e sicura. Non troppo alta, per non farsi sentire dagli altri, né troppo flebile, per dimostrare che non temeva nulla.

Bastian, invece, non gli aveva dato retta. Si era voltato verso di lei, quasi non lo avesse neppure visto.

«E così, hai deciso da che parte stare.»

Edna non riusciva a sciogliersi dal suo sguardo scuro, senza emozione.

Jacob le stava ancora stringendo la mano. Ne sentiva la presa calda, che non aveva ceduto di fronte a Bastian. Neppure un tremito di sorpresa l'aveva allentata dalla sua.

A lei invece quel bambino dalla macchia nera come un petalo appassito aveva sempre messo addosso una strana inquietudine. Non per la voglia con cui era nato e che gli copriva il viso in un'ombra che da lì non si staccava mai. Era la sua voce, erano i suoi occhi indifferenti, e quel suo essere sempre ovunque accadesse qualcosa di brutto alla fattoria: la sera in cui i contadini l'avevano spaventata a morte, il giorno in cui lei e Jacob avevano tentato la prima fuga, la sensazione di una sagoma in cui vedeva intagliato il suo profilo e che scivolava dietro la finestra del capanno quando l'uomo le faceva certe cose. Ma era Bastian, aveva pensato ricordando le volte che avevano dato da mangiare assieme ai maiali o quando lui le aveva portato il secchio troppo pesante. Era soltanto Bastian. Uno come loro. Intrappolato alla fattoria.

«Vieni con noi», aveva sussurrato d'un fiato.

Jacob si era voltato verso di lei. Ora sì, aveva allentato la presa, ma solo di un attimo.

«Chi non rispetta le regole finisce nei guai, Edna. Io ti ho avvisato. Quando succederà, non ci sarà nessuno ad aiutarti. Non capisci, Edna. È andata meglio per te, quando hai cominciato a ubbidire e a fare come ti dicevano. I tuoi amici ti hanno aiutata. È bastato essere gentile.»

«Che stai dicendo?» si era intromesso Jacob, la fronte raggrinzita in pieghe di disprezzo.

«Chiedilo a lei. Chiedi cosa succede al capanno. E perché nessuno vi abbia portato via Emil. Lo sanno tutti, dell'uccello del paradiso.»

«Non ti riguarda affatto.» Jacob gli aveva assestato uno spintone con la spalla che era bastato a scardinare le difese e a trascinare Edna con lui.

Ma Bastian lo aveva afferrato per il maglione. «E so cosa nascondi nella tasca.»

Jacob si era fermato, il pugno rigido lungo il fianco.

«Perché hai rubato il quaderno? E le matite? E...» disse guardandolo dritto negli occhi, «...i documenti di Anja?»

«Lasciaci andare, ti prego», lo aveva supplicato Edna. Non sapeva nulla dei documenti né capiva cosa stesse dicendo, ma non gli importava. L'unica cosa che contava era andare via di lì alla svelta. Prima che gli altri si svegliassero, prima che facesse l'alba e il sole si portasse via la loro occasione.

«Devono sapere cosa succede qui, Bastian», aveva detto Jacob.

«Credi che cambierebbe qualcosa? Credi che non sappiano già? La gente, lì fuori, credi sia preoccupata per cosa accade quaggiù e in decine di altre fattorie con la stessa puzza di questa? O se sui documenti non abbiamo mai l'età vera...»

Jacob si divincolò.

«E se davvero vuoi aiutarli, Jacob», aveva cantilenato mentre lui era voltato di spalle, «perché hai rubato anche i suoi soldi, tutta la sua paga? Certo, lei non poteva vederti...»

Edna si era girata di scatto in cerca del suo sguardo. Ma Jacob fronteggiava Bastian, quasi ci fossero soltanto loro due.

«Tu sai tutto quello che accade alla fattoria. Sapevi anche dove Anja teneva la sua paga, nascosta nella tasca del cuscino», aveva continuato Bastian. «Forse l'hai uccisa tu.»

«Sono stati i contadini, Bastian.» La voce le si era spezzata in gola. «Hanno fatto anche a lei quello che hanno fatto a me. Forse lei si è ribellata. E l'hanno uccisa. Siamo tutti in pericolo. Anche tu. Potrebbero stancarsi di te, un giorno. E allora ti pentirai di non averci dato retta.»

«Avranno sempre bisogno di me», aveva detto lui con voce fredda. E Edna, nelle pieghe del suo sorriso, aveva trovato tutte le ombre in cui si era nascosto il vero Bastian. Bastian che aveva sempre saputo, anche di Emil. Bastian, simile ai contadini di cui lei aveva paura. Che era diventato come loro per sopravvivere.

«Tu sapevi di Emil», aveva sussurrato Edna, trattenendo una lacrima, «e lo hai detto al contadino...»

Lui non aveva risposto.

Arrivava rumore di sbadigli, di piccoli corpi stanchi che si rigiravano nei letti.

«Cosa vuoi, Bastian?»

«I soldi che hai rubato ad Anja.»

Jacob aveva cercato nelle tasche e aveva allungato il fazzoletto. «Ora lasciaci passare.»

Non si erano voltati più indietro, ma entrambi sapevano che non avrebbero potuto fidarsi. Un artiglio rapace aveva rubato altri granelli dalla clessidra e loro avevano sempre meno tempo e più sudore sul collo. Bastian avrebbe dato l'allarme.

E poi, ora, avevano un altro problema.

«Emil non è nel capanno», aveva detto Edna con un filo di voce, il cuore che batteva forte per la fatica della corsa e la paura, di essere scoperti e di come avrebbe reagito Jacob.

«Cosa? E adesso come facciamo, Edna?»

Aveva letto sul volto di Jacob tutta la sua delusione.

E faceva male.

Jacob le stava di fonte, rigido e sudato, con gli occhi spalancati, così neri da fare paura.

«Mi dispiace, Jacob.» Non poteva dirgli che lì dentro era successa una cosa terribile e che se avesse riaperto quella porta, li avrebbe messi tutti in pericolo. La verità, però, era un'altra. Jacob aveva ragione: era una pappamolla. E le gambe le si erano bloccate davanti alla porta di legno.

Non poteva lasciare Emil lì dentro. Avrebbe avuto paura, come lei. Lo ricordava ancora lo strillo che aveva lanciato. E se poi lo avesse trovato il contadino? Ogni tanto passava di là. Lasciava un pezzo di cioccolata per lei o del pane dolce con l'uvetta, nascosto fra la paglia, forse credendo che ci sarebbe entrata più volentieri, come una bestia selvatica, una volpe attirata da un boccone di formaggio. Oppure come il corvo che aveva salvato. Anche se era sempre più convinta che si fosse inventato tutto e che li avesse uccisi lui gli uccellini, rubandoli dal nido. Tutti quanti. Perché non c'era niente di buono in quell'uomo. E lei lo odiava.

Lo odiava tanto che avrebbe potuto ucciderlo. Perché le faceva male, nella carne, ma anche più in fondo, come un veleno che corrodeva i pensieri, la felicità, le cose belle che avrebbe potuto avere da Jacob. Persino il bacio che lui le aveva dato e che a lei era sembrato sporco, come la saliva del contadino che le riempiva la bocca e le mutandine. E che non poteva lavarsi di dosso.

«Che succede, Edna?» aveva chiesto Jacob, afferrandola per il braccio. Tremava tanto che faceva fatica a tenerla ferma. E più Jacob la stringeva, cercando i suoi occhi per capire, più Edna si sentiva soffocare e avrebbe voluto scappare e gridare. Ma la voce non usciva. Le parole, tutte le grida di paura e di dolore erano intrappolate insieme alla Edna che non esisteva più. Chiusa in una gabbia dalle sbarre di ferro che era stata gettata nel fondo del mare. E lì arrugginiva.

I latrati dei cani l'avevano fatta sobbalzare.

«Emil è l'unica cosa che abbiamo. Ce ne andremo di qua, tutti e tre assieme. Lo abbiamo promesso sotto il ciliegio, ricordi?»

La mente di Edna corse veloce alla loro collina, alla sera in cui Jacob le aveva detto che se ne sarebbero andati da lì e lei gli aveva promesso che lo avrebbero fatto insieme. Ripensò a tutte le volte che ci avevano creduto, ripetendolo a sé stessi per suggellare il patto.

«Adesso devi ascoltarmi bene.» La sua voce era più calda e dolce, come la mano che la cercava. L'aveva guardata negli occhi, tanto a fondo che Edna aveva pensato ci potesse finalmente trovare tutto quello che lei non era riuscita a dirgli. «Da quando avremo infilato Emil nello zaino, conta dodici minuti, Edna. Se qualcosa andasse storto, sarà meglio dividersi. So come confondere i cani, ma non con lui che strilla come un avvoltoio e gli indica dove puntare il mirino. Ci troveremo al muretto.»

«Non lasciarmi sola», lo aveva supplicato, aggrappandosi a lui, i pensieri confusi dal terrore.

«Non ti lascerò sola, Edna. Mai. Dammi soltanto il tempo di confonderli, attraversare il bosco e arrivare al muretto. L'ho calcolato: dodici minuti. Come contare dodici volte fino a sessanta.» Le aveva sorriso e all'improvviso tutto era sembrato aggiustarsi e trovare il suo posto. Tutto era sembrato semplice. «Tu sei brava a contare, molto più di me. Ce la puoi fare. Posso fidarmi di te?»

Edna aveva annuito, dondolando forte il mento.

Appena Jacob si era intrufolato nel ricovero, le oche si erano messe a strillare. Edna aveva cercato di calmarle, ma quelle beccavano e raspavano con le zampe. Poi aveva visto di nuovo Jacob, sbucare da un'esplosione di ali e piume.

Era stato lui, con il poco di sangue freddo che ancora gli restava, a chiudere Emil nello zaino. Gli aveva fatto una carezza per tranquillizzarlo, poi aveva aiutato Edna a infilare le braccia nelle bretelle, mentre intorno la terra ruggiva e l'aria si riempiva di neve. I latrati ora erano più forti e vicini, e intercalati da un grido: la voce di un contadino. Edna e Jacob si erano guardati, scoprendo il terrore l'una sul volto dell'altro, sporco, bianco come la luna appesa fra le nubi, da qualche parte alle loro spalle. Fiocchi di neve pizzicavano le guance.

«Corri, Edna!» le aveva urlato con tutto il fiato che aveva trattenuto fino a quel momento, il volto contratto in mille pieghe cattive come i segni di un guerriero.

Edna era scattata verso il bosco, stringendosi Emil alle spalle.

Correva più veloce che poteva, senza guardarsi indietro. Correva, scavando un varco nella foresta, le braccia tagliate dai rovi e dai rami che si chiudevano davanti a lei, allontanando la luna.

"Corri, Edna", sentiva ancora la voce di Jacob nella sua testa. Ma aveva sentito anche gli spari e i guaiti dei cani. Il cuore martellava più forte. La bocca piena di bile.

Nel cuore della foresta, fatto di buio, di neve e di gelo, Edna aveva capito che erano rimasti soli. Soltanto lei ed Emil, che tremava dal freddo. E una minaccia alle loro spalle, che rantolava come un mostro dalle mille gambe e mille braccia. Non erano al sicuro. Neppure se non sentiva più rumori intorno. Sapeva che non doveva lasciarsi ingannare: è nel silenzio che il predatore attacca.

La neve rallentava la corsa, appesantiva ogni passo e permetteva la formazione di orme che avrebbero guidato i cani fino a lei. A un tratto un lungo latrato. Più forte, più vicino. Edna non aveva tempo per pensare, per calcolare le distanze o capire da dove provenisse. I rami le graffiavano la faccia, le guance. Raffiche di neve le frustavano gli occhi e bloccavano il respiro che bruciava nel petto.

Doveva correre, soltanto correre. Dodici minuti. Dodici minuti senza Jacob. Doveva resistere soltanto dodici minuti. Ma quanto erano lunghi, oppure brevi, dodici minuti. Non poteva essere come contare fino a dodici (dodici minuti, sessanta tocchi di lancetta per dodici giri di orologio, quanti erano in tutto? Quanti battiti di cuore, rintocchi di paura?). Dannata testa che non riusciva a contare. E stupido Jacob che l'aveva lasciata sola. Arrogante Jacob che credeva di essere sempre il migliore, il più veloce. Di farla sempre franca, facendosi beffe anche del diavolo. Se gli fosse capitato qualcosa... Scrollò il capo per levarsi il pensiero. Doveva soltanto contare (quante dita occorrevano? Uno, due, tre...) e correre, tenendo ben stretto Emil.

Dalla foresta si sollevavano vapori lattiginosi che prendevano le sembianze delle persone che non c'erano più.

Il volto di Anja, nascosto fra i cespugli, era triste e senza voce, come quello di uno spettro. Edna aveva scorto il suo occhio nocciola, circondato dalle lunghe ciglia, fare capolino da dietro una foglia per poi ritrarsi di scatto. Anja era impaurita, scappava da qualcuno, proprio come lei in quel momento.

(Dieci, undici... Quanto sono lunghi dodici minuti? Quanti metri, quanti respiri sono?) E aveva visto Martin, il suo sorriso buono. Era appeso a un ramo e penzolava con la testa in giù. Quando gli era passata sotto, il suo viso si era deformato. Gli erano uscite due grosse chele dai lati della bocca e le braccia si erano assottigliate come le zampe di un ragno che si allungavano per afferrarla. Edna aveva chiuso gli occhi e aveva stretto i pugni ai lacci dello zaino (cinquantuno, cinquantadue... il muretto era laggiù!).

Si era rannicchiata fra le radici della quercia (quella con il tronco storto, una tana di scoiattolo) e aveva scavato. Le dita erano entrate nella neve. Senza curarsi del freddo che le intorpidiva e le rendeva dure come acciaio, aveva scavato ancora, fino a quando aveva sentito la plastica del cestello sotto i palmi rigidi e il cuore aveva battuto un rintocco di gioia: era dove le aveva detto Jacob. Come diavolo faceva, lei non lo aveva mai capito, ma nelle sue mani tutto si trasformava. Il piombo diventava oro, le giornate tristi si riempivano di speranza. E lui sarebbe tornato da lei (sette volte sessanta, e di nuovo uno, due...).

Aveva trascinato il cestello fino al muretto e si era lasciata cadere esausta contro i suoi sassi freddi e sbrecciati. Un vecchio confine che non serviva più a niente, ma che per loro era il limite del mondo.

Aveva controllato che Emil stesse bene e quando aveva scorto l'occhietto sbucare dallo zaino, lo aveva richiuso in fretta.

Jacob aveva detto «dodici minuti». Quanto tempo erano dodici minuti? Non era facile come contare fino a dodici. Era arrivata già a dieci giri veloci di orologio (dieci volte sessanta). E da quando avrebbe dovuto cominciare a contare, da quando si erano lasciati oppure da ora? Non lo ricordava più (pappamolla, inutile pappamolla!).

Per precauzione aveva ricominciato l'ultimo giro da uno mentre al di là delle pietre vedeva il carretto arrivare. Gli uomini scendere, per prendere i sacchi. Ed era stata una vera fortuna: per risparmiare tempo, avevano chiesto che la merce venisse lasciata più vicino alla strada piuttosto che attraversare il bosco e arrivare alla fattoria. Quando sarebbe ricapitato?

"Sette. Otto." Lo sguardo schizzava verso gli uomini e poi di nuovo verso la fattoria, dove i latrati dei cani si erano soltanto affievoliti per la distanza che aveva messo fra loro.

E se poi avessero seguito le sue tracce?

"Nove. Dieci." Quanti minuti erano trascorsi? Erano undici i giri oppure già dodici? Jacob aveva ragione, quando diceva che di lei non ci si poteva fidare.

Gli spari erano più vicini e Edna non aveva più dita sulle quali contare. La paura erano zampe di ragno che correvano lungo la pelle e la pizzicavano, impedendole di stare ferma.

Nessuno sbucava dalla foresta. Il limitare degli alberi era una barriera immobile.

Dov'era Jacob?

50.
HO IMPARATO A CONTARE

Non aveva mai avuto un buon rapporto con il tempo, pensava Edna mentre si affievolivano le immagini della foresta e il vento si portava via il volto impaurito di una bambina nascosta dietro un muretto insieme a un cucciolo spennato di pappagallo chiuso in uno zaino.

Helmut conosceva la strada. Aveva preso strettoie, svoltato con sicurezza ai semafori, e le aveva indicato il cartello con la scritta RAVENSBURG alzando il pollice in segno di vittoria.

Questa volta, pensò, il tempo non le avrebbe giocato alcun tiro. Aveva imparato a contarli, dodici minuti (settecentoventi tocchi veloci di lancetta).

Jacob le aveva detto che i soldi "rubati" ad Anja sarebbero serviti per pagare il viaggio. Lui lo aveva chiamato «uno scambio»: al ritorno avrebbero cercato il paese di Anja, avrebbero consegnato il certificato d'identità ai suoi genitori e raccontato ogni cosa. Perché Anja potesse «vivere nel loro ricordo» e qualcuno le portasse un fiore o le rivolgesse una preghiera.

Gli era parso un buon proposito in cambio di quella manciata di monete che a lei non sarebbe più servita e invece avrebbe potuto salvarli. E anche Edna aveva trovato tutto quel ragionamento piuttosto sensato.

«Le parole servono a poco. Quando ricevi un dono inaspettato, Edna, devi ricambiare in qualche modo. È un po' come ringraziare, ma cento volte più forte. Se sei tu a farlo, la vita ti darà qualcos'altro in cambio. Funziona così.»

Ora le parole di Jacob suonavano come una profezia. In fondo Emil era stato il suo dono inaspettato. E quel viaggio, il suo modo per restituire ciò che le era stato regalato da Jacob: una vita, l'impagabile possibilità di costruirsi la sua felicità.

Vide il casco di Helmut reclinarsi e lui che le indicava una macchia nello specchietto.

Erano inseguiti dalla camionetta della polizia (ancora?), altrimenti non si spiegava perché gli stesse incollata e deviasse quando deviavano loro, per svoltare sempre nella stessa direzione nonostante tutti i tentativi che avevano fatto.

Subito dietro la loro moto, quella di René e la camionetta, era lanciata a tutta velocità la macchinina verde ramarro (distante di una tonalità dal giallo, due dal verde bottiglia). Ora non aveva più dubbi: era Max. E, accostato alla polizia, non lasciava presagire niente di buono.

«Resiste la sua gamba?»

Edna fece cenno di sì con il capo.

«Bene. Siamo quasi arrivati, signora Edna!»

Non avevano attraversato la città, ma avevano girato attorno alle sue torri per risparmiare tempo e arrivare dritti all'ospedale. Helmut le aveva indicato una collina. E lei, stropicciandosi gli occhi, aveva scorto dei blocchi che riflettevano il sole, cubi formati da immensi pannelli, adagiati nel verde.

Da vicino gli edifici erano maestosi, mostri di ferro e vetro che parevano arnie giganti, disposte come una U rovesciata. Nel mezzo, il parco si apriva attorno a uno stagno di acqua limacciosa. Le aiuole, i prati erano invece curati, punteggiati di fiori gialli ai quali Edna non aveva avuto il tempo di dare un nome.

«Precipita sull'edificio», aveva esclamato soffocando un grido mentre indicava a Helmut l'elicottero rosso.

«Sta atterrando», l'aveva rassicurata lui. «Guardi!»

L'elicottero si era adagiato su una base circolare come il vassoio di una gigantesca torta che sormontava l'edificio centrale. Le pale ruotavano ancora quando gli sportelloni si erano spalancati, insieme alla bocca di Edna. «Incredibile...»

La loro corsa si era fermata davanti a una sbarra a righe bianche e rosse. Helmut si era levato il casco. «Ce l'abbiamo fatta, Edna. E ora, fili a fare quello che deve», le aveva detto indicandole con un cenno l'ingresso, da dove entravano e uscivano persone di fretta.

René e Adele avevano parcheggiato poco dietro. Ed erano stati affiancati dalla camionetta della polizia.

Edna aveva cercato lo sguardo di Helmut, che non sembrava preoccupato. «Ci penseremo io e René. Qualcosa ci inventeremo, non si preoccupi», le aveva strizzato l'occhio, questa volta davvero.

Adele era scesa dalla moto scartando i due motociclisti. Parlava con i poliziotti e senza darlo a vedere sbarrava loro la strada, spiegando la sua versione dei fatti con ampi gesti delle braccia e un'enfasi costruita ad arte: non avevano visto com'era conciata la gamba della sua amica? Aveva bisogno al più presto di cure e di un dottore. Quanto a loro, dovevano soltanto ringraziare quei due angeli sbucati dall'asfalto, li avvertiva accarezzando i musi dei cani che la sfioravano con i grossi tartufi e poi passavano a Helmut e René, indugiando più a lungo sui loro giubbotti.

Edna sospirò mentre pensava che se la sarebbero cavata anche senza di lei.

Raccolse le forze che le restavano, fino all'ultima goccia di linfa. Si ancorò al suo bastone. Il primo passo fu come infilare il piede nelle sabbie mobili. Le ronzava la testa e anche se la luce era fioca e livida, per via delle nubi che non lasciavano passare il sole, si sentiva ferire le palpebre.

Il cuore perse un battito e avanzò al galoppo di tre, battendo senza più misura né tempo. Stava per raggiungere Jacob e faticava a crederci. Ma era reale, come i suoi passi stanchi e la fatica, l'afa, i cartelli bianchi con le scritte nere che si sforzava di leggere.

Si arrampicò sui primi gradini. Non era difficile come attraversare l'Arlberg, trascinando un trasportino ancorato a una tavola, ma con la gamba conciata a quel modo sarebbe stata un'impresa persino scendere dal letto.

Cercò Emil, chiuso nella borsa, e accarezzò il cuoio intuendo lì sotto la forma del suo corpicino stanco. «Siamo stati bravi, Emil. E ora», disse riempiendo i polmoni di ossigeno fino a sentire la testa girare, «andiamo a riprenderci Jacob.»

«Jacob Kneip?» La signora con la crocchia e gli occhiali minuscoli, appoggiati sulla punta del naso (come riuscivano a restare così in bilico?), la guardava da dietro il gabbiotto dell'accettazione, senza l'ombra di un'emozione riconoscibile, mentre Edna sentiva le gambe liquide e temeva si sarebbe sciolta se quella avesse continuato a farla aspettare in piedi e a riempirla di domande.

Lo sguardo della ragazza più giovane rimbalzava da lei alla donna con la crocchia e viceversa. Si era abbassato anche sulla sua borsa e Edna se l'era stretta di riflesso al fianco, badando che Emil non sgusciasse fuori.

«Esatto, Jacob Kneip. È ricoverato qui e devo vederlo.»

«Lei *deve* vederlo», sospirò spazientita la donna, cercando appunti e sfogliando cartelle. «Quindi *lei* è una parente... La moglie?» chiese puntandola con uno sguardo stretto a fessura, lucido come acciaio. «Forse la sorella?»

«Un'amica.» Esisteva una parola, una definizione, per racchiudere tutte le immagini che le scorrevano davanti agli occhi, tutte le corse, i segreti svelati e le verità ancora taciute? Una parola per descrivere lei e Jacob insieme?

La donna con la crocchia color paglia dondolò il mento in segno di approvazione. La ragazza, che la seguiva di riflesso, sorrise sollevata per la buona disposizione della collega, quasi non se lo fosse aspettato.

«Non posso aiutarla», disse la donna, mutando all'improvviso espressione, il volto contrito. «Abbiamo dei protocolli molto rigidi e rispettiamo le priorità dei parenti. Soprattutto in un caso come quello del signor Kneip. Mi dispiace», alzò le spalle con un sorriso di finta gentilezza e riprese a sfogliare la cartella che non aveva mai posato sulla scrivania.

Edna prese fiato ed espirò con forza prima di sollevare gli angoli delle labbra in un sorriso affabile. «Grazie.»

Girò sui tacchi degli scarponi e trotterellò verso l'uscita.

«Mai incontrato uno Struwwelpeter simile», bofonchiò rivolta alla sua borsa e svoltando all'ultimo verso destra, in direzione dei bagni. Aprì una delle porte bianche (terza a sinistra), contò fino a dieci guardandosi riflessa nello specchio di fronte. Il sole aveva colorato le guance e aveva lasciato sulle spalle i segni della canottiera. La pelle sugli zigomi era tesa, cadeva invece in pieghe più larghe sul collo. Non si trovava niente male, pensò con orgoglio. Chissà se Jacob avrebbe pensato lo stesso. Si raddrizzò senza fretta gli occhiali e uscì, prendendo il corridoio.

Ora doveva soltanto capire dove lo avessero portato.

Sbirciò in alcune stanze (una ogni due, i numeri dispari portano fortuna), richiudendo in fretta la porta quando scopriva spazi bui, vuoti oppure, nel peggiore dei casi, volti sciupati che le scoccavano un'occhiataccia.

Attraversò una sala di sedie nere e divanetti, dove le persone attendevano leggendo giornali e giocando con i loro cellulari. I reparti erano segnalati da cartellini appesi alle pareti, ma quale stava cercando? Era una sensazione strana: cercare qualcosa che non aveva un nome e che poteva trovarsi ovunque. Forse proprio sotto il suo naso oppure lo aveva appena lasciato alle spalle. Jacob poteva essere proprio lì, a un passo da lei. Dietro una porta qualsiasi, uguale a decine di altre.

Sollevò con cautela la lingua di cuoio della borsa. Respirò a fondo, ma senza fare rumore.

Emil allungò il collo, girandolo in un breve scatto e inclinandolo per mettere a fuoco. Cercava di capire, come lei, che sperava di riconoscere un dettaglio, un particolare.

Era la stessa paura di sbagliare che le aveva serrato la gola la notte di tanti anni prima, quando contava aiutandosi con le dita delle mani dodici giri veloci di orologio, dodici volte sessanta battiti di lancetta. Ma poi le dita per contare erano finite e i numeri si erano confusi come un mazzo di carte sparpagliate dal vento e gettate alla rinfusa sul tavolo.

Edna costrinse la sua gamba, la gamba buona, a compiere un passo. E trovò che niente, di quel lungo viaggio, fosse stato tanto difficile.

Venne invasa dallo stesso fetore che aveva avvertito appena entrata.

A volte un odore basta a definire un luogo in semplici equazioni come: tanfo di sterco-fattoria. Oppure... disinfettante-ospedale.

Forse era infantile, e approssimato, ma Edna trovava che molte delle impressioni ricevute da bambini fossero le più durature. E le più vere.

Camminava avvolta dal bagliore di superfici lucide. Il candore dei pavimenti, il luccichio dell'acciaio dei carrelli portavivande, delle sbarre delle barelle. Lei invece era "opaca". Sporca di terra e impiastricciata di sudore. Ma viva, in ogni fibra del suo corpo che pulsava, in attesa, come se la felicità potesse nascondersi ovunque, dietro una porta, svoltato l'angolo, e sorprenderla.

Si pentiva soltanto di non essere riuscita a comprare i biscotti al burro per Jacob. Il *Killepitsch* gli sarebbe piaciuto, ma aveva dovuto sbarazzarsene. Voleva dire che avrebbe dovuto accontentarsi di vedere Emil. Sorrise dentro di sé, compiaciuta della scena che stava immaginando: Emil che sbucava dalla borsa, lui che allungava il braccio per farlo salire.

«Signora Weiss.»

Si voltò di scatto e vide la ragazza della reception. Edna avrebbe voluto dire qualcosa, trovare la prontezza di Jacob per inventarsi una scusa e cavarsi da quell'impiccio. Perché ora lei le avrebbe chiesto che ci faceva. E se avesse dei documenti, un portafogli, una figlia che venisse a riprenderla... E i pensieri si confondevano, si spezzavano in mille voci.

«Non si preoccupi, non voglio mandarla via», sussurrò la ragazza, quasi non volesse farsi sentire dagli altri. «Venga con me. Ma soltanto se mi promette che dopo faremo qualcosa per quella gamba.»

Una delle ultime porte in fondo al corridoio era spalancata. Entravano persone vestite con divise bianche che uscivano qualche istante dopo, stringendo fra le braccia vasi colmi di fiori e mazzi ancora freschi, carta da lettere. Un pulviscolo dorato galleggiava nell'aria, rischiarando le ombre che pesavano sul resto del passaggio stretto. Alla sua destra il muro, sulla sinistra la fila di porte tutte uguali. Uno degli inservienti, con un pesante mazzo in bilico che gli copriva il mento, le passò accanto senza guardarla. Il profumo di trifoglio e dente di leone la attraversò come una folata di vento. Era il respiro della montagna. Dei prati che aveva appena lasciato. Ed era strano ritrovarlo lì, fra le note arroganti di medicinali e lenzuola sterilizzate, come la traccia senza gravità di una farfalla persa nel traffico della città.

Doveva essere la stanza di un paziente importante, pensava. Perché tutti quei fiori... Fiori che venivano portati via.

«Lo hanno dimesso? Sono arrivata troppo tardi?» chiese d'un fiato.

La ragazza scosse la testa. Era uno sguardo dolce, racchiuso dalle rughe tristi di chi non avrebbe voluto sentirsi così impotente. Era la paura di deludere, che lei aveva provato tante volte nei confronti di Jacob.

Cosa stava succedendo? E se non era arrivata in ritardo e lui era dietro quella porta, perché la ragazza continuava a guardarla, senza parlare. E non sorrideva più.

Aveva fatto un cenno agli inservienti e si era fermata con uno di loro, sussurrandogli qualcosa contro l'orecchio a voce talmente bassa che non era riuscita a sentirla.

Edna era lì, come una macchia di polvere in mezzo a tutto quel bianco candido, e si guardava attorno, incapace di trattenere un solo dettaglio.

Fino a quando la ragazza le sfiorò delicatamente le spalle e la fece entrare.

51.
LA STANZA ERA VUOTA

Edna sentì qualcosa, dentro, sciogliersi e trascinarla con sé. Ma prima di far salire il mare, si concentrò per resistere alle sue onde.

«Le condizioni del signor Kneip erano molto gravi», sussurrò la ragazza.

Edna fece correre lo sguardo sul letto di lenzuola bianche, perfettamente stese, immobili come il suo respiro. Da lì si poteva vedere il parco al di là della finestra e le colline.

Forse, anche una lanterna che saliva nel cielo.

Passò la mano sul cuscino. Emil sgusciò dalla borsa e le zampettò accanto. Fece per prenderlo, ma quello balzò sul comodino.

«Non si preoccupi», la rassicurò la ragazza. «L'ho visto sbucare dalla borsa, giù all'accettazione. Non farò la spia.» Sorrise.

Emil osservò il filo dell'abat-jour, il blocchetto, e si avventò sulla carta per mordicchiare gli angoli.

Questa volta la ragazza lo afferrò al volo e glielo strappò dal becco con un gridolino di spavento. «Questo no, è del signor Kneip e dobbiamo ridarlo alla sua famiglia.»

Edna guardò il blocco, la carta ingiallita, la copertina blu su cui era scritto un nome, tracciato con una calligrafia che conosceva e la riportava indietro come l'elastico tirato di una fionda: apparteneva a Jacob e in tutti quegli anni non era cambiata di una sola stanghetta storta, di una minima «o» ricalcata per correggere le sbavature. Jacob, e la sua mania di firmare le cose per dire che appartenevano a lui. Perché nessuno gliele potesse portare via. E Edna sapeva bene da dove nascesse quel timore: non erano gentili i bambini della fattoria e nemmeno gli adulti, che a lei avevano strappato una bambola. E a Jacob, una vita. Il sorriso si riempì di malinconia.

«Può dargli un'occhiata, se vuole.» La ragazza aveva notato il suo sussulto, il debole tremore che vibrava le dita. «So che il signor Kneip ci era molto affezionato. I figli lo hanno portato perché potesse disegnarci, come faceva di solito, hanno detto. Ma è sempre restato chiuso», disse sospirando. «Lui non si è più risvegliato.»

Edna lo prese con delicatezza, sfiorando la carta come se anche una carezza bastasse a rovinarla e potesse sfaldarsi fra le sue mani come un fiore appassito.

Sentì la ragazza schiarirsi la voce con un colpetto di tosse. «Devo ancora terminare il giro delle stanze e portare il pranzo a qualche paziente che si chiederà che fine abbia fatto oggi», disse costringendo la voce in una mezza risata. «La lascio un po' sola», bisbigliò.

Edna si aggiustò gli occhiali (a lei cadevano sempre, non restavano in bilico sul naso, come per magia).

«Quando è accaduto?» Non aggiunse altro. La ragazza capì.

«Avremmo dovuto tentare proprio oggi il risveglio, e trasferirlo in questa stanza, ma le condizioni sono peggiorate all'improvviso. È successo ieri», rispose con un filo sottile di voce che Edna sentì attorcigliarsi al collo. La ragazza aspettò. Poi richiuse la porta, senza fare rumore. E lasciando appena uno spiraglio, forse perché non si sentisse sola del tutto.

Edna non si era voltata a salutarla. Né l'aveva ringraziata. Era maleducato da parte sua e poco gentile, perché sapeva che le stava dando un'opportunità. La sua possibilità di dire addio a Jacob.

Ma era arrabbiata e furiosa. E triste. Svuotata.

Si sentiva ingannata come il giorno di tanti anni prima quando, alla fine del suo viaggio, era stata condotta con gli altri bambini al mercato del bestiame e non nella casa calda, davanti alla tavola imbandita di ogni bene che le aveva promesso padre Gianni.

Forse Jacob avrebbe potuto salvarsi, perché era furbo abbastanza da capire cosa volesse dire la croce segnata sulla giacca del contadino con il gessetto bianco. Ma aveva scelto di stare con lei, la bambina che sorrideva mentre un carretto la portava dentro le ombre.

«Hai voluto proteggermi, fin dall'inizio», sussurrò Edna. Era seduta sul letto di Jacob con il suo blocco fra le mani. «Ma ora non ci sei, per portarmi di nuovo via con te.»

Sfiorò delicatamente la copertina e la voltò di lato.

La prima parola le strappò un sorriso. *Ricorti.* Proseguì. *Ricorti e impresioni di Jacob Kneip.* Le regole della scrittura erano sempre state una questione troppo noiosa perché Jacob le desse attenzione. E lei non era stata una buona insegnante.

La luce del pomeriggio cadeva sui fogli, illuminando i disegni. La sua montagna. I suoi animali. Il muso di uno scoiattolo fra i rami, il particolare del pelo di una volpe. Un riccio che si nascondeva sotto le foglie. Oche. E progetti per costruire un fienile: annotazioni di misure e tempi, fasi.

Ed Emil.

Edna si aggrappò al lenzuolo mentre le mani si bagnavano per l'emozione e una scossa la attraversava.

Emil. E il ritratto di una bambina con i capelli increspati, costretti in due trecce spettinate. Gli occhi rotondi, come lune inabissate in un mare di lentiggini.

«Non siamo mai cambiati nei ricordi l'uno dell'altro», sorrise Edna. «Mi hai sempre vista come una bambina spettinata.» Ed era sempre stato molto più bravo a disegnare che a scrivere. Disegnare volti, progetti. Cartine. Edna ci aveva provato, tracciandone una al ritorno e sforzandosi di annotare ogni dettaglio con precisione perché fosse orgoglioso di lei. Era la stessa che aveva guidato i suoi passi fino a Ravensburg e che ora se ne stava chiusa nella sacca. Quando era partita, aveva pensato che fosse tutto lì sopra il suo viaggio. E invece aveva scoperto che un viaggio non è la traccia di sé che lascia su una carta. Non è una somma di strade, un intersecarsi di linee o un susseguirsi di città.

Con il mondo di Jacob fra le mani – quel mondo che era anche suo, e di Emil – ma senza di lui, Edna si chiedeva quale fosse il senso. E si domandava, come Tenzin Lorenzo – ma allora gli aveva assicurato che si stava sbagliando –, se non fosse proprio dimenticare, cancellando ogni ricordo, l'unico modo per riaggiustare il passato.

Le venne in mente Priska, con il suo sogno di vivere sempre in viaggio, con un cielo pieno di stelle come tetto.

Roland e la sua roulotte sospesa fra la notte e il lago.

A ciascuna di quelle persone aveva raccontato una parte della sua storia. E loro l'avevano ascoltata e avevano finito con il crederci insieme con lei. Ma li aveva ingannati. La vita reale non somigliava a nessuna fiaba. A volte le cose rotolavano senza logica e tu dovevi soltanto stare attento a schivare i massi e a non farti schiacciare.

E le promesse di due bambini non avevano nessuna magia particolare in grado di salvarli. Come ogni altra promessa, non resistevano alle bugie, al logorio del tempo e alla paura che ti fa sbagliare, che ti immobilizza per sempre. Ogni scelta portava con sé conseguenze che si fissavano come stelle in cielo. Cieli immutabili.

Erano il profilo di un bambino accucciato dietro un muretto, mentre il cielo si scioglieva in fango e al di là attendeva un carro: era Jacob, nel ritratto dell'ultimo foglio.

Edna richiuse il blocco. Infilò Emil nella borsa e uscì senza voltarsi. Non le importava se qualcuno l'avesse rincorsa o fermata. Persino Emil se ne stava silenzioso e immobile, aspettando l'uragano, come ogni volta che ne combinava una delle sue e osservava Edna per capire la portata della sua furia ed escogitare una strategia per schivarla. In genere finiva che riusciva a impietosirla, con quell'aria strapazzata che si portava in giro insieme alle quattro piume che gli erano rimaste appese al collo. Questa volta, però, Emil non c'entrava. Non aveva mangiato i fiori appena raccolti e sistemati con cura nel vasetto della cucina lasciando solo gli steli sfilacciati. Non si era neppure sgranocchiato l'agenda con i numeri di telefono importanti, trasformandola in coriandoli, né aveva rosicchiato gli stipiti della porta d'ingresso, scambiandoli per un tronco della foresta, in cui scavare il nido.

Edna era arrabbiata con sé stessa.

Lo aiutò a salire sulla spalla e lo sentì accoccolarsi alla sua guancia. Anche Emil era stanco.

Accettò di farsi visitare la gamba, ascoltò ogni parola del dottore e i sorrisi dell'infermiera che scorrevano in sottofondo mentre lei pensava ad altro.

All'uscita trovò la polizia. I due uomini in divisa parlavano con Adele che sembrava in disaccordo su alcuni punti, mentre poco più in là Helmut e René osservavano la scena, fumando una sigaretta appoggiati alle loro moto con le gambe mollemente incrociate.

Avevano fatto alcune domande anche a lei. In quei casi – concordava con Helmut che le si era avvicinato prima dei poliziotti – la strategia migliore era parlare poco, dire lo stretto necessario e mantenere un tono distaccato, ma cordiale.

Edna non aveva dovuto darsi troppo da fare (certo che stava bene; no, nessuno l'aveva costretta; erano suoi amici, sì, tutti, anche i motociclisti; che domande, certo che era lucida! E poteva dimostrarlo contando fino a cento e poi al contrario). Gli strilli di Emil, che costringevano i grossi Malinois a uggiolare e tremare come cuccioli, strattonando i guinzagli, e la sua aria depressa parevano averli convinti prima del previsto. Edna tirò un sospiro di sollievo.

Ora avrebbero potuto salutarsi e ognuno avrebbe proseguito per la propria strada. Anche se questa volta lei non aveva alcun piano. E nessuna cartina.

«Signora Edna!» La voce era alle sue spalle, affannata, con una vaga nota di disperazione nell'increspatura finale.

Quando si voltò vide la macchina verde, proprio quella di Max come aveva immaginato, e lui che le veniva incontro seguito da Lukas. Il ragazzo le sorrideva e la salutava con la mano alzata.

Ma sul volto di Max non c'era nulla di quella felicità. Forse un vago sollievo, trattenuto sotto le sopracciglia inarcate e dal passo curvo e spinto.

Sventolava qualcosa nella mano, un plico di carte.

«Non le conviene muovere un passo di più», aveva tuonato. «Lo sa che l'abbiamo cercata in lungo e in largo? E che a quest'ora dovrebbe essere a casa, a rispettare gli accordi presi? Sta deludendo molte persone, Edna», le aveva detto a un centimetro dal naso.

Max, che come Adele non usava mai le parole nel modo opportuno, questa volta aveva colto nel segno come una freccetta puntata dritta al centro del bersaglio.

Aveva deluso molte persone, Edna. E con ogni probabilità avrebbe fatto meglio a starsene a casa sua, a sorseggiare infuso di melissa guardando le foglie cadere dagli alberi del giardino mentre contava i giorni passare.

Eppure, non riusciva a dire a Max che aveva ragione. Era lì in piedi, davanti a lei, con le dita strette sui fogli quasi fossero stati le tavole di Mosè, rosso in viso e gli occhi lucidi.

«E tu mi devi qualche spiegazione.» Adele si era piazzata fra lui e Edna. Poi si era voltata verso di lei e le pieghe severe si erano trasformate come ali che spiccavano il volo e le sorridevano inondando il volto di luce. «Com'è andata, signora Edna? L'ha visto? Che le ha detto?»

Ogni respiro sospeso, ogni inarcatura gioiosa delle domande disegnate dalle labbra di Adele, era un uncino che le strappava il cuore.

Aveva creduto, quando si era messa in viaggio, di avere una manciata di giorni, come un regalo, per poter tornare indietro. E ora si accorgeva che il tempo l'aveva ingannata di nuovo, come la notte in cui il diavolo le aveva chiuso gli occhi. Anche allora era arrivata quando restava appena un mucchietto di polvere nella clessidra. Ma questa volta, Jacob non l'aveva aspettata. Aveva deciso di andarsene prima. E lei non si era mai sentita così vuota.

Adele le aveva sorriso come se stessero per buttarsi nel

guazzabuglio dei saldi estivi, armata della sfacciataggine del suo ombretto blu oltremare. Ma poi l'aveva guardata con più attenzione e ci aveva trovato qualcosa che aveva spento tutto il suo entusiasmo. Si era alzata gli occhiali sopra la fronte e si era avvicinata per stringerla. Ma Emil era scattato in avanti e lei si era ritratta.

Ed era meglio così. Perché Edna sapeva che gli abbracci sono il posto migliore in cui perdersi e lasciarsi andare. Erano per i pappamolla.

Il tuono squarciò il cielo con un boato e tutti alzarono gli occhi verso le nubi gonfie. Era tanto scuro, rischiarato a sprazzi dai fulmini che vibravano fuoco sopra le colline, da sembrare notte. La pioggia li colse di sorpresa, arrabbiata si infilava fra le ciglia, bruciava la pelle scottata dal sole, accelerando il passo della gente che correva coprendosi il capo con cappucci, cartelle, giornali su cui rimbalzavano gocce frantumate dall'urto in nuvole di schizzi e vapore.

«Venite!»

Seguirono Helmut e si strinsero sotto la tettoia a guardare il cielo grigio sfaldato dal vento, le carte rubate dai cestini che rotolavano sull'erba e si sollevavano in gorghi e volute, confondendosi con le foglie.

Soltanto Max si era fermato qualche metro più in là per telefonare.

Quando ritornò, bagnato di pioggia dall'onda del riporto alla punta delle scarpe di tela, le occhiaie si erano allungate in laghi neri di sconforto. «Bene, e ora, signora Edna, il suo posto alla casa di riposo se lo è preso qualcun altro. Qualcuno di "affidabile"», sibilò, lasciandosi cadere contro il muro.

Adele era seduta accanto a Lukas. Non aveva detto niente.

«Non l'ho chiamata io, la polizia», borbottò Max contro il suo muso lungo. «Come te lo devo dire? Ma sarebbe stato meglio se lo avessi fatto. E se è per quella tua strampalata idea di non partire più...»

«Non ora, Max», lo liquidò lei.

Helmut e René si scambiarono un'occhiata.

«E spegni quel cellulare, ti prego», aggiunse secca.

Max silenziò la rana che gracidava nella tasca e si passò le mani sul volto.

«Prenda», gli disse Helmut offrendogli una sigaretta.

«Io non fumo», sussurrò Max, la voce rotta dalla stanchezza.

«È sempre un buon momento per iniziare», lo rassicurò l'altro con un sorriso complice, facendo un cenno verso Adele e il suo volto attraversato da pensieri più grigi del cielo.

A Edna invece il cielo e la pioggia non interessavano.

Guardava l'ultimo disegno di Jacob. E non riusciva a staccare gli occhi da quei segni lasciati dalla polvere di grafite. Era sempre un buon momento? Per partire. Per attraversare le montagne. Per provare a raggiustare le cose, pensò mentre ritornava con la mente alla notte del diavolo e si chiedeva quante volte, dopo di essa, lei e Jacob si fossero sfiorati al muretto di sasso. E desiderando, con ogni goccia di sangue stillato dalle sue ferite, che lui potesse sentirla. Allora gli avrebbe raccontato cosa si nascondeva dietro la porta del capanno e perché non fosse riuscita ad aprirla per lasciare Emil solo in quella oscurità. Gli avrebbe spiegato la paura che l'aveva fatta rabbrividire come un leprotto in un campo di grano al fruscio della mietitrice, sempre più vicina, e poi il coraggio – quando la disperazione aveva consumato ogni altro pensiero – che l'aveva infiammata e aveva mosso le sue gambe senza che lei potesse fare nulla per fermarle. Gli avrebbe detto che lui era nel suo cuore. Che lì c'era sempre stato. E non avrebbe lasciato che nessuno lo strappasse mai via.

La pioggia cadeva veloce, si trasformava in raffiche di neve mentre René, Helmut, Adele, Lukas e Max scomparivano, come cancellati dalla gomma di un bambino. E lei restava sola, con l'ultimo disegno di Jacob e il suo ultimo ricordo.

Il muro, il carretto e la polvere della clessidra
La fuga – Parte III

Edna aveva nelle narici l'odore umido della roccia, negli occhi il buio della foresta. Lo sguardo schizzava dagli ultimi rami carichi di neve al carretto al di là del muro. Gli uomini avevano finito di caricare e lei aveva contato almeno undici volte fino a sessanta. Forse non aveva tenuto lo stesso ritmo, a volte aveva accelerato, altre invece i numeri si erano disegnati più lentamente nella testa. Perché si gelava e le dita erano stecchini di ferro. Muoverle le procurava scosse di bruciore che si irradiavano fino alle tempie e le facevano battere i denti.

Dov'era Jacob?

Le aveva detto che avrebbero pagato gli ambulanti perché li portassero con loro. Ma i soldi di Anja ora li aveva Bastian. Cosa aveva detto ancora, strizzandole l'occhio?

"Potremmo sempre balzare sul carro di nascosto. E sgusciare via appena ci avranno scoperti. Ma a quel punto, saremo già molto lontani da qua." Aveva detto così. Forse non erano le parole esatte, ma era il loro senso.

I latrati dei cani l'avevano fatta sussultare. Era la muta con cui il padrone andava a caccia di cervi. Jacob sapeva i nomi di ciascuno perché capitava a volte che portasse loro il cibo. Lei invece conosceva soltanto le loro mascelle rosse e i denti che scattavano come tagliole appena si avvicinava al recinto.

E quelle tagliole, ora, le sentiva entrare nella carne. Come – aveva pensato ascoltando le voci dei contadini che si rincorrevano – le falci nella notte di luna piena. Che tipo di dolore sarebbe stato? Forse simile a quello che provava quando il contadino le si avvicinava nel capanno.

Aveva stretto i pugni, conficcando le unghie nei palmi per resistere al ricordo che bruciava come il ghiaccio sulle sue guance arrossate.

Gli uomini avevano caricato gli ultimi sacchi sul carretto. Se ne sarebbero andati. La consapevolezza l'aveva attraversata in un lampo.

Si era voltata di scatto verso la foresta e i latrati: Jacob, invece, non arrivava.

Cosa le avrebbero fatto se l'avessero trovata lì?

A un tratto la paura, che le aveva bloccato le gambe, si era trasformata in disperazione, in forza che stringeva i muscoli e li faceva scattare.

Edna aveva corso. Più veloce delle raffiche di neve, più furiosa dei pensieri che le vorticavano in testa. Con il cestello che tracciava solchi nel fango ed Emil sballottato nello zaino.

Appena aveva raggiunto il retro del carretto, aveva gettato al suo interno il cestello, che pesava ed era stato una pessima idea. Poi era balzata dentro e si era nascosta fra i sacchi, coprendosi con una coperta, il cuore accelerato che batteva come una bussola impazzita. Al buio i pensieri facevano più paura.

Dov'era Jacob (dodici volte sessanta, dodici giri veloci di orologio: dodici minuti... "Sei brava a contare, *Warmduscher*?").

Edna non ricordava neppure più da quanto fosse lì sotto. Aveva fatto attenzione ai rumori che la sfioravano. Alla luce che sbucava dalle nuvole, grigia e senza forza. E si era chiesta se anche a Emil mancasse Jacob.

Poi, aveva sentito una scossa e la forza dei cavalli trainarla lontano dal muretto, dalla foresta, che rimpiccioliva sullo sfondo a ogni alzata di zoccolo. E dalla fattoria, oltre i suoi alberi e gli intrichi di rami, e gli animali selvatici, e i fantasmi delle persone che non c'erano più. Jacob, così veloce e scaltro da sfuggire ai contadini, così astuto da confondere i cani, si era lasciato catturare dagli spettri, dalle ombre della foresta?

Si era concentrata sul muretto, sollevando la coperta e sporgendosi per vedere, e aveva scoperto a un tratto una macchia staccarsi dalla roccia e correre, scura e veloce, nella neve, in direzione del suo carro.

L'ombra aveva preso i contorni nitidi di Jacob, dei suoi capelli arruffati, mentre intorno alla sua corsa il mondo sfumava e le cose, gli alberi coperti di neve, le rocce sul tracciato, perdevano i loro contorni. Come un arco teso cercava di raggiungerla, stendendo il braccio verso di lei, che restava a guardarlo. Invece di allungarsi e aiutarlo a salire sul carro che metteva tra loro sempre più metri di fango, lei se ne rimaneva immobile, paralizzata dalla paura.

Era stato Emil, che si scuoteva come un diavolo nello zaino, a risvegliarla. Lo sguardo era schizzato su Jacob: così vicino. Tutto quello che doveva fare lei era togliersi quella coperta di dosso, stringersi con tutte le sue energie al carretto e sporgersi dalla balaustra. Afferrarlo, anche di poco, e tirarlo forte, più forte che poteva. Poteva riuscirci, si era detta, gonfiando i polmoni. E Jacob sembrava incoraggiarla e dirle lo stesso. Il suo volto sporco era contratto per lo sforzo, aveva le guance infiammate dalla fatica e non si guardava indietro. Mentre lei li vedeva, gli uomini che li inseguivano, e che parevano diavoli forsennati liberati dalle catene di san Nicola. Lei li vedeva.

Edna aveva convogliato tutte le forze sulle ginocchia per sollevarsi, ma a ogni tentativo il vento la spingeva più indietro, più in fondo nel carretto. Aveva provato ancora e di nuovo, aveva sopportato il bruciore dei tagli e l'aria che flagellava la carne. Così aveva stretto i denti, levandosi i capelli dagli occhi con il braccio e tenendosi in equilibrio con furia.

Non voleva tornare alla fattoria. Ci erano stati portati con l'inganno e si erano conosciuti lì, tra l'oscurità del capanno, la fatica nei campi e le beccate delle oche da spennare. E se ne sarebbero andati insieme.

Era così vicino Jacob, per un istante aveva intuito il suo sorriso da canaglia guizzare negli occhi stravolti, mentre le loro dita quasi si sfioravano. Allora si era allungata di più, stringendosi con una mano alla balaustra del carro (come una pianta dalle radici forti, Edna. Una pianta che neppure il vento può strappare dalla terra. Forte così, Edna), poi il dolore era esploso in milioni di fiamme che avevano incendiato le dita. Il ghiaccio e la neve da cui aveva liberato il trasportino di Emil erano ancora incastrati nel maglione, sotto le unghie, nei tagli, fra le ciglia e lei non vedeva più niente.

Una spinta l'aveva sbalzata in avanti e aveva creduto di averlo preso. Aveva intuito la mano di Jacob a un soffio dalla sua e avrebbe dovuto afferrarla e tenerla. Ci era quasi riuscita e Jacob aveva sorriso, come faceva quando sapeva di avere ragione o sfidava la sorte, la durezza della fattoria, i contadini.

Era stato un istante. Edna aveva sollevato lo sguardo e aveva visto dietro di lui il contadino del capanno, quello che sapeva di lei, di Emil e del loro segreto. Aveva guardato tra la neve e lo aveva avvertito, fiutato.

Era lui, con il suo odore di cose sporche. La guardava fissa negli occhi, senza gentilezza né comprensione. Il volto si era trasformato, come quando lo aveva sentito sopra di lei, muoversi forte e diventare rosso, e anche la voce era cambiata.

La paura l'aveva attraversata come un'onda che a un tratto le faceva ritrarre la mano, la nascondeva nel buio. E la trascinava via da Jacob.

Aveva visto i diavoli sgusciare dalla foresta e piombargli addosso, Jacob cadere nel fango.

«Edna!» aveva urlato lui mentre lei si nascondeva nel carro. La voce di Jacob le arrivava sempre più distante, confusa con il vento, ma l'avrebbe riconosciuta fra i mille suoni della notte, della notte quando la ascolti con orecchie tese. «Perché non mi hai aspettato? Io l'ho fatto. Ero lì.» Era scivolato più a fondo nella neve sporca e non si era divincolato quando gli uomini lo avevano trascinato via. Ma l'aveva guardata a lungo. Ed era come se tutti gli spiriti della foresta lo avessero baciato per rubargli il respiro e l'anima, svuotandolo della sua felicità e rubandogli la forza. Jacob era una maschera vuota e dura, come quella dei contadini che lo portavano via con loro.

Edna aveva stretto Emil mentre si chiedeva cosa gli sarebbe accaduto.

E il dolore che le spezzava il cuore era più forte di qualsiasi altro avesse mai provato, persino di tutte le ombre che si erano strette su di lei nel capanno.

Avrebbe imparato a chiamarlo nostalgia, rimorso, senso di colpa. Ma non se ne sarebbe mai andato. Sarebbe restato sempre lì, a infilare le sue dita gelide nel cuore mentre si chiedeva, come ogni altra sera da allora, in che modo avrebbe potuto rimediare. E si sentiva sporca come un ladro, per avergli portato via Emil. Bugiarda come una strega, per aver tradito la loro promessa.

52.
IL PAPPAGALLO CHE CREDEVA DI ESSERE UN'OCA

E così, insieme alle ultime nubi di pioggia che rotolavano verso sud, e alla campagna che li inseguiva dal finestrino, se ne andava anche l'ultimo ricordo di Jacob.

«L'aveva aspettata, pensando che fosse ancora nella foresta?» chiese Lukas, seduto accanto a lei sui sedili posteriori, gli occhi sgranati e il cellulare stretto nella mano. Guidava Max. Adele era al suo fianco. Nessuno dei due aveva più detto una sola parola.

Edna annuì con un cenno. «Lui aveva mantenuto la promessa: saremmo fuggiti insieme. E mi ha aspettata. Fino all'ultimo, fino a quando ha visto la mia testa sbucare dalla pancia del carretto. Allora ha provato a raggiungermi correndo più veloce che poteva. Ma... è andata come è andata.»

Lei aveva ritirato la mano un istante prima che lo acchiappassero e si era stretta forte a Emil, perché era quanto le sarebbe rimasto di Jacob. Insieme agli incubi che l'avrebbero tormentata di notte e ai ricordi, più violenti d'estate, quando rivedeva il capanno, le schiene nude arse dall'afrore, il luccichio delle falci, e sentiva su di sé, fra le sue cosce, il peso del contadino. Allora rivedeva anche il volto di Anja, che scompariva nella vasca del grano, sprofondando nel suo abisso. E Bastian, che la aiutava a portare il cibo ai maiali. E Jacob, naturalmente. Ma non quella notte, che era sempre rimasta confusa, come lo schermo di un vecchio televisore rotto, e che mai, prima di allora, si era ricomposta così nitida da far male.

«Cos'è successo a Jacob?»

«Lo hanno riportato alla fattoria. Poi è arrivata la guerra», anche lì, alla fattoria, dove Edna non avrebbe saputo immaginare un orrore più devastante di quello che aveva vissuto. Eppure esisteva e la sua furia si era abbattuta su quei campi, che le avevano spezzato la schiena, trascinando dietro di sé il velo nero delle vedove, intessuto di scelte, abbandoni, disperazione. «Quando è finita, ha capito che quel mondo in frantumi non gli apparteneva.» Né gli interessava o riusciva a capirlo, visto che non aveva abitato che le sue montagne e le montagne non hanno confini. «Si è ritagliato un posto suo, più vicino ai boschi, fedele soltanto a sé stesso.» Era stata l'infermiera a raccontarle frammenti della vita di Jacob, salutandola prima che uscisse. La aveva inseguita per chiederle, con le guance rosse per l'imbarazzo, se Emil fosse l'uccello del paradiso di cui si parlava. Aveva collegato i suoi colori e la sua forma inconfondibili ai disegni di Jacob ed era stato un *clic*, come incastrare la chiave nel giusto lucchetto. Ma sarebbe stato «pazzesco», aveva detto, troppo… «*wow*» (aveva sgranato gli occhi), per essere vero. Ma se lo fosse stato…

Edna aveva sollevato l'aletta del borsello e lei ed Emil si erano scambiati un'occhiata complice.

«Così l'hanno spacciato, sì», aveva annuito Edna, lo sguardo ancora fisso nei suoi piccoli occhi neri e astuti, pensando a tutti i guai che aveva causato quell'uccellaccio spelacchiato in anni di convivenza. Peggio di un diavolo. Ma due bambini rinchiusi in una fattoria ai margini della foresta avevano creduto in una fiaba e si erano messi in testa di rubare il paradiso.

Helmut e René, che scortavano la macchinina verde, la affiancarono con le loro moto e si allinearono al finestrino.

Le sorrisero, alzando il palmo di taglio in un saluto che aveva imparato a riconoscere e che le riusciva piuttosto bene di imitare. Era il loro modo di augurarsi buona fortuna, guardando dritto davanti a sé la strada ancora da compiere. Per guardarsi indietro c'era lo specchietto, ma serviva solo per pararsi la schiena dagli sbirri. L'avventura, invece, era sempre davanti agli occhi. Andava respirata insieme con l'aria che soffiava sulla faccia e ti sfidava a correre più veloce.

Si ricordò che aveva ancora la borsa di Helmut nell'esatto istante in cui vide la moto staccarsi dalla fiancata della macchina e piegarsi in una curva dolce che lo portava lontano.

Avrebbe mai trovato un modo per riportargliela?

Edna sprofondò nel sedile, chiedendosi perché ogni suo viaggio dovesse terminare con qualcosa che si era portata via e che sentiva di dover restituire al legittimo proprietario.

Fecero sosta alla prima pompa di benzina. Adele uscì un istante dopo Max.

Vederli discutere attraverso il vetro – Max che spingeva nervosamente gli occhiali sul naso con l'indice teso e poi si fissava imbarazzato la punta delle scarpe, Adele che roteava gli occhi al cielo – era come guardare un film muto sullo schermo del cinema. Dalla prima fila.

«Che fanno, quei due?»

«Litigano. Gli adulti litigano sempre», sospirò Lukas. «Come mamma e papà, anche loro litigavano. Questa volta, però, è colpa mia.»

Emil era uscito dalla borsa. Si era arrampicato aiutandosi con il becco sul braccio di Edna e le pizzicava l'orecchio, quello con la punta mozza, portata via dalla falce.

«Sono stato io a dirle dov'era e a fargli vedere quelle foto.»

«Quali fotografie?»

«Quelle di lei fra gli hippie, lei ed Emil che salite sulla macchina d'epoca, Emil con quella ragazza dai capelli strani, la... la...»

«Sciamana.»

«La sciamana, sì, e...»

«Va bene va bene, basta così, ragazzo. Credo che qualcuno me le abbia già mostrate.» Ed era stato piuttosto imbarazzante.

«Be', credo che nonno abbia pensato fosse impazzita e così doveva venire a riprenderla. Doveva farlo nonna, ma non è brava in queste cose. Lei non decide mai. E poi nonno è nei guai. Anche nonna, solo che lei ancora non lo sa.»

Al di là del vetro Adele aveva afferrato la spugna. L'aveva imbevuta d'acqua immergendola nel secchio per sciacquare il lunotto. E proprio mentre Max le si avvicinava mostrandole il cellulare, l'aveva lasciata cadere, insieme alle braccia, molli lungo i fianchi, e gli occhiali che le stavano tutti storti sulla fronte. Adele si era trasformata in un manichino.

«Forse ora lo sa», aggiunse Edna. «Che genere di guai?»

«Nonno ha comprato un mucchio di cose per il nuovo B&B. Cose per il bar, il ristorante. E pannelli solari. Chilometri di pannelli solari», disse Lukas allargando le braccia come a contenerne la vastità. «Sa che in Africa si potrebbe dare elettricità a seicento milioni di persone grazie a semplici pannelli solari?» disse, gli occhi illuminati di eccitazione, piantati nello sguardo neutro di Edna. «Be', non importa. Comunque lui ora ha i pannelli e se nonna non vuole più partire, non so a cosa serviranno. E non lo sa nemmeno lui. Forse dovrebbe spedirli in Africa. Ma lui tutte queste cose le ha pagate in anticipo, per ricevere i contributi. E si è anche licenziato dal lavoro, parecchio tempo fa. Questo a nonna non lo ha detto. Ora, forse sì», disse, mentre Adele, dall'altra parte del vetro, fissava Max che parlava e parlava. E più lui mimava con le braccia idee, concetti e si infervorava, più Adele si faceva pensierosa e pallida.

«E perché Adele non dovrebbe partire?»

«Perché c'è lei. E non vuole lasciarla sola.»

La tristezza le cadde dentro come piombo. Anche Adele era accovacciata accanto a un muretto, proprio come era accaduto a lei. Guardava la vita, al di là del confine di sassi coperti di muschio, e poi indietro, quello che stava lasciando, le sue responsabilità e le promesse che aveva fatto a sé stessa, incapace di muoversi e di decidere.

«Sua madre è morta in una clinica per svitati e lei lo dice sempre che non si abbandonano le persone che si amano. E che lei non lo farà più. Dice che tutto ritorna, prima o poi. È tutto un cerchio... Credo sia per colpa della sua fissa con il karma: ogni evento è reversibile, ogni cosa si ripete... un po' come la fisica quantistica o il ciclo delle età.»

«Tu fai molta confusione, ragazzo.» Le girava la testa. Emil invece era sbucato da sopra la sua spalla e seguiva con assorta concentrazione il gesticolare di Lukas.

«Le ha già viste le foto del B&B, la vecchia casa di zia Ruth?»

Edna scosse la testa.

«Guardi, le faccio vedere. È un bel posto, in mezzo al bosco... C'è anche un ruscello. Molti alberi di noci tutt'intorno e meli. Non ne ho mai visti tanti! Però non è così lontano dalla città.»

«Alberi di noci», ripeté Edna riflettendo. Era davvero un grazioso angolo di campagna, tra il bosco e i prati.

«Già, di quelle che piacciono a Emil. Caspita, se lo immagina lì a farsi di quelle abbuffate!»

«Tutti i pappagalli ne vanno ghiotti. Chissà perché poi. Mica le trovano le noci nelle foreste equatoriali.»

«Certo, noci di palma.»

«Dubito abbiano lo stesso sapore.»

Edna osservava Lukas digitare lettere, strisciare il pollice e l'indice sullo schermo a velocità da capogiro. Di tanto in tanto il pensiero ritornava alle parole sconclusionate del ragazzo e sulla scena del piazzale. Max e Adele che litigavano. Adele che non voleva più partire e tutto quel pasticcio. Il posto in cui aveva sempre vissuto non esisteva più, perché Max lo aveva distrutto in cambio di un sogno che ora sua moglie si accorgeva di non poter volere. La telefonata che aveva liberato lei dalla camera di una casa di cura, di cui non ricordava neppure il nome, ora incatenava Adele.

«Lukas, tu mi hai trovata grazie a quello?»

«Certo. Basta digitare il suo nome e quello di Emil. È molto seguita, sa?» sorrise.

«E se tu cercassi "Jacob Kneip"...»

Lukas si fermò e sollevò il volto imbarazzato su di lei. «Il suo amico, quello che non c'è più?» chiese come a dire che non si poteva più trovare da nessuna parte una persona morta. Ma non aveva il coraggio di deluderla.

«Sì, lui.»

Lukas accartocciò le labbra e compose il nome. Lo schermo lampeggiò, si riempì di lettere che i suoi occhi scorrevano velocemente.

«Eccolo! Sì, è proprio lui. Guardi.» Le passò il cellulare e Edna lesse ogni riga, sforzandosi di tenere il segno con il pollice, la fronte tanto vicina allo schermo da sentire la sua superficie calda.

L'articolo era simile al giornale che le aveva portato Helmut. Ma diceva qualcosa ancora, poco più sotto. Subito dopo l'annuncio della sua scomparsa e il ricordo della sua famiglia.

«Forte, vero? Ci trovi davvero tutto!» sorrise Lukas soddisfatto. Anche se si trattava di vecchie notizie, Edna sembrava felice di leggerle. E poi l'ultima data non era affatto lontana.

«Già...» sussurrò Edna, immersa nei suoi pensieri. Era tutto un cerchio, un perfetto cerchio... Come aveva detto l'orologiaio? «Lukas, cosa intendevi quando hai detto che tutto si ripete?...» chiese Edna senza sollevare gli occhi dallo schermo, che si rifletteva nelle lenti degli occhiali mentre si faceva strada un'idea.

Lui alzò le spalle. «Non so... Che ogni fine è un po' l'inizio di qualcos'altro. Come un cerchio, credo.»

Quando Adele e Max rientrarono in macchina, Adele sprofondando nel sedile, Max con un lungo sospiro e un sorriso tirato, Edna aveva ancora lo sguardo incollato al finestrino. Cercava un dettaglio, che spiccasse fra il verde delle colline e il cielo che si riprendeva il suo azzurro carico di luce calda mentre il sole screziava di oro le nuvole sulla scia dell'ovest. Inseguiva un mulino a vento e una torre tozza di cemento, in mezzo a molte altre. Ma quando la scovò, sulla collina, il cuore esplose.

«Lì c'era la fattoria», disse indicando una zona del bosco da cui sbucava un tetto arancione. Dove le era sembrato di toccare la torre di cemento bianco (quadrata, una finestra) che portava l'elettricità, seguendone la struttura fino al culmine (tetto di tegole rosse come un cappello a punta senza visiera), l'indice si era invece fermato sul vetro freddo e umido del finestrino, che metteva una distanza incolmabile tra lei e il passato. Edna provava una strana vertigine che la attirava verso la collina e allo stesso tempo la respingeva, quasi fosse in piedi su un baratro, con le punte degli scarponi nel vuoto e i talloni ancora piantati a terra.

«Possiamo andarci?» esclamò Lukas.

Max scosse la testa. «Abbiamo ancora molta strada. Non credo sia una buona idea.»

Adele lo guardò in tralice. «Almeno questo, Max.»

Parcheggiarono all'ombra di un immenso ciliegio, che Edna conosceva bene. Accarezzò la sua corteccia rugosa, abitata dagli insetti e seccata dal sole, respirando il profumo di linfa con gli occhi socchiusi. Aveva voglia di togliersi gli scarponi e di sentire la carezza dell'erba sulle caviglie.

Max la osservava, le braccia incrociate e lo sguardo inclinato, concentrato a indovinare quante rotelle si fossero guastate in quella mente bizzarra. Pensando, forse, quello che aveva pensato lei quando si era svegliata una mattina e, facendo capolino da una tenda, aveva sorpreso Priska abbracciare un albero.

Si fermarono tutti e quattro sulla sommità della collina a guardare giù, dove il sole spandeva ombre dorate inabissandosi nell'oscurità dei boschi.

Max schermava la vista con il palmo e per la prima volta era tornato a sorridere.

Adele e Lukas si guardavano attorno disorientati.

Edna tratteneva il respiro mentre lo sguardo scivolava sugli ombrelloni colorati, sui tavolacci di legno ai quali arrivavano vassoi di birra portati da graziose ragazze in *Dirndl.* Più in là dei bambini montavano panciuti pony pezzati. Le signore prendevano l'ultimo sole sulle sdraio. Gli uomini pescavano nello stagno.

«Signora Edna, non ci aveva mai detto di aver lavorato in un resort di alto livello», esclamò Max divertito.

Adele e Lukas gli scoccarono un'occhiata in tralice che lo fece ammutolire.

«È tutto molto diverso», sussurrò Edna. La fattoria era ancora l'edificio lungo e tozzo che ricordava, diviso in due metà. Ma la parte in cui dormivano i bambini, attigua al ricovero per gli animali, alle stalle e al fienile, si apriva in enormi vetrate sulle quali si riflettevano il verde dei prati e i declivi delle colline. Lo stagno era stato ripulito. Ci potevi vedere dentro le trote che guizzavano di tanto in tanto dall'acqua in rapidi, scintillanti colpi di coda. I recinti di legno, riempiti di fango, ora circondavano prati di erba tagliata di fresco, dal manto regolare che pareva la moquette di un centro commerciale.

Emil balzò a terra dalla sua spalla. Sistemò le ali, arruffate per il maldestro atterraggio, e corse incontro alle oche – dalle piume bianche e ripulite dal fango (e le avevano tutte, le loro penne!) – facendole scappare dietro il capanno in una nuvola di polvere e starnazzi.

«Signora Edna, ha sentito?» gridò Lukas esterrefatto. «Emil imita le oche. Anzi», scoppiò a ridere, mentre lo vedeva sollevare il collo e allungarlo zampettando sull'erba, «crede di essere una di loro!»

Edna sorrise. Emil era cresciuto in mezzo alle oche e loro, in un certo modo, lo avevano accudito. E salvato.

«Emil è stato un uccello del paradiso e un'oca subito dopo. Non so se si sia mai sentito davvero un pappagallo.» Non lo aveva mai visto così vivo e felice.

Edna approfittò della pausa di Max e Lukas, seduti a uno dei tavoli di legno, per stare da sola.

Non soltanto aveva perso Jacob per sempre, ma anche il loro passato era stato cancellato e non esisteva più. Avrebbe dovuto capirlo, durante il suo viaggio, che il mondo era andato avanti mentre lei si rintanava nella sua casa avvolta dal rampicante.

Camminava lungo viottoli circondati da aiuole e prati di fiori addomesticati (margherite gialle e ranuncoli, ofride, orchidea sambucina e di prato, polmonaria rosa, achillea, ciuffi di tarassaco), e il ricordo si sovrapponeva alla realtà, sfaldandola. Il profumo di crema solare diventava una traccia sempre più debole, che si affievoliva mentre tornava a sentire l'odore intenso delle stalle che la avvolgeva, quello pungente del fieno, che solleticava le narici. Il passo che affondava nel fango, dove invece c'era solo erba. E la vista che si bloccava sulla legnaia, sulle cataste di ciocchi in bilico e nelle cui cavità costruivano i loro nidi ragni dalle lunghe zampe, dove invece avrebbe potuto spaziare su campi lisci, attraversati dai sentieri tracciati per le biciclette. Si sedette, la testa che pulsava per lo sforzo e l'impressione che ogni muscolo di quella gamba capricciosa fosse stato frullato in un tritacarne e non fosse buono per reggere più nessun peso, anche se all'ospedale avevano detto che sarebbe bastata, almeno per qualche tempo, una bella cura a base di antinfiammatori e le avevano ordinato di tenere sotto controllo il ginocchio.

Tolse gli scarponi, sciogliendo con attenzione i lacci (doppio nodo, perché se bisogna correre e scappare veloce...) e attraversò il campo. Raccolse un piccolo mazzo di fiori, scegliendoli fra quelli di colza e altri arancioni, simili a cartamo. E papaveri, rossi come il sangue e il cuore. I fiori della dimenticanza e dell'oblio. Eppure spiccavano nel grano come se chiedessero di essere trovati. Li legò stretti con uno stelo di erba serpentina. Poi girò per lo stagno, prese verso il granaio, dove ora si trovavano altre stanze per gli ospiti, illuminate da pareti di vetro. E cercò il capanno, il cuore che martellava nel petto. Trovò la sua porta di legno ingrigito, screziato come i capelli di una strega. Lontano dai turisti, dal trambusto allegro delle cucine e dalle risate dei bambini. Distante dal sole, intrappolato fra i rami dei primi alberi del bosco che stagliavano ombre profumate di resina. Restò in piedi, quasi fosse una pietra tombale di cui doveva leggere la muta epigrafe. In silenzio, trattenendo il fiato. Quando riprese il respiro e sentì di nuovo il sangue fluire, sfiorò lentamente i bordi, e si lasciò riempire da una strana, imprevedibile, comprensione per quell'unico angolo di mondo vecchio sopravvissuto insieme con lei.

Mentre la mano si appoggiava a stella sull'asse, rivide le dita incrostate di terra di una bambina che tremava, come lei in quel momento. Socchiuse gli occhi e si lasciò avvolgere dal buio della notte, che ghiacciava le vene. Cercò di ricordare la carezza di Jacob sulla sua spalla, e la sentì, calda come allora. E la sua voce che soffiava morbida sul collo, avvolgendola come in un sogno. "L'ho sempre saputo, *Warmduscher*: sei in gamba. Ma non abbastanza", rideva Jacob. "Restami accanto e non ti accadrà niente di brutto. Mai più, Edna." Edna si sfiorò la guancia, toccata dal suo bacio. Il bacio a cui lei non aveva mai risposto. E aprì gli occhi.

Motociclette dalle forme antiche e vecchi rottami erano accatastati accanto ad automobili nuove, dalla carrozzeria pulita, in un giro di epoche come una girandola, odore di olio rappreso e benzina.

Non pensò al contadino, alla cioccolata nascosta nel fieno, alla luce che filtrava dalla finestra come un cappio di seta. Ma a Jacob e a cosa ci avrebbe trovato. Con quale tesoro sarebbe emerso dal mucchio di cianfrusaglie. Stava ancora sorridendo quando avvertì l'ombra, la sua proiezione scura avvilupparla in un manto di paura e rubarle il fiato.

La presa sulla spalla si fece più morbida, la attraversò come una carezza e lei si voltò.

Adele le sorrideva.

«Non è come se lo era immaginato, vero?»

Edna scosse il capo. «Direi di no», disse sospirando. Si strinse nelle spalle, un sorriso che risaliva fino agli occhi. «Molto meglio, fortunatamente!»

Richiuse la porta alle sue spalle, senza fare rumore. Sapeva che i fantasmi non vanno svegliati e quelli intrappolati lì dentro avrebbero sonnecchiato ancora del tempo. Ma dubitava che avrebbero più trovato la forza per morderla. Non più di quei vecchi muscoli rattrappiti, pensò nello scorrere di un mare calmo che le cingeva il cuore.

Risalì la collina con Adele, piegandosi sul suo bastone e

trascinando la gamba che ancora non era guarita. L'aria della sera si infilava tra le foglie portando profumo di pollini e sollievo dal calore del pomeriggio

Adagiò il mazzolino sotto il ciliegio, per Anja, Bastian e tutti gli altri bambini di Svevia.

«Migliaia di bambini (quattromila all'anno nei periodi più duri, ma troppi di contrabbando per sapere con esattezza quanti) dai cinque ai quindici anni, per tre secoli, hanno attraversato le montagne. Soli, con uno zaino sulle spalle, dall'Italia, dal Ticino, dal Sud dell'Austria, lasciando paesi poverissimi e famiglie che li avevano venduti, per lavorare nelle ricche fattorie dell'Alta Svevia», Edna raccontava, il volto attraversato dalle ombre proiettate dai rami. «A volte venivano accompagnati dal prete del paese» – come padre Gianni – «perché le associazioni cattoliche li proteggevano, per quel che potevano, arginando i pericoli. Ma poi sono arrivati i fascisti, l'italianizzazione forzata, l'obbligo delle scuole e le cose sono cambiate. L'associazione è stata sciolta. Ma le tradizioni non muoiono, Adele. Sopravvivono insieme alle condizioni che le hanno create: la povertà, la disperazione.» E così padre Gianni era arrivato in paese per aiutare i contadini più miseri. In segreto, aveva raccolto i bambini e a molti era sembrata una buona soluzione, perché ancora conoscevano le vie. E ricordavano le parole di quanti erano tornati. Anche se non tutti avevano voglia di ricordare e la pancia rotonda delle bambine rientrate era stata nascosta sotto i *Sarner* invernali e i documenti bruciati insieme a tutte le candeline mai accese. Ma dare la vita era meglio che restare e morire.

Non aveva mai dato colpe a padre Gianni che, a pensarci ora, era stato buono con lei. Anche se le aveva inculcato quelle idee sull'inferno e sui diavoli, portandosi via le sue fiabe. E l'aveva costretta a bagnarsi nell'acqua gelida e a sfregare la pelle con la saggina per lavare i peccati, pesante eredità di Eva. A volte la sera, accanto al fuoco acceso sulle rocce a picco su abissi di nuvole, prendeva uno dei bambini in braccio e lo stringeva come un padre buono. Il padre che, diceva, lui non aveva avuto perché se ne era dovuto andare presto di casa, a studiare al collegio dei preti. E non dovevano essere stati gentili con lui, i preti, perché diventava sempre triste in volto, quando ricordava gli anni, molti, che aveva trascorso con loro.

Padre Gianni ci credeva davvero: nelle fattorie oltre le nuvole, che al tramonto si screziavano di porpora rivelando il miracolo di Dio, loro avrebbero trovato famiglie amorevoli e pane caldo.

Forse, a padre Gianni piacevano le fiabe, proprio come a lei. Anche se inventava nomi diversi e non c'erano principesse né castelli. Soltanto campi da arare, e lavoro che inorgoglisce il Signore, facendo crescere nella virtù.

«Ha cercato Jacob per tutti questi anni. Ecco a cosa le servivano le copie di "Stern"...» sussurrò Adele.

«E ci siamo persi di nuovo per un soffio.»

«E ora, che succederà?»

Edna sapeva che Adele non lo stava chiedendo a lei, ma a sé stessa. Si domandava che piega avrebbe dovuto prendere la sua vita, per qualche assurdo, strano caso, legata a quella di una vecchia brontolona, dai capelli di medusa, che parlava con un pappagallo decrepito quanto lei e che nessun altro capiva.

Lo sguardo di Edna scese sui fiori adagiati nella terra che aveva accolto lei e Jacob, le loro schiene vicine mentre sollevavano gli occhi al cielo per contare le foglie dei rami più alti o dare un nome alle nuvole.

Il cielo era ancora lì, chiazze di azzurro lavato dalla pioggia e che si tingevano di tramonto. Il sole scendeva dietro l'orizzonte, lontano, per una notte, dagli uomini e dalla smania di raggiungere la sua luce.

Edna si chiedeva cosa sarebbe accaduto a Icaro se il padre Dedalo non gli avesse instillato la paura del volo. Se il timore di toccare il sole non gli avesse riempito il cuore di una sorta di attrazione, come una vertigine. La paura è un mostro fatto così, che ingrandisce le cose e le parole, per trasformarle in reti nelle quali alla fine cadiamo. Che ci avviluppano. È il fuoco del sole che brucia le nostre ali e spezza il volo.

«Succederà tutto quello che vogliamo accada, Adele.» Sorrise cercando il volto dell'amica.

«A volte ho paura.» Adele seguiva le scie bianche lasciate dal volo degli aerei e si chiedeva dove andassero. Già, dove finiscono tutti gli aerei sui quali non saliamo e di cui vediamo le tracce in cielo?

«Io non ne ho più.» Anche Edna seguiva il loro volo. «Non ho più paura. Adele, quanto impiega un aereo ad arrivare in Russia? Un mio amico diceva che è molto lontana. Ma ho l'impressione che niente lo sia più.»

«È ora di rimettersi in viaggio», canticchiò Max, appesantito dalle salsicce intinte in salsa di rafano e senape e dai crauti innaffiati di birra. Era stanco, ma non vedeva l'ora di tornarsene a casa e di lasciarsi quella brutta avventura alle spalle.

Edna, invece, ripensava all'articolo che Lukas le aveva fatto leggere sul suo cellulare. E l'idea che si era fatta strada ora le sembrava l'unica via possibile.

«Ho bisogno di tempo, Max. Di un altro giorno soltanto», disse con lo sguardo alto e la voce ferma.

53.

GIORNO 9

DISTANZA: 0 KM

Si erano fermati a dormire in una pensione del distretto di Ravensburg. Lukas e Adele avevano accolto il cambiamento di rotta con entusiasmo e il sollievo, almeno per Adele, di poter rimandare ogni decisione al giorno seguente. E, forse, a quello dopo ancora.

Max aveva dovuto rassegnarsi alla loro eccitazione e allo sguardo di Edna che, non sapeva bene il perché, riusciva in qualche modo a metterlo a disagio.

A un piano di distanza da lei, il sonno non lo aveva accolto fra le sue ali argentate, come aveva sperato. Erano le tre di notte, l'ora del diavolo e delle streghe, e lui era ancora seduto su una panchina del giardino, fra le margherite, gli strilli dei gufi e i richiami delle civette, il frinire dei grilli e i versi di chissà quali altri insetti e bestie selvatiche – e poi dicevano che il bosco fosse silenzioso e che in campagna potevi goderti la pace – a cercare di estrarre una sigaretta dal pacchetto che gli aveva lasciato Helmut.

Si voltò di scatto verso il rumore di passi intercalati dal ticchettio del bastone e scorgere il volto di Edna non lo rassicurò affatto.

«Anche lei non riesce a dormire?» chiese prendendo una boccata di fumo che lo fece tossire. «Immagino abbia i suoi bei pensieri. Anch'io mi sentirei in colpa, se fossi in lei. L'ha combinata grossa», disse dondolando il capo e guardando un punto fisso davanti a sé. «Adele non vuole più partire. È fiera di quello che ha fatto, Edna? Perché non dovrebbe esserlo, vero?» disse alzando le spalle mentre lei gli si sedeva accanto. «Tutto il mondo parla della sua storia, chiedendosi chi sia e che ci faccia con un pappagallo, su e giù per le montagne, ad attraversare boschi e laghi come un folletto. E la mia famiglia è stregata da lei, la vede indifesa, vorrebbe proteggerla. È affascinata dal suo passato.» Be', almeno non Lisa, pensò rimpiangendo persino di non essere a uno dei suoi spettacoli.

«Sa che per colpa sua Adele non ha neppure visto la prima dello spettacolo di sua figlia? E sa cosa le dico ancora? Senza Adele tutta la storia del B&B non ha senso. Non ha senso niente, senza di lei», sussurrò accartocciando la sigaretta nel portacenere. Ma la carta bruciava ancora e lui la stropicciò con tale foga da sollevare un fumo puzzolente, di plastica e catrame.

Edna ci versò dell'acqua dal suo bicchiere. Le braci si spensero con un sibilo, lasciando solo una flebile traccia di vapore.

«Sono certa che sarà un ottimo affare.»

«Cosa intende?»

«Il B&B. Dovrete solo badare a qualche piccola accortezza. All'inizio avrete bisogno di farvi conoscere e naturalmente offrire prodotti di qualità, difficili da trovare. Per esempio il *Killepitsch*», disse strizzandogli l'occhio. «Conosco qualcuno che potrebbe procurarvi qualche bottiglia...»

«Lei dice...» sussurrò Max con lo sguardo vacuo di chi si chiedeva cosa fosse la diavoleria di cui stava parlando e, soprattutto, dove volesse andare a parare Edna.

«Assolutamente. Sono le regole del marketing. Punto primo: essere sempre aggiornati. Punto secondo: farsi conoscere. Terzo: comunicare in modo semplice, ma efficace», recitò pensando alle parole di Isaak. «E, quarto: distinguersi dagli altri.»

Max soffocò una risata. «Lei si distingue, su questo non c'è ombra di dubbio. Ma», chiese voltandosi per la prima volta verso di lei, «come fa a saperle, tutte queste cose?»

«Ho viaggiato, Max. Tenendo bene aperti gli occhi. E ho altre idee.»

«Davvero?» Max la ascoltava con interesse. Edna annuì. Era seria e concentrata. «Avrete bisogno anche di un blog, un blog serio con molte fotografie. E di recensioni. Conosco qualcuno che potrebbe aiutarvi. E di offrire esperienze sensoriali. Ai clienti piace questo genere di cose: meditazione all'aria aperta, contatto con la natura.»

«Non credo in queste sciocchezze», si schermì lui.

Edna lo bloccò: non aveva alcuna voglia di scherzare. «Nemmeno io, Max. Pensi davvero che abbia passato la vita ad abbracciare alberi? Ma è mar-ke-ting. Dare al cliente quello che il cliente si aspetta.»

Max annuì. Era confuso. Sollevò lo sguardo e per un istante restò intrappolato nella scura profondità del cielo.

«La via Lattea», sussurrò Edna, regolando gli occhiali e guardando le stelle in un quieto rispetto. «È meravigliosa, vero? Per la leggenda di un piccolo popolo che vive nelle pianure argentine, quella è polvere sollevata dalla danza dei nandù. Emil viene da lì», sospirò.

«Dalla via Lattea?»

Edna si voltò appena e strizzò gli occhi. «Dal Sud America», che domanda...

Max la stava ancora guardando, chiedendosi chi fosse davvero Edna, quando un gracidare di rane ruppe il silenzio e lo svegliò da quel sogno.

Sorrise, sollevato al sentire la voce familiare di Lisa. Si rabbuiò un istante dopo. Fissò i suoi occhi preoccupati in quelli di Edna e le allungò il telefono. «È Lisa. Vuole lei.»

«Non è tardi?» sussurrò Edna.

Max rispose con un'occhiataccia. Il braccio immobile e il telefono sospeso a mezz'aria.

Edna glielo ripassò qualche istante dopo, le orecchie ancora piene del parlare veloce di Lisa, delle sue risate, del rumore del locale da cui stava chiamando insieme alla compagnia teatrale. Stavano festeggiando non ricordava bene cosa.

«Be', che le ha detto?»

«Qualcuno le ha mostrato il video in cui Emil fa i suoi numeri e starnazza come un'oca.» Sospettava che quel "qualcuno" fosse Lukas. «E...»

«E?» chiese lui spazientito.

«Lei lo ha fatto vedere agli altri.»

«Dunque...»

«Lisa ha detto qualcosa sul caos del mondo e sulla confusione di genere, di identità... non so, non credo di aver capito. E che Emil sarebbe perfetto. Sì, ha detto così: per-fet-to.»

«Per cosa?»

Edna alzò le spalle. «Ci hanno fatto molti complimenti. Dicono che lo vorrebbero per una particina in un nuovo spettacolo. Nulla di impegnativo, alcune serate in giro. Ha detto: "Emil sarebbe perfetto come testimonial".»

«Meraviglioso!» esclamò Max, che cominciava a intravedere una luce e Edna ed Emil in giro per il mondo su un carrozzone. «E lei che farà?»

«Quello che ho intenzione di fare è sotto i tuoi occhi ed è il motivo per cui sono scesa a cercarti. Ti sto proponendo un affare, Max», disse passandogli il berretto con la scritta nella lingua strana. «Per il bene di Adele. E anche un po' il nostro.»

Lui lo prese, inseguendo con lo sguardo basso le lettere intessute con il filo rosso.

«Noi due siamo più simili di quanto ci piaccia credere», sussurrò Edna. La voce scorreva morbida come un prato d'agrifoglio sotto i palmi. Non sembrava svitata, pensò Max. Ma decisa. Incredibilmente sicura di quello che gli stava per dire.

«La nostra partita l'abbiamo persa, Max. Ma potrebbe esserci ancora qualcosa da salvare. Per entrambi.»

54.
LA BAMBINA CON I BOTTON D'ORO E LA FORMULA DEL TEMPO PERFETTO

Era un'altra giornata calda, illuminata da un cielo fatto di vetro e strati di azzurro, turchese, zaffiro.

Intorno a loro si stendevano i campi mossi appena dal vento, che risaliva lungo la valle portando il profumo del bosco e che si infilava nel grano, facendo rumore come di sabbia calpestata dai passi.

Dopo la fatica della salita, la chiesa era balzata agli occhi quasi per caso come una ricompensa inaspettata. Sbucava dalla macchia scura di abeti con le sue pareti bianche come margherite, il vivace tetto rosso e aguzzo che si confondeva fra le punte degli alberi. Edna capì perché l'avessero scelta per Jacob.

«È sicura di volerlo fare?» Adele allungò lo sguardo lucido di apprensione verso il gruppetto composto che scendeva la gradinata – vestito chiaro per l'uomo, una camicia bianca per la donna bionda, lunghi capelli sciolti sulle spalle e guance pallide la bambina davanti a loro – poi si voltò verso Edna per leggere un'emozione dietro il suo viso scolpito in rughe fatte di orgoglio.

Erano loro due soltanto. Non c'era Lukas. Neppure Max. Non c'erano turisti, viandanti, rumori. Non c'era fretta.

Edna annuì. Aiutò Emil a uscire dalla borsa e lo posò delicatamente sulla spalla.

Scrutarono insieme il cielo – perché le abitudini, anche quelle prese da poco, erano difficili da accantonare – e cercarono una traccia di petrolio che prometteva pioggia. Ma sarebbe stata un'altra giornata perfetta, sospirò Edna sollevata, perdendosi nella scia di un grillo nascosto fra l'erba, nei polmoni l'odore rassicurante di terra bagnata.

«Dice che è lei?» sussurrò Adele avvicinandosi tanto da sfiorarle la guancia con la sua. Edna annuì. Ricordava bene l'articolo che le aveva mostrato Lukas quando erano in macchina. Aveva scoperto del funerale e guardato con attenzione la fotografia della famiglia di Jacob, soffermandosi su ciascun volto e sulla didascalia. Era la sua unica nipote quella che ora si voltava verso di loro e sorrideva al pappagallo balzato giù dalla spalla per zampettare a fatica nell'erba troppo alta.

Edna non fece nulla per riprenderlo. Lo vide avvicinarsi alla bambina.

«Crede che abbia scorto la somiglianza con Jacob?» chiese Adele esterrefatta. Dopo gli spettacoli di Emil, la sua imitazione delle oche e il buttarsi a pancia all'aria a comando, era disposta a credere a tutto: persino che avesse riconosciuto la nipotina di Jacob. In fondo lei, quell'animale spelacchiato e lunatico, non lo aveva mai capito. E continuava a non capirci nulla.

Edna rise di gusto. «Guarda», disse indicando il mazzo di botton d'oro ed Emil che ci volava sopra per assaggiare il lungo nastro di raso.

La bambina scostò il braccio dalla sorpresa ed Emil cadde a terra, storcendosi l'ala.

Adele sobbalzò e fece per andargli incontro e aiutarlo a sollevarsi, ma Edna la trattenne.

Intanto Emil si era rialzato, scuotendo le ali per levarsi di dosso la terra. Restarono a guardarsi. Lui con il collo lungo e l'occhio nero a monocolo che rimbalzava da un dettaglio all'altro di quella figura che lo sovrastava, nonostante fosse uno scricciolo. La bambina con uno sguardo impaurito. Ora che si era avvicinato, e vedeva il suo grande becco, non aveva il coraggio di toccarlo.

Emil invece la studiava, non sapendo bene come fare per dimostrare i suoi intenti pacifici e ottenere i botton d'oro con il nastro che svolazzava invitante a qualche centimetro dal becco.

Piegò il collo di lato, vulnerabile, scoperto. E si riflesse nelle pupille nere della nipotina di Jacob.

La voce uscì rauca e decisa, spinta dai piccoli polmoni che si contraevano nel petto con tutta la fierezza della sua specie.

«Buongiorno, *Warmduscher.*»

La bambina alzò di scatto il volto sorpreso verso Edna.

«Buongiorno, *Warmduscher*», ripeté Emil con voce inorgoglita dalla resa della bambina. Afferrò con la punta del becco l'estremità del nastro, senza tirare, lo sguardo fisso in quello di lei come a chiedere permesso.

I botton d'oro caddero davanti agli artigli di Emil e lui zampettò di ritorno con il suo bottino.

Adele si chinò per sfilarglieli, ma Emil li difese con una beccata che gli costò un'occhiataccia e qualche brontolata.

Edna, invece, aveva imparato a chiedere con gentilezza. Allungò la mano, porgendogli il palmo. Lui la guardò combattuto. Poi le pose sopra i botton d'oro, spingendo con il becco nel centro esatto del palmo e arretrando per controllare di aver fatto un buon lavoro.

«Perdonalo.» Edna sorrise alla bambina restituendole i fiori. «È un pappagallo molto cocciuto.»

«Come ha fatto?» chiese lei con due occhi neri, piegati come onde di luna. In fondo allo stupore che li spalancava, Edna sorprese la luce caparbia di Jacob. Di Jacob, quando ne escogitava una delle sue e alla fine tutti i pezzi si ricomponevano nella combinazione esatta di una serratura.

«Alcuni pappagalli riescono a parlare, imitano le voci. Molti riproducono i suoni. Per loro è normale», spiegò Edna scegliendo con cura le parole e infilandole nell'ordine giusto. «Lo fanno per difendersi dai predatori – soprattutto dalle scimmie – confondendole con i loro stessi richiami, oppure per comunicare, dire ai compagni che sono sopravvissuti alla notte e radunare lo stormo se…»

La bambina scosse il capo. «Come fa a sapere che nonno mi chiamava così…» sussurrò, la voce incrinata dallo stupore.

Edna si strinse al bastone. Sentì la marea salire, avvolgerle il cuore e inondarle gli occhi di sale. Invece sorrise. Le labbra della bambina si piegarono di riflesso, illuminandole il volto. Lo sguardo risaliva lento dagli scarponi impolverati, da cui sbucava il rabbocco dei calzini di lana, ai pantaloncini da trekking lacerati sui fianchi, e più in alto, fino all'orlo della camicia senza maniche e il colletto arrotondato. Poi gli occhi scuri si fissarono silenziosi nei suoi e Edna si sentì scavare dentro.

«Tu sei Edna, vero? E lui dev'essere Emil», disse con la luce serena e accogliente dei bambini. «Nonno mi ha parlato di te. Mi ha raccontato la vostra storia. Ma l'ha detta soltanto a me.» Dondolò su e giù il mento. «Nessun altro sa che tu eri la sua amica speciale.»

«Davvero?» Edna si concentrò per tenere ferma la voce mentre il mondo tremava e lei si sentiva risucchiare nella terra.

La bambina annuì. «Agli altri ha raccontato la storia dell'uccello del paradiso», si schermì, componendo una virgola nell'aria con le dita che si muovevano veloci come farfalle. «Ma soltanto io so che lui non era solo. E che avete cercato di scappare insieme.»

Edna rivide la mano di Jacob che si tendeva in cerca della sua, le sue guance scaldate dalla corsa. E i contadini che lo afferravano e lo riportavano nel buio sempre più lontano. Sempre più indietro. Nel passato, in un tempo e in un luogo che lei non avrebbe mai più potuto raggiungere.

La bambina allungò verso di lei il braccio magro con la mano stretta a pugno sui botton d'oro. «Nonno diceva che se qualcuno fa una cosa buona per te, tu devi trovare il modo di restituirla.»

Edna accarezzò i fiori. Le dita scivolarono sul nastrino di raso. «Già, come un cerchio.»

«Può tenerli Emil.» Un sorriso sdentato illuminò le onde di luna. «Oppure puoi tenerli tu, se ti piacciono quelli gialli.» Lo sguardo si fermò sul pappagallo, che litigava con Adele. La bambina rise dei suoi passi buffi e delle volte che inciampava perché non gli riusciva di aprire il becco e balzare in avanti nello stesso momento. La coordinazione non era mai stata una sua dote. Ma si impegnava a tenere a bada Adele.

«Vuoi accarezzarlo?» Edna lo raccolse da terra, lisciandogli dolcemente le penne della fronte e ascoltando il suo corpo che si acquietava. La bambina trattenne il fiato, come Edna e Jacob, la prima volta che avevano visto Emil appollaiato su un trespolo dietro la bancarella di un mago vestito da imperatore. Avvicinò la sua mano al dorso del pappagallo. Si fermò e chiese con uno sguardo il permesso a Edna, che annuì e restò a guardare le sue dita scorrere lente sulle piume.

«Nonno aveva ragione. Sembra di accarezzare la seta», sorrise. «A volte gli dispiaceva di non averlo più con sé, si faceva un sacco di pensieri. Quando passeggiavamo nel bosco e mi insegnava a riconoscere i versi degli animali diceva che un solo sbadiglio di Emil li avrebbe fatti scappare tutti, anche i più grandi. È vero?»

Edna annuì. «Che tipo di pensieri faceva, tuo nonno?» chiese ostentando una sicurezza che non aveva mentre l'unica parte di lei che ancora non tremava era quel maledetto nodo che le serrava la gola e scendeva giù, come un pugno, fino allo stomaco.

La bambina alzò le spalle, strinse le palpebre come a ricordare. «Si sentiva in colpa, credo. Forse avrebbe dovuto essere più veloce, diceva. Oppure più forte, e non arrendersi.»

Jacob che si voltava verso di lei mentre lo portavano via e che continuava a guardarla come non volesse lasciarla andare. Il fiato del contadino. I lacci sui polsi di lui. I loro sguardi uniti, che si erano intrecciati più forte quando le loro mani si erano allontanate. E il mondo che si sporcava di neve e fango. Fino a quando uno strattone del carro e il buio di una curva avevano spezzato per sempre il laccio che li univa.

Le immagini correvano in sequenze concitate. A Edna girava la testa, il cuore come un pugno, unghie nella carne.

«È rimasto a lungo alla fattoria?» chiese, la voce stretta in un nodo.

«Non ne parlava mai volentieri. Solo di te e di Emil.»

«Rosa!»

Un uomo e una donna, di cui Edna non vedeva i volti stagliati contro il tramonto, le facevano cenno di raggiungerli.

«Quando tu sei andata via, lo hanno riportato indietro. Ma nonno diceva che la voglia di scappare, quella neppure i calci gliel'hanno fatta passare. E quando lo vendevano a un'altra fattoria, lui ti cercava sempre. Sperava di non incontrarti perché voleva dire che ti avevano acchiappata.»

Edna abbassò lo sguardo. Lei si era salvata, era tornata a casa. Libera di ricominciare.

«Era contento che Emil fosse con te», disse la bambina, «perché sapeva che te ne saresti presa cura. Diceva che eri una in gamba.»

Jacob, che l'aveva chiamata *Warmduscher*. Jacob, che era arrossito davanti alla sua porta.

«Devo andare. Mamma e papà mi chiamano. E sai come sono gli adulti, non hanno mai pazienza» roteò gli occhi al cielo, stringendosi nelle spalle, i palmi sollevati.

«È riuscito a scappare?» chiese Edna, cercando di strappare altro tempo.

«Molte volte, fino a quando è cresciuto abbastanza ed è stato lui a mollare un pugno all'ultimo padrone, così se n'è andato per i fatti suoi. Anche mio nonno era un tipo in gamba.»

Edna avrebbe voluto trattenere la bambina, farsi raccontare ancora di Jacob. Ma la vide allontanarsi in controluce, il passo incerto sulle ginocchia fini e i lunghi capelli che composero un'onda lenta contro il cielo arrossato mentre si fermava per salutarla e tutto il resto passava sullo sfondo.

«Come posso ricambiare?» le chiese Edna a voce abbastanza alta perché la potesse sentire. «Per i botton d'oro.»

La bambina si strinse nelle spalle. «Vuol dire che domani mi accadrà qualcosa di bello.» La salutò con la mano e scappò via, come una piccola volpe.

«Le ha portato Emil», sussurrò una voce alle sue spalle. «Non crede sia già molto?» Era Adele, che guardava insieme con lei la bambina stringere la mano dei suoi genitori.

Edna annuì. «Una volta un orologiaio mi ha detto che il senso del tempo è compiere lunghi cerchi e trasformare le cose, prendendo la fine e trasformandola in un nuovo inizio. Io non lo capivo. Ma sembra che i bambini lo sappiano molto bene.»

Fece un respiro profondo. L'aria fresca di una sera d'estate la avvolgeva nel profumo del grano. L'indomani sarebbe stato un giorno perfetto per attraversare le montagne. Ma – socchiuse gli occhi, il cuore che balzava in contropiede – il suo viaggio era terminato.

«Adele, cosa dicevi a proposito del mio giardino?» C'era una vena di dolcezza, nascosta nella malinconia, come sabbia rossa trascinata dal vento. Non farsi portare via era così difficile.

Adele sorrise. «Credo sia meglio lo veda da sé, appena saremo tornate.»

Edna annuì, lo sguardo puntato sull'orizzonte. Stava lasciando andare i ricordi e mai, come in quell'istante, si era sentita forte e vulnerabile allo stesso tempo.

«Ancora arrabbiata con Max?»

Adele scrollò le spalle. «Si è fatto prendere la mano dal suo sogno e non riesco a odiarlo per questo. In fondo mi sono innamorata di lui perché è così, infantile, e a volte esagera con le parole e si inventa mondi che non sono mai esistiti. Ma è un uomo buono. E poi, credo mi sia servito di lezione. Ho imparato a non chiedermi più se i miei neuroni specchio siano difettosi. Penso vadano bene come sono.» Ed era stata una liberazione.

Edna era d'accordo.

«Ripensavo al tuo viaggio. Mi dispiace di averlo interrotto. Voglio dire» – si schiarì la voce – «se non fosse stato per me ed Emil, a quest'ora saresti su una spiaggia a goderti l'estate che arriva. O a bere vino sulla piazza di una qualche città affacciata sul lago. Di alcune ho sentito parlare, hanno campanili altissimi e portici antichi. E sulle isole crescono giardini che sembrano affiorare dall'acqua. Una la chiamano proprio così, "l'isola giardino"», disse con la voce impastata di nostalgia. Il sole scaldava la pelle e la inondava con il profumo dei prati.

«La stavo cercando, Edna. Era soltanto grazie a lei che il mio viaggio aveva un senso», disse Adele stringendosi nelle spalle. E ora, si sarebbero dovute lasciare. Come aveva abbandonato sua madre, nella stanza di una clinica che non riconosceva, lontano dalle sue cose, dai suoi gatti, dagli affetti. Anche se aveva scordato da tempo i loro nomi e a volte la guardava come fosse un'estranea.

«E Bert?» le strizzò l'occhio Edna. «Che mi dici del tuo incontro? Della festa...»

Adele cambiò rapidamente discorso. «Be', ci sarebbero molte città da visitare, sì», fece dondolando il mento come se non ci avesse mai pensato prima e le sembrasse all'improvviso un'ottima idea. «Quel blog di cui le parlavo, il blog di Florian, è molto accurato. Ristoranti sul lago, cantine di buon vino...»

«Lo conosci il *Killepitsch*?» la interruppe Edna, la voce scaldata dall'entusiasmo. «Succo alle erbe. Anche se sospetto abbia una certa gradazione alcolica. L'ho bevuto mentre attraversavo il passo. Formidabile per resistere alla fatica.» La mente si apriva sull'immagine di lei, sdraiata sotto le stelle con Tenzin Lorenzo nel sacco a pelo accanto, e la sinfonia quieta della sera intorno, la borraccia che passava placidamente dall'uno all'altra, quando la montagna era già alle loro spalle.

«Occorre che io lo assaggi. Se le ha dato la forza di attraversare le montagne, signora Edna, ne voglio una scorta. Potrebbe accompagnarmi e reggermi se barcollo. Che ne pensa?»

«Che ho delle responsabilità, ora», disse in tono fiero.

«Davvero?»

«Certo, Max mi ha raccontato la storia del B&B e io ho trovato avesse bisogno di un testimonial importante.» Si avvicinò all'orecchio. «Gli ho dato qualche dritta», sussurrò. «Credo che siamo in società, ora.»

«Dice davvero?»

Edna dondolò lentamente il capo.

«Non capisco...»

«Vuol dire, Adele, che dovrò venire a farvi spesso visita, giusto per assicurami che i miei risparmi siano spesi bene.» Fece un lungo respiro. «E», sospirò, «nel caso qualcuno chiedesse di Emil. Ho posto un'unica condizione: che venga creato un santuario in suo nome, lì accanto. Per i pappagalli meno fortunati.» Quelli legati in catene o con le ali tagliate da forbici di ferro, quelli che erano stati strappati alla foresta, venduti e che ora avrebbero avuto un'immensa voliera e alberi di noce su cui riposare. Dopotutto, anche Emil aveva il suo cerchio da completare e di che ringraziare per essere stato salvato. E i pappagalli, pensò Edna con lo sguardo rivolto alle piume sfilacciate di quel magnifico relitto, antico quanto lei, sopravvivono spesso a chi li ha accuditi, restando soli, inascoltati, spesso abbandonati come cose che non servono più e che nessuno comprende. Lì, avrebbero trovato una casa.

«Signora Edna, è fantastico. Lukas ne sarà felicissimo.»

«E come socia che ha investito una certa parte di capitale, oltre che la propria immagine (#Edna&Emil), potrei dire che abbiamo bisogno di qualche giorno di vacanza per un'indagine di marketing mentre Max si occuperà dei dettagli alla pensione, prima di raggiungervi. Non credo avrà nulla da ridire se tarderò un poco», concluse aggiustandosi gli occhiali, che a lei stavano sempre un po' storti. Da lì non si vedeva l'asfalto della strada. Erano soltanto prati e colline, tetti di fattorie, recinti. Eppure le era parso di sentire odore di benzina e di freni bruciati sull'asfalto. «Credo di avere ancora una borsa da restituire...» Era poco più che un pensiero formulato ad alta voce. Un pensiero sciocco, perché non avrebbe mai saputo in che modo raggiungere Helmut. Ma Adele annuì come se trovasse la proposta molto sensata. Poi si incupì.

«Edna, la storia del B&B... Non lo deve fare soltanto per me o perché si sente in obbligo.»

Edna sorrise. «Qualcuno, un tempo, ha provato a convincermi che la strada migliore fosse fare sempre quello che andava fatto, rispettando tutte le regole», disse, lo sguardo invischiato nell'orizzonte. «Ma è stato chi non ne ha rispettata nemmeno una a salvarmi. Lo trovo un pensiero molto rassicurante, quindi non aspettarti mai da me il contrario.» La voce era ferma e profonda, ma venata da un'insolita dolcezza. Nessun viaggio seguiva tracciati sicuri, nemmeno se era occorsa una vita intera per programmarlo. Le cose andavano come dovevano, a volte prendendo forme bizzarre e incomprensibili. Ma alla fine era l'unica strada giusta, quella percorsa dai tuoi scarponi.

Adele annuì, il cuore finalmente libero di gonfiarsi come le nuvole.

Emil era volato sulla spalla di Edna. Guardavano tutti e tre le colline inondate dalla luce rosata del tramonto, il suo oro che combatteva contro il buio della sera.

Ovunque fossero andati, per quanta distanza ci fosse stata tra loro, di tempo, terra, cielo, passi oppure polvere, sarebbero stati sempre l'uno parte dell'altra, pensò Edna. Nomi scritti con una mano tremolante sopra un bigliettino appeso a una lanterna luminosa che saliva, facendosi strada fra le ombre della notte: Edna e Jacob, due bambini che credevano nelle fiabe, e il pappagallo dalle piume magiche, l'angolo di paradiso in cui si erano scambiati la promessa che li aveva salvati entrambi.

Da qualche parte, dove la furia di prati scoscesi si placava, accolta dall'abbraccio della pianura, le parve di scorgere un muro di sassi sbrecciati e due bambini che giocavano a rincorrersi tra i riflessi sanguigni del tramonto. Ma quella, forse, era soltanto un'altra fiaba.

RINGRAZIAMENTI

Ogni libro racchiude la fatica e la meraviglia di almeno due viaggi: il viaggio che racconta tra le sue pagine e quello che lo ha reso ciò che è, un oggetto con un corpo di carta e un'anima di parole.

Ho sempre pensato che siano soprattutto gli incontri, persino quelli mancati, attesi, sperati, a generare la trasformazione. Edna ed Emil sono stati fortunati perché hanno trovato chi li ha ascoltati e accuditi, accompagnandoli fino all'ultima riga. Ma davvero i viaggi hanno una fine se restano dentro di noi, lì pronti per essere ripescati fra i ricordi ogni volta che ne avvertiamo il bisogno?

Molte persone hanno reso il mio viaggio speciale. E continuano a farlo.

A mio padre. Ti porto ovunque io vada, cammini con me, sei dentro il mio cuore e nei miei passi.

A mia madre, mia luce, mia roccia.

A mia sorella Ylenia, che mi ha fatto scoprire H.D. Thoreau e il significato delle possibilità appena al di là della paura. Ci sarò sempre.

A Daniel, ai miei nipoti, Nilak e Loki, nei cui occhi mi perdo ogni volta che ci sorridiamo.

A Edoardo, con cui condivido vita, sogni, una famiglia di zampa e piume. E che trovo accanto nei sentieri più tortuosi. Mi hai insegnato a viaggiare.

A Max Arduino, che sarebbe stato in prima linea. A Isabella, la mia voce.

Grazie a chi mi ha fatto conoscere i bambini di Svevia e mi ha permesso di seguirne le tracce, a chi ha accolto le mie domande e ha fornito spunti alle mie ricerche, il Museo della val Venosta, il Bauernhaus-Museum Allgäu-Oberschwaben Wolfegg, l'Archivio di stato di Ravensburg.

Grazie a Mattia Signorini e a Sara Benatti. Avete dato a Edna il coraggio di compiere il primo passo, di guardarsi dentro e attraversare le montagne.

Un grazie infinito a Vicki Satlow. Senza di te, senza il tuo intuito e il tuo modo unico di arrivare al cuore delle storie, niente sarebbe stato possibile.

A Elisabetta Migliavada e alla bellezza delle cose che iniziano. Per me hanno la tua dolcezza e la tua determinazione.

Ad Adriana Salvatori, che ha saputo ascoltare e si è presa cura con tutto il suo talento. Elisabetta, Adriana, senza di voi Edna si sarebbe persa più volte.

A tutta la casa editrice Garzanti. Grazie per averci creduto.

Grazie ai librai, faro e guida. Mi sono sempre sentita a casa in una libreria.

A Mariarosa Lombardo, ai miei colleghi e a tutti i miei studenti. Non ve lo dico spesso, ma siete grandi! Vi considero la mia seconda famiglia.

Alla mia tribù a quattro zampe e due ali. Mi avete insegnato la fierezza della libertà, la lealtà, e che ogni goccia d'amore è un seme che non andrà sprecato.

E infine un grazie speciale ai lettori che ci hanno accompagnati fino a qui, proprio all'ultima parola, quella che chiude il cerchio e con cui tutto prende di nuovo inizio.

A ciascuno di voi una piuma portafortuna e un desiderio da lasciar volare insieme a una lanterna luminosa che rischiari la notte.

UNA CONVERSAZIONE CON ROMINA CASAGRANDE

Chi sono i bambini di Svevia?

Ho scoperto questa pagina di storia lavorando per diversi anni come insegnante nella valle altoatesina che ha visto partire centinaia di bambini nel corso di tre secoli, dal Settecento alla metà del Novecento, varcare il confine e affrontare un lungo viaggio attraverso le montagne. Lasciavano famiglie e paesi molto poveri per lavorare nelle ricche fattorie dell'Alta Svevia dopo essere stati venduti nei mercati del bestiame. A volte era il prete del paese ad accompagnare i bambini e l'attività di un'associazione cattolica faceva da garante. Quando l'associazione venne smantellata, alla fine della prima guerra mondiale, il fenomeno continuò in forme spesso illegali.

Nonostante io abiti in una piccola città non molto distante e che, geograficamente, fa ancora parte della valle, non conoscevo l'esistenza dei bambini di Svevia e sono rimasta molto colpita dalla durata del fenomeno e dall'età dei bambini – dai cinque ai quattordici anni – che dovevano affrontare mesi di duro lavoro, esposti a molti pericoli, e che spesso non facevano più ritorno.

Per quale motivo ha creduto che fosse importante dedicare loro un romanzo?

Nel momento in cui ho capito chi erano i bambini di Svevia e ho dato loro identità, nomi e vissuti grazie a diari, testimonianze e fonti archivistiche, ho provato un profondo senso di disagio per non aver conosciuto prima la loro storia. Per formazione sono molto affascinata dal modo in cui la memoria si trasforma in racconto storico. La memoria personale, come quella storica, è uno specchio deformato della realtà: quanto di ciò che custodisce siamo noi a voler trattenere e quanto, di ciò che manca, abbiamo voluto cancellare?

Ho sempre pensato che dietro a ogni reticenza si nasconda una motivazione da indagare. È come leggere un libro e chiedersi perché una pagina porti il segno di uno strappo o sia stata piegata. Nel caso dei bambini di Svevia ho trovato singolare che un fenomeno di tale portata abbia potuto persistere tanto a lungo nonostante il grande numero di individui coinvolti e la vasta area di diffusione. Ma la lunga durata è spesso in grado di trasformare, senza troppo rumore, un atto in prassi, una scelta in abitudine, radicando a fondo una pratica nel tessuto sociale e consentendone l'accettazione. Credo che questo sia un pericolo molto concreto e un rischio che dovremmo cercare di combattere anche portando a galla realtà simili.

Edna è un personaggio indimenticabile e ci insegna che, nella vita, c'è sempre una seconda occasione. Da dove è nata l'idea di questo personaggio?

La vicenda dei bambini di Svevia, di Jacob e di Edna, ha risvolti drammatici. Ma volevo che la storia contenesse una vena di speranza, uno spirito positivo. Capiamo di aver superato un dolore soltanto quando ritroviamo la voglia di sorridere, di prendere meno sul serio i piccoli problemi da cui ci lasciamo travolgere. Sono convinta che ci sia molto coraggio dietro a ogni sorriso nato da una profonda sofferenza. Non ha nulla a che vedere con la superficialità, ma con la comprensione di quanto la vita, ogni giorno, sia un dono. Così, pensando ai dimenticati, alle voci che spesso non trovano espressione, è nata Edna, una donna molto anziana, da cui la società non si aspetta più nulla. Una donna che ha attraversato grandi dolori e che ha scelto di ritirarsi dal mondo per nascondersi dietro le siepi di un giardino curato, da cui guardare quanto accade fuori come uno spettatore silenzioso. Fino a quando arriva la grande opportunità.

Edna ed Emil incarnano il coraggio che nasce dalla presa di coscienza. Nel suo lungo viaggio attraverso le montagne, pur con le inevitabili difficoltà che deve affrontare, Edna vive il peso degli anni come un atto di responsabilità, mai di resa. E credo che questo sia importante in un mondo in cui la speranza di vita si allunga sempre di più, ma sempre meno si considerano il valore e la ricchezza dell'età avanzata. Forse conoscere il passato attraverso la memoria dei nostri nonni e dei nostri anziani potrebbe aiutarci a comprendere meglio la realtà così complessa in cui siamo immersi.

E poi c'è la speranza che, come nel mito di Pandora, resta a consolarci promettendoci un riscatto. Penso che ciascuno di noi si fermi, in un preciso momento della sua vita, e si guardi indietro, chiedendosi cosa cambierebbe se avesse una seconda possibilità: mantenere una promessa, dire quello che non è riuscito a esprimere e si è tenuto dentro, compiere la scelta che avrebbe dovuto affrontare quando invece si è sentito bloccato in un vicolo cieco. A me capita di frequente e scrivere è forse un modo per sperimentare tutte le *sliding doors* in cui mi sono imbattuta. Edna ci dice questo, ci esorta a non guardare più il calendario né il tempo che passa e a prenderci la nostra rivincita, a costo di attraversare le montagne. Anche se siamo gli unici a crederci, anche se può sembrare folle. Ma fa parte del crescere, del maturare. E delle responsabilità che dobbiamo assumerci nella ricerca della felicità. Ci consente di essere liberi. Ed è l'essenza del nostro essere umani.

Lei ha davvero intrapreso lo stesso viaggio dei bambini di Svevia e di Edna. Che sensazioni le ha dato?

Quello affrontato dai bambini di Svevia era un itinerario molto impegnativo, che tuttora si inerpica per sentieri tortuosi, caratterizzato da un profondo dislivello. Era la via aperta dagli eserciti romani e percorsa poi dai pellegrini in epoca medievale. Le montagne, lungi dal separare e dal dividere, sono spesso state cerniera e punto di incontro in cui i confini, ancora oggi, si fanno labili e più indefiniti. Mentre affrontavo le salite ho pensato all'età dei bambini che percorrevano i sentieri, alle condizioni proibitive di una natura più selvatica, alla neve alta, al freddo, alla lontananza da casa che faceva sentire la nostalgia.

Ho confrontato ciò che vedevo con fotografie di epoche diverse. Molte delle riflessioni di Edna sui cambiamenti del paesaggio determinati dal turismo derivano da osservazioni fatte durante il cammino. Mi è rimasta comunque l'impressione di una natura ancora maestosa a cui l'uomo si è avvicinato con grande rispetto. L'arrivo dopo le salite più impegnative è segnato da piccole, antiche cappelle montane ricche di suggestivi ex voto e per i sentieri è facile incontrare pellegrini che portano la conchiglia di san Giacomo.

Arrivare in cima all'Arlberg, fermarsi sulle sponde del lago increspato dal vento freddo immersi nel silenzio è un'esperienza che porto dentro.

Al centro del romanzo c'è una promessa. Quanto è importante per lei la parola data?

Per me conta la lealtà. La lealtà verso gli altri, ma soprattutto verso sé stessi. Significa tenere fede a ciò che si è. Credo che oggi sia più che mai attuale la visione pirandelliana della frammentazione dell'io e del suo nascondersi dietro molte maschere, dell'affannosa ricerca dell'immagine giusta, più accattivante da presentare agli altri. Spesso ci si sente schiacciati dalla paura di fallire, ma il fallimento è la testimonianza di un tentativo e ci permette di crescere, di evolverci. Credo occorrerebbe insegnarlo anche ai più piccoli. Fallire è da coraggiosi.

Edna incontra tanti personaggi molto diversi tra di loro, e ognuno le insegna qualcosa. Lei crede che funzioni nello stesso modo anche con le persone che si incontrano nella vita?

Ne sono convinta. Nella vita, così come durante un viaggio, non sappiamo mai quanto a lungo le persone che abbiamo incontrato resteranno con noi, ma ne usciamo sempre trasformati. Le persone che sfiorano le nostre vite mentre siamo in cammino scelgono come raccontarsi a noi e lo fanno svelando i dettagli che ritengono importanti e ricostruendo una storia personale da cui inevitabilmente impariamo. Spesso queste narrazioni incomplete stimolano la nostra curiosità e ci invitano a riempire i vuoti, perché non tutto può essere raccontato. Ci chiediamo da dove vengano, cosa li aspetti. Molti dei personaggi che raccontano a Edna stralci della propria storia prendono ispirazione da incontri fatti durante i miei viaggi attraverso le montagne e, in particolare, quello intrapreso seguendo le tracce dei bambini di Svevia. Alcuni di questi incontri invitano la sensibilità e la fantasia del lettore a giocare con il non detto. Come accadrebbe in un viaggio reale.

La montagna e i paesaggi che Edna attraversa sono altri protagonisti fondamentali di questa storia. Che rapporto ha lei con la natura?

Ritrovare il contatto con la natura è indispensabile al mio equilibrio. Per riempirmi di bellezza. Vivo immersa in paesaggi meravigliosi e la natura me la porto un po' a casa con le creature alate e a quattro zampe che completano la mia famiglia. Credo che se restiamo ad ascoltare, se facciamo attenzione, la natura ci possa offrire tutti gli insegnamenti di cui abbiamo bisogno. Ha sempre un consiglio per noi, un abbraccio confortevole in cui metterci al riparo. Certo, può sembrare una visione a tratti idealizzata, ma ho cercato di infondere questo sentimento di rispetto e di meraviglia nel racconto di Edna e nel suo sguardo. Per scrivere *I bambini di Svevia* ho percorso ogni giorno qualche chilometro in bicicletta, inerpicandomi sull'altopiano di Tirolo da cui si domina la valle. Edna, Emil e Jacob sono nati lì. Portano con loro i colori della mia terra, la sua asprezza, la sua ispirazione.

Per tratteggiare Emil si è ispirata ai pappagalli che ha in casa?

I pappagalli sono creature estremamente complesse e affascinanti, dotate di grande intelligenza e curiosità. È affascinante osservare il loro modo di apprendere il linguaggio umano, che non è semplice imitazione di suoni, ma ha una funzione comunicativa molto specifica. Tito, uno di miei pappagalli, conosce l'uso di diverse parole e le associa sempre con precisione al suo intento. Ricevere il buongiorno appena ti svegli da un esserino di pochi grammi, che si sforza di comunicare con te, è un'esperienza a cui si fatica ad abituarsi senza provare ogni volta la meraviglia di un bambino e ci fa capire quanto gli animali siano accoglienti. Spesso incompresi e maltrattati. La loro necessità di farsi capire da noi, di accorciare le distanze, è commovente.

Lei viene dall'Alto Adige, una regione di confine. Questo concetto è molto presente nel suo romanzo, che significato ha per lei?

Vivo in una terra di confine, l'Alto Adige, e in un certo senso sono io stessa «un'identità sul confine» per la mia appartenenza italiana da parte di padre e tedesca da parte di madre.

La mia regione ha vissuto una storia lunga e composita. Alcune ferite non si sono mai completamente rimarginate e si incuneano nel presente come una spina dolorosa.

Per mia esperienza, per il mio vissuto e quello della mia famiglia, sono convinta che riappropriarsi della propria memoria storica, rintracciando le cause della frattura, sia fondamentale per ricomporla. Edna attraversa molti luoghi in cui i confini non sono netti, che si tratti di una montagna oppure di un lago. Mi piace pensare che questa condizione si rispecchi in noi. Siamo territori i cui i confini si intrecciano e si annullano.

È all'opera su una nuova storia?

Anche se è difficile salutare Edna dopo che è rimasta per tanto tempo nella mia mente, sto lavorando a un nuovo romanzo. Indaga una frattura nella storia della mia regione che, ancora oggi, ha ripercussioni molto violente sulla sensibilità di chi abita questa terra. Episodi rimossi dalla storiografia tanto di parte italiana quanto di parte tedesca.

Ma è anche una storia di persone comuni che affrontano i propri limiti e lottano per superarli.

Di amicizia, di segreti e di quanto siamo disposti a sacrificare e a perdere di noi stessi pur di salvarli e di proteggere chi amiamo.

Finito di stampare nel mese di gennaio 2020
da Grafica Veneta s.p.a., Trebaseleghe (PD)

Questo libro è stampato col sole

Azienda carbon-free

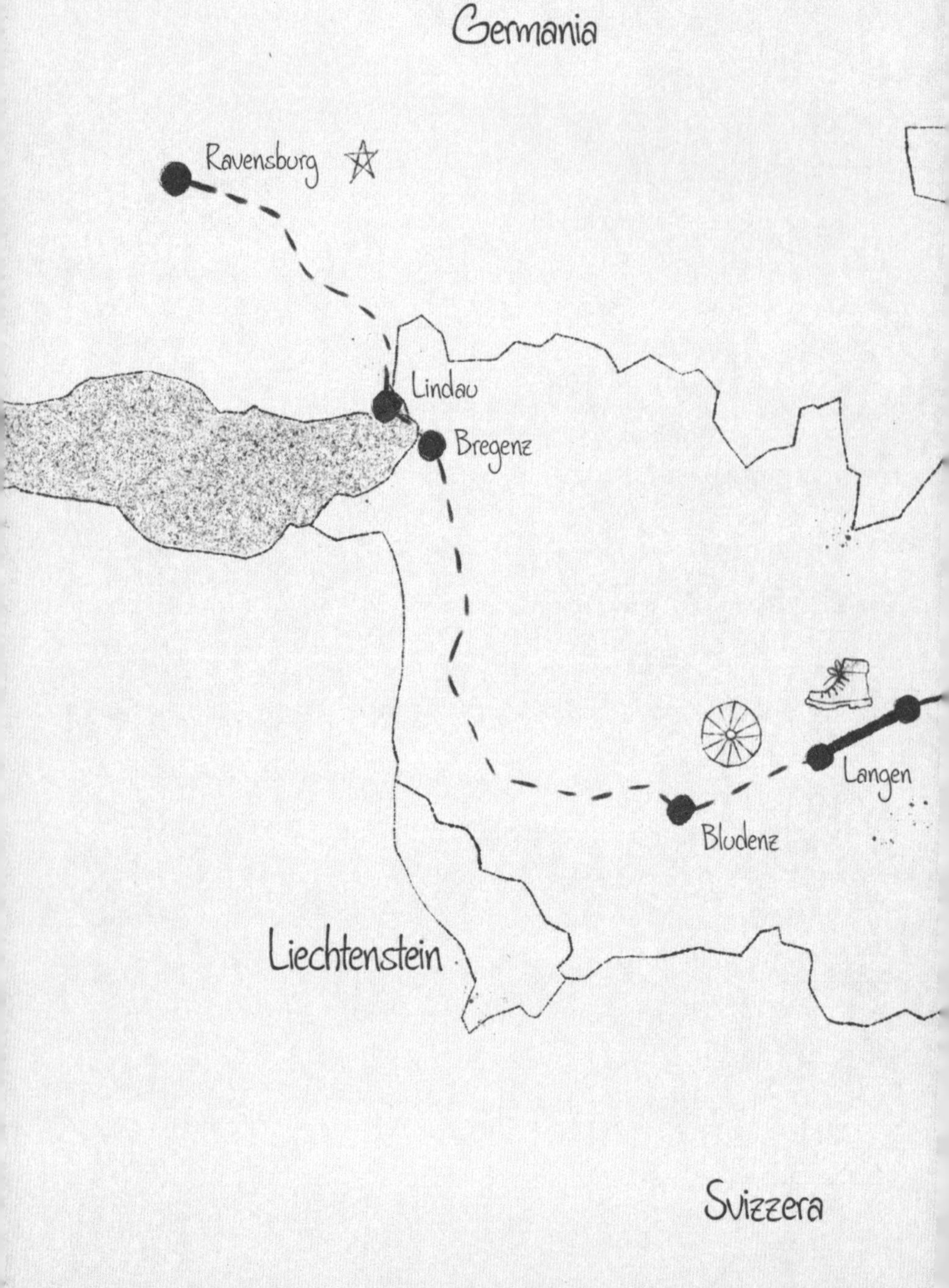
Germania
Ravensburg
Lindau
Bregenz
Langen
Bludenz
Liechtenstein
Svizzera